渭河传

题：陈忠实

王若冰 著

陕西出版传媒集团
太白文艺出版社

为山川立传

2006年，完成《走进大秦岭》后，我就有了写渭河的想法。那是因为每当夜深人静，沉浸于《走进大秦岭》写作之际，我的意识里总能看到一条苍茫古老、闪闪烁烁的河流从莽莽西秦岭北麓起步，蜿蜒曲折，如影随形地紧紧依偎着秦岭，伴随着苍茫秦岭在中国内陆腹地横亘绵延的每一步。她奔流的姿态、闪烁的浪花、神秘的呼吸，让我觉得这条古老奔流的河流和秦岭一样，负载了一个民族从诞生到发展壮大的所有精神情感和文化经历。因此，在我的精神情感被一座苍茫山岭完全覆盖之后，我渴望再从一条河流的历史身世出发，从另一个角度俯瞰、触摸、理解、探寻一个民族诞生、发展、壮大的精神秘密。

这条河流，就是渭河。

也是从那时开始，我隐约感到我此生的行走和写作，将与在中国大陆腹地中央肖然矗立，与陕、甘、川、鄂、豫相拥相抱的这片苍茫高地，以及秦岭南北纵横交织的山川河流终生结缘。这不仅因为2004年盛夏一次突发奇想的行走，让我无意间窥视到了一座中华民族情感经历和文化精神堆积起来的文化峰岭——中华民族父亲山秦岭所拥有的多姿多彩的文化姿态、沉智迷人的情感经历、超凡脱俗的精神情怀，更重要的是通过那次穿越和行走，莽莽秦岭的智慧高迈、山川大地的绮丽多彩、自然万象的风云变幻，警醒并提示我寻找到了一种与一个民族精神历史对话、审视自己孤寂情感和漫漶人生的生活方式。因此从秦岭归来的这些年间，我就有了在终自己一生之努力，为莽莽秦岭两侧的山川河流立传，对秦岭沿线山川大地进行历史文化精神性审视的同时，寻觅并呈现一种被当代生活愈来愈淡忘、远离，甚至消弭的民族文化精神的想法。

对于渭河,我并不陌生。

我的老家就在渭河南岸、莽莽秦岭北麓千万道群山横岭纠结处的山湾里。抬腿从村西一条斜路登上村后山神庙背靠的山梁垭口,就能看到不远处群山的缝隙间,白浪滔滔的渭河被南岸涌来的秦岭和北岸奔来的关山余脉莽莽群山胁迫着、威逼着,从我目光所能瞭望到的山下画出一道白花花的弧形,转身向东,慢慢悠悠,朝着被群山遮掩得密不透风的远处流去。

那时候我还小,没有机会从山梁之间走下去,接近渭河那白浪耀眼的滚滚激流,体验一股巨流从身旁奔流而过时让人心旌飞扬的感觉,却对群山之中这条一年四季在苍茫天地之间奔走的河流充满了神往与遐思。每当夏日暴雨之后,或者绵绵秋雨初歇的午后,我面对浊浪滔天的渭河出神的时候,父亲就会指着远处的渭河告诉我:顺着渭河往东,就可以到达陕西。后来的日子,我从山上走了下来,从渭河岸边浪花飞溅的小路进过城,在渭河岸上钓过鱼,坐着六七十年代往来于渭河两岸的小渡船或坐在父亲肩上蹚着齐腰深的河水,到河对岸的镇子赶过集、看过病。再后来,眼睁睁地看着日渐干瘦、浑浊的渭河一天天苍老,我也由一个童稚未脱的乡村少年,变成一个历经了沧桑的大人。童年时代站在高高山梁遥望渭河时的好奇与激动,也如一盏日渐干枯的油灯,被时光的烛火消耗殆尽。渭河曾经苍茫汹涌的伟岸身影,也在我意识里变得愈来愈暗淡、愈来愈消瘦、愈来愈羸弱。每年,我都要无数次地从她身旁,或者从横跨在渭河日渐干涸的河床上的大桥经过。我每一次驻足伤神,都会让我更加清醒地意识到:渭河的魂魄正在被岁月的魔掌一天天掏空、熬干、抽空,渭河的躯体正一天天变得虚弱、空洞、僵硬,以至于到了现在,面对辉煌不再的渭河,人们已经很难将她气息奄奄的现在和曾经巨浪滔天、摧枯拉朽、金戈铁马,孕育并创造一个民族最为古老的文明、最为辉煌的历史,以及作为黄河最大支流的历史身世联系在一起了!直到2004年夏天,当我从西秦岭莽莽丛林出来,行走在关中和天水一线高山之巅之际,群山之下八百里秦川突然出现的渭河金光闪射的身影、奔流不息的姿态,一次又一次将我童年时代对一条河流的敬谢与神往怦然唤醒。这时我才意识到,尽管现代文明的魔器正一天天消解着渭河古老雄浑的形体,但对于一条曾经孕育了一个古老民族的河流来说,她的生命与激情,必将与这个民族的精神情感和历史记忆并行不悖。即便到了最后,万劫不复的沧海桑田让世界再度变得干枯焦渴,苍茫大地一切生命都宣告终结,古老渭河曾经在中国大地亘古奔流的脚印和大地深处珍藏的她的最后一滴眼泪,都将为后来者保留下一条河流与一个民族共同经历、共同创造的全部记忆。更何况从过去到现在,渭河身后还有一座与她同样古老、同样充满孕育与创造激情的苍茫山岭——秦岭,在注视着她、护佑着她。那些纵贯于秦岭北坡的千万条河流小溪,无论经历怎样的曲折与颠簸,在冲出山林后都选择了同样的归宿——将每一滴奔腾的水滴奉献给渭河!古老渭河正是在与秦岭的相依相伴中,获得了亘古奔流的激情并孕育、创造着力量。也正是莽莽秦岭的沉智博大和滔滔渭河的奔腾不息,我们的先祖才在秦岭与渭河之间这片古老的大地上,创造了上启远古、下及公元八九世纪人类文明史上无人比肩的文化高峰。

所以2004年完成对秦岭的全程考察以后,我产生了这样一个观点:以秦岭为中心的渭河流域和汉江、嘉陵江、岷江流域,是中华民族与中华文明的发生地与肇始地。尤其对以黄河为中心的北方文明来说,渭河流域才是中华文明真正的源头。这是因为:除去现在的渭河河道就是两千万年前黄河故道这一史实外,还有一点是我们有目共睹的,这就是黄河自兰州朝北,进入宁夏和河套——在汾河加入之前这一流程内的广大地区,直到20世纪上半叶还处在游牧状态。而与黄河分道扬镳后从鸟鼠山继续东流的渭河流域则不同,放过人类萌芽的幼年时代在这里诞生的蓝田人、武山人、大荔人、泾川人所昭示的华夏大地文明初启时的熹微曙光且不说,单就是渭河流域生活的大地湾人、半坡人,以及中华创世神话里的伏羲、女娲、炎帝神农和黄帝所创造的史前文明,周秦汉唐凭借滔滔渭河滋养所缔造的中国古代文明的极度辉煌,就足以让我们得出这样的结论:我们通常所谓的黄河中上游文明,其实就是渭河文明。更何况,面对渭河上游发现的甘肃秦安大地湾遗址,曾经主持大地湾考古发掘工作的著名考古学家郎树德在2003年就提出,大地湾遗址以及近年来国内新发现的十多处上万年遗址表明,华夏文明起源的时间可能更为久远,华夏文明史可能不限于传统所说的"上下五千年"。"仅从大地湾来看,中华民族拥有八千年文化史已毫无疑问,而传统所说的五千年华夏文明史能否上推到八千年甚至上万年,是一个亟待探讨的重要课题"(《丝绸之路》2003年第4期)。从2004年到现在整整八年时间,我的目光、思绪和情感,都集中在以秦岭为中心的中国内陆核心地带,正是受了我已经发现并且感知到的这一区域至今存活的我们民族精神和情感吸引,在完成《走进大秦岭》之后,我产生了以一座山——秦岭、一个民族——秦人、一条河流——渭河为载体,探寻华夏民族精神渊源和现实境况的想法和冲动。这就是这么多年让我既疲于奔命,又乐此不疲、昼思夜想的"大秦岭"系列:《走进大秦岭》《寻找大秦帝国》《渭河传》。

虽然我苦苦等待的渭河之行,由于种种原因直到2011年8月才得以成行,但这并没有妨碍我在内心和情感深处一遍又一遍地对莽莽秦岭南北这块古老神秘大地的精神漫游与激情抚摸。此间,我凭借自己对秦岭与渭河之间这片古老土地的理解与认识,完成了勾勒公元前11世纪前后由山东半岛迁徙到渭河上游、西秦岭北麓的秦人先祖,依托莽莽秦岭和滔滔渭河成长壮大,挥戈东进,最终缔造了我国历史上第一个统一的封建帝国的民族——秦人精神成长历程的长篇散文《寻找大秦帝国》。

按说,以自己这么多年对秦岭和渭河的持续关注,坐在书斋里翻翻资料,也可以完成这本已经酝酿了四五年之久的书。但自从有了2004年的秦岭之行后,我不仅爱上了行走,而且情真意切地发现:对于一位以大地山川为写作对象的写作者来说,没有与大自然身心相融的交流,你就永远无法理解天地有大美而不言的状态后面山川大地所暗含的精神情感,也无法真切地表达一颗孤寂沉默的心灵面对一山一水之际的真实感受。因为自然的伟大远远胜过了神灵、才华、知识的启示。甚至自从有了行走秦岭的经历和感受后,每过一段时间,我就有一种迫切将自己投身于一个陌生境地,面对变幻莫测的山川大地、壮美神秘的自然山水、引人入胜的幽谷平原,弃绝俗尘杂念,有方向却无目的地在高山旷野里一个人沉默地行走、无声地思考的渴望。这不仅仅因为2004年的秦岭之行,让我真正体会到了自己被俗世烟尘熏染得感觉能力日渐丧失、感知度一天天变得麻木迟钝的心灵，一旦在美丽迷人的大自然的深情呼唤下上路，愈走弥新的自然景观、俯拾皆是的历史背影、绮丽多姿的民风民情，不仅随时可以唤回我恰似懵懂少年般天真而辽阔的想象，激发我日渐沉默的灵魂，而且可以让精神、情感、肉体在与大自然平等交流，相互融合，以及一天接着一天、只有开始、没有终点的奔走中，获得一种天开地阔、扶摇直上的奇妙感觉。这些年有始无终的行走，让我体会最为深刻的是，即便再匆忙、再繁乱、再短暂的行走，都是让一颗日渐浮躁的灵魂趋于安静的最好方式。因为那种"在路上"的感觉，不仅可以让我的精神时时刻刻处于向前和向上的状态，而且可以让内心变得辽阔而透明、单纯而更接近人本身。作为一位已经不再年轻的写作者，我的写作既是为了向读者传达我的精神和肉体抵达被描述事物情感深处的真实感受，也是为了在写作中提升、改变、警醒自己的生活方式和人生态度。而这种改变，除非作者本人情感和精神身临其境，是再丰富的知识和阅读都不可抵达的。尤其是面对和秦岭一样沉智伟大的渭河来说，愈是对她非凡身世关注久了、思考深了，就愈觉得她负载的我们这个民族的历史精神和文化情感过于古老、凝重、丰富多彩；以我原有的线性思路，如果顺着渭河干流流向从渭源县鸟鼠山到渭南潼关走下去，是不足以发现并理解渭河古老凝重、丰富辽阔的精神世界的。所以开始这次渭河之旅之际，我有意将对渭河历史身世和文化精神的考察，拓展到了整个渭河流域。虽然这次渭河之行的时间仅有短短五十天，但由于自驾行走，速度和自由度也就大大超过了2004年的秦岭之行。因此在短短五十天里，我沿渭河干流和泾河、北洛河、千河等重要支流，走遍了甘肃、陕西和宁夏渭河干支流沿岸几乎所有县区。

对于一位写作者来说，每一本书的写作方式、写作思路和它最终的结局都暗含了某种宿命的引导。比如在写作这本书的时候，我的精神和情感已经经历了太多的煎熬。尤其是面对几乎承载了公元10世纪初期以前中国历史和文化经历太多精神和情感的渭河来说，她的古老与悠长、她的复杂与曲折，尤其是她所负担的华夏文明光芒实在是过于丰富厚重、波澜壮阔了！而且发生在渭河沿岸的许多对中国历史进程的发展产生过重大影响的人和事，读者都耳熟能详。所以在写作此书的时候，我在力图呈现渭河对孕育、养育我们这个民族，并将我们这个民族塑造成世界巨人过程中的基本脉络，以及尽可能清晰地勾勒渭河古老身世的同时，更多地试图用一种文化与文学交合的眼光对一些早有定论，或者人们已经习惯用一种固定模式审视并言说的历史事件、历史人物、历史现状表达出我自己的感受——我不是历史学家，我只是中国历史文化的痴迷者和好奇的质疑者，同时我又是一位诗人和作家，我觉得，我有权利向读者讲述面对纷繁历史之际，纯粹属于我自己个体的感受和发现。因为在我看来，真正真实的历史，不一定在我们所熟知的教科书上，也不一定在几百年来我们赖以诠释几千年来我们民族历史文化经历的那几本史书上——历史的真情和隐情是一种生存状态，它的气息和血脉就保留在我们赖以生活的泥土深处，存活在我们尚未彻底遗忘的方言俚语、生活传统中，也存在于我们每个人观察、思考、发现历史的意识深处阴影下。所以在这本书里，我试图尽可能地隐去自己行走的身影，而将更多的文字留给我的情感和灵魂进入自主思考状态之际所目击到的，被现实生活突然揭开的历史缝隙间显现的那一丝即便很细微,却让我震惊、惊喜的思想光线中若隐若现的历史背影。这不是我要故弄高深,而是一个多月昼夜不息写作过程中获得的一种奇妙感觉。

屈指一算,沉迷于秦岭温暖宽厚的怀抱,我已经度过了八年让我激动、亢奋、流连不已的时光。2004年一脚踏进秦岭之际,我发现自己无意间闯进了一个值得为之付出一生的迷人世界。因此,完成《走进大秦岭》后我就决定,在完成以一座山、一个民族和一条河流对莽莽秦岭历史精神的文化构架后,我还要再度返身秦岭,从遍布秦岭深处的古老村镇、古道石刻、古老传奇、迷人风俗中,继续触摸、感知、感受古老深厚的传统文化赋予莽莽秦岭的迷人风采、醉人神韵,为山川大地立传,为一个古老神奇的民族的过去和将来留下一丝日显珍贵的精神呼吸。而且这种奔走和深入,在我此生不会停息,也没有尽头。

感谢上苍让我遇到了秦岭!

感谢我能出生、生活在古老渭河的怀抱里!

感谢在我行走、写作期间给予我温暖与帮助的每一个人!

2012年6月5日凌晨
于渭河之滨古宁远

目 录

第一章　一条河流的前世今生

源头在哪里　/ 003

鸟鼠同穴　/ 011

裸露的河床　/ 017

开封府的屋梁　/ 024

饥饿的感觉　/ 029

是泾清渭浊还是渭清泾浊　/ 034

北方之河　/ 042

秦川八百里　/ 050

回望秦岭　/ 054

东方威尼斯　/ 059

第二章　历史的影子与神话的翅膀

公王岭的篝火　/ 067

浐灞三角洲的春天　/ 073

大地之湾　/ 078

伏羲伏羲　/ 085

华胥之国　/ 093

神仙的爱情　/ 098

马家窑　/ 106

轩辕之丘　/ 112

华族和夏族　/ 118

第三章　蓬勃的粟粒

炭化的粟粒　／127

金黄的谷穗　／131

后稷的足印　／136

公刘　／142

周原在上　／149

唯有杜康　／156

高隆的谷仓　／160

渠水上的波光　／165

舟楫之利　／171

第四章　一条河流的精神传奇

文化之祖　／179

汉字的魅力　／185

青铜的亮度　／191

礼乐之盛　／196

道德之音　／201

帝国摇篮　／207

千秋霸业　／214

大儒之道　／219

终南仙境　／224

佛陀的脚步　／230

丝绸的光芒　/ 238

第五章　铁马秋风

秦人故园　/ 245

汧渭之会　/ 252

从长安开始　/ 259

纸张上的战争　/ 264

无奈的对峙　/ 268

铁马秋风　/ 273

潼关之痛　/ 280

枕着涛声入眠　/ 287

第六章　秦风雅颂

采薇之歌　/ 295

大吕之音　/ 301

秋风吹渭水　/ 307

长安酒香　/ 312

倾国倾城　/ 317

渭水香茗　/ 323

君子如玉　/ 327

远去的乡土　/ 333

后记　/ 341

第一章　一条河流的前世今生

源头在哪里

鸟鼠同穴

裸露的河床

开封府的屋梁

饥饿的感觉

是泾清渭浊还是渭清泾浊

北方之河

秦川八百里

回望秦岭

东方威尼斯

源头在哪里

挂了加力的猎豹牌越野车嘶鸣着在遍地泥泞的山坡下扭了几下屁股,熄火抛锚在深深的泥潭之际,渭河源头鸟鼠山就出现在了眼前。

举目望去,植被稀疏的山湾里一座并不高峻的山梁在前面竖起。有丛林、荆棘、草莽在山湾里无拘无束疯长,有玉米和洋芋在山下泛着苍绿。两夜又一天的秋雨刚刚停息,泥泞让这条通往半山腰品字泉的道路异常难行。自从进入甘肃渭源县就不紧不慢、哗哗啦啦的秋雨,让山前山后的植物变得异常光洁清爽。那种弥漫着湿润而清凉气息的空气似乎在有意提示,我已经抵达一条河流诞生的地方。

沿着布满泥泞和水潭的土路往上走,于疏朗的树林之间,还可以看到房舍——那应该就是鸟鼠村了。但我现在急于要寻找的,是一条如黄河、长江一样在惜字如金的古代典籍中用一个"渭"字不断提及的伟大河流源头的第一滴流水。

踩过泥潭和水潭,爬上实在不能用"高迈""雄浑"一类的词语描绘的鸟鼠山半山腰,我们猫着腰,终于在一片茂密的松林里寻找到了三十多年前上中学地理课时就让人浮想联翩的鸟鼠山品字泉。

"渭河,就是从我们校门口向北,在陇海铁路天水站附近与东柯河交汇的这条河。"

我的中学地理老师是本地人,他所指的东柯河是渭河在天水境内一条极小的支流。只是这条河从校门口流过,而且公元759年秋天,杜甫为躲避安史之乱从长安流亡天水最初的目的,就是为了投奔当时住在这条渭河支流岸边的侄子杜佐。由于杜甫,东柯河这条在渭河流域名不见经传的小河才出了名。为了表述方便,地理老师将东柯河作为参照体,向我们介绍渭河的方位。接下来,老师告诉我们,渭河发源于天水以西定西境内渭源县的鸟鼠山。他还说:"鸟鼠山下有三眼泉呈'品'状排列,涓涓细流从这三眼泉中涌出,形成了渭河的源头。"

从那以后,我印象中的品字泉虽然不大可能清流暴涌,最起码也应该泉水如注,这样才能孕育出渭河这样一条不知影响过多少王朝更迭、时序变迁的古老河流。

然而,就在我欣欣然趴在据说雨天可以腾云吐雾的吐云泉时,眼前的情状却让我有点儿失望:黑咕隆咚的泉底看不到一丝水光,只有一股湿漉漉的水汽冒上来,让人确信那里曾经有一眼泉水喷涌而出——至于眼前,这眼或可称为井而已经难以称其为泉的泉水到底什么时候干涸如斯,已经很难有人能说得清。至于那眼被后人附会了一段神奇传说——李世民西征途经渭河源头鸟鼠山,以鞭试探泉水深浅,不慎将马鞭落入泉中,后来这鞭子顺流而东行,竟漂到了咸阳桥下的遗鞭泉,虽然尚有半泉绿水,但从据说当年曾经清流如注的石罅里已无滴水流出的现状可以看出,泉里那绿得发翠的半泉积水,显然不是遗鞭

面对鸟鼠山品字泉之一的吐云泉这半泉积水,有谁相信在鸟鼠山还有孕育渭河的源头活水存在呢?

泉产生之水,而是山坡上流下的雨水聚积而成。而品字泉的另一眼——禹仰泉,虽然尚有一泓清水,泉水却少得可怜——仅能供附近居住的一户人的生活用水,也无一滴多余之水顺山而下、经龙王沟注入渭河矣。难怪1938年顾颉刚到渭源鸟鼠山考察渭河源头后,竟撰联发出"长流渭川水,溯到源头只一盅"的慨叹。

诞生于两千多年前的我国最古老的地理著作《尚书·禹贡》是不是大禹所作,我们无须考证。但这部记述当时长江中下游、黄河中下游,及这两条河流之间的平原和山东半岛,西达渭河和汉江上游疆域范围内的河流山川形势的著作说,大禹当年疏导渭河的地方在一个叫"鸟鼠同穴"的地方。仍然是一部先秦时期充满神话色彩的我国古老地理全书《山海经》说,鸟鼠同穴是山名,那里是渭河源头。渭河从鸟鼠同穴山发源后向东,在潼关北面注入黄河。直到公元五六世纪,北魏地理学家郦道元才详尽地说出了渭河源头的具体位置:"渭水出首阳县首阳山渭首亭南谷山,在鸟鼠山西北,此县有高城岭,岭上有城号渭源城,渭水出焉。"首阳是渭源的古称。后来历代著述都众口一词说,我刚刚俯察过的鸟鼠山三眼泉水——品字泉,是渭河最上源源头。然而就我亲眼所见,眼前三泉皆枯,那么距大禹导流四千多年、距《尚书》《山海经》记述两千多年、距郦道元考证一千多年后的今天,渭河的真正源头还能是眼前这三眼已经无滴水可流的品字泉吗?

所有疑问和困惑来自现实,并非我有意要颠覆古人结论。更何况,在遗鞭泉、吐云泉和2002年的《华夏故土地图》上标出的渭河源头取土处不远,有一座几近倾圮的禹王庙和渭河龙王庙,还在向我提示这里曾经有过的品字泉泉水奔涌、龙王沟水声喧闹的过去。但现实的境况,却不得不让我对现在渭河源头究竟在何处发出一遍又一遍的追问。

站在鸟鼠山,视线越过雨过天晴的鸟鼠山山谷的苍翠山梁、泥泞山路两旁硕大的冬花草和林隙、山峁之间翠绿的玉米林望过去,是蜿蜒在鸟鼠山与渭源县城之间的龙王沟。也许在更久远的岁月里,龙王沟曾经水量汹涌,为渭河提供了第一股流量丰沛的水源。然而时过境迁,现在站在龙王沟垴望断天涯,回视攀登鸟鼠山之际,我们所看到的也被当地人称为禹河的龙王沟,在经历一天

我抵达渭河源头鸟鼠山的那天，甘肃渭源县下了一天两夜的大雨，然而从鸟鼠山品字泉流入的、过去又被称作禹河的龙王沟的流水，只有这么半截子瘦瘦一线的细流。

两夜连绵不断的沥沥秋雨之后，仍然沟底干涸，很难看到一线流水，疑问和诧异油然而生：几千年的时光，一条曾经浊浪汹涌的著名河流源头，怎么说干涸就干涸了呢？

清晨从县城出发，我一直渴望能看到一股涓涓细流从鸟鼠山舒缓流出，让我能够在激动与亢奋中体会涓涓细流汇聚成大河的韵致。然而，一路泥泞中的颠簸，蜿蜒十数华里的龙王沟在我一进入的时候，展示的只有裸露的河床和山沟两岸的蓬勃野草。直到快到沟垴，才有一道时断时续、干瘦如一条淡淡丝线的细流在沟底闪现微光。当然，还有被刚刚停息的雨水滋润后略显潮湿的河床上淤积的沙痕也在提示我，不久前某一场暴雨中，这条河道也曾经有一股呼啸山洪自鸟鼠山下的龙王沟奔流而出，在县城附近与自南山流来的清源河、锹峪河相汇，形成第一波拥有浩浩荡荡之势的渭河流水，向东流去。

大禹时代、郦道元时代的渭河源头或许就在鸟鼠山的龙王沟。那么时越千年，现在渭河源头到底在哪里？几年前准备渭河之行资料时，从《渭源县地形图》上，我就注意到了县城南面、来自西秦岭余脉一条比鸟鼠山龙王沟的水更悠长的河流：清源河。所以到达渭源县第二天，我选择了去清源河。

几乎整个渭河流域都有这样一种状态，即南山高迈，群峰起伏，植被苍茫，水系发达。而渭河北岸则相反，黄土裸露，草木稀疏，干旱少雨，土塬丘壑之间流出的仅有几条支流,几乎都是泥沙俱下、浑浊浑黄,流水时断时续。所以在古代,发源于鸟鼠山的渭河也就有了一个别名:浊源河。

现在,以渭源县为交汇点,县城西北的鸟鼠山已经没有水流滋润渭河,而与鸟鼠山龙王沟相对应的清源河流域却在这个秋雨淋淋的日子显得格外清爽。一路平缓的山丘下,不时有山涧小溪或者一些无名小河朝着这条自秦岭山区发源的河流汇集。如果车行至山丘之上,俯视四周葱绿的田野和蒙蒙雨雾笼罩的山川大地之间不断闪现的清源河身影,是一件很抒情的事。

渭河原本就是秦岭山脉和关山山脉的分界河。渭源县南北气候物象,也就有了大差异。北面鸟鼠山地貌多为裸露的黄土,植物以杨树、柳树和蒿草居多,但到了清源河谷口五竹镇,房前屋后已经可以看到茂密的修竹,还有肥硕的鸭子在河水中嬉游。清源河源头山体结构多为石质,嶙峋起伏,与秦岭一脉相承。

通往鸟鼠山的道路一路泥泞,而走向清源河源头的脚下,则是被雨水冲洗得发亮的碎石沙砾,还有遍地绵软的绿草。

将正在铺设的水泥路走到尽头,一个巨大开阔的山谷出现在眼前。先是茫茫雨幕下清爽苍翠的山间草甸带着雨水、露珠,顶着雾霭、白云呈现在滂沱大雨里;然后是一条蜿蜒在飘忽白云下的苍茫山岭壁立而起,向南、向西、向北曲折延伸。山岭和草甸愈逼愈近,茂密的林莽向我走来。先是草莽,然后是灌木,走到峡谷深处,密密匝匝的林莽就在凸崛高耸的豁豁山前挡住了去路。

从谷口走进来,引导我前行的是清源河哗哗流淌的水声。河水在长满茂密灌木的河谷里急流。清澈的流水跌落在满河床或大或小的石头上,激起四处飞溅的浪花。初秋盛开的野花在浪花和雨水一遍又一遍的冲洗下,显现出一片娇翠诱人的绿。愈往笼罩着雨雾的豁豁山深处走去,河床两岸的草木愈茂密,河床也愈窄小。渐渐地,整条河流被掩藏在茂密的草莽下面,看不见流水,也看不见浪花,只有淙淙的水声和沙沙的雨声自蜿蜒曲折的河床上覆盖的灌木丛下面传来。

到了豁豁山脚下,依山而下,足有几百亩的草甸突然冒出一片粉红和娇红。凑近一看,是大片大片盛开的木棉花。虽然雨丝绵绵,清凉苍茫的雨幕还是遮掩不住醒目的花色。这时灌木丛下暗藏的水声渐渐喑哑,拨开茂密的草木,唯见幽深河床上有一线细流悄悄蠕动。河道和河床两边红色的砂砾岩表明，这是一条被激荡的河水深切的河道。几十年抑或上百年前，这里应该是清源河的中心河道。但现在，我所要寻找的清源河源头，也只能在这里了——在雨水更加丰沛的年份，或许要钻进这一片林莽，一直走到豁豁山立起的地方，才能找到清源河最上源吧。

莽莽秦岭自青海省东南部的昆仑山与青藏高原东缘的西秦岭褶皱地带向东延伸之际，将更多的山岭向北、向南延伸。从甘南临潭东北延伸的一条支脉，一路带着千山万水，来到渭河源头渭源县境内。豁豁山和渭河最古老的源头发源地——鸟鼠山，就是西秦岭在渭源县境内同一条支脉相互遥望、根脉相连的众多山岭中的两座。翻豁豁山向南，可以到达西秦岭主脊漳县和甘南草原的卓尼县，如果再向西，就是黄河另一支流洮河流经之地——临洮。所以渭源县境内豁豁山、露骨山、太白山一线，也就成了渭河与洮河的分水岭。

有了清水奔流、植被茂盛的清源河源头生机勃勃的感受，再看鸟鼠山的荒寂与龙王沟的干涸，我有了一种直觉：现在渭河的源头，似乎不在鸟鼠山下的品字泉，而应该是发源于豁豁山的清源河。

目前，渭源县境内水量最充沛、流程也最长的渭河另一源头——清源河水流清澈见底，两岸植被茂盛。

返程路上，我注意到清源河从豁豁山流到谷口鹿鸣村时，已经形成一条在西北地区难得见到的满河清流。水量充沛的清源河就从这里起步，在两岸杨柳和遍地大豆、洋芋的苍翠护送下，向二十九公里外的渭源县城流去。我还注意到，清源河形成的豁豁山下宽阔的草甸间，也修起了一座气势不凡的龙王庙；从鹿鸣村往清源河源头的山林之间，已经修起亭台楼阁——在鸟鼠山已无水可以养育渭河的情况下，当地政府也启动了将清源河确认为现在的渭河源头，并借助清源河源头优美的自然环境和清源河作为渭河源头的品牌效应开发旅游的动议。2009年，渭源县出版的《渭源县旅游交通图》上，也将流经鹿鸣村、发源于豁豁山的清源河源头，赫然注明为"渭河源"。

从渭源地方志书上看，渭河在古代也有三个源头，即鸟鼠山龙王沟水，清源河，以及与清源河并驾齐驱、发源于南部秦岭山区的锹峪河。锹峪河是清源河的近邻，也是渭源县境内一条水量仅次于清源河的渭河上源另一条较大河流，在渭源县城东面的河口村与从鸟鼠山流来的渭河（也叫禹河，龙王沟水）和清源河相汇，汇聚成渭河第一股流水，向东，朝着陇西、天水、关中奔流而去。

甘肃渭源是渭河发源地，这原本是一个无可争议的问题。但在龙王沟水（当地人称禹河）、清源河、锹峪河三条河流中哪条是渭河正源这个问题上，自民国以来就争论不休。《渭源县志》收录的民国渭源邑人庞焕昀的《渭水发源说》对鸟鼠山品字泉渭河之水与清源河进行考察比较后认为，龙王沟水经常浑浊，而且只要十多天没有雨水补充，水源便干涸断流，而清源河水量很大，必须架桥渡河。因此他认为，"似以清而长者为正源，微而近者为旁源"。至于虽然流程比清源河长一公里，比龙王沟水长二十多公里的锹峪河，却不仅因为系季节性河流，每到雨季则水流充沛，每遇枯水期或干旱则断流，且在渭河形成下游数公里之外，自然也就担当不起渭河源头之重任了。

据此，考察途中，我在《定西日报》发了一篇题为《渭河源于豁豁山而不是鸟鼠山》的文章，意在表述一个客观而现实的观点，即要用发展的眼光看待渭河源头问题。大禹时代或者《山海经》时代的渭河源头，可能就在鸟鼠山品字泉。但几千年过去了，山川地理曾经发生过多少次的沧海桑田，原先的鸟鼠山品字泉干涸了，另一个渭河源头——清源河出现了。这本来是运动变化规律中再正常不过的道理,不料此文一出,即引起当地作者口诛笔伐。时至今日,有关渭河源头问题的争论还在继续。但在我结束渭河之行的2011年9月,《华商报》组织了"走读母亲河"考察活动。记者在对鸟鼠山、清源河考察之后,根据渭源水务部门和水利部门专家以水源长度、流量大小确定江河源头的理论,也提出了将清源河作为渭河源头的观点。但当地百姓却对县政府将渭河源头从鸟鼠山改至清源河喊冤不迭。写作此文时,我还看到在2011年10月18日《西安晚报》上一位年已八旬、搞了一辈子水利的蔡静远先生,在实地考察鸟鼠山和清源河之后提出:"鸟鼠山曾经为渭水之源头,但从现在的实际情况来看,确认清源河豁豁山是较切实际的,鸟鼠山只能作为纪念来发思古之幽情。"

将渭河源头确定在已经无水可流的鸟鼠山品字泉,或者满山蓊郁、清流不断的清源河,本来无碍于奔流千秋的古老渭河继续东流。但如果我们现行的教科书还继续将一年中大多数时间没有一滴水流入渭河的鸟鼠山品字泉作为养育陕甘儿女、滋润千年古都长安的渭河源头,怎么说都是有违背事实之嫌的。

鸟鼠同穴

由于最初的渭河源头出自鸟鼠山，龙王沟垴这座即便是在渭源县境内也算不得雄矗高峻的山，就名垂千古了。

让人们最早知道在渭河上游有一座山叫鸟鼠山的，是战国时期的《尚书·禹贡》。这部最早记述我国山川河流的著作说，大禹"导渭自鸟鼠同穴，东会于沣，又东会于泾；又东过漆沮，入于河。"这里所说的大禹导流的故事，发生在距今四千多年前。

如果时间退回到四千多年以前，我们可以看到与鸟鼠山一山之隔的洮河岸边，来自甘青高原的羌人和藏人，不仅制造出了色彩斑斓的陶器，而且已经

去鸟鼠山的路上

开始在隐约能够听到鸟鼠山下咆哮水声的马家窑、寺洼山一带定居下来,一边游牧,一边种植谷物;而在从鸟鼠山沿渭河向东一百多公里天水境内渭河另一条支流——清水河岸上,大地湾人建造的当时世界上规模最为宏大的宫殿式建筑已经废弃。极有可能顺渭河东迁到关中的大地湾人,已经融合到生活在渭河另外两大支流——浐河和灞河冲击而成的浐灞三角洲的半坡村人之中,将他们所创造的史前文明继续向中原推进,开始迎接新世纪的温暖光照。

而在此之前,人类刚刚经历过一场巨浪滔天的大洪灾。

这场洪灾,发生在距今八千年到一万四千年前。这场洪灾,就是世界东方与西方共同遭遇过的史前大洪水。

古巴比伦的《季尔加米士史诗》在记载这次大洪灾时说:"洪水伴随着风暴,几乎在一夜之间淹没了大陆上的所有高山,只有居住在山上和逃到山上的人才得以生存。"

公元前3500年前的苏美尔泥版文书记载:"那种情形恐怖得让人难以接受,风在空中可怕地呼叫着,大家在拼命地逃跑,向山上逃去,什么都不顾了。每个人都以为战争开始了。"

在中国,《山海经》《孟子》《淮南子》也都对这次史前大洪灾有所记述。从中国远古神话中的女娲补天、抟土造人、精卫填海,西方《圣经》里的诺亚方舟、亚当夏娃中,我们都可以看到那场在古巴比伦人、古印第安人、古墨西哥人、玛雅人及古代中国人记忆深处留下恐怖、绝望阴影的大洪灾的影子。

那个时代,人类还处在漫长而昏暗的混沌时代。一场来历不明的大洪水突然席卷北半球。洪峰以雷霆万钧之势咆哮着冲向大陆,吞没了平原谷地,世界一片汪洋。《圣经》对这场人类空前浩劫描写得更具体:"在2月17日,天窗打开了,巨大的渊薮全部被冲溃。大雨伴随着风暴持续了40个白天和40个黑夜。"《山海经·海内篇》说:"洪水滔天,鲧窃息壤以湮洪水。"

这场大洪灾,应该是持续了很长时间。根据中国神话故事及各种典籍透露的信息可知,中国大地经历这场大洪灾的时代,大概是距今七八千年到一万年前的三皇五帝时期。而我们看到,在中国真正有人开始迎击这场洪灾,救人民于水深火热之中,却是在帝尧时代。

鲧是大禹的父亲。在鲧生活的时代，黄河流域正饱经洪水之患。鲧受帝尧之命治水，无功而死，将治水的薪火传给了儿子禹。从大禹导流遗迹遍布中国北方与南方几乎所有重要江河湖泽来看，这位受命于危难之际的中国历史上第一个水利专家，应该是在史前大洪灾后期登上历史舞台的。

渭河是黄河第一大支流。大禹时代的渭河到底如何浩浩荡荡，我们不得而知。但在大洪灾来临前，这里的山坡和丛林里，已经有自甘青高原迁移而来的西羌与西戎部族居住。依靠渭河丰沛的水资源，他们在山坡游牧、在山林狩猎，并打造出了可以用来生产与生活的石刀、石斧。那个时候生活在渭河源头高山上的原始居民，尚处于漫长的旧石器时代。这时候，这些后来被证实是炎帝部族先祖的先民，还不曾预感到一场巨大灾难即将来临，更不曾有过或是被迫、或是自愿顺渭河而下，一路背井离乡，向着关中和更远的山东境内长途迁徙的想法。

灾难是在没有任何征兆的情况下来临的。滔滔洪水从鸟鼠山、豁豁山、露骨山，以及其他渭河支流发源的沟壑山岭之间咆哮而来。山川被淹没了，大地被淹没了，连平日里他们放牧、狩猎的低矮山丘，也被突如其来的洪水转瞬吞没。奔腾呼啸的水面上漂满了马鹿、熊豹，甚至老虎的遗骸，更弱小的动物在洪水袭来的一瞬间来不及哀鸣就葬身巨浪，沉没于汪洋之中。突然变得低矮的天空下，惊慌失措的飞鸟无所适从地乱飞，寻找可以栖身的树枝和山崖。本来习惯了临水而居的人类完全被这场无休止的洪水击蒙了：栖身之所被洪水吞噬，老弱病残者葬身水底，年轻力壮的被巨浪追赶着，朝高山之巅拼命逃生。洪水开始退却的时候，这些来自更远的西部高原、后来被称为羌或西戎的渭河源头土著，面对一片狼藉的家园，不得不忍泪东迁。

这一次迁徙，大概是华夏部族的原始居民沿秦岭、渭河的第一次大规模东迁吧。

待到大禹来到鸟鼠山的时候，渭河源头已经是一片萧瑟景象。人烟稀少，鸟兽几近绝迹。死寂的大地上，只有被滔滔洪水隔阻在天各一方的山巅丛林里，偶尔升起一缕炊烟，说明那里还有幸存的人类。鸟鼠山脚下，是连天洪水，一切生命已经绝迹。只有山顶或者半山腰未被洪水淹没的洞穴里，有老鼠出没,有飞鸟进出。

　　大禹时代的渭河上源,也不可能只有鸟鼠山一个源头。在踏勘渭河上游的地形地貌之后,大禹选择了从鸟鼠山着手疏导渭河的策略。这大概是因为渭源县的西北部毗邻黄土高原,黄土堆积的鸟鼠山不仅土质疏松,便于疏浚,还可以利用疏浚后的河水泥沙冲击堰塞湖坝,拓宽河道。而或许那时候就已经存在的渭河另一源头——清源河一带的豁豁山,属西秦岭延伸部分,地接昆仑,怪石嶙峋,磐石坚硬的山体,即便是大禹有了黄河水神河伯送的河图和神奇的开山斧、定海神针,也不能够轻而易举疏通。这大概就是大禹当年选择在鸟鼠山疏导渭河的原因吧。

　　疏导渭河,大禹使用了与父亲鲧堵截之法截然不同的疏浚之法,疏通河道,拓宽龙王沟口,让滔天洪水顺利东流。

　　在过去和现在,人们对渭河源头的鸟鼠山(又名鸟鼠同穴山)曾经出现的飞鸟和鼠类共居一穴的奇异现象浮想联翩。其实,如果将大禹奔走在黄河长江干流及其主要支流导流,以及远古时代东西方共同遭遇的那场史前大洪灾联系起来考察,问题也许就简单多了。

　　大洪灾来临,大地一片汪洋。所剩无几的人类只有逃到高山顶上,才能保全性命。或许,那个时候鸟鼠山的山顶拥挤了太多逃生生物,在稍微平坦的山地上,甚至连老鼠打个洞穴、飞鸟寻找一个安身的枝头,都已经成为非分之想。为了求生,老鼠只好迁徙到山顶或山腰,凿洞为室,躲避灾难。就在老鼠将洞穴打好的时候,实在无处栖身的飞鸟,便成了这老鼠洞里的不速之客。外面还是令人毛骨悚然的暴雨和浊浪排空的洪水,世界上所有生命都在惊悚、恐惧中等待世界末日到来。也许正是那种大灾难、大不幸,让不同物种之间产生了同病相怜的恻隐之心吧,鸟和老鼠,也就这样相安无事地在同一洞穴住了下来,在惊慌与恐惧中度过那段艰难时光。于是,当大禹发现这种生物界罕见的奇异现象之后,鸟鼠同穴也就成了渭河源头这座文化名山的生命传奇。

　　洪水渐渐退去,鸟鼠山下一度咆哮如狂兽的渭河又一次归于平静。当太阳再一次升起在山川起伏、渭水蜿蜒的西秦岭上空,将光华四射的光芒洒满渭河源头的时候,肆虐华夏大地的洪水终于慢慢退去。从恐怖的梦魇里回过神来的

现在的鸟鼠山既不高大,也不险峻。绵延的山梁、稀疏的植被,在我的印象中,与渭河上游众多的黄土山梁毫无二致。

人类这时才发现,华夏大地还是那样美丽迷人。刚刚从死里逃生的人类怀着感恩和狂喜,重新恢复了在山坡上播种、在丛林里狩猎、在河水中捕鱼的生活。渭河源头,鸟鼠山苍山如黛,生机勃勃。半山腰的洞穴里,飞鸟和老鼠已经习惯了在同一洞穴里居住,按照自己的生活方式,在同一个洞穴觅食生子,繁衍后代。

大悲之后的大喜,让世界变得如此安详、和谐。

大禹导流鸟鼠山一两千年后,流淌着大禹血液的秦人,又在鸟鼠山附近的山顶上修筑起了长城。秦昭王修筑的西接临洮、东达陇西,与渭河遥遥相望的秦长城崛起一百年后,鸟鼠山迎来了千古一帝——秦始皇。

嬴政二十七年(公元前220年),秦始皇荡平六国的第二年,这位功成名就的始皇帝决定巡游天下,用自己自信的目光一一审视他亲手打下的大好河山。大概是出于对故土的留恋与感恩吧,秦始皇这次巡游的第一站,选择的是出咸阳城,沿渭河向西,进入先祖曾经生活、崛起过的天水、陇西一带,直抵北地。

秦始皇的巡游车队出现在当时被称作首阳的渭源县时,渭河下游咸阳一带的关中平原,渭河水浇灌的五谷丰收在望,一座座高隆的粮仓正等待着丰收的黍粒充实。到了渭河源头,听惯了渭水秋波的秦始皇还要去与渭河隔鸟鼠山相望的临洮,看一看在秦国最初西部边界上矗立的长城,而鸟鼠山是那时渭源到临洮的必经之途。秦始皇不仅在渭河源头附近的关山住了一夜,还催辇登临鸟鼠山。

在鸟鼠山上,秦始皇望到了什么呢?

在秦国故地养育了横扫六合铁血之师的渭水源头,秦始皇在遥望蜿蜒在山岭上的长城和烽燧的时候,一定也看到了从鸟鼠山下滚滚东流、直达都城咸阳城下的渭河的粼粼波光。

裸露的河床

众多支流在鸟鼠山脚下汇合后,渭河奔流的步伐更加强劲。

摆脱源头纵横交织的峰峦,河水进入辽阔而平坦的河谷后,就抵达了渭河上游第一个河谷盆地——陇西盆地。在渭源境内,渭河的主要支流发源于秦岭山区,所以尽管有发源于鸟鼠山又叫浊源河的龙王沟水加入,丰茂的植被还是让从源头流出的渭河显得并不浑浊。然而进入陇西,四周蜂拥而来的细小支流携带着黄土泥浆,骤然间就让渭河水不仅变得浑浊,而且黏稠浑黄。

一条河流的精神和情感,由此诞生并成长。

从源头到关中,再从潼关融入黄河,渭河一路上要面对两大地理区域:南面,与她并肩东行的莽莽秦岭险峻高迈,苍茫林海和起伏山岭不断孕育出一条又一条河流,为她提供了清澈丰沛的水源补充,使这条古老河流在奔流千里之后依然保持着旺盛的生命力。北面,渭河在接纳来自世界上最深厚的黄土堆积层堆积而成的黄土高原上流量有限的支流的同时,还必须容纳并接收每到雨季奔涌而来的泥沙与黄土。而另一座矗立在渭河流域北部、至今还积聚着充沛的水源、为渭河干流补充水量的山脉,就是自宁夏南部顺势南下,在天水、陇西、平凉、宝鸡一线为关中平原竖起一道天然屏障的六盘山山脉,亦称陇山。

从渭源形成河流,到从天水东部进入关中,陇山山脉若隐若现,与隔河相望的莽莽秦岭目送渭河在秋风秋雨中穿越悠悠万重山,流向长安。于是阻绝关中与西部交通的陇山山脉,也就不仅仅局限于一个地理分界岭,而且成为历代行政区域的标志性分界。汉末魏初,习惯于以右为西的古人开始以"陇右"一词,泛称包括今甘肃中部、宁夏南部和青海东部的广大地区。

先秦时期,陇右广大地区被称作狄道。顾名思义,那里应该是戎狄居住之地。到了秦昭王时代,秦国疆土已经从关中延伸至渭河源头鸟鼠山以西的临洮一带。于是这位为将来始皇帝统一六国奠定坚实基础的秦国君王,在原来狄道辖区内设置了陇西郡,并在渭河上游的陇西、渭源、临洮修筑了蜿蜒在秦国西部边境的长城。那时候的陇西郡所辖范围,远非现在渭河流经的陇西所能涵盖得了的。它包括今甘肃中部、宁夏南部和青海东部的广大陇右地区。

无论时局怎么变,当年渭河流经的上游,一直是戎狄的统治地区。獂戎、犬戎、羌戎、邽戎穿行期间,这些马背上的民族不仅游牧、征战、抢掠,还在与渭河中下游的周人和秦人不断冲突与融合中,开始了亦农亦牧的生活。可以想见,两三千年前的陇西盆地地势平缓,山塬起伏,在滚滚奔涌渭河的滋润下,这里曾经牧草苍茫,绿草如茵,林木苍翠,牛羊成群。西戎——这个在整个春秋战国时期,甚至更远时期主宰西北大地的马背上的民族、西部牧羊人的后代,就在渭河流域的河谷山坡、山间草甸游牧、生活,并以寒光闪射的月牙刀,在陇山之右不断挑起骚乱与厮杀,开拓属于他们的生活。

渭河两岸丰茂的牧草不断被疾风骤雨般的马蹄踩碎,卷起纷纷扬扬的草屑。这时,矗立在渭河北岸起伏山巅的烽燧,也就冒起滚滚狼烟,将一份份咸阳宫或长安城皇宫里最不愿看到的战事牒报,送到皇帝和大臣案头。

那时候,现在渭河流经的陇西、武山、甘谷一带,是牧草和牧歌的天地。远处山岭被茂密的丛林覆盖,近旁坡地牧草丰茂。有人在山坡牧羊,也有人将刚刚从秦人那里用皮张和鹿肉换来的种子撒到向阳的坡地、或临近渭河的河滩上,开始尝试种植糜子、谷子和小麦。川流不息的渭河让居住在这里的古羌人或犬戎、冀戎,尽情享受大地的温暖和渭河的滋润。蓝天白云,茫茫草场,起伏林海,大自然如此盛情的顾恋,让这些习惯了在马背上征战杀掠的民族,面对滔滔渭水给予他们的赏赐,内心也充满了无尽柔情。

这种现状到秦穆公建立东至潼关、西到临洮,包括整个渭河流域的强大秦国之际,一直没有改变。甚至直到明代以前,整个渭河上游地区仍然满河巨流,奔腾不息。从渭源到陇西、天水一带的秦岭山区和北岸的黄土丘陵、陇山余脉,良好的植被让山林里穿行着熊、豹和虎一类的大型动物,也有猞猁、羚羊和豪猪在林间嬉戏。而在渭河岸边,怀有闲暇心情的垂钓者只要投下鱼钩,就有活蹦乱跳的鱼和螃蟹上钩。如果幸运，大鲵和河龟也会为这些曾经以游牧为生的土著带来万分惊喜。居住在从《诗经》时代就遍布渭河上游山林地带的板屋之中的秦人后裔，在渭河滋润的林地间生活得自在而富足，因为渭河也让这里的森林茂盛，生机勃勃。大业五年（公元609年），隋炀帝杨广翻陇山、经天水，到渭河源头时看到的渭河源头，还是一派河水浩渺、波涛汹涌的壮阔场面。感怀于渭河源的美景，隋炀帝在这里写下了"惊涛鸣涧石，澄岸泻崖楼。滔滔下狄县，森森肆神州"的诗句。

然而，游牧与农耕的较量在渭河中上游一带一直没有停止。元狩四年（公元前119年），汉武帝派大将军卫青、骠骑将军霍去病出兵陇西，收复河西走廊后，开始在河西和渭河上游陇右地区驻兵屯田，开发农业。公元3世纪中叶，蜀魏以秦岭渭河为界，展开持续争夺战。在渭河上游以天水为中心的陇右地区对垒之际，为了保障军队供给，魏将邓艾与蜀将姜维身披乌衣，手执耒耜，带领将士开荒屯田，"积谷强兵"。到了唐代，大唐帝国在河西道和陇右道的屯田数量与日俱增。当时，全国三分之二的屯田集中在这里。为了征战和杀戮，渭河上游长满了蓬勃生长的黍粒，渭河两岸大片大片的牛羊畜群被驱赶到与渭河水遥遥相望的丘陵高山。从渭河源头到陇西、武山、甘谷一带甘肃境内，渭河两岸平坦的河川与向阳的坡地上曾经一望无际的草原草甸，被开拓成大片大片的农田，绵延在山谷平地的茂密森林被一日日吞噬，谷子、糜子、小麦和大豆的香味，代替了弥漫渭河两岸数千年的牧草芳香。虽然在唐睿宗时期，风流至极的太平公主在渭河上游陇右地区尚拥有上万马匹的财产，但农耕文明与过度开发的风暴，终于像势不可当的瘟疫一样，使涵养渭河水源的草原、丛林，不断向距离渭河干流更远的地方退去。

大片大片的草原和林地被开垦之后，河水也就从原来的高山之间渐渐退缩到了曾经覆盖在河水下面的山谷中央。一旦河水让步，那些从中原和西域引进来的各种作物，就会一夜之间将河床两岸的空地据为己有。有了更多的粮食，在战乱中逃荒的流民、长期驻扎边关的戍边老卒，以及被政府派遣而来的移民，就成了这里的新一代居民。大量居民涌入曾经的戎狄之地，让渭河上游突然涌现出一座座繁华的城镇，也让渭河流经的陇右地区在唐玄宗天宝年间呈现出"闾阎相望,麻桑翳野,天下称富庶者无如陇右"的胜景。与此同时,渭河两岸生活的兼有羌、氐、吐蕃和蒙古血统的土著的厄运,也由此开始。到了明清时代,陇西一带虽然也有森林,却已经退居到了离河岸很远的山间,而且支离破碎;当地居民虽然仍然沿袭着两千年前老秦人居住板屋的习惯,但那些建筑板屋的木材,要从很远的山林里采伐;曾经肥沃的河谷,越来越频繁地被干旱、盐碱和泥沙侵袭。几乎整个渭河中上游地区和陇东地区陇山山脉流出的支流,如散渡河、葫芦河、清水河、汭河、泾河在失去森林、草甸涵养后,日渐枯瘦。年复一年,随雨季涌入的泥沙,让渭河河水日渐浑浊。到了清末和民国,旱灾、蝗灾、风灾,成为渭河上游各县县志最为频繁的记录:"咸丰二年(1852年):大风自泾州(泾川)西来,过宁远(今武山),声若雷,黑雾四塞,行人触风即迷失方向,历一时许。风过,地面遍铺黑沙,人行沾履。""同治元年(1862年)七八月:飞蝗蔽天,秋禾食尽。""民国十八年(1929年)1至6月:由于上年大旱,粮价奇涨,榆盘孟家泉村民众饿死过半。县长孙金堂在北仓(今体育场)设粥厂放粮,定西、陇西饥民赶来就食,死于道旁。"到了当代,发生于"三年困难时期"的那场骇人听闻的甘肃大饥荒,至今让人记忆犹新。据新华社记者傅上伦、胡国华、戴国强调查数据显示,甘肃饿死人数在一百万以上,而渭河上游的定西、陇西、通渭等地,又是这次天灾加人祸造成的非正常死亡的重灾区。

渭河水由大变小,地处陇右的渭河上游从唐代开元盛世富甲天下,一变而为苦甲天下、闻名天下的苦焦之地。这到底是人类的活动让渭河变瘦、变小了,还是越来越干涸的渭河,将她身边的子民推到了无可挽救的贫困与苦难的深渊呢?

即便是从卫星遥感图上俯视,我们都可以发现,现在的渭河从源头一经流出,就进入了中国西部一块仅次于新疆,裸露、苍黄得让人瞠目的地区——甘肃定西。虽然渭河干流在定西境内仅仅流经渭源、陇西两县,但苦甲天下的定西大部分地区,都在渭河流域。纵横在渭河北岸,绵延黄土丘陵与光山秃岭之间的众多沟壑,曾经是渭河上游万千支流的故道。但它们现在焦渴得一片喑哑:天不降水,沟壑里也没有水可以供给渭河。而巨大的蒸发量,又使这些曾经水源丰富的沟壑一年四季生出一层白花花的盐碱。风吹过光秃的山梁,天地之

居住在渭河上游光秃山梁上的渭河人家既听不到渭河的涛声,也从来没有享受过渭河浪花的滋润。他们每天面对的,是一片蔚蓝天空下光秃贫瘠的土地。

间就有滚滚黄尘腾起。如果行走在渭河河谷,在早已退避到几公里甚至几十公里之外的渭河故道两岸山崖上,还有被渭河水浸泡过的砂砾岩岩缝里渗出的斑斑水迹,在回味渭河曾经有过的大浪滔天的过去。但俯下身来,当我们的双手触摸到举目皆是的裸露河床里,干燥得跟远处山顶上的黄土一样,轻飘细碎、柔软如面的沙土时,我们立即会意识到:大禹、隋炀帝和秦人先祖游牧时代的渭河,早已离我们而去。

曾经满河床的沙子,已经蜕变成一口气就能吹起一股浮尘的尘粒。那么,还有什么坚硬的东西能够抵抗岁月的碾轧呢?

当渭河从陇西城流出,到了北岸出产中国最有名的洋芋、南岸盛产质地良好的当归、茯苓等药材的文峰镇后,宽阔的河道还裸露在暗蓝色的天空下,只是已经没有多少水可以流淌了。如果一定要从河道中央寻找到一些水流,我所看到的也是从生产商业文明与有色金属铝的城镇流出的那种或泛着白沫、或散发着令人作呕的恶臭味的锈迹斑斑的工业废水,还有由于河滩上蒸发量与河床湿度巨大反差而产生的寸草不生的大片大片盐碱的痕迹。那种形态,已经与养育了渭河两岸千秋生命的渭水毫无关联。只有雨季来临,陇西、通渭一带一年四季泛着干枯白光的山壑沟峁之间，突然落下的来不及被没有多少植物的土地吸收的洪水，才会带着顺流而下的黄土，咆哮着从那些曾经溪水奔流的故道涌来，为裸露在天空下的苍凉河道带来一些浑浊黏稠的流水。一旦雨过天晴，火烈的太阳会迅速将河水吸干，龟裂的河道继续它寂寞、干渴的时光。沿甘谷与武山交界处紧傍渭河南岸逶迤西行，从甘谷县境内鸡嘴山山腰连接甘谷磐安与武山洛门之间绵延数公里的槽型通道可以断定，最起码在这条通道开通之际，这段南北宽则十数公里、窄则数公里的渭河河道，一旦进入汛期，肯定是满河激流，车马无法通行，人们才在这座砂砾岩结构的半山间开通了依渭河南岸西行的悬空通道。

有人在研究渭河上游定西境内渭河水源日渐枯竭的原因时认为，这里属于中温带半干旱、中温带半湿润半干旱地区，蒸发量是降水量的3.6倍所致。然而，当我们从文峰镇顺裸露的渭河河道继续东行，到了武山县鸳鸯镇、山丹乡一带，在两岸闪现着褐红色丹霞地貌的河谷间，又一条清澈见底、水波平缓的

渭河流经干旱贫瘠的定西后，从源头而来的流水已经消耗殆尽。

大河进入渭河原本已经干涸的河道,让人焦渴得有些眩晕的双目突然变得滋润与惊喜。

这条河流叫榜沙河。她的源头在渭河南岸的秦岭中。那里有千万条细流将奔走与前行的方向指向渭河。河里有了水,河床和河岸上也就有了生机。宽阔的河道可供河水肆意漫流。在榜沙河河水充沛的季节,突然袭来的河水将河道里随风飘来的枯叶败枝、工业污染物冲走;汛期过后,河水滋润过的河道里会迅速生长出蒿草、荆刺等植物。成年累月的泥沙冲积而成的河间高地,还会形成植物茂盛的河心岛。而在自鸳鸯镇往东,武山、甘谷、天水一线的渭河两岸,发源于至今植被尚为丰茂的秦岭、关山之间的河流不断加入,渭河又一次恢复了生机,带着渐渐丰沛的水流,像一条真正的大河一样,开始了新的旅程。

从古代到现在,渭河在告别它的源头之后,用或奔腾或柔曼的流水,吸引了多种部族的游牧民族在河沿、山谷平坦地带定居下来。众多村庄、城镇在渭河滋养下不断壮大。这里也成为甘肃境内人口最密集的地区。炊烟从村庄上空升起,临近河滩的川道里,韭菜、白菜、胡萝卜以及弥望的小麦、玉米、大豆围绕在河流两岸,使这里成为西北大地难得的一块富饶之地。

告别了干旱与贫瘠,前面将有更多的河流,以更大的力量和激情加入一条河流古老而悠远的合唱。

开封府的屋梁

一排排巨大树木被砍伐之后,顺着山林之间一道道从山顶直通山下的"溜槽"呼啸而下,人运车拉,搬运到渭河岸边。然后,这些来自渭河上游的西秦岭北坡,甘肃境内武山、甘谷一带的千年松柏,将从这里起程,乘着波涛汹涌的渭河巨浪一路东进,途经关中,从陕西潼关附近进入从山西高原滚滚南下的黄河,直抵正在建设中的北宋都城——开封。

这是一千多年前发生在渭河上游的一幕。

从武山鸳鸯镇归入渭河的榜沙河,是现在渭河上游天水境内水量最充沛的支流之一。它的源头和流经区域,是重峦叠嶂的秦岭山区。如果逆榜沙河一直朝南、朝西,可以进入甘南藏区。唐宋时期,吐蕃人曾经长期占据榜沙河及其支流和武山一带,以武山洛门镇为界,与唐宋王朝对峙。吐蕃军队就是以与青藏高原地脉相通的莽莽秦岭为屏障,在渭河上游与被安史之乱大伤元气的唐军抗衡达百年之久。武山境内的渭河和榜沙河流域的高山之巅,巍然蹲踞的巨型土堡,有一些就是唐宋时期吐蕃守军的防御工事,或当地人抵抗吐蕃、金、夏和蒙古军队的堡寨。

秦岭山脉自青海河南县西倾山与昆仑山告别后,向东蜿蜒集合起来的第一组群山阵营,就在渭河上游南岸一线。巨大的群山将以甘南草原为核心的游牧文化阻绝在渭河上游的南面和西面,而起伏无定、苍苍茫茫的山岭迈向中原的步伐才刚刚开始。尽管一座接着一座的群山阻隔了潮湿空气顺利到达渭河上游更广大地区,但秦汉时期,绵延的牧草和茫茫的林海,依然在秦人西部边界肆意蔓延。因而历史上很长一段时间,这里仍然是羌、藏、氐等西戎部族游牧的乐园。到了春秋时期,当这些马背上的民族慢慢接受当地土著农耕生活的濡染，开始以定居替代逐水草而居的游牧生活方式时，渭河上游取之不尽的森林资源，给了他们的生活极大的便利。

当年，对这些被称作戎或西戎的游牧民族早年在甘肃天水境内渭河上游的生活状况，《诗经》里的《小戎》描述得最为具体。是他们就地取材，在林间草地建起了"板屋"——一种到现在秦岭深山依稀可见，整座房子以原木围墙，以木板覆顶的木房子。这种通常以松木或柏木为材料的房子，并没有妨碍渭河上游林木的繁衍与蔓延。然而到了宋代，北宋统治者所居住的那座容纳一百五十万人口、当时是世界上最繁华的东方大都市——开封城的周围，已无建筑木材可用。为了拓建标榜北宋王朝强盛与繁荣的开封城，北宋皇帝将目光投向了远在数千里之外，渭河上游的茫茫林海。

莽莽秦岭矗立在渭河南岸，延缓了南太平洋暖湿气流北上的步伐，也阻挡了北方寒流长驱直入横扫中国南部，还让这里成为中国内陆物产和物种最丰富的地区之一。渭河上游西秦岭的高山峡谷，是云杉、油松、水柏子和红桦、白桦等建筑用材的天堂。如果从武山再向东，进入天水境内的小陇山林区，红豆杉、青冈、桧柏、银杏往往长得高大魁梧，树干参天。

那时天水境内的渭河上游还是宋、金和吐蕃人交战的前沿阵地。驻守在秦州（今天水）的宋军，一方面要防备金兵和吐蕃军队进犯，同时还肩负采伐木材、看护从渭河漂向开封城木料的任务。

宋代在渭河上游采伐木料，开始于宋太祖建隆二年（961年），即北宋建立的第二年。这一年，尚书左丞相出身的高仿出任秦州知州。这位从汴京城里下来的京官在秦州巡察时发现，天水境内渭河沿岸有成片绵延不断的原始森林，而百废待兴的开封城那时正在大兴土木，兴建后来在张择端《清明上河图》里街坊相连、楼舍弥望的东方大都市，急需大量优质木材。这位精明的知州深知，将渭河上游采伐的木料运到汴京，不仅可以解决兴建开封城急需木料的问题，还有丰厚利润可赚。于是高仿立即招募三百名士兵，建立采务造——也就是现在的伐木场，开始开辟从天水溯渭河向西，直达武山的伐木通道。

中晚唐以后，武山县洛门镇以西大部分地区被吐蕃占据。那些占据在依山而建的堡寨的吐蕃军队，原本就与天水一带的守军摩擦不断，现在宋朝守军要大张旗鼓在两军交界的山林大肆采伐木料,剑拔弩张,势所难免。虽然开始采伐之前,高仿在当时被称作伏羌和宁远的甘谷、武山渭河一线一百多里修筑了防御吐蕃军队、保护木材采伐运输的堡寨,并派兵把守,但北宋军队的大肆砍伐,还是让吐蕃军队忍无可忍。

建隆三年(962年),驻扎在武山的吐蕃首领尚波于率领三千吐蕃军队渡过渭河,抢夺木材,杀伤伐木工人和守护士卒,攻占伏羌(今甘谷)。作为还击,秦州知州高仿出兵击败吐蕃军队,并将俘获的四十余名吐蕃俘虏和缴获的战利品,敬献给宋太祖赵匡胤。宋太祖深知吐蕃人居住的渭河上游群山绵延,易守难攻,连大唐军队都奈何不得,为了确保尚有金兵和西夏虎视的渭河一线的安全,释放了吐蕃俘虏,还赏赐以锦袍银带,同时任用吴廷祚为节度使,接替高仿管理秦州。宋太祖的宽宏大量感动了尚波于,吐蕃人主动向北宋朝廷归还了伏羌之地。一场因采伐渭河上游木材而引发的北宋与吐蕃的边境危机,就此得以化解。

北宋与吐蕃的伐木之争暂时平息,但汴京开封的建设在宋太祖时期才刚刚开始。朝廷需要大量木材,地方官员就有义务为朝廷分忧。更何况,这种于公于私都有好处的交易,利润实在太诱人了。接下来的四五十年间,甘谷、武山一带还在源源不断砍伐木材。为了防范吐蕃再次阻扰并抢掠运送京师的木料,驻守秦州的地方官员继续在渭河北面建立堡寨,派重兵把守。大中祥符五年(1012年),朝廷在临近渭河的现甘谷磐安置采木场,并下诏秦州派骑兵百人、步兵六百人把守采木场。

生长在渭河南北山岭上的千年古树被一棵一棵伐倒,然后运送到武山、甘谷和天水一线的渭河码头,再由专人将一根一根的巨型原木编成木筏,推入渭河,任凭滚滚渭河水将成排成排的木料漂向关中,进入黄河,驶向北宋都城开封。到了那里,等候在黄河岸边的官兵将来自两三千里外的木料捞起来,直接运送建筑工地。一座座皇宫大殿、寺庙堂馆,就用这些来自渭河上游的木料建了起来。

一根巨型原木从西秦岭北坡的武山、甘谷起步,经过渭河和黄河,漂流多少天才能到达开封?也许一两个月,也许要半年时间。无论怎样,一根刚刚砍下来,还流淌着新鲜树脂的松树,浸泡在河水里,一路颠簸到达目的地的时候,已经没有任何生命力,却可以在京师能工巧匠的手下转化成另外一种艺术品,并流传千秋。

为了建设开封城,整个北宋时期到底从渭河上游砍伐了多少木料,没有人统计过。但从甘谷、武山等地县志上可以看到,开始于北宋初年,保障渭河上游伐木活动及通过渭河将木材安全运往京师的地方级朝廷管理机构,几十年间不仅一直没有撤销,而且在不断加强。

最初的采伐,是在便于运输的渭河岸边附近的山岭。到了后期,渭河水运便利的地方的可用之材被砍伐殆尽,专为朝廷组建的砍伐运输队伍,不得不向渭河两岸更南或更北的林区推进。政和八年(1118年),宋徽宗下诏重修开封城被大火焚毁的宣德楼和集英殿,一道紧急为重修宣德楼和集英殿筹措上等木料的圣旨,被迅速送到当地官员手里。

宣德楼和集英殿是北宋皇宫建筑之一,主要用于大型皇家宴会与测试进士的考场,不知何故,毁于火灾。估计当年建造这两座与举行朝庆大会的北宋皇宫一样,开封城规模最为宏大、也最为重要的皇宫主体宫殿的木料,也来自于渭河上游。所以宋徽宗下诏熙河路之巩州(今陇西),采伐修复宣德楼和集英殿所需木料。伐木令到来的时候,甘谷、武山渭河近岸已无适合皇宫要求的木料可采,地方官员只好派人到远离县城与渭河渡口的南部山区寻找木材。走遍附近山岭之间残存的森林后,他们终于在武山县南部秦岭深处的滩歌一带,找到了符合朝廷要求的用材林。

滩歌是武山县南部深埋在万山丛中的一座古镇,唐宋以来长期被吐蕃占据。"滩歌"一词是古吐蕃语,即踏歌而舞的意思。这次伐木地点,就选择在临近渭河、武山境内另外一条来自秦岭山区的支流——南河源头附近的青竹坪。从农历九月初二到十二月廿一,二千三百七十余根长五丈至十丈的原木采伐告罄。伐木工用同样的方法,将这些巨型原木放进南河,漂流到南河入渭河渡口,再捆绑成木筏或木排,投入渭河,漂流到都城开封。

这次宋代在渭河上游大规模采伐木料的情况,当时被人在木材采伐地——武山县滩歌镇以摩崖石刻的方式记录了下来,并勒石于当年采木场附由甘肃武山县滩歌镇教师杨健全抄录的记录了宋代采木情况的摩崖石刻原文。

近的石崖上。这块掩埋在群山之间的摩崖石刻,前些年才被发现。

能看见的历史写在书本上,看不见的历史的伤痕,还深深刻印在渭河上游一座接一座比死亡和贫瘠更为恐怖的山岭上:北宋灭亡了,金兵、西夏、蒙古人和李自成又来了。兵燹战火,以及开始于明代的大移民,让渭河再也无法回到山清水秀、牛羊成群的过去了。遍翻史书,我们看到的,是从明代到清代愈演愈烈的烧荒耕种的野火,在渭河上游山谷川原之间四处蔓延。到了民国时期,寸草不生,灾荒连年,已经成了渭河上游的生存现实。而在滋养渭河的西秦岭和渭河北岸的泾河流域,成片的原始森林已经不复存在,零零星星的偏远林区涵养的水源从日渐稀疏的山林里流出,还没有机会进入渭河,早已耗尽了它奔涌和流淌的生命。

在公元11世纪前后辉煌一时的开封城,已经归于沉寂,而渭河还在奔流。也许从现在幸存的开封古建筑里,我们已经无法找到一根来自西秦岭北坡的木材所建造的屋梁,但从渭河飞溅的每一滴水珠里,我们却可以看到渭河满河清流的过去。

饥饿的感觉

徘徊在渭河上游,我试图从渭河流经的甘肃定西境内的广大流域内,寻找到最近几百年或者几十年更多渭河支流古河道的痕迹,但渭河北岸安定、陇西、通渭一线太多太深邃的黄土沟壑,让我的奔走显得无助而且无奈。从地图上看,那一带还有不少或长或短的浅蓝色河流标示线指向渭河,原猜想那里应该有一条条河流流入渭河。走近一看,却是一道道深邃无比,干燥得尘土飞扬的沟壑。干枯的沟底寸草不生,交合了盐碱的土层坚硬如铁板,好像从来没有一滴水从那里流过。

定西境内的渭河流域属渭北黄土丘陵区,干旱焦渴的道道山梁与陇东黄土高原、陕北黄土高原隔六盘山相望。但这里的土不是黄色的,而是苍白色的。再平坦的塬上,也很难长出茂密的玉米林和金浪翻滚的小麦。洋芋、荞麦和早

通渭、会宁一线渭河上游这些赤裸的山,在渭河水流浩荡的年代也曾经满目葱茏。

已被渭河中下游淘汰的谷子、糜子，是这里的主要作物。更高的山梁上，甚至连一棵野草，也必须借助向阳且多少有点儿潮润气息的特殊环境才能艰难生根。七八月，华家岭一带的山巅才进入短暂的夏季，而渭河谷地桃花盛开、春意盎然的四五月，那里的山湾里还堆积着闪射寒光、冻僵在惨白土地上的积雪。

渭河从陇西转过弯，就直奔武山和甘谷了。在陇西、武山、甘谷、秦安北面更广袤起伏的山梁沟壑，还有一个叫通渭的地方。即便是在渭河干流水流丰沛的古代，渭河飞溅的浪花也不会濡湿通渭境内哪怕一粒尘埃。但那里却有无数条只有到夏秋之交才可能有山洪流过的绿线，弯弯曲曲与渭河交结。有一个民间传说，说现在通渭的名字本来是为渭河穿境而过的甘谷县所取，然而传送朝廷文牒的使臣，将两个县的文牒送反了，于是人们将错就错，将渭河干流没有流经的地方叫成了通渭县，而渭河自西向东横贯县境、本应该叫通渭的真正的通渭县却成了甘谷县。

汉武帝元鼎三年（公元前114年）通渭始设县治的时候叫平襄，到了宋代才改称通渭。那么，甘谷、通渭两县县名张冠李戴的传说如果是真的话，那也应该是发生在宋金两朝以渭河为界争战不息的宋代。

汉武帝时期，通渭一带虽然远离渭河干流滋润，仍然是渭河上游流域内一块草丰林茂之地。这里的居民尚未告别亦耕亦牧的生活，那些纵横全境的沟壑山梁之间，应该还有更多可供万物生长，而且极有可能物产丰富的土地。但翻开《通渭县志》，到了汉唐以后，地处陇中腹地的通渭历史上记载最多的，是战乱、兵患、灾荒等民间的苦焦生活。特别是到了明代，大概是因为渭河上游大范围生态骤然恶化的原因吧，类似"大旱两年，民大饥，人相食，流亡者不计其数""连旱四年，民大饥"的记载数不胜数。通渭闹旱灾和饥荒，渭河上游各县也不例外。从《通渭县志》嘉靖七年（1528年）"巩昌府各县大旱，民大饥，食草茹木，人相食"的记载可以断定，明代时期的渭河上游，已经是一片旱灾连年的苦焦之地了。而20世纪50年代末至60年代初，发生在渭河上游甘肃境内那场骇人听闻的大饥荒，则让通渭这个与渭河山水相连，却很少受到渭河流水滋润的小县出了名。

饥饿,永远也望不到尽头的饥饿,把所有正常的脑瓜儿都搅得天昏地暗,一塌糊涂。

大难临头的气氛笼罩着这个小村,也笼罩着这一户农家。敢于想的办法均已想尽想绝。可以吃的以及不能吃的东西也已全部啃了,嚼了,吞下去了。榆树皮、杨树皮剥光了。柳树皮苦比黄连,也剥下来烤干磨成粉咽了下去。还有什么?荞麦皮点把火烧成灰,和在水里喝下去也管用。连棉絮也扒出来吃了。最后吃了荞衣,人肿得不成人样……

死亡的感觉在饥饿的躯体里膨胀。这一户农家只剩下父亲和两个娃。父亲一动不动地偎在炕上,苟延残喘。娃娃们的忍耐力并不一定比大人强,但最后一点儿可以吃的东西是尽娃娃们吃的。现在,只有他们还能动弹。女娃比男娃似乎更多一点儿气力。终于,这一天,整天整天死闭双眼再不说话的父亲从炕上歪歪斜斜地撑起了身。他给锅里添上水,又在灶膛点了把火。女娃被赶了出去。临走她看见弟弟躺在床上。等她回来,弟弟不见了,锅里是一层白花花油乎乎的东西。她吓坏了,整日待在院子里不敢进屋。她看见了,灶边扔着一具白白的骨头。她不明白这是怎么回事。她只是怕极了。

隔了几日,父亲又从炕上歪歪斜斜地撑起了身。这一回,他几乎是爬着给锅里添上水,又在灶膛点了把火。然后,他招招手,用女娃从没听见过的声音,断断续续地唤:"来,来。"

女娃吓得浑身发抖,躲在门外哭。父亲还在唤她。女娃哭着说:"大大,别吃我,我给你搂草、烧火。吃了我没人给你做活……"

这只是我听到的许多骇人听闻的真实片断中的一个。而这,则是1958年到1962年在通渭这块中国大地上的一种真实存在。

人为什么吃人?几乎所有人在初闻此情时都不约而同地提出了这个疑问。为什么呢?有人说,人饿到一定程度就迷糊了,神志不清。有人说,没有别的原因,就是为了活下去。为此,我询问了我接触到的所有人。也许,我们永远也不可能从一个曾经吃过人的人的嘴里得知他之所以吃人的原因。

这是1988年,《北京晚报》记者沙青在报告文学《依稀大地湾》中首次公开发表、将发生于"三年困难时期"的骇人听闻的"甘肃大饥荒"冰山之一角披露给世人时,描写通渭县一个家庭"人相食"真实一幕的文字。

甘肃那场三分天灾、七分人祸的人间惨剧的重灾区,在渭河上游的定西、天水及其周边地区。尽管许多县志上对那场灾难讳莫如深,只字不提,但也有如《通渭县志》这样一些对历史负责的志书编撰者,尽可能真实地记录了那场灾难的历史。"三年困难时期",甘肃非正常死亡人数在百万以上。据原新华社高级记者杨继绳掌握的数据显示,包括定西、陇西、通渭、静宁、武山、清水在内,甘肃境内渭河上游地区死亡人数占全省死亡人数一半以上。1965年,通渭县委统计说,1959年到1960年大饥荒期间,全县死亡60210人,2168户人家绝户。但据原新华社高级记者杨继绳《墓碑——大饥荒纪实》统计,从1958年到1960年的三年间,仅通渭这个30万人口的小县,非正常死亡人数占全县人口的30%以上。

杨继绳在通渭采访时,还记录了不少刮死人骨头上的肉、用死人骨头熬汤喝的真实故事。已故通渭县中医院大夫卢念祖生前回忆说,1959年腊月,实在没有任何东西可以填肚子的他母亲,带着女儿去抛弃饿死死人的河沟里刮死人肉。到了沟里,刮人肉的人很多,她们碰上一具尸体,大家把骨头割下来分了,拿回去煮着吃。有一天,他三妈煮了一条人腿,端给奄奄一息的三爸吃,三爸不忍吃,摆手示意让其端出去。可他三妈刚出房门,就被几个闻到腥味赶来的饥民抢吃一光。不几天,他三妈失踪了,人们在庄后的地埂下发现了他三妈被人吃后留下的一双女人小脚和鞋袜!

2005年,我在天水接待刚刚完成《夹边沟纪事》、正在搜集调查后来出版的《定西孤儿院》写作素材的著名作家杨显惠时,这位刚刚从干旱、贫瘠、荒芜的定西沟峁里钻出来的老人一脸悲戚。谈到当年父子相食、夫妻相食,甚至母亲和父亲将自己的亲生子女煮熟吃掉、苟延生命的情景,这位阅尽沧桑的老人一脸茫然,只是重复一句话:"那是被饿极了,饿疯了!要不然,人,怎么会这样呢?"

浮夸风、大跃进、放卫星、大炼钢铁、修洮河、一夜实现共产主义等等极左思潮和当年甘肃领导人的极左作风,是导致这场史无前例人类大灾难的祸因之一。但从渭河上游千百年生态变迁来说,干旱、贫穷、生态脆弱、农业生产基础条件恶化,也是让一千多年前富甲天下的渭河上游人民在这场人为大灾难中无还手之力不可忽视的因素——即便很微弱,也是存在的。我看到的资料说,由于干旱少雨,大饥荒开始前的20世纪50年代,通渭、陇西等县的一些土地贫瘠地区,粮食亩产已经由原来的四百多斤下降到了一百多斤,而当时的通渭领导人却为捞取个人政治资本,大肆鼓吹"千斤(粮食单产)元帅升帐,万斤(洋芋单产)洋芋上天"!

对于那场灾难的感觉,好像随着渭河滚滚东流,距离渭河上游越远,饥饿的感觉也似乎离我们的肉体和精神就越远。所以,在1958年到1960年的三年间,为了活命,甘肃境内不少人冒着蹲监狱甚至被杀头的危险,顺渭河向东,到渭河中下游的关中逃荒度日,成了新中国成立以来的第一代盲流。其中逃亡最多的是女人,而且是已婚女性。这些妇女隐瞒婚姻状况,抛下丈夫和亲生儿女,改嫁陕西的唯一目的,如20世纪80年代初甘肃作家牛正寰的小说《风雪茫茫》里的金牛媳妇一样,是为了用婚姻和肉体换来一点儿粮食,延续老家奄奄一息的生命。

还有逃得更远的。

2006年,我家来了一位不速之客。这位中年妇女和我爱人同乡,远在川南的四川省石棉县。她就是1959年全家人饿死后,投奔远在四川石棉工作的叔叔才活下来的通渭人。四十多年过去了,这位有幸活到今天的妇女,只是想到她记忆中曾经遍地死尸的老家去看一趟。她知道,父亲、母亲和兄弟姊妹饿死后尸横荒野,那里已经没有什么可以让她牵挂的了,但那里毕竟是她的老家!她离开了老家,捡回了一条命,但那里曾经发生的一切,在她的记忆里实在太让她刻骨铭心,难以抹去了!几十年来,每每在梦里回到故乡,她就会因为梦境里老家门口的遍地死尸而惊醒。

于是,为了凭吊,她孤身一人从四川来到甘肃,在我家调整一下情绪后独自坐上汽车,越过渭河,到已经无从辨认的通渭城住了两天,又盲目而失神地四处走了一圈之后,毫无牵挂地回到了让她活下来的四川石棉县。

她离开的时候,渭河两岸繁花似锦,正是一年中最迷人的季节。

是泾清渭浊还是渭清泾浊

一条来自北方的河流,在西安北郊高陵县船张村附近,与渭河相遇。

这是渭河自鸟鼠山诞生,在秦岭、陇中黄土丘陵和关山簇拥下穿山越岭,进入八百里秦川之际接纳的最大支流。这条源头在四百多公里外、宁夏回族自治区泾源县六盘山主脊老龙潭的河流,叫泾河。泾河源头由来自六盘山顶数十条清澈溪流汇聚而成。但告别被崇山峻岭紧紧包围的宁夏泾源县,进入甘肃平凉后,泾河就开始接纳黄土高原东缘陇东黄土高原沟壑山峁间流出的万千溪流,向东南挺进。

泾河在陇东黄土高原纵横交织的丘壑峡谷奔流的时候,或许并没有意识

流出老龙潭的泾河被紧紧夹裹在峡谷深处。

到在黄土高原结束的地方,还有一条更大的河流将毫无保留地接纳她的滚滚巨浪和一路带来的大量泥沙,并在陕西高陵县和西安泾渭新区交界处形成两河相汇,一浊一清,泾渭分明的自然奇观。

渭河与泾河相汇的地方,距泾河刚刚流经的中华人民共和国大地原点——泾阳县永乐镇仅二十多公里。得益于古老渭河的滋润和养育,成为中国历史上著名古都的西安和咸阳,现在正在朝着古长安城曾经有过的国际化大都市高速迈进。西安城区和咸阳城区东西相向而行,蓬勃生长的丛林般崛起的楼群、工业区、商业区和休闲娱乐区,已经逼临渭河两岸。但汹涌的都市化浪潮,还是没有阻碍泾河与渭河相遇的脚步。穿过咸阳城东一处被围起来、遍地泥泞、长满树木和荒草的采沙场,步行三四公里之后,就到了泾渭分明处。

从咸阳城西北涌来的泾河和自宝鸡一带东流的渭河,在疯长的楼群突然收住脚步的河谷地带,优雅而含情脉脉地相拥相抱,聚在了一起。没有排空的巨浪,也不见相互推搡的波澜。泥土、水草和河水的味道,飘浮在两河相遇后更为开阔的水面上。一道沙洲为两条刚刚合二为一的河流筑起分界,但柔曼漂浮的沙洲和稀疏的芦苇野草,还是不能分开不断涌来的泾河水在渭河的带领下向东流去的步子。从西边流来的渭河泛着金光,从西北面跨越三个省区流来的泾河闪射微微绿晕,两水相汇处,一道由一绿一黄两种颜色构成的分界若隐若现。

一道神奇的自然奇观,在渭河与泾河交汇处出现了。

最早发现泾渭分明奇观的,应该是当年生活在渭北周原及岐山、沣水一带的周人,或更早时代往来于泾河与渭河交汇处上游一带逐水草而居的戎狄吧。然而不知什么原因,最早将这一自然奇观记录在案的,竟是距渭水和泾河千里之遥古邶国的一位怨妇:"泾以渭浊,湜湜其沚。宴尔新昏,不我屑以。"这是《诗经·邶风·谷风》对泾河与渭河相会后清浊分明奇观的描述。按照《诗经》的编排体例,《邶风》属于古邶国民间歌谣。而古邶国远在河南汤阴一带——一位远在千里之外的民间妇女,怎么会知道泾河水清而渭河水浊呢?

我刚刚从渭北黄土高原追寻泾河足迹而来。我已经一次又一次在甘肃到陕西的渭河一线,反复审视过渭河奔腾不息的姿态了。在六盘山顶的老龙潭,我看到的是碧澈如玉的泾河。但伴随着泾河南下的涛声,在甘肃平凉、泾川、灵台和陕西长武、彬县、泾阳一带,一道道被泾河干流和支流深切到几乎已经距地核不远的幽深的黄土沟壑,让人惊心动魄。在沟壑底部奔涌的泾河,不仅浑浊而浑黄,而且日复一日,将大片大片泥土吞没在滚滚巨浪中。因此,从甘肃泾川到陕西泾阳,跟随泾河浪头愈往南走,泾河河水就愈变得黏稠而黄浊。而渭河虽然发源于黄土丘陵与秦岭山地交会处,但经天水向东流经的地区,多为石质山体,且为林木茂盛的秦岭与六盘山脉交会的山林地带,沿途并不见有大块黄土冲积区,那么渭河在进入关中腹地、与泾河相汇之后,怎么就变得比泾河还要浑浊呢?

距古邶国怨妇发出泾清渭浊哀叹一千多年后,久居都城长安却郁郁寡欢的大诗人杜甫,在一个秋雨绵绵的雨天也来到了长安近郊的泾渭分明处。与那位怨妇不同的是,杜甫面对泾渭相聚、清浊异流的景观,发出的却是"浊泾清渭"的慨叹:"阑风伏雨秋纷纷,四海八荒同一云。去马来牛不复辨,浊泾清渭何当分?"这并不是杜甫故弄玄虚,或者信口雌黄。与杜甫同时代的李白,在《君子有所思行》里写到登上终南山遥望当时水波浩渺的渭河时,也惊叹说:"渭水银河清,横天流不息。"

一条河流的清浊,一千年时光是不会发生太大改变的。要弄清渭河与泾河的清浊,我们还需要反过身来,向她们各自的源头和经历追溯。

前面,我们已经到了渭河源头鸟鼠山和她流经的区域。在从鸟鼠山到泾渭分明处四五百公里的旅途上,渭河沿途所经的是西秦岭山地、黄土丘陵和关山山脉。从宝鸡进入关中平原后,又补充了来自南岸秦岭山区更多清澈见底的水源。与泾河相汇之前,渭河行走的路上,途经最多的是秦岭、关山之间的高山峡谷和苍茫林海,没有更多的黄土让她吞噬。而且明代以前,渭河上游森林茂密、植被良好,只有在夏秋之交山洪涌入,河水才会变得浑浊。更多的时候,渭河水不仅清澈碧翠,有些地方还可看到鱼翔浅底的奇观。

泾河有两个源头,南源在宁夏泾源县六盘山主脊老龙潭,北面源头在宁夏固原县大湾镇。泾河最初的水源,都来自于中国西北部一列巨大而醒目、自西北向东南倾斜的绵延山系——六盘山。六盘山孕育了泾河上源遍布宁夏南部

与陪我寻访老龙潭的宁夏泾源县剧作家王文清在六盘山下合影。

高大雄伟的山峦和沟壑纵横的峡谷之间的众多山泉、溪流,还孕育了渭河在甘肃境内的两大支流——葫芦河和清水河。葫芦河源头在西吉的六盘山,清水河和泾河北源从固原六盘山发源。泾河南源源头老龙潭集中起数十条自六盘山顶丛林与石缝流出的涓涓细流,在落差巨大的山崖峡谷之间汇聚成一潭潭波光潋滟的清流之际,满山苍翠和一潭碧水是宁静而纯粹的。然而,当日积月累、愈积愈满的流水终于要向外面世界奔泻时,老龙潭山间的峰岭就会被焦躁不安的潭水撕开一道裂口,滚滚清流涌着雪白的浪花,从高高的潭间朝着壁立而起的峡谷飞奔而下。珠玉碎银般的浪花在岩石上跌宕飞溅,巨大的轰鸣声如雷霆万钧。从一潭到二潭,再从三潭到四潭,除了酷寒的冬季,潭口峡谷两面的岩石、树木和碥道上,永远都落满了晶莹的水珠。团团水雾在峡谷之间升起,让泾河源头弥漫着神话般的神秘氛围。

四潭潭水从老龙潭壁立千仞的峡谷间跌落下来后,蒙蒙水雾消失了,震耳欲聋的怒吼声停息了。急骤的河水从身后绵延着苍黛青山、一片翠绿的六盘山东南麓山间平野和山谷间蜿蜒转身,开始了向东、向南奔流的漫漫旅程。

起初,泾河两个源头都在宁夏境内六盘山区的崇山峻岭之间穿行。幽深的峡谷和巉岩上的茂密丛林并没有改变泾河清澈的颜色。因为她所流经的区域——丘陵地带几百年前还是牧区。即便是现在,那里阴湿高寒的自然环境,

泾河源头老龙潭第一潭

还是不太适宜大规模发展耕作农业,所以种植药材、培育苗木,是泾源一带农民的主业。到了夏季,墨绿的山岭、翠绿的田野、清澈的河流,让泾河清澈碧翠的质地得到完好无损的保留。但当河水流出六盘山的崇山峻岭,在甘肃平凉附近转向东南,来到陇东黄土高原的时候,泾河的形象和气质将被彻底改变。那些厚重深沉的黄土不仅改变了泾河的流向,还将彻底改变泾河清澈见底的本色。

泾河从泾川改变流向的时候,已经有一些大小不一的河流从南面和北面的山壑之间,带着来自陇东黄土高原的滚滚泥沙进入她的肌体。从六盘山脉中段的著名道教圣地崆峒山向下俯瞰,你会发现从泾源流出的泾河在进入平凉境内的一瞬间,骤然变得浑黄而黏稠起来。

经历和时间可以改变一切。

黄土高原形成于晚更新世第三期冰期,也就是距现在数万年以前。不过泾河变为浊河,可能更晚一些。从泾河流域流传的魏徵梦斩老龙王的离奇故事里,我们似乎可以揣摩到古代泾河生态变化的蛛丝马迹。

魏徵是唐太宗时期的宰相。贞观年间,关中一带大旱,这位唐太宗的重臣自然不能袖手旁观。他乔装打扮,到渭河的最大支流泾河源头老龙潭微服私访。大抵是魏宰相发现,持续不断的干旱已经使泾河源头无多少水可流的缘故,这位上通神明的宰相急忙掐指问卦,在得知玉皇大帝已降旨八河总督——泾河老龙于次日子夜布雨后,欣喜若狂的魏徵便在焦渴的田地开始点瓜种豆。久旱无雨的泾河两岸已经枯草如焚,这位老农竟然埋头耕种!魏徵的举动被变作凡人闲逛的泾河老龙看到,觉得很是惊奇,便问魏徵天下酷旱如此,老夫何必如此徒劳?魏徵就将自己卜卦,得知玉帝已经降旨布雨之事实言相告。当时,泾河龙王尚未接到玉皇大帝指令,便与魏徵打赌,以争输赢。未曾想到,泾河龙王回宫后果然接到玉皇大帝圣旨,令其即日降雨。为了不输给魏徵,懊丧的老龙王擅自将玉皇大帝降雨令规定的一天一夜和风细雨,改为三天三夜狂风暴雨。于是泾河流域大雨滂沱,洪水泛滥,人畜被淹,农田被毁,暴雨成灾。大雨过后的一天,魏徵与唐太宗李世民对弈,突然鼾声如雷,睡了过去。原来,玉皇大帝召见魏徵,命其监斩触犯天条的泾河龙王。就这样,魏徵在梦中将擅改降雨令、给百姓造成灾难的泾河老龙王斩首。

由此可见,最起码在杜甫慨叹"渭清泾浊"的唐代,泾河流到泾渭分明处的河水,已经不是那么清澈了。

从泾川转向东南之际,泾河又接纳了来自甘肃陇东董志塬和陕西渭北北极塬的马莲河、蒲河、马栏河、黑河、泔河等众多支流,以及从深厚黄土沟壑区汇聚而来的万千溪流。这些支流从黄土高原纵横交织的沟壑、峡谷、丘陵深处蜿蜒而来,让乘势南下的泾河获得了一种飞流直下、呼啸奔腾的气势。险滩和黄土峡谷,成为泾河留给这片高原的杰作。一条条河水在渭北高原切开一道道深邃的峡谷,众多支流聚集起来后,泾河以更加强大的气势和力量,在渭北高原厚厚黄土层上切开的黄土高原大峡谷,最深处竟达一百多米。而在丘陵地带,年复一年的河水冲刷,肆意漫流的泾河在有些地方竟拥有十数公里宽的河道。泾河就这样一阵浪花、一堆黄土地在渭北黄土高原上一路向前,两岸悬垂的高原眼看着奔腾的河水将大块大块的泥土削下、带走,原本清澈的泾河也一日日变得浑浊不堪,无可奈何。滚滚泾河面对自己一天比一天面目全非的流水,以及因为她的水流让莽莽高原深厚肥沃的泥土无休止地流失,却无能为力。

莽莽黄土高原有无尽的黄土可供泾河吞噬,滚滚南下的泾河也有足够的体力每年将七千多万吨的黄土泥沙,从几百公里外的陇东和渭北高原运送到关中平原。如果有人要看到世界上最像翻滚的泥浆的河流,绝佳的去处就在泾阳县西北、泾河北岸张家山附近的郑国渠渠首。

结束了四百多公里跌宕起伏奔流后的泾河,在张家山壁立而起的峡谷间奔突汹涌。一条带着无尽泥沙和冲击力的河流,在被一座大坝突然拦住的瞬间,那种如奔腾的马群被突然羁绊住奔驰的脚步般翻卷挣扎的滚滚黄流,被高矗大坝截流的回力冲击而起,飞溅呼啸的泥沙和飞奔而起的水流如被激怒的猛兽,咆哮着举起团团黏稠、浑浊、泛着黑色光亮的泥浪,凶猛而愤怒地撞击着拦截坝和悬崖绝壁。整个峡谷里吼声如雷,无法分辨到底是水还是泥浪的泾河

泾河从黄土高原区流来,在即将进入关中平原之际,被在原郑国渠渠首附近新建的张家山水库拦腰截住,一部分水沿着在原来郑国渠基础上新修的灌溉渠继续向东,为渭北塬上万亩良田提供灌溉水源。

如暴戾的巨兽,将她浑浊的浪花高高举起,摔向四周,宁死不屈地撕卷翻腾。

在这里,泾河满河泥浪的河水一部分被拦截坝分流,沿着两千多年前郑国修筑的灌溉渠,从渭河北岸向东,奔向一百五十多公里外的蒲城县晋城村,与渭河另一条来自陕北黄土高原的支流——北洛河相汇,并用她肥沃的水质灌溉了渭河北岸数万顷农田;剩余的部分,则从坝基上带着浑浊不堪的浪花涌入满河床乱石的泾河古河道,继续向东、向南,奔向高陵县船张村与渭河相汇。

面对这样一条虽然在源头清澈见底,但流到关中之际已经浑浊不堪的河流,还有多少人相信"泾清渭浊"的古语呢?

诗人的想象,不妨碍科学考证。

清代,为求证渭河与泾河的清浊,乾隆皇帝甚至诏令陕西巡抚专门考察泾河和渭河的水质。对泾河和渭河实地勘察后,这位叫秦承恩的巡抚大人依然得出"泾清渭浊"的结论。为了弄清到底是泾清渭浊,还是渭清泾浊,到现在还有不少人到泾渭分明处考察求证,只是现代人使用的是科学仪器检测,而不是肉眼观察。于是,新的结论就诞生了:泾河平均每年向渭河输送3.04亿吨泥沙,平均含沙量为每立方米196公斤;泾河未流入渭河之前,渭河平均每年输送泥沙1.78亿吨,平均含沙量每立方米26.8公斤。从数字上看,还是泾浊渭清,尤其在枯水季节。在泾渭分明处,我们所看到的泾清渭浊现象,不是河水本身的浑浊度所致,而是由于渭河所流经地区的土壤所含矿物质所致。即通常情况下,当渭河含沙量达到10公斤时,水色便呈赤黄色了。还有一位叫杨树庄的地质学高级工程师,在《独家意见:"泾浊渭清",唐朝人没错》一文中解释我们在泾渭分明处为什么看到的现状却是"泾清渭浊"原因时说:"原因很简单:从地质角度看,泾河的侵蚀能力比渭河强,所以泾河河床现在已大面积露出下伏白垩系岩层——泾河已将黄土层侵蚀殆尽,侵蚀白垩系岩层比较困难,泾河因此变清;而渭水迄今并未侵蚀完黄土层,河水自然较浊。"

这,也许是我们根据泾渭分明典故了解渭河的一种方式吧。

北方之河

又有一条来自北方黄土高原和黄土沟壑区的河流,要从干旱少雨的陕北高原穿山越岭,向南加入渭河的古老合唱。

这条河流,就是从与毛乌素沙漠接壤的陕北定边一路走来的北洛河。北洛河源头,在东北西三面分别与内蒙古鄂托克前旗、宁夏盐池、甘肃陇东高原相接的陕西定边县南部白于山的郝庄梁。无论从地理还是地图上看,那一带是中国北方版图上最为荒芜的地区之一。毛乌素沙漠、鄂尔多斯荒漠和以干旱少雨著称的陇东黄土高原,从定边县界三面围裹而来。由于干旱少雨,这里一直是风沙与荒芜肆虐的地区,自古以来人烟稀少。然而就在这样的地方,一泓清流

从昭陵向北,在去淳化的路上第一次与北洛河相遇。

从白于山山麓流出,然后向南,一路流经吴旗、志丹、甘泉、富县、洛川、黄陵,集合起干旱少雨的陕北高原上仅有的沟壑溪流,长驱六百八十多公里,终于在八百里秦川收官之处的陕西大荔县东南部汇入渭河,获得了奔流到海的机会。

北洛河是一条地地道道来自北方的河。从陕北高原与鄂尔多斯高地过渡地带流出,北洛河几乎流经了中国北方最为幽深也最为绵延不绝的众多黄土高原大峡谷。在莽莽黄土高原上行走,她的脚步几乎走遍了中国北方最深厚的黄土层。如果要在陕北高原一睹北洛河穿山越岭的风采,你就必须深入到蜿蜒在那片高原上的沟壑峡谷深处。因为北洛河赶赴关中、与渭河相汇的河道在被河水深切的地下,而不在高原之上。

与渭河其他支流相比,北洛河流程仅次于泾河,提供给渭河的水量却远不及关中一带流程短促的灞河。但这并不妨碍北洛河带给渭河的神秘与神奇。

一条大河的诞生,必然有众多支流为她注入不竭的水源和生命活力。但也有一些河流支流对于干流的意义,不在于她为干流带来多少澎湃的浪潮和滚滚波涛,而是这些河流的存在与加入,可以让原本平静流淌的河水具有一种精神文化意义上的态势和意义。比如,现在已经到达大荔县东部朝邑镇附近的北洛河,只要稍稍一抬脚,继续往东行走二三十公里,就可以与从陕西合阳和山西运城滚滚南下的黄河融为一体。然而就在与黄河若即若离的一瞬间,北洛河却偏偏在可以听到黄河浪声的赵渡镇附近突然转身,继续朝南,在与华阴隔水相望的三河口投入了渭河的怀抱。

和泾河一样,北洛河流经的大部分地区在陕北黄土高原和黄土丘陵区。浩荡泥沙和深切到地下的黄土峡谷,是从澄城、白水往北直抵黄陵一路的北洛河流域最常见的自然景观。那里的高原被成年累月流淌的北洛河支流和其他一些从陕北流入黄河的河流,切割成一块又一块远看一望无际、平坦辽阔,近看却沟壑幽深、支离破碎的土塬。塬上虽然土质干燥,地气清凉,但几万年前被大风运送过来的深厚黄土,仍然让每一块平坦的塬面上长满了苹果、大枣、玉米、小麦和荞麦。

北洛河流经的区域,也是延续我们先祖穴居遗风的最后保留地。比现在更早的年份,观光客骑马或者驱车在平展展的塬上奔驰,你可以看见遍布塬上的大片大片泛着金色光芒的麦浪与谷子、糜子在微风吹拂下波澜汹涌，却看不到屋舍村庄和牧羊人赶羊群回家的路。这是因为这里的居民不是住在地上，而是住在地下。在天空湛蓝的塬上行走，如果望见一缕炊烟从茂密的果树和庄稼林里袅袅升起，那儿必然是供人居住的窑洞或窑院。几千年前，我们的先祖从地穴下面走到地面建房而居，但在北洛河流域的陕北高原，深厚的黄土层让当地居民对这种掘地为院、凿壁为室、经济实用、冬暖夏凉的地坑窑院式居住方式，至今恋恋不舍。

渭河另一条支流泾河，也流经以窑院式建筑为主要居住方式的黄土高原。但泾河干流从甘肃泾川向东南倾斜奔走的时候，也只能说与陕北高原擦肩而过。而世界上最壮观的黄土高原在陕北，所以北洛河流经的陕西白水北部及黄陵、黄龙、洛川一线，那种掘地为穴的地坑式窑院、依靠山崖或沟沿开掘的靠崖式窑洞，才是世界上窑洞式建筑奇观荟萃之地。一块平坦的黄土地、一座曾经被河水深切的悬崖，都可以成为建筑这种窑洞得天独厚的绝佳条件。四四方方的地穴下面，依托黏性极强的黄土在地坑四周建造的窑洞，如一座完美的四合院。精美的陕北木雕和剪纸窗花，是窑洞门窗最充满诗意的装饰。而深入到地

窑洞的出现预示着泾河正流经渭河北岸的黄土高原。

下十几米甚至深达二十米的院落，牛圈、猪圈、鸡舍、碾磨粮食用的石磨一应俱全。陕北一带土层深厚，地下水源贮藏也深。在已经掘地一二十米的窑院再往下开掘，一口深井里冒出的清冽地下水，足够一家人畜食用。深陷地下的窑洞刮不进凛冽的寒风，窑洞上面深厚的土层还能阻挡夏日里高原上无遮无挡的太阳。于是冬暖夏凉，又直接地气的窑洞，成了陕北黄土高原最不愿告别的历史，也构成了北洛河流域最具地域风情的人文景观。

常年雨水冲刷和北洛河众多支流持续不断的冲击，使莽莽陕北高原被侵蚀得支离破碎。黄陵、洛川、黄龙一线，北洛河就在数千上万年河流、山洪和暴雨撕裂的大地裂痕深处默默蛇行。幽深纵横的沟壑布满高原，成为旅行者从一座塬上抵达另一座被流水切割开来的塬上的最大障碍。本来在平展展、满目葱茏的塬上行走，一低头，一道巨大的沟壑突然出现在眼前。沟壑深不见底，被山水和大风雕琢成各种形态的黄土雕塑毫无规则，凌乱而又异趣天成地矗立在呈漏斗状敞开的沟底。如果到了夏季，沟壑里茂密的杨树、槐树林会让高原上纵横交织的峡谷生机盎然。然而到了秋冬季节，呼啸的秋风和凛冽的寒风则会让那些奇形怪状、形态各异的黄土雕塑原形毕露，枯草、黄土石林，以及沟壑间光影下折射出的巨大阴影出现在沟壑深处，一股阴森恐惧的气氛就从沟底向四处弥漫。

在这样的高原上，要寻找北洛河的身影，必须在这种不断沉落、又不断崛起的塬上反复上下盘旋。那些从塬顶盘绕到沟壑底部的道路，往往是在直棱棱如刀切斧劈的悬崖上直冲而下。塬上炊烟袅袅，玉米成林，到了沟底，往往荒无人烟，空无一物。长满荒草的山谷间，偶尔会有一线黏稠的无名小河或山溪流过。带着黄土，金黄色的流水在荒草满沟，间或还有乱石和枯枝的沟底无声无息地流过，在两岸都是高矗的黄土悬崖的沟壑、峡谷深处忧郁而寂寞地穿行。志丹、甘泉、富县、洛川、黄陵一线，无数条奔流在这样荒无人烟的沟壑深处的小河与山溪都知道，在她们奔走的前方，北洛河就在某一块高原下面、一条更幽深的峡谷之间、一道更荒寂的沟壑深处等待她们的加入。虽然在如此荒寂的沟壑之间穿行，还要忍受更为干旱的岁月到来之际河床干枯的绝望，或者一场突如其来的山洪奔涌而至的震颤，但每条流淌在陕北高原大地深处的河流小溪都知道，只要有这大片大片的高原为伴，她们所汇集的最后一滴流水，还是能够投入北洛河的怀抱。

北洛河源头最初的一滴流水，是从定边县白于山郝庄梁山顶滴落的。白于山是黄土高原和鄂尔多斯高原的分界。它的北面是内蒙古大草原，西北面是宁夏盐池县，西南面隔子午岭，与渭河另一支流泾河流经的陇东黄土高原相邻。北洛河发源的定边县，是陕西省地广人稀的地区之一，也是中国北方最干旱少雨且风沙肆虐的地区之一。但这并没有影响北洛河从一线涓涓细流开始，以令人难以置信的勇气和耐力向南奔流将近七百公里，赶赴与渭河的约会。北洛河流经的陕北高原，历史上一直是居住在鄂尔多斯高原及其以北的游牧民族和生活在渭河中下游的农耕民族交锋争战的敏感地带。自从农耕与游牧的交锋开始，来自北方的匈奴、鲜卑、羯、氐、羌等民族，与大汉民族的拉锯战在这里没有停息过。这里也是中国北方降水量最少、蒸发量巨大的地区之一。有人统计过，北洛河上游地区年降水量仅五百多毫米，蒸发量却高达一千二百多毫米。严酷的生存环境并没有阻止北洛河奔向渭河、向往大海的勇气。她从源头开始，以超常的耐力在这块干渴苦焦之地吸收了石涝川河和新安边川河仅有的河水，并在子午岭、黄龙山一带再度接纳了葫芦河和沮河，形成中国北方黄土高原上一条奔腾不息的河流，穿过起伏黄土丘陵和莽莽黄土高原，将带着灿烂如黄金、沾满陕北大地血液的流水，送到千里之外的关中平原。

北洛河向南的旅程不仅艰辛，而且是寂寞的。在从洛川石头镇到黄陵田庄镇的途中，我被忽上忽下，旋低又升，盘绕在愈往北走就愈破碎的高原丘壑之间的道路搞乱了方向。那天下午，我两次与孤独穿行在峡谷深处的北洛河相遇。一次是在从石头镇出来，穿过二十多公里荒无人烟的山间丛林之后的一条幽深峡谷里；另一次是在一座被告知为危桥的北洛河桥上。那一刻，陕北高原阳光灿烂，面对带着一河金黄流水、在两岸曲折壁立的峡谷深处流过的北洛河，我心中竟升起一种难以名状的凄凉与悲壮——在如此辽阔的高原上，北洛河总是行走在远离人间的沟壑深处。她行走每一步的道路，要靠自己开拓；她已经将所有的孤独与悲欢收敛在内心；她奔走的唯一方向，就是将这种深藏在高原深处的金黄色波光带向更远的地方。

黄陵县城附近桥山上的落日

　　几个小时后的黄昏,一轮血红落日出现在黄陵县城附近的桥山上。走过了太多的荒芜与静寂,桥山上苍翠的丛林让那一轮落日的红色在树梢之间更加红艳。落日映照下,泛着金黄色波浪的北洛河在苍翠的青山、闪射着黄土色彩的峡谷之间静静流淌。弯曲的峡谷从北方而来,向南方而去。如血的夕阳余晖改变了河水的颜色,却没有改变北洛河孤独无助的姿态。那种弥漫在河谷上面粉黛的夕照,以及盘桓在四周的大寂静,让我目睹了一条苍凉之水妩媚而忧伤的另一面。

　　这种神秘的感觉,很容易让人想起与这条河流遥相呼应的另一条河流,她的名字也叫洛河。

　　中国大地上两条洛河的源头,都在陕西境内。以渭河为界,与从陕北大地一路南下、奔向渭河的北洛河相对应的南洛河,发源于陕西洛南县洛源镇木岔沟,向东流经卢氏、洛宁、宜阳、洛阳、偃师,在巩义市南河渡入黄河,全长四百五十三公里。一南一北,两条洛河就这样遥遥相望,一条直接融入黄河,另一条则经过渭河,再将自己的激情与眷恋融入黄河。在过去和现行的一些地图上,南北两条洛河都叫洛河。只是为了相互区别,现在也有人将发源于定边的洛河称北洛河,将穿越在秦岭山区的洛河叫南洛河。

洛河的"洛"字,古语为"雒"。"雒"是远古时代一种凶猛的鸟类,生活在黄河中游流域的山川河谷。当时,陕北洛河、陕南和河南洛河流域气候适宜,水草肥美,聚集的雒鸟非常多。逐水草而居的古人因此就把赖以生存的河流叫作"雒水",并在后来演化为"洛水"。

黄河众多支流里,南北两条洛河都算不上大江大河。但由于三国时期多情王子曹植的一篇《洛神赋》,洛河也就成了演绎中国文化史上浪漫唯美爱情故事的舞台。曹植笔下那位"翩若惊鸿,婉若游龙,荣曜秋菊,华茂春松。仿佛兮若轻云之蔽月,飘飘兮若流风之回雪"的美女洛神,到底是曹植苦苦相恋的嫂嫂——曹丕之妻甄妃,还是神话传说中溺水而亡、被封为洛河女神的伏羲之女宓妃,只有曹植自己知道。曹植当年渡洛河而作《洛神赋》的洛河,到底是发源于陕北定边,流经吴旗、志丹、甘泉、富县、洛川、黄陵、大荔归入渭河的北洛河,还是发源于秦岭南坡,从洛阳附近进入黄河的南洛河,好事者一直争论不休。从曹植当年在京城洛阳觐见过哥哥魏文帝曹丕后返回他在山东的封地鄄城的行走方向来看,曹植回鄄城要从洛阳向东,大抵是不可能无缘无故转向西行,到黄河以西、渭河以北的北洛河去做他那与美女洛神神秘相遇的美梦的。所以《洛神赋》里让曹植触景生情、文思激荡的洛河,最大可能是发源于秦岭山区的南洛河。

中国历史上只有一位洛河之神,那么南北两条洛河的河神,也就应该都是被曹植描绘的皎若太阳升朝霞、灼若芙蓉出绿波的绝代美女宓妃了。一路从渭河北岸向北,寻找若隐若现、忽现即逝、神秘莫测的北洛河行踪时,她那神龙见首不见尾般穿行在陕北高原纵横交织的丘壑峡谷深处的姿态,她那遁世隐匿、藏而不露的神韵,以及笼罩在万物俱寂的北洛河河谷深处的那种神秘与恍惚,总让人觉得"体迅飞凫,飘忽若神""含辞未吐,气若幽兰"的美女洛神的身影,还在这条河流上空飘逸。

当神话传说无法用现实来解释时,唯一的办法就是再回到现实。

发源于毛乌素沙漠南缘的北洛河流经莽莽黄土高原后,将来自陕北的肥沃黄土输送到关中平原,也将大量泥沙运送到了即将与黄河相会的渭河下游一带，让渭河与北洛河交汇的渭河下游三角地带成为一片土质肥沃、果树茂盛的肥沃之野。

就如神话传说中的洛神宓妃多情而善变，才导致了她虽然凄美，却波折不断的爱情故事一样，挣脱黄土高原羁绊的北洛河在直接流入黄河，还是先投入渭河怀抱、再和渭河挽手奔向黄河的问题上，也一直摇摆不定。历史上，北洛河入河口曾经多次变迁，时而从陕西大荔朝邑附近转向东流，直接注入黄河，时而又掉头南下，流入渭河。我查阅的资料说："大体在西汉以前，黄河河道东移，北洛河入渭；西汉武帝元光六年（公元前129年）以后不久，黄河河道西徙，北洛河又入黄河；西汉之后，北洛河仍入黄、入渭不定。明代成化年间（1465—1487年），因原朝邑县（古县名，在今大荔县东部）黄河岸崩溃，北洛河由赵渡镇向东直入黄河。明代隆庆年间（1567—1572年）因大庆关崩决，北洛河遂复流入渭。清咸丰年间（1851—1861年）北洛河又注入黄河。至光绪年间（1875—1908年）黄河河道东移，北洛河又入渭。光绪以后黄河西徙，北洛河又注入黄河。1933年，因黄河突然东滚，北洛河被遗于黄、渭之间，入黄入渭不定。1947年北洛河又入渭河。"

那么下一步，这条来自北方的神秘之河，还会不会再度离开渭河的怀抱呢？

秦川八百里

一片浩渺水波出现在秦岭山脉、六盘山脉、豫西山地和高隆的黄土高原环绕的关中盆地,后来才成为水天相连、横无际涯的八百里秦川——关中平原的茫茫水波上,各式各样的水鸟在水面翱翔。这些后来不少已经绝迹的飞鸟展开五颜六色的翅翼,忽高忽低,翱翔水面。它们美丽的翅翼一会儿划过水面,一会儿直插云霄。还有巨大的鲤鱼,翔游在清澈的水底。水鸟和鱼类,是那时候这块辽阔巨大的湖面上唯一有生机的生命。在湖水变浅的秦岭山脉北麓平缓地带与大湖北面正在堆积形成黄土高原的高丘之间,星罗棋布的水泽和沼泽里长满各种各样的水草,水波拍打不到的地方,各种阔叶林和灌木肆意生长,密不透风。丛林与灌木之下,史前生物在这些相对的陆地上,以它们特有的方式生活、繁衍,尽量躲避浩瀚的湖水将它们淹没。而在现在的关中平原西部,渭河还在咆哮着、奔腾着,从自北方逶迤南下的六盘山脉和蜿蜒东去的秦岭之间撕开的一道裂口,源源不断涌来。眼看滔滔洪水已经将整个关中大地变成一片汪洋,渭河还在涌来,没有出口泄洪的渭河大湖,水位还在上涨。

这是距今大约八千到一万年前,关中平原的真实现状。

那时候,关中平原还没有形成,只有滚滚而来的渭河水不断涌入这个四周被高山和高地围得水泄不通的盆地。这盆地里,盛满了自西而来的渭河水。所以有人把那个时候的关中平原,叫作"渭河大湖"。现在三门峡一带的豫西山地,那时候还没有供渭河大湖湖水东泄的通道。那时的黄河,也还没有流入中原大地,而是从燕山南面的桑干河直接流入大海。华北平原和后来的黄河中下游平原,都淹没在海水下。

这是有人在解读《山海经》时,为我们描绘的一万年以前渭河平原和北方大地的原状。这个时期,应该是在世界遭遇大洪灾的洪水期。那个时候,在世界的东方和西方,大地一片汪洋,只有零星露出水平面的高山、丘陵上,生活着各种各样的巨兽和奇异的飞禽。在中国,除了中条山、太行山、山东丘陵以外,渭河大湖南岸秦岭山地和渭河上游的高山地带,也有原始人类在山林或半地穴式房子里生活。《山海经》"东望泑泽,河水所潜也,其原浑浑泡泡",意思即向东看是渭河大湖,渭河水流入湖中,岸边是沼泽湿地,就是关中平原曾经是一片汪洋的证据。其中所说的泑水和沞水,是《山海经》时代渭河的古名。

沸沸汤汤的渭河大湖消失,是在距今四五千年的尧帝时代。

让渭河大湖消失,后来的关中平原浮出水面的英雄,还是那位半神半人、在渭河源头鸟鼠山疏导渭河的天神大禹。一则描写大禹疏导渭河大湖的神话故事写得不仅神奇,而且浪漫:大禹来到渭河大湖最东面的豫西山地,发现现在的渭河与黄河交汇的风陵渡最适宜导流泄洪。于是,他一边高声喊叫"蒹葭苍苍,白露为霜,所谓伊人,在水一方",一边抡起开山神斧,只听"哗啦"一声,风陵渡与潼关之间的豫西山地裂开一道巨大的豁口,积满秦岭、六盘山、渭北高原和豫西山地之间的渭河水呼啸东去,一泻千里,涌入已经被大禹疏通的黄河,东流入海。

更有倾心研究黄河变迁史的地质学家,从遥远地质年代渭河与黄河流向变迁作出结论:渭河在甘肃和陕西境内的河道及关中平原,是黄河故道。这是地质学家从中国大陆地质结构变化的年代着手,进行科学考证后得出结论。他们认为,距今两千多万年前的新第三纪时期,黄河从兰州一带流出后并不是向北进入宁夏,而是径直沿中国大陆第二台阶,即从现在渭河流经的地方出关中,注入东海。只是到了新生代,新的地质构造运动使西秦岭甘肃榆中到鸟鼠山一带一组南北走向的山地隆起,才迫使黄河从刘家峡改道北上,经贺兰山、阴山、鄂尔多斯高地转向山西北部,从桑干河上游的永定河流入渤海。

如此看来,大禹当年在河南三门峡一带治水,疏导渭河和汾河水流,让渭河流入黄河,其实就是将黄河故道与新河道再次连接、贯通。

湖水退去,淹没在水底的陆地浮出水面。也许在此之前,关中平原本来就是一块草木茂盛、湖泊密布的陆地。渭河及其支流带来的泥沙一年一年沉积下来,大量湖泊、沼泽和湿地被肥沃的泥土掩埋到下面。原来的低丘陵和幽深的沟壑被填平,变成平坦而辽阔的大地。久违的芦苇、水草和树木,重新在温暖的阳光下发芽、生长。因为大洪水而逃离到秦岭和六盘山的各种野兽,也回到这块新生的陆地觅食、繁衍、生息。曾经死寂的关中大地,在大禹神力下重现生机。

这时,渭河及其支流还在将流水和从西秦岭山地、陇东黄土高原、陕北黄土高原,以及秦岭北坡带来的泥沙、沃土,源源不断运送到这块新生的平原,并让它们在这块盆地的四周沉积下来。年复一年,渭河三角洲、泾河三角洲、浐灞三角洲连成一片,一块新生的平原诞生了。

催生了关中平原后的渭河,还在不断东进的路上接纳众多支流的到来。只是这时候,这条曾经在关中大地积水为患的河流在有了循环往复的出路后,已经表现得更像一位滋润和养育的母亲,将河道退居到秦岭偏北的关中大地中央,以舒缓而优雅的姿态横穿关中大地,让随风而来的种子安详地在她四周生根发芽。

最早被这块东西绵延四百多公里的平原所吸引并留住脚步,逐水草而居的,是浐灞三角洲的半坡人。他们在那里耕种并创造,凭借渭河冲积平原肥沃的土地种下粟,利用辽阔平原开始了最初的养殖业。他们还用平原上黏性极好的泥土,制造出了陶器和半地穴式房屋。但这些沿着渭河东进的开拓者,更多的梦想还在渭河消失的远方。半坡人更多的生活与创造的细节,我们不得而知。但紧随其后来到这块平原北部边沿的后稷后代周人,却独具慧眼地选择了在濒临关中平原的北部黄土台地上安身立命,开始了建功立业、开拓中国最早农业文明的事业。对辽阔的渭河平原充满向往和好奇的周人,虽然从开始到最后始终盘桓在渭河北岸台地上,并不是关中平原腹地最初的主人,但他们借助紧邻渭河得天独厚的自然优势所创造的农业文明,却为关中平原乃至中国古代农业文明奠定了坚实基础。周人一步一步靠近渭河,开拓他们所擅长的农业文明的时候,渭北高原上的游牧民族依然是威胁周人生存与发展的劲敌。西周末年,周人在来自西北的游牧部族胁迫下放弃故土,沿着渭河向东,进入洛阳后,紧随其后到达的秦人,才成为八百里秦川真正的主人。遍野沃土,辽阔富饶的八百里秦川，从此将开创繁花似锦、五谷丰登、富甲天下的未来。

秦人来到关中之前，古人已经注意到了关中这块渭河孕育的平原沃土。根据《禹贡》记述，至少在夏代大禹时代，古人就认为关中平原土质肥沃，是最适宜耕作的地区。大禹击败漫延全中国的大洪灾后，又将中国划为九州，关中平原被划在雍州。《禹贡》在评判全国各地土壤肥瘠的时候，将关中由渭河及其支流带来的黄土堆积而成的土地，评判为"上上"之田，也就是最适宜农作物生长的土地。

待到战国时期，当苏秦向秦惠文王炫耀关中平原"田肥美，民殷富，战车万乘，奋击百万，沃野千里，蓄积饶

行走在渭河两岸，随处可以看到这样的灌溉渠。关中平原和渭北塬上，就是依靠这些灌溉渠引来渭河及其众多支流，使关中成为我国最早的"天府之国"。

多""此所谓天府，天下之雄国也"之际，秦人已经利用关中的千里沃野和郑国渠引流泾河之水与洛河沟通灌溉的渭河北岸万顷良田，为诛灭六国做好了后勤保障准备。再到后来，当张良又一次说出"夫关中左崤函，右陇蜀，沃野千里，南有巴蜀之饶，北有胡苑之利，阻三面而守，独以一面东制诸侯。诸侯安定，河渭漕挽天下，西给京师；诸侯有变，顺流而下，足以委输。此所谓金城千里，天府之国也"的时候，从宝鸡到潼关的八百里关中平原，已经成为中国最富庶的地方。面对关中平原的富足与繁荣，司马迁后来告诉我们，西汉时的关中面积仅占全国面积三分之一，人口有全国的十分之三，却拥有中国十分之六的财富！

在关中平原成为中国名副其实的"天府之国"五百年后，位于秦岭以南的成都平原，才姗姗来迟地登上"天府之国"荣誉榜。

回望秦岭

一条大河诞生，必然有一座苍茫山岭为她提供充足水源。

如果能够从渭河上空居高临下，做一次鲲鹏展翅式的鸟瞰巡游，我们会发现有一座莽莽山岭如影随形，陪伴了古老渭河从诞生到归入黄河的全部路程。这山岭就是秦岭。秦岭挺起高隆的脊梁，从渭河与黄河分界的西秦岭开始，就像一位慈祥的父亲，矜持而安详地护卫在渭河南岸。渭河流水低转回环，秦岭山脉沉默起伏；渭河水流激荡奔流，秦岭便在山脊矗立起座座高峰；当渭河进入关中平原之后，开始了生命力极其旺盛的孕育和创造期，苍茫秦岭便退居到平原南缘，用更多的山间溪流滋养渭河奔走和生长中耗费的体力；到了潼关附近的风陵渡，滔滔渭河身影终于隐没在滚滚黄河的巨浪之间，即将结束她迈向中原大地漫漫旅程的秦岭，再一次从华山一带举起高昂的头颅，向这条一路上相依为命的河流送去深情的关注。

渭河的每一朵浪花完全融入黄河之后，秦岭也就结束了它情意绵绵的送别之旅。

在渭河上游陇西境内，当刚刚从鸟鼠山缓步而下的渭河被陇中高原干旱、焦枯的大地吸收尽最后一线流水之际，一条从武山鸳鸯镇南部秦岭深处奔流而来的河流，补充了它奔走和咆哮的体力。

再往前走，秦岭就成了渭河的河岸。众多河流和山溪从秦岭北坡沟峪、河谷流下来，清澈的流水如和风细雨，流入渭河，进入渭水的肌肤和精神。就在那些数不清的山涧河流的滋润下，渭河在天水境内的西秦岭山间开拓出一条道路，以她飞溅的浪花浇灌着两岸谷地里的小麦、玉米、果树和万千生命的同时，也积攒、孕育出了穿山越岭的膂力和气势。到了天水与宝鸡交界处，高耸的秦岭和顺势南下的关山倾下身子,逼迫河水在千回万转的山谷间寻找去路。

仿佛是莽莽秦岭对渭河精神与力量的考验,从天水元龙到陕西境内宝鸡峡一带,湍急的流水在山谷间轰鸣,在峡谷间不停地跌撞。而两岸雄矗的山顶上,还有更多的飞流和清溪奔流下来,毫不犹豫地扑入渭河怀抱。终于,秦岭山势变得平缓、柔和了,一片平地和一片高地同时出现在视野里——从西秦岭山谷中涌来的渭河,抵达了她和秦岭共同缔造的关中平原。这时候,遥远的渭北高原上,要从几百公里外才能赶来的泾河与北洛河,还在沟壑相连的黄土塬上婉转徘徊,带着黄土的黏度和缓缓流淌的忧郁朝她走来。而自大散关奔流而下的清姜河,已经簇拥着一堆堆雪白的浪花,迎接着渭河的到来。

虽然秦岭高大的身躯挡住了来自南太平洋的暖湿气流攀缘北上,但矗立在长安南面的秦岭有中国内陆最苍茫的林海,还有数不清的沟峪如毛细血管般纵横交织,奔涌着自秦岭山林深处流来的清澈山水,从南岸的每一个谷峪涌向渭河。这时的渭河,日渐丰沛的河水让她变得筋骨健壮,四肢发达。在平坦、辽阔的平原舒缓前行,走向成熟的渭河没有了焦躁暴戾的奔腾,却拥有健步行走、稳操胜券的沉稳。她知道,这里的泥土和都市,更需要她永不枯竭的流水的滋养与供奉。虽然浇灌万物、哺育人口与日俱增的千年古都、激发一个民族创造与崛起,需要更多的水资源,但有遥遥相望的秦岭将更多的流水源源不断输入体内,渭河奔走的姿态自古至今,从来没有迟疑过。

告别西府大地后,第一条涌入渭河怀抱的大河是沣河。

为了与渭河相汇,发源于长安区沣峪口里的沣河从秦岭北坡形成河流之后,不惜在长安城南绕一个大弯,赶到西周时期的沣京和镐京旧址附近,和渭河相拥相抱。沣河与渭河相汇的地方,是秦汉时期咸阳城和长安城达官贵人、庶民百姓迎来送往的咸阳古渡口。两千多年前,比现在宽阔而浩荡的渭河,在迎来沣河流水之后,变得更加浩浩汤汤。挥泪送别、把酒话别的人们或峨冠博带,或白面素衣,相聚在画舫云集的渡口,一只只繁华的客船和桅杆高耸的货运船被滚滚东流的渭河送向远方的时候,秦岭山谷密林间,还有更多的流水在集中、汇聚,准备加入渭河合唱。

一两千年后,咸阳市渭城区南部沣河与渭河相汇的地方,还有裸露在渭河

渭河垂钓者

激流上面的一排木桩——那就是过去咸阳古渡的遗迹。两水相拥的河汊中央，泥沙堆积的三角洲长满了丰茂的芦苇和依依杨柳。辽阔的河面上有白鹭飞翔，安静地蹲踞在河湾水草丛中的垂钓者，还有古人临河野钓的悠闲：一顶帽子、一杆鱼竿在草丛和树荫下若隐若现。浮在水面的鱼漂和垂钓者的心境一样安详。没有鱼儿上钩的时候，我们能看到鱼竿和河水之间，一道细细的弧线在阳光下闪光。

从天水一带群山之间流出，渭河进入关中平原时，天地更加开阔，忽南忽北的改道在所难免。有人研究过，现在的渭河河道呈不断北移状，越来越靠近北岸黄土台地。这种现象，是不是来自秦岭的渭河支流水量胜过来自北岸支流水量的结果呢？

这里是天水市秦州区西南一个普通的小山村。村子四周都是绵延的山岭。我们虽然知道这里是渭河与西汉水，也即黄河和长江的分水岭，但那么多的山壑纵横交织，很难判断哪条沟渠里的水流入黄河，哪些水流注入了长江。坐落在村子中央的龙王庙，却让我们在这里分辨黄河流域和长江流域的分界点变得轻松明了。这座坐北朝南的庙宇的神奇之处就在于，每逢雨天，一南一北两面檐水分别注入了嘉陵江上游的西汉水和渭河支流藉河，所以当地人把这座龙王庙也叫分水阁。

仔细跟踪过分水阁上流下的檐水的人发现，同一座房子，大殿后檐流水从左家巷道朝南转东,流向牡丹乡,经木门道进入西汉水,汇入嘉陵江,流入长江;而前檐之水却从村子流到盘龙山脚下,向北入铁炉乡猴家店,经流经秦州城区的藉河进入渭河,汇入黄河。

这样的分水岭,在秦岭主脊还有很多。到了关中一线,那些地方不仅是秦岭最高迈的地方,也是中国大地珍稀野生动物出没的地方。一片茂密的丛林、一条阴湿的沟峪,甚至一座突兀的岩石下,一滴水、一泓清泉渗出后,便顺着或急骤陡峭、或平缓回环、或急流跌宕的山间谷峪,朝北面的山脚下流去。到了山脚峪口,千万滴水珠和纵横交织在秦岭北坡的山涧小溪汇聚而成的道道小河也就形成了。告别莽莽秦岭,这些或大或小的河流都选择了同一个去向:朝北,进入渭河。

斜峪、汤峪、涝峪、太平峪、沣峪、潼峪……古人说,秦岭北坡有七十二峪。其实,如果从秦岭更西的天水境内算起,密布在秦岭北坡的大小谷峪,数不胜数。这些隐匿在秦岭山林里的谷峪,往往既是古代沟通秦岭南北交通的孔道出

夕阳西下之际,渭河的波光是大地上最明亮的部分。

入口,也是秦岭山水下泄的水道。在利用来自周至县厚畛子镇秦岭大梁一带的丰富水源建起的黑河水库出现之前,建在斜峪关口的石头河水库,将来自太白、眉县一带秦岭山里的流水聚集起来,成为渭河流域关中境内又一座与北岸的郑国渠遥相对应的调节渭河支流水量、灌溉渭河南岸万亩良田的水利工程。

让我一直迷惑不解的是,现在成为西安市饮用水源的黑河源头,已经在很偏南的秦岭深处。这里四周高山雄矗,峡谷纵横,发源于老县城附近厚畛子镇的黑河,究竟是以什么力量一路跌跌撞撞,穿过那么高峻的山岭,将自己的归宿选择在渭河的呢?

2011年秋天的绵绵秋雨,让湿漉漉的秦岭积攒了更多的水源。我经过的每一条秦岭谷峪,都有滔滔流水奔涌而下,从宝鸡、西安和渭南南缘一线流入渭河。到了渭河与黄河即将相会的华阴一带,那奔涌不息、涌满河道的流水,已经紧紧依靠到了秦岭山脚下。而当从白鹿原流下的灞河带着奔腾的浪花,在接纳浐河、继续北上、汇入渭河的时候,秦岭苍茫的山影,也一直伴随着渭河东去的流水。

如果有人沉浸在秦岭山水和渭河波光交织的梦境,他会不会梦呓般惊叹:是秦岭造就、养育并滋润了渭河的过去、现在和未来呢!

东方威尼斯

现在,我们要将目光投向长安城的过去。

那是公元前2世纪,西汉都城从现在西安市阎良区武屯镇附近的栎阳城迁到渭河南岸才五六十年。汉武帝即位的时候,汉高祖刘邦在秦朝原有长乐宫、未央宫的基础上兴建的长安城已经初具规模,浩荡渭水映照着渭河岸边突然崛起的西汉都城巍峨宫墙和纷纷崛起的亭榭宫殿。行走在两面宫殿林立的长安城,刚刚接手西汉帝国皇帝权杖的汉武帝还是觉得美中不足。在他看来,泱泱西汉帝国的都城不仅要有高大的城墙、威严的宫殿和鳞次栉比的歌楼酒肆,还要有山环水绕的自然环境。有山,一座都城就有了霸气;有水,一座都城就有了灵气。更何况,刚刚建立的西汉帝国百废待兴,只有将帝国都城与关中王气十足的自然山水融为一体,符合他所推崇的天人合一、道法自然的黄老理念,大汉帝国才会从生生不息的自然万象中获得源源不断的精气神。

于是,汉武帝这位当时还在酝酿一步一步消弭边患、建立更强大的西汉帝国的皇帝,首先从再造长安城入手,开始实施他的宏图大略。他在长安城原有基础上大兴土木,兴建了北宫、桂宫和明光宫。在城南开太学,在城西扩充了秦朝上林苑,又开凿了昆明池,建造建章宫等西汉时期的标志性建筑。在这些建筑中,上林苑和昆明池是最能体现西汉文化精神的一笔。而这一切,则得益于环绕长安城的渭河及其众多支流。

那时候,浐河还没有融入灞河,许多支流直接流入渭河。渭河、泾河、沣河、潦河、潏河、滈河、浐河、灞河分别从东南西北对长安城形成环围之势。八水缭绕的长安城,城在水中,水绕城流,在水波环绕的环境中,又有苍茫秦岭为背景,长安城已经是一座充满灵气与灵动之韵味的水上都市。面对长安城斯情斯景,让汉武帝的御用文人司马相如在他那篇为自己换得封赏的《上林赋》里,发出了"君未睹夫巨丽也,独不闻天子之上林乎?左苍梧,右西极。丹水更其南,紫渊径其北。终始灞浐,出入泾渭;酆镐潦潏,纡馀委蛇,经营乎其内。荡荡乎八川分流,相背而异态"的铺陈与赞美。

司马相如笔下八水环绕的长安城,只是渭河及其支流为长安城带来美艳迷人风采的一部分。但对于有着雄才大略的汉武帝来说,当初借助环绕长安的八条河流建造水上都城长安,恐怕还另有深意。比如一直到20世纪60年代还是一片沼泽的昆明池,就是汉武帝训练水师的水上训练基地。

汉高祖和汉武帝之前,最早试图凭借渭河和秦岭建立横跨渭河南北,以整个关中为都城的,是大秦始皇帝。那一年秦始皇四十八岁,面对六国统一后都城咸阳人口剧增的现实,秦始皇萌生了依托渭河、拓建宏大帝国都城的念头。司马迁后来在《史记·秦始皇本纪》中是这样记述秦始皇宏大设想的:

> 三十五年,除道,道九原抵云阳,堑山堙谷,直通之。于是始皇以为咸阳人多,先王之宫廷小,吾闻周文王都丰,武王都镐,丰镐之间,帝王之都也。乃营作朝宫渭南上林苑中。先作前殿阿房,东西五百步,南北五十丈,上可以坐万人,下可以建五丈旗。周驰为阁道,自殿下直抵南山。表南山之颠以为阙。为复道,自阿房渡渭,属之咸阳,以象天极阁道绝汉抵营室也。阿房宫未成;成,欲更择令名名之。作宫阿房,故天下谓之阿房宫。隐宫徒刑者七十馀万人,乃分作阿房宫,或作丽山。发北山石椁,乃写蜀、荆地材皆至。关中计宫三百,关外四百馀。

具体来说,秦始皇当年设想中的秦国都城咸阳城,依托渭河,包括了整个关中平原。其城域以咸阳为中心,东到黄河,西至千河和渭河之滨,北起渭河北岸九嵕山和林光宫,南及秦岭北麓。在东西四百公里、南北二百公里的渭河两岸,都建有离宫别馆。渭河以北主要有冀阙、咸阳宫、兰池宫及各具特色的"六国宫殿";渭河以南有举世闻名的"阿房宫"和甘泉宫、上林苑。咸阳城的宫殿间,波光潋滟的渭河沿街衢穿流。一座宽六丈、长三百八十步的木桥把渭河南、北两岸连在一起。这座桥,就是秦始皇心目中天宫里能够跨越银河的"天极阁道"。

这是一座世界上规模和气势独一无二的,没有城墙的巨大帝都。只可惜秦始皇的梦想没有来得及变为现实,随着阿房宫燃起的熊熊大火,短命的大秦帝国便归于崩溃。面对陷入纷争和战乱的咸阳城,浩荡东流的渭水一片茫然。

公元7世纪,渭河北岸和泾河下游南岸夹角地带的台地上,已经隆起了一座又一座巨大的帝王陵寝。那是西周、西汉和其后长安城你方走了我登场的历代帝王将相们最终的归宿。那么多帝王将自己的陵寝选择在可以聆听渭水涛声,却相对远离渭河水波的北部台塬,只有秦始皇将自己葬在了渭河南岸的骊山脚下。但这一切,都还是长安城将自己繁华巍峨宫阙的身影投向整个世界序曲的开始。

公元618年,大唐大旗在李渊发动的宫廷政变中升起在长安城头。那时的长安城在百废俱兴的隋代整饬修建下,已经重现活力。前面,隋文帝在汉长安城基础上将新建的国都向南迁移,选定在了龙首原南缘依山傍水的台地上。隋文帝当初选择长安城新址,首先考虑的是防水与供水问题。隋朝建立之初的汉

在关中众多帝王陵中,秦始皇选择了葬在渭河南岸的骊山脚下。

长安城,在历经数百年兵燹战乱后,司马相如时代那种八水绕长安的胜景已不复存在。人口的增加,使长安城排水、供水、污水处理,以及水质卤化等问题不堪负载,而忽南忽北,不断改变河道的渭河,更让长安城面临被渭河水淹没的危险。

有一则故事,讲的是迫使隋文帝杨坚迁建长安城的根本原因。《隋唐嘉话》说,面对长安城面临的威胁,隋文帝忧心忡忡。一天晚上,隋文帝梦见滔滔渭水涌入长安城,秦汉帝都一片汪洋。梦醒之后,隋文帝果断做出了在龙首原南缘重建长安城的决定。龙首原南高北低,而且越往南,原面越开阔,地势越高,不仅可以永绝渭河水患,龙首原东面还有灞河、西面是浐河,便于引水入城,解决城里用水问题。

隋文帝营建新长安城的速度惊人。隋文帝杨坚于开皇二年(582年)六月开工建设,第二年三月主体建筑全部完工。但就在隋长安城华丽威严如天宫神殿般崛起的时候,改朝换代的日子来临了:李姓家族接管了已经初具规模的长安城,成为这座古都的新主人。

大唐盛世是一个襟怀天下的伟大帝国,必然要拥有威仪天下的国都。好在隋文帝的深谋远虑为唐长安城的扩建奠定了基础,龙首原及其周边山环水绕的地理位置,为盛唐都城的拓展留下了足够空间。从唐太宗开创的贞观之治到后来的开元盛世,这座公元7世纪到10世纪世界上最繁华的国际化大都市的建筑、文化、文明达到了当时的世界顶峰。占地八十四平方公里的长安城郭城、宫城、皇城,城城相连,大明宫、朱雀大街、东市、西市等代表了公元7世纪世界文明顶点的巨型建筑拔地而起。宫阙弥望、金碧辉煌的长安城内,居住着超过百万的居民。他们中有官员、普通百姓和来自世界各地的学者、僧侣、商人。宽达一百五十米的朱雀大街和更多宽度上百米的街道,将城内一百零八个街坊连接起来,面积是后来北京故宫四倍的大明宫里,各国使节你来我往,络绎不绝。

长安城成为公元7世纪到10世纪初期世界第一大都市的时候,用水量也与日俱增。要支撑这样一座大都市,日常饮用、生活起居、城市美化都需要大量水源。街坊和宫廷的生活用水,利用长安城外密如蛛网的河流系统,汲取地下水和井水,正常年景是完全可以解决的。但当时的长安城是一座名副其实的国际化大都市，要保障这座百万人城市生活的正常运行，不仅要引水进城，还必然要拥有一套科学完善的防涝、防旱和供排水系统。而这一切，在隋长安城规划动工时，早已在设计者的预想之列。

　　隋长安城设计者在选址上，就充分考虑了利用环绕在长安城四周的渭水、泾水、沣水、潦水、潏水、滈水、浐水、灞水及其附近支流对长安城供水、排水、防洪、防涝、防火的作用。隋开皇三年（583年），即隋长安城动工兴建的第二年，隋文帝就下诏开浚了龙首、永安、清明三条引水渠，分别引浐河、洨水和潏水供给城区用水。开皇四年（584年），隋文帝在西汉漕渠基础上重新开掘了与渭河平行的人工运河。盛唐来临，长安城排供水需求量日益增加，长安城在充分利用龙首渠、永安渠、清明渠的基础上，又于开元年间（713—741年）开浚了从终南山引义峪水进入曲江的黄渠，天宝年间（742—755年）再度开浚从城南引潏河绕城西入漕渠的水利工程。这个时候，以城外四面环绕的八条河水为外围供排水系统，与连接城内的龙首渠、永安渠、清明渠、漕渠、黄渠五条供水渠相互沟通，互为依托的排供水网络形成。接下来，通往兴庆宫、大明宫东内苑、曲江及近百家私家园林亭池林苑、皇家园林的供水工程，以及纵横交织在城内各条大街、连接每个街坊巷道的排供水网络也相继建成。这些密如蛛网的水网、星罗棋布的池塘湖面遍布城内，既可蓄水，又能美化环境，调节气温，还与连接城外的八水五渠相互沟通，旱可引水进城，涝可任意排放城区积水。生活用水、美化用水、城市污水各行其道。一时间，长安城内水网密布，清流环绕，沟渠纵横，湖池水泊，星罗棋布。龙首渠、永安渠、清明渠、漕渠、黄渠上舟楫往来，凝碧池、鱼藻池、蓬莱池、兴庆池鱼翔浅底。为东市和西市运送货物的货运码头——海池上，舟船进出，一派繁忙；巍峨的宫殿、栉比的街坊、高大的城墙和渠塘岸边的翠竹杨柳倒映水面。长安城纵横交织的河汊沟渠之间，画舫游弋，舟楫穿梭，如梦似幻，恍如置身西方的水上都市威尼斯。

　　蜿蜒在长安城内的河流水网，让长安城一天天变得美丽、妖艳、富足的时候，环绕在长安城外的八条河流，也将一座标志着公元7世纪到10世纪前后世界高度文明的大都市的高大巍峨的身影，收藏在了她经久不息的激滟波光里。

第二章　历史的影子与神话的翅膀

- 公王岭的篝火
- 浐灞三角洲的春天
- 大地之湾
- 伏羲伏羲
- 华胥之国
- 神仙的爱情
- 马家窑
- 轩辕之丘
- 华族和夏族

公王岭的篝火

在高陵县西南的船张村接纳携带了大量泥沙的泾河之后,又一条来自南山的河流在西安市东北灞桥区与高陵县交界处和渭河相遇。这条河叫灞河,她来自终南山深处的蓝田县。灞河在从遍地密林、沟壑、山岭的源头走过白鹿原,进入古长安城东郊的路上,还接纳了另一条同样发源于秦岭山区的河流——浐河的滚滚波涛。

灞河和浐河由几条发源于终南山的山间小河组成。它们分别是清河、辋川河、汤峪河、岱峪河、库峪河、大峪河。在辋川河源头群山环抱、峰峦叠翠的河谷深处山石林莽下面,或许还有唐代大诗人王维隐居终南山时建造的辋川别业遗迹可以寻觅。从辋川河流入灞河的蓝田县城附近朝西望去,一座突兀在莽莽群山之间的山岭高出云端。一年四季,只要山间涌起一片雨云,苍翠的山岭之上,就会有茫茫雨雾和迷蒙潮雾落满树林和草丛。那座山岭叫公王岭,是一百一十万年前一群生活在秦岭深处的中国古人类的家园。

受灞河上游崇山峻岭的遮蔽,一个远古人类的头骨化石被保存到现在。它的头骨和顶骨结实,眉脊硕大粗壮,在眼眶上方几乎形成一条直直的横脊,两侧端向外延展。眉脊与额鳞之间缩窄,额骨低平。这个头骨的外在特征研究数值告诉我们,她是一位年纪三十多岁、曾经在这片丛林里生

蓝田猿人头骨被发现的地方

儿育女的女性。头骨化石附近还散落着许多旧石器时代的生产工具，其中有尖状器、砍砸器、刮削器、石片、石核等原始打制石器。尖状器一面有刃，一面则保留着原始状态——那是蒙昧初启的原始人为了便于手握，而不至于被石器锋刃创伤所进行的重大创造。刮削器有直刃、凹刃、凸刃和复刃，那是刮削木制工具和剥取兽皮的工具。这些工具简陋、粗糙。我们可以设想，一百一十万年前，这位女性和她的同类利用这些工具采撷、捕猎的时候，需要付出多大的体力！

拥有这个头骨的妇女，活着的时候肯定没有姓名。但她和她的同类创造出这些原始工具的时候，对距今一百一十万年前的原始人类生活方式所带来的改变，无异于后来的蒸汽机、火箭卫星和电子计算机对现代人类生活产生的重大影响。凭借这些工具，生活在灞河源头的蓝田猿人过上了在那个时候已经算得上奢华而富足的生活。

一百一十万年前，这位女性在这一带山林里穿行、逡巡的时候，渭河已经在公王岭北麓的大地上奔流了很久。当时的渭河河岸比现在要宽得多，河水也更加湍急。灞河和浐河从南山密林深处流出，用不了奔走这么长的路程，就可以到达渭河。

那时候，公王岭和整个秦岭地区气候温暖湿润，林木茂密，植被茂盛，大熊猫、东方剑象、葛氏斑鹿、水鹿、猕猴等食草动物和剑齿虎、猎豹等食肉动物，与这位女性的同类共同生活在灞河左岸的山丘上。虽然当时的蓝田猿人尚处在茹毛饮血的原始状态，但她们的生活习性、生活方式，已经与那些四肢着地的动物完全分开了。她们不仅直立行走，还学会了用刚刚出现的简陋石器和原始工具采撷野果、草籽和植物根茎，间或捕猎她们可以对付的弱小动物，作为辅助食物。而且，蓝田人已经初步有了对火的认识。在以山林为家、与猛兽为伍的环境中生活，她们的生存和生活都十分艰难。但这并没有影响公王岭上的原始人类在灞河上游以三四十万年的努力，从山间密林深处来到灞河右岸的陈家窝一带，继续她们一步比一步更加细致、完美的生活。

灞河上游公王岭的原始人头骨化石被发现的时候，西方对中国人人种归属问题早有定论：即中国人种来自西方。众多更加纷纭的说法还说，中国人种来源于巴比伦、非洲、澳大利亚、亚细亚北方、美洲，或者帕米尔高原、埃及、印度、东方海岛等等。其中法国汉学家拉克伯里的《早期中国文明的西方起源》（又译《支那太古文明西元论》）中，有关中国人种来自古巴比伦的观点最为流行。受了拉克伯里影响，甚至连章太炎、刘师培、梁启超这样的国学大师，对中国人种西来说都深信不疑。西方科学家持这种观点的原因，是灞河上游公王岭女性头骨发现之前，虽然瑞典人安特森1929年在北京周口店发现了北京猿人的头盖骨，但北京人生活的年代在距今七十到二十万年以前，远没有足够证据说明在距今一百万年前，中国人就在中国大地上生活了。

只有更古老的考古发现，才能证实中国人的故乡在哪里。

1964年，考古学者来到了灞河上游蓝田县九间房的公王岭。我们不知道中国科学院古脊椎动物与古人类研究所的考古人员来到这里，是被秦岭山区不断出现的古生物化石引导，还是受了灞河岸边蓝田县华胥镇是中国神话传说中"华胥之国"——即伏羲母亲诞生地的诱惑。这一年5月，当那具发现于公王岭、距今一百一十多万年的女性头骨化石被秘密运到北京时，时任中国科学院院长的郭沫若激动不已，半夜赶到中国科学院，观看这具亚洲北部罕见的古人类生命遗物。

比较与研究是枯燥的，但在科学结论上，唯有比较研究才能说明问题。科学家必须将此前在亚洲发现的北京人、爪哇人与公王岭发现的女性头骨化石进行反复测试比较。研究结果令人振奋，公王岭发现的猿人与北京猿人一样，为生活在印度尼西亚爪哇岛的爪哇人同属，是已经可以直立行走的直立人。利用各种科学方式的研究还在继续。考古人员对蓝田人头骨和脑量进行研究测试后发现，蓝田人的头骨比北京人和爪哇人要厚，而脑量却比两者要小，这说明蓝田人生活的年代比北京人和爪哇人整整早几十万年。于是，一个令考古学者惊喜的结论无须论证就出现在我们面前：蓝田猿人是亚洲北部最早的直立人，他们是中国人和北部亚洲人的祖先。北京人和爪哇人，只不过是蓝田猿人历经数十万年劳动、进化的后裔。

在蓝田人已经知道在他们居住的公王岭洞穴点上篝火、驱赶野兽的时候，黄河已经离开渭河故道，从兰州附近转向贺兰山一线，向北、向东流去。渭河作为行走在长江和黄河之间一条独立的大河，正在孕育并制造公王岭北侧的关中平原。那时候，北洛河还是从大荔县附近流来。唯一让我们无法确定的是，那时候的这条后来摇摆不定的北洛河是不是还和今天一样流入渭河。但在距蓝田人出现九十万到一百万年后，公王岭对面、渭河北岸北洛河附近的台地上，又出现了一群古人类，这就是被考古界命名为"大荔人"的渭河流域又一原始人类。

大荔人生活的地方，在北洛河东岸大荔与蒲城交界处段家塬下面一个叫甜水沟的地方。现在，那里紧靠急速沉落的塬下，面临北洛河冲积的开阔河川。塬上是玉米地和水果园，塬下平川地带是吐着白色花蕾的棉田。北洛河自北向南，朝渭河流去。凌乱的村庄后面，是新村迁移后废弃的村庄残骸。遍地蒿草的塬崖下，一条沟湾向后延展。空旷的荒沟乱草丛生，一股细细的水流从乱草丛中渗出。那里已经没有任何残迹可以让我们将它与十万年前大荔人的生活场景建立起联系。人们试图从悬崖上寻找古人类曾经居住过的洞穴遗迹，但长了稀疏洋槐、椿树和荆棘的崖面刀削一样齐整——那显然是近几十年或几百年北洛河河水冲刷的功劳。

十万到二十万年前，北洛河河水比现在要大得多。那时候，对原始人威胁

早年的大荔人临水而居，他们所选择的可以为他们提供鱼类的河流应该是前面不远处的北洛河。在那个时候，这条空旷的小山沟也许就是他们炊烟袅袅的村落所在地吧！

最大的是洪水和猛兽,因此大荔人不会居住在河沿上。他们的洞穴,应该是在临近河水、却远离河面的段家塬与北洛河过渡地带的台塬上。只有这样,大荔人才既可以免遭突然袭来的洪水威胁,还可以享受充足的阳光,并轻而易举地从河水里捕捞鲤鱼、鲶鱼,在河滩上捡拾蚌和螺。如果转过身,进入长满松树、柏树、云杉等针叶林的塬上,就有各种各样的野果、草籽和蕨类供他们果腹。也许那时的人类已经有了朦胧的审美意识,山间草地上遍地盛开的菊花,一定让他们赏心悦目,心旷神怡。大荔人时代,丛林里拥有的动物种群和数量比蓝田人时代更多,这既让他们的生活变得更加有趣,也潜藏着更多的杀机和危险。古老的菱齿象、犀牛、马、肿骨鹿、斑鹿、野猪、野牛、河狸、普氏羚羊、鼢鼠在林间穿行,高大的鸵鸟在草丛中觅食漫步。喧闹的生活,让大荔人脑量和智力更接近北京人。

渭河下游北洛河东岸甜水沟大荔人的身影,已经暗淡得让人满目迷惘,但北洛河还是在我遥望与遐思的视野里固执而坚决地向南面的渭河流去。比大荔人还要古老的渭河,在为关中带来流水和泥沙的同时,也将更多、更古老的秘密埋藏在了黄土之下。

大荔人之后,在渭河另一支流泾河流经的泾川,又有一具二十多岁的女性头骨引起了考古界关注。这位后来被命名为"泾川少女"的女性,生活在距今三万至五万年期间,其形象特征不仅带有明显的蒙古人特点,而且显示出这群生活在泾河流域的古人类已经看到了母系氏族的熹微曙光。

如此众多的古人类,从一百一十万年到数万年前你来我往,绵延不绝地穿行、生活在渭河两岸,让古老的渭河在人类文明光焰孕育、萌芽之际,已经变得熙熙攘攘,热闹非凡。

这一次,我们要回到渭河上游甘肃省武山县境内。

渭河流出陇西后,以一线少得令人伤感的浊水将陇西和武山连通。但在几万年前,巨大的水流从鸳鸯镇结束陇西盆地无拘无束的漫流,进入武山境内两岸高山绵延的峡谷地带之际,现在许多河谷地带的山岭,多半淹没在渭河河水之中。湍急的水流在鸳鸯镇附近山丹乡一带的山谷间,还冲刷、磨炼出了一种墨绿色的美玉。那是古人琢磨夜光杯的上好玉料,叫鸳鸯玉。盛产鸳鸯玉的渭河对岸,还有一条叫大南河的河流流入渭河。1984年,有人无意间在大南河流入渭河的苟家山一个叫狼叫屲的半山腰,发现了一具距现在三万八千年前的古人类头骨化石。随后,考古人员在距这具男性头骨化石仅一米之遥的地方,又发现了一具女性头骨化石——这是渭河两岸发现的第四处原始人头骨化石!这一男一女,三万多年前生活在渭河南岸山坡上的原始人身边,还有大量的彩陶碎片和土坑、灰坑等生活遗迹。

如果顺榜沙河向南进入秦岭深处,在榜沙河流经的付家门附近一个叫种谷台的台地上,到现在都可以随手捡拾到遍地散落的彩陶碎片和精心打磨的石刀、石斧、石祖等石器。数量如此众多的彩陶碎片和石器让我们只能设想,那里可能是一支聚居在渭河支流榜沙河西岸的原始人的陶器和石器制作作坊,或者是一个巨大的原始群落生产生活器具的存放地。只不过,那些生活在榜沙河岸上的种谷台人,比在狼叫屲生活的武山人来得迟一些,生活也更富足、更精彩一些。因为他们已经很熟练地根据需要,打磨出了更先进的石器,制造出了色彩更加丰富的陶器。而对于种谷台之所以遗留下那么多石器和陶器,我们只能设想,大概是在种谷台生活的原始人类在选择居住地点时过于低估了渭河这条支流的水量,一旦洪水来临,他们只有抛弃付出全部心血和汗水的器物,朝着身后的高山逃命。于是在后来气候变化,渭河和榜沙河水量剧减的时候,这些数千年前的陶器和生产工具才裸露出水面。

灞河源头的蓝田猿人和北洛河岸边的大荔人打磨石器的技艺还在探索发展中,他们那时肯定还没有专门的石器制造工匠。到了武山人时代,生活在渭河流域的古人类已经开始涉足制陶业——尽管在狼叫屲找到的武山人使用的工具很少,但他们已经懂得了磨光、打孔,并掌握了更为丰富的使用火的经验。到了种谷台人时代,生活在渭河流域的原始人,已经具备了向文明、富足、幸福前行的能力和勇气。

公王岭的篝火,也许是蓝田人无意识点燃并存留下来的。但有了这苍茫群山上的一缕火光,渭河两岸的山野里也就回荡起了越来越响亮的打击声,渭河南北的丛林、台地、山坡上,远古人类生活的天空,也就被这越烧越旺的篝火,映照得越来越明亮,越来越辽阔。

浐灞三角洲的春天

丛林的影子越伸越长。从林梢上面沉向白鹿原的夕阳如果再向西沉落，那种灿若朝霞的光芒，就会被遍布终南山的莽莽丛林全部收藏。夕照映照下，浐河和灞河分别从终南山林海流了出来。林莽和丘壑还阻隔着她们的脚步，这两条最终将合二为一的河流在长安城南一片开阔的高地上，还只能一东一西，朝着白鹿原下渭河波光粼粼的地方流去。越接近渭河，浐河和灞河靠得越近，公王岭的身影也就被滔滔水声推得越远。

流下白鹿原，平坦的原野毫无遮拦，浐河和灞河这时才融为一体，继续向北，寻找进入渭河的方向。

流向渭河之际，浐河和灞河将白鹿原上深厚的黄土源源不断地带到塬下，堆积在长安城南的平坦地带。被河水冲刷的泥土、风化后尚在发育的沙粒、丛林里堆积的植物根茎，在浐河和灞河从白鹿原流下来的时候，也被湍急的水流带到了塬下。一旦水流变得平缓，这些富含腐殖质与松软泥土的冲积物就会在平坦开阔的塬下相继沉落，寻找到各自的安身之所。日复一日，数以千万计的泥土和其他物质被浐河和灞河带到平原地带，将深陷的洼地填平，一片呈扇形的浐灞三角洲，就在渭河平原南缘形成了。

长安城还要等待三四千年后才能在渭河南岸崛起。现在，关中平原还是一片空旷。沼泽、河汊、洼地、矮丘随处可见。浐河和灞河加入后水量变得更加汹涌的渭河，还在与白鹿原遥遥相望的北边流淌。渭河流水制造出的平原地带遍地丛莽，荒无人烟，各种野兽任意出没。直到浐河和灞河制造出浐灞三角洲之后，这片肥沃的土地上升起的袅袅炊烟和咿咿呀呀的话语声，才将这片平原从沉睡中唤醒。

这种情形，出现在距今六千多年前。由于渭河支流浐河和灞河开拓了关中大地上第一片适宜人类安身、生产、生活的沃土，沉寂已久的关中平原迎来了她的第一代居民——半坡人。

我们不知道这些最早在浐灞三角洲安家的半坡村人来自何方。但如果假设他们就是由曾经生活在灞河上游公王岭的蓝田人进化而来的话，那么一百多万年的创造与生活，已经使他们彻底脱胎换骨，他们的相貌、智力水平、生产水平、生活方式，已经与蓝田人及渭河流域的其他远古人类有了天壤之别。半坡人已经有了更为先进的生产工具，有了对生活和未来更多的憧憬和创造能力。有了温暖的家园、肥沃的土地，他们将从这里开始，创造一种前所未有的新生活。

首先，一座座呈方形或圆形的半地穴式房屋在浐河东岸的台地上出现。这房子有他们先祖教他们挖掘的地坑，也有高隆在地面上的形状如伞的屋顶，还有围墙、门槛。为了结实耐用、遮风挡雨，他们不仅掘地为室，还搭建了窝棚。建筑材料不仅用泥巴和土，还使用木料和草。这种半地穴式建筑，是当时人类生

五六千年前，生活在浐灞三角洲的半坡人建造的房子可能不像图片上的房子这样精美，但却一样温暖。

活的伟大创举。居住在这种宽敞、温暖、坚实、耐用房子里的半坡人,那时候已经学会了纺织、农耕和饲养家畜。

白天,身穿麻线粗布一类纤维纺织衣物的男人们在河岸上钓鱼,或去身后白鹿原上的莽莽丛林围捕猎物,女人们则在茅草覆顶的房屋之间的空地上制作陶器、纺织、饲养刚刚驯服的狗和猪。儿童们在鳞次栉比的屋舍之间嬉戏撒欢,年轻的少女抱着色彩斑斓的尖底瓶去河边汲水。在村子的另外一些角落,更先进的生产工具石器、陶器、骨器开始批量生产。村外的平地上,刚刚种下的粟粒已经破土发芽。黄昏来临之际,袅袅上升的炊烟,满载而归的捕猎者的欢笑,弥漫在村子里的食物芳香,让这里恰似人间天堂。

一开始,半坡人如此真实、认真的生活与创造,仅仅是为了生存和种族延续。他们从未想到,六千多年后,当有人将他们居住过的房屋遗址、盛过水的陶罐、耕种过的石锄从黄土下发掘出来的时候,会给世人带来这么大的惊喜与震惊。

顺着浐河,或者灞河河谷上白鹿原,到蓝田猿人生活过的公王岭和陈家窝的距离都并不遥远。但就是这短短的一段旅途,我们的先祖却走了将近一百万年。现在,我们还无从知道生活在浐灞三角洲的半坡人与蓝田人之间到底有多大联系,但如果假设半坡人就是从公王岭走下来的蓝田人的话,那么我们就可以理解为,在蓝田人沿着灞河从山林走向平原之际,是渭河南岸这块临近浐河与灞河、背靠白鹿原、平坦肥沃、通风向阳的土地,留住了他们的脚步。

从山林走向平原,是人类进化史上一次伟大创举。半坡人将人类从丛林带到浐灞三角洲,进入定居时代后,生活方式发生了翻天覆地的变化。有了高大宽敞的房屋遮风避雨,就可以建起炉灶,煮制熟食,半坡人就吃得更好,身体也更加强壮。起初,他们居住在半地穴式房子里;后来,他们干脆离开地下,直接在地面建起了更坚固实用、宽敞温暖的房子。为了防止猛兽侵袭和防水、排水,他们还在聚集了几十座房屋的村子周围开掘了巨大的沟堑。

半坡人一生的精力都用来生产和劳动。他们发明的用于生产的石斧、石锛、石锄、石铲、石刀,用于生活的石磨盘、石杵、石凿和用于渔猎的镞、矛、网坠、鱼钩等工具,是创造和劳动的馈赠,也是他们苦心经营温暖家园的必需品。

从山林走出的时候,半坡人已经获得了人类最早驯化的粮食作物种

半坡村遗址

子——粟，还有一些现在已经无从考证的蔬菜籽种。这些可以给他们更多营养、又易于通过耕种获取的食物，让他们的生活变得丰富多彩。一种真正的生活意识，让半坡人将整座村庄依照各自不同功能划分开来。环绕村庄的壕沟里面是居民区，壕沟北边是公共墓地，东边是陶器制作区，居民区还有饲养家畜的养殖区。那时候儿童死亡率很高，小孩和未成年人死后被装进瓮或罐子里埋葬，一方面防止野兽侵害小孩尸体，一方面也是严守未成年人死后不能像成人一样入土为安的葬俗。在半坡村遗址，有一个女孩却拥有和成人一样的土坑墓，而且陪葬品不仅多而丰富。这让我们意识到，半坡人处在母系氏族时期。

那时候，女人掌握至高无上的权力。

一座大房子出现在众多小房子围绕的半坡村中央。它的高大威武显示了它在村里的地位。大房子前厅是宽敞的部落首领议事厅，后面三间小房子则是全村儿童的家。围绕四周的小房子，一律都将门朝大房子敞开。这些小房子属于半坡村女人。她们独居一室的房子是她们的家产，也是她们与任何一位她所喜欢的男人幽会、交媾，然后繁衍更多后代的专有场所。入夜，村子一片寂静。那些敞开房门的房子，不时会有男人的身影闪现——那是来自其他氏族的男人在寻找爱的温床。这样的交合，男女双方也许一生只有一次，也许可以重复多次。一个男人来到这房子可以住多久，一切都由住在房子里的女人决定。如果女主人愿意,男人也可以在女人的小房子住下来,过一段类似后来婚姻生活里夫妻一样的生活。一旦女主人不再欢迎或者男人自己想离开,这个男人走后,紧接着就有另一个男人进来。

大部分精美的陶器是女人制造出来的。包括可以到河边汲水的尖底瓶和其他用以盛食物、存粮食用的红底黑陶,绘有人面、鱼、鹿、植物枝叶及几何纹样的各式彩陶,在当时既是半坡村主宰,又是劳动和生活主体的女人手中诞生。半坡村陶器上发现的其中二十几个被认为是文字雏形的刻画符号,也许就是这些制陶妇女对一场来去匆匆却又刻骨铭心爱情的记忆,或者独守空房的夜晚恍惚看到的某种事物的影子。

我们看到的粟粒已经炭化。但在六千年前,这些粟粒的发现,让半坡人有了享受人间最迷人春天的可能。

春天来临,南山一片葱茏。林梢上回荡着燕子和布谷鸟的鸣叫,让从严冬寒冷的房舍里走出的半坡人心情欢畅。勤于劳作的女人这时会放下手里的编织物和正在制作的陶器,转身走出村庄,来到也许已经耕种多年,也许才刚刚用一把山火烧掉杂草、用石斧砍倒树木后开垦出来的荒地上,用石铲、石锄将温暖的土地松开,然后从五彩缤纷的陶罐里取出珍藏一个冬天的种子,一粒一粒撒进泥土里,等待一场春雨之后的破土发芽。

秋天到了,浐河东岸一片金黄。人们用石镰和陶镰收割丰收的粟粒,然后运送到村子里,装进半坡村公有的贮藏室。如果到了南山积雪覆盖的冬天,获取食物的机会越来越少,再将贮藏的粟粒取出,用自己发明的碾盘脱皮碾碎。炊烟弥漫在整个半坡村上空的时候,一顿香喷喷的美餐已经摆放到全村人面前。

这时刻,浐河和灞河相拥相抱,还在赶往渭河的路上。

那时候,白鹿原还不叫霸上;几千年后,灞河才会迎来称霸渭河流域的秦穆公,并等待他将与半坡村遥遥相望的滋水改名为霸水。

大地之湾

上古时代,渭河干流浩浩汤汤的流水,几乎盛满了从渭河源头到入黄口的所有平川和峡谷。她激荡奔腾的波涛,人类无法驾驭,所以最初生活在渭河流域的人类,只好选择在渭河几条较大支流的两岸安家。

流入天水境内三阳川的时候,渭河挣脱又一道两岸高峰雄蠹的峡谷,开始在地貌分明的秦岭山地和秦岭山区之间萦绕盘桓。葫芦河这时乘势而入,从渭

天水到宝鸡之间,渭河就是这样行走的。

北地区的六盘山地极尽蜿蜒与曲折,加入到了渭河东进的阵营。这一带,古人类的活动踪迹密密麻麻地遍布渭河两岸,但他们的大本营,却在秦安县葫芦河支流清水河流域的大地湾。

宁夏西吉与海原县交接处,六盘山脉月亮山南麓的一泓清流,造就了葫芦河。但葫芦河要形成一支真正的河流进入渭河,在流经宁夏固原和甘肃平凉、天水的旅途上,还要穿越众多高山、丘陵和峡谷,汇聚更多或大或小的支流。清水河就是其中之一。大地湾人开始在清水河南岸一个巨大的山湾里建造他们的半地穴式房子时,浐灞三角洲还是一片寂静。远在西亚的两河流域,苏美尔人两三千年后才能创造出标榜自己所创立的文明高度的楔形文字;五六千年后,古巴比伦人才在苏美尔人所创造的文明基础上建立起古巴比伦王国。然而就在世界一片荒芜的七八千年前,渭河上游一条小小支流——清水河岸上,却是人声鼎沸。在这个叫作大地湾的山湾里,鳞次栉比的房屋和星罗棋布的村落挤满了山谷。临河的坡地上,围着树叶、裹着兽皮的男人在河边捕鱼,身姿婀娜的少女手提陶罐在河边汲水,更多的男人和女人在各自的村庄打磨石器、制作陶器,还有人在继续为从别处迁徙而来的其他部族建筑房屋,用石铲等工具在村边挖掘沟堑,在山坡上用石铲和石锄播种粟粒。

那时候,中国北方的气候比现在温暖、湿润得多,大洪灾过后的世界正处在全新气候大暖期。温润的气候吸引了红白鼯鼠、苏门羚、苏门犀等动物,铁木、榔栎等后来生长在亚热带地区的植物在这里安家。满山遍野的冷杉、白蜡树、榛木、铁木和其他落叶乔木、常绿乔木、常绿灌木,让清水河两岸四季常绿,温暖湿润。河水清澈、水量丰沛的河道里,除了多种多样的鱼类,还生活着数量惊人的蛙类。三面环山、一面临水的大地湾通风而向阳,视野开阔。清水河对岸,大地湾人居住的后面山梁上,大洪灾过后更加苍翠而生机勃勃的原始森林依河而上,覆盖了我们目光能够到达的山川与大地。缓慢攀升的山湾四周,还有绿如碧毯的草甸和平缓的坡地。人们下山即可捕鱼,上山即可从山林里捕捉到虎、豹、麋鹿等猎物,还可以采摘到各种果实。后来,有人带来了稷的种子,并在坡地上种出了中国古代最早的粮食。大地湾人的生活,进入前所未有的新时期。生活在那里的人们无须为食不果腹发愁,更无须为洪水野兽侵袭而担惊受怕。这种令人神往的生活，吸引了生活在渭河上游乃至甘青高原的众多部族慕名而来，源源不断聚集到清水河岸上，在大地湾安下家，融入了当地土著部落。

最初来到大地湾的考古学家，是从一只当地农民犁地时发现的陶罐，发现埋藏在地下的人类史前文明的巨大秘密的。然而揭开尘封的土层，当掩埋在一万三千平方米的地下二百三十六座房址、三百五十七个灰坑、七十九座墓葬、三十八孔窑洞、一百零六座灶台和八千多件骨器、石器、蚌器、陶器、装饰器和各式各样的生活器物浮出地面时，跑遍大江南北的考古学家被眼前的情景惊呆了！即便是再见多识广的考古人员，也没有在中国大地上见到过如此丰富多彩、数量众多的新石器时代古人类使用过的物件。当他们在面积达二百七十五万平方米的山湾里进行试探性发掘时，一个更让人震撼的事实暴露在考古人员面前：这个巨大山湾，几乎遍地密布着和已经挖掘范围毫无差异、琳琅满目的史前文化遗物。而他们现在所揭露的面积，还不到已探明总面积的百分之一！

即便是在考古现场被持续不断发掘三十多年后，也没有人能说清楚，在大地湾浩荡黄土下，到底还掩埋着多少距今八千多年到四千多年前人类生活、生产的遗迹和遗物。更让人们惊讶的是，俯身大地湾考古发掘的考古学家面对目前已经发现的考古成果，以让自己都难以置信的研究结果向世人宣布：从距现在八千一百二十年到距今四千九百年，大地湾人在渭河上游这条小小支流南岸的山坡上，竟连续不断地繁衍生息、生活创造了三千多年！

这几乎是我国考古史上绝无仅有的。

洛阳铲和探杆成为我们进入八千多年前大地湾时代的得力助手。考古人员俯身阳光朗照的大地湾，拨开厚重黄土之际，已经炭化的黍和油菜子、已经很接近后来文字的十几种彩绘符号，以及包括圜底钵、三足深腹罐、球腹壶、三足钵、圈足碗在内的二百多件红色宽带纹彩陶，纷纷从沉睡的黄土下重见天日。它们在大地湾人手里诞生的时间，是在遥远的七八千年以前。紧接着，比半坡人的大房子大一倍，建筑面积达四百二十平方米的我国史前面积最大的复合式宫殿建筑，与古罗马人用火山灰制造的水泥有同样硬度的"混凝土"，一平方米的黑色颜料地画等，让人困惑不解、又令人惊骇的创造，在考古人员惊讶、困惑的关注中接二连三浮出地面。

在那么遥远、古老得让人无法捉摸的时代,是什么力量驱使或帮助这群生活在渭河上游的古人类,创造并隐藏了让人如此惊叹不已的秘密呢?

一头犀牛在丛林里穿行。它庞大的身躯经过茂密的丛林时,那么多还没有长大的幼树和灌木,就成了它巨大蹄掌下的牺牲品。犀牛笨重的身子晃动前行时,在丛林里弄出哗啦哗啦的声音,把许多躲避在草丛中的小动物和在树枝上歇脚的飞鸟赶跑,安静的丛林旋即陷入一片慌乱。犀牛的身影被密林吞没后,还会有大象、棕熊、猎豹、老虎等大型动物,在各自的领地觅食、徘徊。心情愉快的时候,这些大地湾密林深处的主人,还会攀缘到一块相对高耸的山崖上,或爬上一棵高高的大树,好奇地透过树梢的缝隙,瞭望清水河畔升起的炊烟和裸露在河岸上的屋舍。这些大地湾时代与大地湾人共同依恋着这片温暖土地的另一个生命种群,既是大地湾人的邻居,同样也是大地湾人的威胁和食物来源的一部分。

随着人口增加,大地湾人居住房屋的建筑形制和建筑艺术,也在不断发展。最初,刚告别穴居时代的大地湾人还居住在深入到地下的深穴窝棚式建筑里。后来,一大批圆形半地穴式房屋在清水河南岸纷纷崛起。到了距现在五六千年以前的时候,大地湾人不仅开始在平地上建造房子,房子面积不断增大,而且建造起了当时世界上最为恢宏的宫殿。根据现在从黄土深处发现的厚重的土墙残垣和敞开的柱孔残迹,我们无法设想当年大地湾人建造这座巨型建筑时的情景,但从四百二十平方米的建筑面积、一百四十一根巨大木柱、八柱九间的格局、一百三十一平方米的大厅形制可以想象,这座矗立在清水河南岸台地最显眼处的宫殿,应该是大地湾人最神圣、也最威严的地方。这座巨型建筑四周,数百间房子如众星捧月,紧紧围绕在它高大、魁梧的影子下面。还有更多一簇一簇的房屋,散落在漫漫山湾——那是受了大地湾人生活诱惑迁徙而来的其他部族聚居的村落。

白天,人们从星罗棋布的房屋走出来,男人们或手持越来越精致的石器上山狩猎,或到清水河边捕鱼;女人们在每个群落必不可少的制陶作坊制作陶器,或在村子里饲养家畜,或在火塘边生儿育女。猪、狗、牛、羊不仅成为人类的

距今八千年前，生活在渭河支流清水河岸边的大地湾人就在这座巨型宫殿里议事、聚会。

伙伴，还是让大地湾人垂涎欲滴的美餐。粟和油菜一类的作物，在大地湾人烧荒开拓的土地里已经年复一年的开花结果，为村里男女老少带来丰富的食物。到后来，大地湾人种植的粮食有了剩余，他们建造了更多大型窖穴，烧制出更多大型陶瓮、陶缸和陶罐，用以贮藏秋天来临之际丰收的粟和油菜子。夜幕降临之际，袅袅炊烟弥漫在山谷，吃过晚饭的大地湾人聚集在巨型宫殿大厅，或者在宫殿前面的广场点燃篝火，敲击着木棒或陶瓮载歌载舞。那时候，人们还没有学会歌唱，但整齐有力的步伐和粗犷深沉的鸣叫，是抒发他们内心情感的最佳方式。后来，有人从他们狩猎时使用石流星抡起来驱赶野兽时发出低沉的鸣叫得到启发，用陶土烧制出了可以吹奏的古老乐器——埙，他们围着篝火狂欢的时候，就有了一种我国最古老的吹奏乐器伴奏。

那时候，大地湾人还没有等级观念，掌管这片村落的是大家推举出来的首领。最初，大地湾人生活在"知母不知父，无亲戚、兄弟、夫妻、男女之别，无上下长幼之道，无进退揖让之礼"的母系氏族社会。女人是这世界的统治者，所以他们的首领一律是女性。然而到了他们建造巨型宫殿的那个时期，更多的人口需要种植更多的粮食、制造更多的生产工具，繁重的体力劳动和生产，使女人和男人的社会地位开始发生此降彼升的微妙变化。但无论社会怎么变，都不影响那座巨型宫殿作为大地湾的象征而存在。每当部落有重大事宜需要商议或重要事件需要解决的时候,居住在大地湾各个部族的首领会聚集在这里,以占卜摇卦的方式预测吉凶,决断选择。大地湾的未来由部族首领来决定,大地湾每一天日出日落的生活,却需要生活在大地湾的每一个男人和女人共同创造。

所有生活在大地湾的人,都充满了生命的激情和创造的欲望。无论在火塘旁,还是在用石铲、石锄耕种粟和油菜的山坡上,或是制造那种以火焰或者鲜血一样的红色为主色调陶器的陶器制作作坊,每一个大地湾人都必须为部族的将来全力劳作,然后让这种劳动的果实养活部族源源不断繁衍的后代。这种充满激情的生活,在大地湾这块并不辽阔的山湾里连续不断地沿袭了三千多年。直到距现在四千八百年的某一天,一种猝不及防的天灾、人祸,或者什么神秘力量突然降临,清水河畔这块热闹非凡的人类生存之地突然陷入一片令人恐惧、惊悚的死寂,大地湾人将他们所建造的房屋、制造的陶器、还没有来得及吃完的粟粒、活蹦乱跳的家畜,以及动物残骸、先祖的遗骨,一同遗弃在他们生活并创造了三千多年的山谷,神秘离去。

大地湾人消失后,浩荡黄土从遥远的北方高原呼啸而来,年复一年,将遍布山湾的房屋和那座巨型宫殿,环绕在村落周围的沟堑,散落在各个角落的陶器,以及墓地、炉灶和他们发明并使用过的各种器具,掩埋在了漫漫黄土下面。然而至今令人费解的是,这个在同一区域连续生活三千多年的部族,为什么会在一夜之间归于沉寂?迫使他们放弃苦心经营三千多年的家园的神秘力量来自何方?突然消失的大地湾人,是埋葬在了他们和先祖祖祖辈辈生活的大地湾泥土下面,还是逃亡他乡了呢?如果是就地消失或者死亡,他们最后的身影和尸骨又在何处?如果是流落他乡,那么离开大地湾后,他们又去了哪里?

大地湾人身后的秘密,和生前所创造的一切一样,令人困惑不解。

于是,在破解大地湾文明消失之谜的时候,就有人得出了各种各样的猜测和臆想:

臆想之一:大地湾人和大地湾文明毁灭于一场猝不及防的瘟疫。理由是远古时代的人们对瘟疫毫无意识,身体抵抗力也很差。从大地湾人离开之际没有带走巨型宫殿里存放的粮食、礼器、量具等重要物品的现场可以断定,一场突如其来的瘟疫爆发之际,大地湾人为了逃命,才将这些原本和他们生命一样重要的物品遗弃。

臆想之二：大地湾毁灭于一场火灾。这种观点的证据是考古人员从巨型宫殿遗址发现了这座大地湾时代的地标性建筑被火烧过的痕迹。

臆想之三：另外一个民族的入侵和占领让大地湾文明戛然而止。这种观点认为，是另外一支拥有另一种文化的人类，在距今四千八百年前突然赶跑了在这里生活了三千多年的大地湾人，并迫使一度成为渭河中上游政治中心的大地湾失去了它的重要性和存在价值。

然而，就在这些众说纷纭的推论被陈述的过程中，各种臆想的讲述者仍然目光闪烁，举棋不定。因为各种解释，都只是基于某一侧面或某一事实的猜想。为此，我要为上面种种猜想所补充的一句话是：所有秘密的真相，也许还埋藏在大地湾的黄土下面。

但有一个事实却是我们都能看到的：大地湾文明出现和消失后，沿渭河流域，在天水西山坪师赵村、宝鸡北首岭、西安半坡村、临潼姜寨、华县老官台、临洮马家窑一带，史前人类生活、劳动和创造的身影还在闪现，而且愈来愈赫然醒目。那么，这些临渭河而居的人类，会不会是大地湾突然遭遇灭顶之灾之际仓皇出逃的大地湾人沿渭河迁徙的孑遗呢？

伏羲伏羲

一位身裹兽皮、长发披肩、目光矍铄的老者盘桓在渭河南岸一座孤零零突兀崛起的高山上。他身后是自西向东、如龙似蛇、蜿蜒奔腾的西秦岭苍茫群山；对面如排空巨浪般涌起的六盘山高地朝北方汹涌而去；他的脚下，滔滔渭河翻卷着巨浪，蜿蜒曲折，从雾霭与峰峦融为一体的天空下奔涌而来。如果是丽日朗照的日子，渭河水如鳞光闪闪的巨龙，从老人睿智、深邃的目光中飘忽而过。河水到了他徘徊的山脚下，被突然伸出的山峰逼着弓起身子，急匆匆转一个"S"形大弯后，继续向东流去。

这是多年来浮现于我想象中的，伏羲在渭河岸边的卦台山上苦思冥想、顿

渭河上游天水境内卦台山。据传当年伏羲在此创造了八卦。

悟天机、创立八卦的形象。

渭河从甘肃渭源鸟鼠山发源,流经陇西、武山、甘谷进入天水城郊之际,在天水市麦积区三阳川张白村一个叫卦河口的地方与葫芦河相遇,并在卦台山左面和右面冲积成一块渭河在天水境内最为开阔的盆地。这块如阔腹花瓶或者巨大葫芦一样的山间冲积平原,现在长满了小麦、玉米、大豆、蔬菜和各种鲜美的水果,是天水境内人口最为集中的地方。这里也是天水历史上文风最盛的地方。仅因紧临渭河而历史上又叫沿河城的新阳镇,在当代以文

天水伏羲庙中的伏羲像

显身的文化名人就有中国道教协会会长任法融、古典文学大家霍松林、著名文学评论家雷达和画家郭克等。但在伏羲生活的那个时代,这里的平川地带,肯定是流水、滩涂和水草的世界。孤零零突兀崛起的卦台山,就矗立在渭河南岸平坦开阔的三阳川盆地中央。

如果顺着葫芦河流来的峡谷向西,再向东北,此刻,伏羲蹲踞在那里领悟天机的画卦的卦台山,距大地湾不足百公里路程。

伏羲是我们现在从史料和神话故事里,一位有迹可查的华夏民族最古老的创世先祖。尽管或者由于史料阙如而未足可信,或者由于年代过于久远而难辨真伪,司马迁没有将其列入所谓"可信史"记述的对象,但这并不妨碍几千年来人们坚信,在中华民族的创世经历里,有这么一位既通神明、又深谙王者之道的先哲神圣存在。

太皞庖牺氏,风姓,代燧人氏继天而王。母曰华胥,履大人迹于雷泽,而生庖牺于成纪。蛇身人首,有圣德。仰则观象于天,俯则观法于地,旁观鸟兽之文与地之宜,近取诸身,远取诸物,始画八卦,以通神明之德,以类万物之情。造书契,以代结绳之政。于是始制嫁娶,以俪皮为礼。结网罟,以

教佃渔,故曰宓羲氏。养牺牲以庖厨,故曰庖牺。有龙瑞,以龙纪官,号曰龙师。作三十五弦之瑟。木德王,注春令,故《易》曰帝出乎震,月令孟春其帝太皞是也。都于陈,东封太山。立一百一十一年崩。其后裔当春秋时有任、宿、须句、颛臾,皆风姓之胤也。

这是唐代史学家司马贞《补史记·三皇本纪》对伏羲的记述。同为史学家,到了唐代,司马贞为什么要对《史记》进行补正?肯定是在经历近千年考证后,人们发现司马迁《史记》的疏漏和缺失,已经到了不得不拾遗补阙的地步。

在司马贞之前更早的时候,伏羲已经被几千年口碑相传的中国创世神话推到了创世神圣的圣坛。夏朝以前,为了回答"我从哪里来"的问题,华夏族就尊三皇五帝为自己的始祖,而且在众说纷纭的三皇五帝人物谱里,伏羲、女娲、炎帝神农、少昊、黄帝,这几位与渭河和黄河密切相关的人物的地位,从来没有动摇过。唯一让人困惑不解的是,当年司马迁撰写《史记》时,为何只提黄帝,却不说伏羲、女娲和炎帝神农呢?

司马迁无意的疏漏或有意的回避,并没有埋没我们民族古老先祖的身影。

伏羲是中国远古神话昆仑神话体系里的创世人物。除了司马贞,据传为孔子所著、专门对周文王所著《周易》进行解释的《周易·系辞下传》里,对伏羲远古时代为人类走出混沌、走向文明所做的贡献,也有和司马贞如出一辙的记述:"古者包牺氏之王天下也,仰则观象于天,俯则取法于地,观鸟兽之文与地之宜,近取诸身,远取诸物,于是始作八卦,以通神明之德,以类万物之情。作结绳而为网罟,以佃以渔,盖取诸离。"此后,《管子》《战国策》和东汉《帝王世纪》,都将伏羲列为三皇五帝中"继天而王,百王为先"

天水伏羲庙先天殿顶上的八卦图案

的创世人物。当然,还有与伏羲息息相关的另一位创世人物,即《山海经》等神话故事里,曾经拯救了面临灭绝的人类的伏羲妹妹女娲。

没有人反对伏羲和女娲是神话人物。但有意思的是,包括一些著名史学家并不怀疑我国古代神话传说所记述、反映的重大事件,从另一个侧面映现历史的真实性。在西方,亚当和夏娃是神话传说中的人物,但西方人深信是亚当和夏娃创造了人类。没有人怀疑《荷马史诗》在西方神话中的地位和价值,但在没有实证荷马描写的那段历史真实性之前,西方人还是将《荷马史诗》所反映的公元前11世纪到公元前9世纪那个时代的希腊历史,称作"荷马时代"。到了19世纪70年代,德国人海因利希·谢里曼在对希腊古遗址进行考古发掘时发现,《荷马史诗》有关特洛伊战争神话般的描述,不少都根植于历史真实的土壤之中。

也许我们现在所知道的远古时代,是人类唯一一次幼芽初绽的童年;也许人类或类似于人类的生命体,原本已经在我们居住的这个星球周而复始、花开花落轮回了好多回了。但无论怎样,正如一个人从刚生下没有记忆、不能记录,到长大成人后既有记忆可以回味、又可以书写记录一样,大概没有人怀疑人类不会使用文字记录的童年和幼年时代,我们先祖度过的每一个日子存在的真实性吧。只是当我们在回味那些已逝时光时,会因为留恋而给曾经有过的快乐童年赋予更多理想和想象的色彩罢了。

那么,就让我们回到中国神话传说中,伏羲女娲兄妹携手创世的华夏民族蒙昧初醒的童年时代,看一看当时渭河波光闪烁的天空和大地吧!

追寻和回忆并非无迹可寻。那些遥远的文字所记述的伏羲出生之地成纪,就是渭河横贯全境的天水。我们前面所呈现的伏羲制作八卦的卦台山,就在渭河岸边。距卦台山不足百公里,与大地湾相邻的秦安县陇城乡,还有据传与女娲出生、生活、墓葬相关的风谷、风台、风茔。研究人员剔除伏羲女娲传说的神话色彩后发现,伏羲、女娲生活在新石器时代。

那时,世界东方与西方刚刚经历了那场几乎让人类灭绝的大洪灾。大地万物被那场空前绝后的洪灾推到了灭亡的边缘。大洪水过后,一切死里逃生、硕果仅存的生命都在经历艰难的涅槃。远古神话说,伏羲、女娲兄妹是借助一个巨大的葫芦,从滔天洪水里逃生的。到了后来,传说中女娲炼五彩石补天、斩断神鳖四只腿支撑被共工撞倒不周山而坍塌的天空、斩杀黑龙拯救中原大地、用炉灰堵塞洪水,以及女娲抟土造人等故事,对女娲功绩的无限渲染,则映现的是母系氏族早期,女性作为人类社会主体的生活现实。

如果承认了神话传说中伏羲、女娲创世神话所包含的历史真相,我们就可以将伏羲和女娲看作既是神话故事里的天神,也是新石器时代女娲所代表的母系氏族社会和伏羲所代表的父系氏族时期两位杰出的部落首领。

伏羲女娲时代,以血缘和婚姻为纽带的三大氏族部落集团分别占据着中国大陆的西方、东方和南方。这三大集团分别是以渭河上游和陕西关中地区为核心的西部氏族集团,以泰山为中心的东部氏族集团,以江汉平原和太湖平原为中心的南方苗裔诸部族。在这三大集团中,以伏羲和女娲为代表的西部氏族集团似乎觉醒得更早一些。所以我们从中国创世神话中看到,那些具有神的威力,又具备人一样的喜怒哀乐、七情六欲的创世者,总是居住在西方的昆仑山上,或者与西部的高山大河有着不可分割的联系。

大洪灾时期,滔滔洪水迫使仅有的幸存者逃到高山上躲避洪水。洪水过后,他们从山顶上走了下来,先躲避在可以采摘到野果、寻找到植物籽种和根茎并能够捕获猎物的丛林里。后来,他们再次来到背山临水的山坡或平地,临河而居,试图追寻并恢复以前的生活。这也许就是大地湾人选择渭河上游一条小支流——清水河安身的原因吧。大洪灾吞噬了太多人的生命,人类需要孕育并繁殖更多生命。于是,具有生育繁殖能力的女性,成了种族延续的希望。就像大地湾、半坡村所有的小房子都将门朝着大房子敞开着一样,女人只要愿意,可以和任何一个弓着身子走进女人居住的小房子的相邻部落男人交媾、野合,并且生下一大堆只知其母、不知其父的男孩和女孩。这就是考古学所确认的母系氏族时期和神话传说中的女娲时期的生活现实。大地湾和半坡村早期,人类的生活就是这样。

如果我们能够将神话传说中的伏羲女娲时代和大地湾的考古发现进行对应性还原的话,我们还将看到一个以考古发掘为佐证,以神话传说为血肉的大地湾时代更真实、也更鲜活,充满生命活力的远古人类的生活场景。

这个时代大戏上演的场所，在渭河中上游，时间应该在距今八千多年前。最初拉开这个时代大幕并将这幕人类绝处逢生的大戏推向高潮的，是一位生活在大地湾的女性部落首领。女娲就是那个时代的部落氏族首领里最杰出的代表性人物。和伏羲一样，女娲也许就是女娲本人，也可能只是一个时代的代表和符号。如果女娲就是生活在葫芦河上游的话，那么伏羲女娲兄妹在大洪灾来临之际为了逃生，钻进一只巨大的葫芦，从葫芦河顺流而下，又被不断上涨的洪水冲击着，漂流到了甘肃静宁、秦安、庄浪交汇处，进入清水河。最后，在秦安五营乡清水河南岸的长虫梁附近，大葫芦被冲到岸上，伏羲女娲兄妹就在大地湾这块温暖的高地上安下了家。

　　洪水退去后，清水河两岸布满了水草和沼泽。长虫梁一线茫茫森林遮天蔽日。受洪水惊吓，四处逃散的猛兽重新回到了密林里。临近河水的河滩上，到处是溺水而亡的蛇、水鸟和动物躯壳。荒无人烟的大地湾如一座巨大废墟，迎接了伏羲女娲的到来。

　　那时候，大地湾气候温暖湿润，清水河三面环绕。伏羲女娲兄妹很容易就可以从芦苇丛生的浅水滩捉到鱼和河虾，还能从浅林里采集到松子、栗子和野果。但黑夜来临，山风呼啸，猛兽嘶鸣，更大的孤独、寂寞与恐惧从四面八方袭来。蜷曲在临时挖掘的地穴里的伏羲女娲兄妹惶恐不安。这样的日子越是继续，那种孤立无援的恐惧就越巨大。伏羲女娲一天天长大，但这个巨大的山湾除了他们兄妹，只有丛林里出没的野兽、河水中无声游弋的鱼类和草丛里蹦来蹦去的青蛙。直到等待与期盼归于绝望，他们才深信，自己熟悉的亲人和朋友全部被洪水吞没，这世界就剩下他们兄妹两个人了。

　　为了种族繁衍，也为了排遣孤独与恐惧，迫于无奈，神话传说中的伏羲女娲兄妹成婚、繁衍人类的故事就发生了。

　　那是一个渴望生育和繁殖的年代，伏羲和女娲兄妹生下了一大群孩子。有男孩，也有女孩。他们是大地湾第一代居民。随着儿女增多，附近一些部族的幸存者，也顺着葫芦河和清水河来到了大地湾。大地湾的居民越来越多。起初，他们居住在深穴式窝棚里，后来又在临河平地上建起半地穴式房子，还开始生产比较粗糙的陶器，并在向阳坡地上开始种植糜子。

有了可以遮风避雨、又能防止毒蛇野兽侵袭的房子，又有了丰富的鱼类、兽类和穈子做食物，大地湾人体质增强了，寿命延长了。中国远古母系氏族社会一个生产力空前发达、社会空前繁荣的时代到来了。

大地湾母系氏族社会繁荣盛景的创建者，可能是伏羲的妹妹女娲，也可能是与女娲同一血缘的女娲氏族的后裔。她们的努力和创造，肯定经历了数代甚至数十代人。只是为了便于识别和纪念那个伟大时代，人们才将女娲及其后代创造的时代，都归结于女娲时代；把带领他们创造幸福生活的女性首领，统称为女娲。那么大地湾出土的那尊精美绝伦、造型生动、栩栩如生的女性头部细泥红陶人首彩陶瓶，会不会就是大地湾先民心目中的大地湾圣母——女娲的形象呢？

女娲带领妇女在村落里生儿育女、纺织、生产陶器，在已经形成规模的圈舍里豢养猪、牛、羊、狗等家畜，并在山坡上种植穈子和油菜；伏羲和男人们带着石器、木棒等工具上山打猎。那时候，伏羲已经发明了渔网，捕鱼已经不是太困难的事情。直到后来，大地湾聚居的人越来越多，山湾里种植的穈子面积越来越大，养活与日俱增的部族需要的食物、房屋和其他生产、生活资料越来越多，需要男人承担更多生产劳动的时候，以女娲为代表的女性渐渐退居历史舞台的幕后，而以伏羲为代表的男人被推到了历史的前台。一个时代结束了，另一个更具有创造力的时代款款走来。母系氏族时代走向瓦解，男人作为社会生产的主力被推上历史舞台。

在大地湾，这个新时代的领导人，是建造了总面积达四百二十平方米的巨型宫殿的伏羲及其后人，也可能是曾经为《水经注》《后汉书》《太平御览》等典籍提供大量第一手资料的西汉纬书《遁甲开山图》和《庄子·胠箧》所说的"大庭氏"、伏羲后裔炎帝神农的继承者。伏羲不仅在大地湾建造了好几座仅次于"原始社会大会堂"的大房子，还大力发展农业、养殖业、渔猎业、制陶业，创造了包括埙、地画、彩陶在内的原始艺术，发明了八卦和文字，并改革婚嫁制度及社会管理制度，将人类文明推向了前所未有的高度。从甘青高原迁徙而来的古羌人，从渭河上游和葫芦河流域顺流而下的其他部族，被大地湾的繁华所吸引，纷纷来到这里，在长虫梁下、清水河畔居住下来，和伏羲、女娲部族融合，携手开创了大地湾让我们至今叹为观止的历史和现实。于是,伏羲女娲部族的族徽上,越来越多部族的崇拜物形象被整合在一起,形成了后来我们看到的九种动物合而为一的神异图腾——龙。

不同部族聚居的群落的大小建筑鳞次栉比,清水河畔鸡鸣犬吠,人声喧嚷。然而,就在伏羲女娲共同创造的大地湾文明达到巅峰的时候,一场猝不及防、至今让我们揣摩不透的意外事件发生了,伏羲女娲部族被迫放弃他们苦心经营三千多年的家园和创造、建设的一切,根据卦辞指示的方向,举族迁徙他乡。

从大地湾走出后,伏羲女娲的后代去了哪里呢?

如果登上莽莽秦岭纵目遥望,我们就会发现,大地湾的宫殿屋舍被浩荡黄土湮没之后,在沿渭河向东的关中地区,北首岭、半坡、姜寨、老官台的临河台地上,又有一座座与大地湾建筑一脉相承的房屋建了起来,一群又一群原始人类临渭河而居,开始新的建设与创造。因为从天水沿渭河向东,我们在关中境内的蓝田、临潼一带,还能看到不少与伏羲女娲有关的历史遗迹。如果将目光再投向秦岭南,我们还会看到,另外一支从大地湾走出的伏羲女娲部族从嘉陵江上游翻过秦岭,向四川和云贵高原挺进。因为后来的巴人和现在的云贵一带的苗人,都自称是伏羲后裔。

那么,五六千年前居住在半坡村和姜寨一带渭河流域的先民,是不是也是从大地湾走出的伏羲女娲的子孙呢?

华胥之国

渭河流入后来成为中国最著名的古都长安东北角时,又一条古老支流灞河,即将加入渭河的古老合唱。

这条和渭河一样神奇的河流,古称滋水。春秋时期,秦穆公荡平西戎,称霸西起渭河源头附近的临洮,东到渭河入黄河处为中心的渭河流域广大地区,跻身春秋五霸,为炫示自己的称霸功绩,将滋水改为霸水。后来,为了回避秦穆公当年咄咄逼人的霸气,人们就在"霸"字旁边加了三点水,灞水就成了这条渭河支流的名字。

灞河源头隐没在蓝田县终南山丛林和群山深处。远古时期,那里森林茂密,气候温润,多种食草动物和食肉动物在林间穿行。遍地奇花异卉以及松子、草籽,满山遍野的野果还可供原始人类食用。所以一百一十多万年前,蓝田猿人就在灞河源头的公王岭和陈家窝一带,经营着他们虽然艰辛但也自得其乐的生活;再到后来,在灞河进入渭河平原的浐灞三角洲,半坡人又在灞河下游建立起了关中平原最古老的人间乐园。但我们现在要说的是,时间介乎于蓝田猿人和半坡人之间,地点处在灞河源头和下游之间的蓝田县华胥镇一带出现的一位女性,在距现在八千多年前创建的一块人间乐土——华胥之国。

几千年后,战国人列子在描述这块乐土时,对那里仍充满了心向往之的神往之情:

华胥氏之国在弇州之西,台州之北,不知斯齐国几千万里;盖非舟车足力之所及,神游而已。其国无帅长,自然而已。其民无嗜欲,自然而已。不知乐生,不知恶死,故无夭殇;不知亲己,不知疏物,故无爱憎;不知背逆,不知向顺,故无利害;都无所爱惜,都无所畏忌。入水不溺,入火不热。斫挞无伤痛,指擿无痟痒。乘空如履实,寝虚若处床。云雾不硋其视,雷霆不乱其听,美恶不滑其心,山谷不踬其步,神行而已。

这是《列子·黄帝篇》里描写的轩辕黄帝梦想中,地处中国西部的一片人间息壤。在轩辕黄帝的意识里,这个地方十分遥远,无论走陆路、走水路,还是从空中飞翔,都永远无法到达。那里的人在介乎人界和神界之间生活,没有统治和被统治的观念,没有情仇爱恨,人人生活得都很快乐。他们不怕水淹,不怕火烧,有穿透迷雾的眼睛和雷电震不坏的耳朵。

这个神秘去处是华胥之国。它的创立者是一位女性,叫华胥。华胥这位从先秦开始,就被《山海经》《太平御览》《淮南子》《列子》等典籍反复提及的神话人物,生活的年代距我们有八千年之遥。让华胥这位华胥之国的统治者充满神奇色彩的,不仅仅在于她所创建的那个和西方极乐世界一样美妙的华胥之国,还有唐代史学家司马贞在记述伏羲出生经历时,写下的那段几乎让人深信不疑的文字:"(伏羲)母曰华胥,履大人迹于雷泽,而生庖羲于成纪。蛇身人首,有圣德。"东汉皇甫谧《帝王世纪》也说:"太昊帝庖牺氏,风姓也。燧人之世,有巨人迹出于雷泽,华胥以足履之,有娠,生伏羲于成纪。"

华胥氏创建的那个如世外桃源一般诱人的国度是否存在,至今还是一个谜。但这并不妨碍我们从历史上留下的各种残损文字里,将华胥之国的创建者华胥氏——这位生活在渭河流域母系氏族时期的神话人物与伏羲、女娲的生母形象,及其活动地域、生活状态梳理、复原出来。

蓝田县灞河上游的华胥镇,无疑是最容易让人们与华胥氏这位杰出母系氏族时期的部落首领联系起来的地方。

如果时光可以回转,我们将看到这样一幅被众多中国远古神话反复描述过的场景:这一天,终南山深处公王岭东麓的灞河一带春光明媚,百鸟啼鸣。古木参天的山林深处一个叫雷泽的山间水泽旁边,出现了一位美丽的青春少女。她身穿黑白相间的豹皮,头戴鲜花环绕的花冠,在波光潋滟的湖边且行且舞。她就是少女时代的华胥氏。对未来的憧憬和燃烧的青春,让华胥面若云霞,妩媚多姿。突然，一只酷似人足的巨大脚印出现在湖边巨石上。华胥心中一惊：听大人说，这里有一个叫雷泽的湖泊，是雷神之家。双足这样巨大，而且能够在如此坚硬的巨石上踩出脚印的人，会不会就是那位"龙身人头，鼓其腹则雷"的巨人雷神呢？惊悸和好奇让华胥不经意之间踩上了巨人的脚印。未曾想到，这一踩，少女华胥内心一震，突然受孕。据《拾遗记》记载，华胥受孕后，这个非凡的生命竟在她腹中待了整整一纪——十二年！十二年后，伏羲这位后来继承母亲的事业，带领混沌初启的人类走出蛮荒、走向文明的华夏神圣才姗姗来迟，降临人世。

如果褪去华胥氏踩巨人脚印受孕的神话迷雾，我们能够看到的是，履足而舞，是母系氏族时期远古先民为生殖繁育而举行的祭祀仪式。在这种仪式上，类似后来巫师的神职人员带领适龄女子且歌且舞，适龄女子则踩着神职人员的脚步舞蹈，祈求天神赋予她生育能力。仪式结束后，这些女子就可以选择幽闭之处，与她看中的男子幽会生活，直至受孕。

灞河上游蓝田县华胥镇周围，不仅有画卦台、华胥窑、遇仙桥、毓圣桥、三皇祠、轩辕庙、华胥陵等与伏羲生母华胥氏有关的遗迹，华胥镇南面还有一个叫雷家庄的村子。村子对面有一条灞河支流，叫华胥河。过去，华胥河畔是一片水草茂盛的沼泽，人称雷泽。围绕华胥镇，考古人员发现了二十多处新石器时期人类活动的遗迹。

如果设想蓝田县华胥镇就是伏羲生母华胥氏所创建的华胥国故地的话，那么少女华胥参加类似成人礼的生殖祭祀仪式，应该是在后来称为华胥河的大湖之滨举行的。仪式结束后，华胥和所有成年妇女一样，担负起生儿育女、为部族繁衍后代的责任。她住进华胥窑——那个时候，华胥部族还没有告别洞栖穴居的生活，并在那里从一位少女成长为一位德高望重的母亲。

华胥氏生了很多儿女，伏羲和女娲是其中之一。她的其他子女，在华胥国走向辉煌的时候，有的沿渭河向东，进入渭河下游渭南、华山一带，建立了后来的华胥之洲；还有的渡过渭河北上，进入陕北延川，在那里建立了华胥之渚。如果有可能，与母亲华胥分开后的伏羲和女娲，也是从这里出发，逆渭河而上，来到甘肃天水境内清水河畔，在大地湾建立了他们自己的强大部族。

还有一种说法让我们只能确信,华胥和她所创建的华胥之国,地域无论怎么变换,都离不开渭河流域。

这里是位于宁夏东南部的六盘山,它的山顶长满了松柏,山下和半山腰则是各种灌木和溪流的领地。六盘山侧着身子从宁夏境内向甘肃和陕西倾斜南下的时候,又有人将它称为陇山。它是包括葫芦河、泾河和千河等渭河许多支流的发源地。养育大地湾人三千多年的清水河源头活水,也流淌在关山山脉的高山丘壑之间。有人考证说,关山古代又称吴山或吴岳。《山海经·海内东经》记载的"雷泽中有雷神,龙身而人头,鼓其腹。在吴西"中的"吴西",指的就是吴岳,即关山以西,并由此推断甘肃庄浪县西,临近静宁县郑河乡上寨村东北湫头山顶的山间湖泊朝那湫,是华胥氏"履大人迹"受孕的雷泽。与庄浪雷泽相邻的葫芦河流域的庄浪、静宁和秦安,就是古华胥之国的故地。

隐匿在高山之巅的朝那湫,因为人迹罕至而显得更为神秘。

朝那湫由前后两湫组成。前湫背紧靠湫头山,周围平缓开阔,土肥水润;后湫形似弯月,深不可测。朝那湫四周林木参天,苍山倒映,山青水碧。湖水中央,细细的芦苇笔直肃立,只有微风吹过的时候,纤细的苇草才随着满湖涟漪轻轻

渭河支流葫芦河上游的庄浪雷泽朝那湫。据传这是华胥氏履巨人足而受孕的地方。

浮动。如果没有那些孤零零散布于湖四周，不知从哪里来的石头让人瞩目留神，除了独有的美丽与宁静，我们已经很难将朝那湫的美景与远古时期雷神和华胥氏联系在一起。然而，当你获知有人在这里观察了一年，却没有一只飞鸟飞过湖面；技术人员试图测量湖水深度，却得出一次与一次数据的悬殊；有人往湖里注水，湖水水位竟然随注入的流水而迅速下降等神异现象之后，我们也只能相信：也许，远古传说的影子，还沉落在朝那湫蔚蓝神秘的湖底。

如果朝那湫就是伏羲生母受孕的雷泽的话，那么受孕分娩后的华胥氏，是不会长期滞留在空旷的湖边的。为了生存和生活，她会带领她越来越多的儿女不断迁徙。她迁徙的路线，应该和所有远古部族逐水草而居的方式相同。于是，她们从葫芦河上游的庄浪、静宁到清水河畔的秦安大地湾，并在那里由她的子女伏羲和女娲，创造了黄河中上游最古老而辉煌的史前文明——大地湾文明。

当然，华胥氏子女的一部分留在了大地湾，另一部分也有可能再沿着渭河继续向东，进入关中的宝鸡、蓝田、半坡、临潼、华山一带，最后甚至一直抵达渭河进入黄河的河南陕县附近。

至于那个让轩辕黄帝神往的华胥之国到底在哪里，那里的人民是否生活得如《列子·黄帝篇》描述的那样幸福而自在，华胥氏受孕的雷泽是在灞河上游的蓝田，还是清水河上游的朝那湫？其实，这些并不重要，重要的是我们发现，在整个渭河流域，到处都闪耀着华胥氏这位伟大女性神秘神圣的苍茫身影。

神仙的爱情

这又是一出由神话故事演绎出的神仙与凡人之间的爱情故事。

泾河从老龙潭流下来，向东、向南躲开六盘山主峰，从一片翠绿的清凉之地进入胭脂峡，向群山之外的陇东高原平凉流去。出了宁夏泾源县泾河源镇，六盘山以极尽险峻与高耸之势试图阻挡泾河的脚步，然而世界上最坚硬的事物往往在遭遇最柔软的事物之际，唯一的选择就是以最大限度极其节制地为它让出一条生路。泾河就这样在坚硬的岩石和林立的高峰之间劈开一条狭窄的出路，从四面都是巉岩、峭壁、险滩和峰岭的峡谷里激荡前行。苍松、古柏、棘

从六盘山老龙潭流出的泾河在这里一转身，穿越数百公里的高原峡谷后，才能投入渭河的怀抱。

刺、藤蔓和漫无边际疯长的野草覆盖了河道。一条紧挨河谷的道路在颠簸不已的峡谷扭来扭去，将河流和人颠簸得头晕目眩之际，你会看到一片辽阔的蓝天突然出现在头顶，从崆峒山下转了一个大弯的泾河河床和水面忽然变得开阔而舒缓起来。尽管河流的左面和右面、前边和后边还有群山和峰岭，但泾河进入平凉市崆峒区，眼前突然被两岸浩荡黄土染得金黄的河水已经在提示我：前面的路程，将是黄土和高原的世界。

经历了从平凉市区向东短暂的平静，泾河在泾川县转身南下陕西彬县的时候，与中国古代神话传说里居住在昆仑山的多情而美丽的美女神仙——西王母遭遇了。

建有西王母行宫——泾川西王母宫的回山与泾河并肩而行。它的对面，还有佛教沿丝绸之路北线进入长安时建造的南石窟寺。王母宫、瑶池、回屋……西王母宫的一切都依照神话故事里瑶池仙境的描述建构。到了这座砂砾岩构筑的山上，我们的目光可以眺望向南奔流的泾河，思绪却可以回到西王母与周穆王相互倾慕、相互依恋的过去。

从泾川境内神灵居住的西王母宫出来，西王母神秘多情的身影闪现在渭河的最大支流泾河之上。这位经《西游记》《穆天子传》和道教文化传播，中国老百姓妇孺皆知的神仙西王母，还有一种说法叫王母娘娘。和所有神话传说中的人物一样，西王母有两个面孔。依照《山海经》记载，西王母是天上掌管灾难、瘟疫和刑罚的天神。后来，西王母的职权范围进一步扩大，还掌握人间婚姻和生育。她的模样像人，却有豹子一样的尾巴，老虎一般的牙齿，善于长啸，头发蓬松，头戴盔甲，完全是一副人、神、兽交合的形象。据说西王母居住在昆仑山顶的仙山上，有三只叫青鸟的猛禽在空中穿梭飞翔，保障她的生活供给。但在《穆天子传》和屈原、李商隐的笔下，西王母则是一位端庄美丽、雍容华贵、善解人意而且风流多情的绝世美女。无论历代文人如何浮想联翩，都没有否认西王母是住在昆仑仙境的女神。王母娘娘出行，总是脚踩祥云，管乐相伴，身后跟着虎、豹、熊等既通人性、又通神性的猛兽。

面对这样一位被道教奉为尊神，又被历代文士百般演绎成亦人亦仙的传奇女神，我们还需要澄清笼罩在她身上的重重迷雾，才能识别西王母的真面

泾川西王母宫。这是西王母神话作品里的西王母形象。

目。因为从古代到现代,那么多研究人员在俯身写满西王母名字的故纸堆,进入传说中西王母统治的西王母国所涵盖的西部荒原和西部大草原考古发掘的史前遗迹后,得出了这样的结论:西王母真有其人。她是距今五千到三千年前母系氏族时期、生活在包括渭河最大支流泾河上游一带西部游牧民族的女首领或女酋长。

那时候,居住在渭河干流中下游大地湾、半坡等地的原始人类,已经进入男人掌权的伏羲氏族时期。但在"西海之南,流沙之滨,赤水之后,黑水之前"的西部旷野,还有一个传说中的女儿国。这个国家就是西王母国,这个国家的国王是西王母。那里盛产美玉和美女。丛林、草原和荒无人烟的荒原上,狼虫虎豹肆意奔走,但众多或以狼为族徽、或以豹为保护神的游牧部族,都由身穿虎皮豹衣的女性管理。这些由女性管理的众多部落,共同称臣于居住在昆仑山的西方圣母西王母。西王母王宫最初可能在新疆天山天池,随着越来越多游牧部族加入,西王母国疆域不断向东拓展,到西周前后,包括新疆、青海、甘肃河西走廊及渭河上游、泾河流域在内的整个西部荒原和大草原地区生活的猃狁、昆夷、戎、狄等西部部族,都成了追随美丽迷人的西王母裙裾舞动奔走杀掠的西王母国部属。如伏羲、女娲一样,最初的西王母也许是一个具体的人,但到了后来,承袭西王母统治权杖的西王母国历代国王女承母业,一代接一代承袭先母王位,所以这个一直由女性掌权国度的国王,也就拥有了一个共同的名号:西王母。

　　大概是在后期,越来越多以猛兽飞禽为图腾的部族被西王母国征服后,一位长发披肩、面带虎饰、头佩玉器、身披豹皮、善于唱歌,集中了众多游牧部落图腾形象的女酋长形象,也就淹没了西王母肌肤如雪、皓齿明目、顾盼生辉的美女形象。

　　也许正是由于《山海经》"豹尾,虎齿,善啸,蓬发戴胜"对西王母半人半兽,甚至有些恐怖与凶残形象的记述,才会有人将她描写成天界清规戒律的维护者。以至于在后来的《牛郎与织女》的传说中,这位曾经多情美丽、与周穆王一见钟情的女神,竟成了残忍地将牛郎和织女隔离在银河两岸,践踏纯真美好爱情的元凶。

　　西王母是中国神话体系中第一位女性神仙。据说混沌初开之际,以天地精气凝结而生的原始天王与天元玉女通气结精,生下天皇西王母。在道教神仙谱中,西王母和玉皇大帝并非夫妻关系,而且西王母比玉皇大帝降生得早。玉皇大帝为群仙之首,西王母则掌管昆仑仙山和各路女仙。瑶池仙境、长生不老仙丹、仙女和三千年一熟的蟠桃,是又称王母娘娘、瑶池金母、瑶池圣母的西王母最让人界、仙界和魔界垂涎三尺的宝物。孙悟空大闹天宫,缘于王母娘娘一年一度的蟠桃会没有请前任弼马温;猪八戒从天蓬元帅被打下天界做凡人,是因为好色的八戒调戏西王母管辖的仙女嫦娥。但专家对西王母考证的结果,却与神话故事中的西王母并没有多少关联。最初统治着新疆、青海一带大草原和荒漠地带的西王母,在不断发展壮大后继续向东扩张。到后来,西王母统治的西王母国逼近渭河和泾河上游及陇东高原。西王母国与渭河中下游和黄河中游一带农耕民族统治区越来越近的时候,西王母与关中、中原地区的交往也越来越多。

　　历史上,最早与这位西部女王有往来的是轩辕黄帝。

　　四千六百多年前,黄帝讨伐蚩尤的涿鹿之战刚一开战,西王母就于黄帝梦中派使臣为黄帝送来了神符;激战中,蚩尤派风神雨师喷云吐雾,黄帝和军队迷途,西王母又派九天玄女向黄帝传授"三官五意阴阳之略,太乙遁甲六壬步斗之术,阴符之机,灵宝五符五胜之文",并派白虎为黄帝献图,为黄帝在冀中涿鹿战胜蚩尤，起到了至关重要的作用。黄帝统一黄河流域后，西王母不仅和黄帝见过面，还向黄帝献过白玉环和玉佩。那时候，黄帝已经统一了"东至于海，西至于崆峒，南至于江"的广大地区。如此看来，黄帝时代泾河上游崆峒山以西的广大地区，应该是西王母的势力范围了。

这时的西王母国与黄帝炎黄部落，应该是具有战略合作伙伴性质的友好邻国。

西周时期，周人先祖顺泾河南下进入关中，在渭河北岸的周原建立起了西周王朝。周人先祖迁出泾河和渭河的另外一条支流北洛河上游的陇东高原后，空出的地方，很快被隶属于西王母管辖的大荔戎、义渠戎和乌氏族乘虚而入。游牧部族成了渭河两大支流上游地区的主人。这些在管理较为松散的部落联盟统治下的游牧部族，紧邻西周西北边界，不仅在整个西周时期与西周摩擦不断，戎人还用自己的皮张、美玉交换周人的粮食和青铜制品，交往频繁之际，双方的少男少女，还会在相互倾慕之际结为夫妻，并为后来西周天子周穆王与西王母国国王之间浪漫的爱情故事埋下伏笔。

周穆王是西周第五代国君。这位善于奇思妙想并创造传奇的帝王，在神话传说中还有一个名字叫穆天子。

神话传说里的周穆王不仅能征善战，而且风流倜傥。西王母也是一位善解人意、多情善感的绝色女仙。如此一男一女两位传奇人物相遇，演绎出一段爱江山更爱美人的浪漫故事，顺理成章。

周穆王接替西周国君的时候已经五十四岁。他是在其父南巡途中殁亡后登上国君宝座的。当时的周穆王已经不算年轻，但从小渴望修炼成仙、迷恋道术的周穆王还是不服老，他让祖上就是著名驾驭世家、秦人先祖伯益第九代孙造父驾车，狩猎西巡，纵情山水。

为了保证天子西行，造父做了充分准备。出行之前，他专门到渭河入黄河的潼关一带的桃林挑选了八匹毛无杂色、体俊健美的神驹良马，载周穆王西行。

这八匹马被分别命名为赤骥、盗骊、白义、逾轮、山子、渠黄、骅骝、绿耳。神马驾车驰骋，健步如飞，穿山越岭，如履平地，一天行程可达三万里。周穆王坐上疾驰如飞的车辇,从西周都城镐京出发,逆泾河西上,不日即进入西王母统治的西部旷野。那里的高山大漠,草原绿野,以及点缀在茫茫草原上的蔚蓝色湖泊,飘忽在蓝天上的朵朵白云,让周穆王心旷神怡,突然有了一种脱离俗世、幻化成仙的感觉。就在此时,造父驾驭八匹神驹来到一个群山绵延,雪峰高矗,林海苍茫,山间飞流瀑布,四周花海绵延的地方。陶醉在辽阔壮美西部大野美景中的周穆王突然想起,这里不就是昆仑之阙吗?

拜会住在昆仑之阙瑶池仙境的昆仑圣母、西王母国国王,是周穆王此行的重要目的。于是,周穆王令随从卦师起卦,选择良辰吉日,登上昆仑之阙,去会见传说中的绝世美女国王——西王母。

据将周穆王与西王母之间的故事演绎得活灵活现,充满浪漫情调的《穆天子传》记述,为了这次历史性会见,周穆王精心准备了大量周人生产的绸缎、丝织品、铜铁制品、香料、碧玉,作为见面礼。

一东一西,一男一女,两个大国领导人相见,一般性的外交礼仪自然必不可少。瑶池仙境神池浩渺,如天镜悬空,遍地奇花异草,古木参天,林莽蔽日,雪峰耀目,峰岭起伏,五彩斑斓的飞鸟神鹿随处穿行的奇异美景,让周穆王迷恋不已。但最让周穆王春心萌动的,还是面前这位风韵迷人、端庄秀丽、光彩夺目的西王母,以及这个著名女儿国中个个美若天仙的美女。虽然到达瑶池之前,周穆王已经有了乌赤国国王送给他的两位如花似玉的西域美女做嬖人,但西王母的美貌和葡萄美酒,还是让他激动得难以自制。初次见面,周穆王和西王母或许都有些装出来的矜持和庄重,但相处久了,两个人也就在相互欣赏和相互吸引中敞开了心扉。

我们不知道周穆王在瑶池到底逗留了多少天,但从他在乌赤国可以淹留四天的时间看,到了心向往之的瑶池,而且一到那里就拜倒在了西王母裙裾下的事实可以断定,周穆王在西王母身边留恋的时间肯定不短。否则,怎么会连一向以严肃著称的司马迁也说,周穆王"见西王母,乐之忘归"呢?

日久生情,神仙西王母和周穆王也不例外。周穆王与西王母朝夕相处,形影不离。西王母带领周穆王游山玩水,相互爱慕之情溢于言表,以至于周穆王竟然渐渐忘记了自己还是渭河之滨镐京城里的西周王朝的一代国君。直到有一天飞马来报,山东泗水一带的徐偃王叛乱,周穆王才不得不依依不舍地在瑶池仙境栽下一棵纪念树,题写了石碑,与西王母依依惜别。

好多人认为西王母与周穆王之间赋诗互诉衷肠的那首《白云谣》,是西王母在欢迎周穆王的晚宴上所作。我倒以为,从《白云谣》情意绵绵、难分难舍的留恋之情推断,就在西王母和周穆王两人感情越处越深的时候,西周国内突然爆发的叛乱让他们的浪漫故事不得不戛然而止,西王母忍泪设宴为她爱慕的周穆王送行之际,吟诵出这首情深意长的留别诗,似乎更合情理。

周穆王与西王母相处的日子中,究竟还发生了什么更让人期待的浪漫故事,似乎没有人戳破这层纸。但西王母与周穆王相别那天的宴会,一定是惆怅交加,爱恋无限。于是觥筹交错之际,美女神仙和多情君王都放下各自的身份,面对转瞬即逝的美好时光,西王母且吟且颂地举杯对周穆王吟唱道:"白云在天,山陵自出。道里悠远,山川间之。将子无死,尚复能来。"意思是说:天高路远,山重水复,你这来访也真不容易呀!祝愿大王您长寿,下次有机会再来做我的客人吧!如果不是身为一国之君,恐怕会心甘情愿一生与西王母相伴的周穆王,立即心领神会地回答说:"予归东土,和治诸夏。万民平均,吾顾见汝。比及三年,将复而野。"意思是,现在国家有难,我不得不回到我东方的国土。我要联合各地诸侯平定叛乱,解救百姓。我向你保证,最多三年时间,我会再来你的国家见你。

纯真善良的西王母被周穆王的信誓旦旦所感动,又回赠一首:"徂彼西土,爰居其野,虎豹为群,乌鹊与处。嘉命不迁,我惟帝女。彼何世民,又将去子。吹笙鼓簧,中心翱翔。世民之子,惟天之望。"

在这段诗里,西王母对周穆王的感情表现得更加淋漓尽致。她说,不要这样!你长途跋涉来到西方,可我这里如此荒凉,只有成群的虎豹和乌鹊与我为伴。只要你不改变美好的誓言,我永远是你心爱的女人。为了百姓,你就这样离我而去,为他们奔忙!你听见了吗?这管弦笙歌吹唱的是我内心的哀愁,我的心早已被你掏得空荡荡,在半空中飘飞!(爱上)你这个爱民如子的君主,我只有遥望着长空把你怀想……

那天的送别宴,应该是充满了依恋泪水和感伤的叹息。筵席结束后,周穆王乘坐造父驾驶的神驹车辇,很快就回到了西周国都镐京,却把漫长的等待,留给了生活在旷野深处、高山之巅的多情恋人西王母。

等待是漫长的。三年后,周穆王没有兑现他的承诺。倒是忍受不住等待折磨的西王母,在周穆王离开的第四年来到西周都城镐京。两位热恋过的男女,在渭河怀抱里又有了一次畅叙爱慕之情的机会。

周穆王与西王母相会的故事,发生在公元前964年。至于周穆王这次西巡的目的,有人说是为了征伐居住在西部的戎狄,也有人说周穆王是位喜欢旅行的冒险家,他与西王母的相遇,只是周穆王这次传奇旅行中发生的最为浪漫和离奇的艳遇而已。

真实的史料、离奇的神话、传奇的小说和神奇的诗文,将西王母和周穆王的交往演绎得神秘莫测。甚至连西王母与周穆王相会的瑶池,也一会儿说在青海,一会儿说在天山,还有人说,西王母与周穆王相会的地方,就是泾河上游那座还留有明代重修王母宫碑刻的泾川回山上的西王母宫。

关于西王母和周穆王的爱情故事和他们幽会的内容、地点,也许永远都是个谜。但周穆王之后,又一位曾经深爱黄老之学神仙生活的帝王——汉武帝,是又一位和西王母有纠缠不清关系的中原帝王。

从元鼎五年(公元前112年),到后元元年春正月(公元前88年)的二十四年,汉武帝先后十一次到过泾河上游的泾川。对于汉武帝如此不厌其烦地长途跋涉,前往曾经是西王母统治的戎狄之地,有人解释说,是这位一生渴望得道成仙的帝王为了拜见西王母。为此,《汉武帝内传》还编纂出农历七月七日晚上二更时分,西王母约见汉武帝的故事。故事的结局是,西王母为汉武帝送来五个三千年一熟的仙桃,渴望长生不老的汉武帝想偷偷带走桃核,却被西王母发现。为了不至于让这位威震八方的西汉皇帝太失颜面,西王母只好王顾左右而言他,戳穿正在窗外偷窥她和汉武帝约会的汉武帝随从东方朔曾三次偷她的蟠桃的事实,以搞笑东方朔,让汉武帝有台阶可下。

当然,汉武帝所见到的西王母,肯定不是与周穆王在瑶池缠缠绵绵的那位西王母了。

马家窑

　　新的一天降临之际，人们发现大洪水已经退去。在他们的东面，又矗立起一座高山。曾经滚滚东流的河水不见了，另一条河流自南向北从山脚下流过，河水清澈得发绿。河岸上刚刚从一场大水中抬起头来的水草、树木和灌木沐浴在阳光下，酝酿着又一场生机勃勃的景象。

　　那是两千万年前，曾经从鸟鼠山一带向东奔流的黄河改道北上，渭河与黄河分道扬镳。黄河抛弃了原有河道，而渭河从刚刚崛起的鸟鼠山一带汇集起众多支流，沿着黄河故道，继续向东流去。看见两条大河在这里各奔东西的人，后来被叫作马家窑人；从他们面前流过的这条河，是现在的洮河。

　　公元前五千年左右，大地湾人已经在渭河上游葫芦河支流清水河岸边，建造起了巨型宫殿和更多大房子，渭河下游的半坡村也已经鸡鸣犬吠、炊烟袅袅，但与渭河源头一山之隔的洮河岸上生活的马家窑人，才刚刚落脚此地。他们的故乡，也在甘青高原的湟水和黄河谷地。这些人中，男性圆脸，面部较平，颧骨较高，鼻梁较矮；女性则面部平展，披发，长相和发式与后来的西部牧羊人氏族和羌族无异。显然，他们和渭河流域诸多古人类一样，同属蒙古人种。这些人善于游牧，但这个时候他们已经开始学习农耕。洮河有足够的水滋润丰茂的水草，也可以浇灌那时候渭河流域已经开始普遍种植的一种叫粟的农作物。

　　游牧和耕作，是马家窑人养活自己的方式。为此，他们也开始制作石斧、石锄、石镞、石弹丸用以生产和狩猎。他们甚至制作出了十分精美的骨珠、骨针、骨簪一类的饰品和生活日用品。他们饲养的猪、狗、羊不仅食用，还进入墓穴，为死人陪葬。

　　可见，距今四五千年的马家窑人生活得也很富足。

但让我们向这群当年生活在甘肃临洮洮河岸边一个叫马家窑的山坡上的居民投去刮目相看的目光的,还不止这些。马家窑人让世人惊讶的创造,是他们制造的那遍布洮河流域、举世无双的精美彩陶。

伟大的发现源于思考,但真正伟大的发现往往有许多偶然性。

1924年春天,兰州到临洮的官道上,一队马队在驰骋。马蹄腾起之际,奔腾的马蹄声在山谷回荡。为首的是一个高鼻梁蓝眼睛的外国人,随从是穿着土布褂子的中国人,那个外国人叫安特森。安特森原本是北洋政府请来帮助中国寻找煤矿和铁矿的瑞典地质学家,却对考古兴趣盎然。在相继发现北京人化石和河南仰韶村遗址后,安特森对中国考古的兴致更加浓厚。虽然他的重大发现在国内外考古界引起了强烈震动,但时任北洋政府农商部顾问的安特森还是觉得,中国文化的源头远不止仰韶村所在的黄河中下游。凭借多年从事地质调查和考古兴趣获得的经验,安特森预感到,在养育了这个古老民族的黄河上游,还可能有更多尚未被人发现的秘密掩埋在地下。带着这一想法,这一年,他利用到西北进行地质调查的名义,来到甘肃。

最初的寻觅令安特森失望。安特森带着他雇佣的翻译和向导骑马在兰州一带的黄河两岸逡巡了好长时间,一无所获。一个偶然的机会,让安特森看到了希望的曙光,并促成他这次临洮之行。

那天,因为进入甘肃后两手空空而显得有些沮丧的安特森失神地在兰州街头徘徊。突然,在旧货市场中的一个小摊上,一只被摊贩用来装烟渣的陶罐吸引住了他的目光。安特森蹲下身来,拿起那只陶罐的一瞬间,手就战栗起来了,面颊也红涨起来。面对从来没有见过的那种陶器,安特森激动得差一点儿惊叫起来。根据那只已经有些破碎的彩陶上的纹饰、图案、制作材料、制作工艺,安特森断定,这是完全不同于仰韶村和半坡村的另一种文化的产物。如果寻找到这只陶罐的原发地,这有可能成为中国考古史乃至世界考古史上的一个重大发现。

马家窑陶器

洮河岸上,马家窑遗址所在的这座山坡上,还可以随手捡到五千多年前的彩陶碎片。

到达临洮不久,意想不到的收获就出现在安特森面前。

徜徉在临洮县城十公里外洮河西岸的一个叫马家窑的村庄之际,那些散落在紧邻洮河的一座叫瓦家大山的山坡上,俯拾皆是的与他在兰州看到的那只彩陶如出一辙的彩陶碎片让安特森惊喜万分。挖掘工作开始后,更多更大的惊喜让这位瑞典人兴奋得几乎发狂。此前,他看到的仰韶村彩陶多以赭、红、黑等色绘饰,而眼前的马家窑彩陶的彩绘,则多用黑彩在泥制红陶或橙黄陶的颈部与上腹部,绘制出线条流畅的图案花纹装饰。这些陶器的色彩和花纹,早期以纯黑彩绘花纹为主;中期使用纯黑彩和黑、红二彩相间绘制花纹;到了晚期,多以黑、红二彩并用绘制花纹,而且在砂质红陶器表还施用划纹、三角纹、绳纹和附加堆纹,映现出与仰韶村、半坡村迥然相异的文化信息。其中最让安特森惊讶的是,在四五千年前,马家窑人已经开始使用毛笔,并以毛笔绘制彩陶纹饰、图案,创造出以线条为造型手段、以黑色为主要基调的绘画方式。这就是说,马家窑彩陶图案的绘制方式和工具,与仰韶村甚至同时期中国其他地方发现的彩陶截然不同。尤其让后人震惊不已的是,马家窑人在他们制作的陶器上使用的线描创作技法,笔墨简练,黑白分明,线条流畅,几乎就是一幅幅精美的"中国画"。

后来成为中国人沿袭几千年书写工具的毛笔,距今五千多年前,怎么会在渭河上游这个文明脚步远远落在渭河中下游后面、当时尚以游牧为主业、农耕为副业的地方出现呢？

安特森在马家窑发现马家窑人使用毛笔绘制陶器上图案的六十多年后，1980年，考古人员在渭河下游临潼姜寨遗址，又发现了五千年前人类用毛笔绘制彩陶的石砚、研杵、染色物、陶制水杯等器具。这也是中国境内发现的最早的毛笔实物佐证。同一时期，在相距几百公里的渭河上下，远古人类都已经开始使用毛笔。那么，毛笔这种中国古老的书写工具诞生的故乡，会不会就在渭河流域呢？

大量烧制陶器的窑址，距今四五千年前马家窑人居住过的房址、墓葬群、使用过的器物露出真容后，安特森意犹未尽。他沿洮河，继续在以马家窑为中心的洮河上游和下游寻找。果然，在马家窑南北两端的寺洼和辛店，另外两处稍晚于马家窑时期的古文化遗址，也被安特森揭示于世人面前。

与马家窑出土大量彩陶所不同的是，在寺洼和辛店，安特森还发现了晚于马家窑的大量青铜制品。当那些沉睡地下两三千年，青铜器铸造的，闪着幽光的戈、矛、镞、刀、铃和沾满绿锈的青铜锥、矛、匕、凿、铜炮从黄土下出现之际，安特森和他的同行被散落在黄河故道泥土深处的历史文明的光华震惊了：公元前14到公元前11世纪，寺洼和辛店已经生产出了如此精美的青铜器！而且从寺洼山一些墓葬出现人殉和陪葬车马的事实看，在遥远渭河上游生活的马家窑人，当时也已经进入奴隶社会。更多的困惑让人难以理解：马家窑彩陶兴起的四五千年前，以仰韶村为代表的中原彩陶已经在走向极度辉煌的路上半途而废，归于沉寂。那么是谁，又是什么力量，让遥远的渭河源头一带的窑窑炉膛重新燃起熊熊火焰，并制作出如此精美绝伦的彩陶呢？

姗姗来迟的马家窑人，五千多年前刚刚把家安在洮河岸边的时候，黄帝已经开始在黄河中下游着手筹划统一中原的涿鹿之战。

那时候，洮河两岸和紧邻鸟鼠山西北麓的川道和山间牧草苍茫，只有临河坡地上点缀着零星的田地。春夏季节，茫茫的牧草和谷田一样碧绿。只有到了秋季沉甸甸的穗子压弯谷子腰之际，人们才会发现，这里已经进入半农半牧时期。

游牧、耕种之余，在马家窑瓦家大山陶器制作作坊，那些拿惯牧羊鞭和石铲、石锄的手,将取自村子附近的红土和黄土和成泥浆,搓成泥条,再用一条条泥条盘绕成瓮、罐、壶、瓶、盆、钵、碗等器具的胚胎,然后借助于他们发明的慢慢旋转的木轮,对毛坯进行修复。基本成型的陶泥在轮子上旋转,一道道同心圆纹、弧纹和平行线纹饰,也就留在了胚胎上面。阳光将胚胎上的水分吸干后,就有工匠拿起毛笔,采用天然物质调制的颜料,在上面绘制各式各样的图案。几何形花纹、旋涡纹、同心圆纹、果实叶茎纹、蛙纹、变体鸟纹不仅栩栩如生,而且不同造型、不同用途器物上的图案布局各异。让不少迷醉于马家窑彩陶的研究者困惑不解的是,马家窑文明虽然起步迟,但马家窑人的彩陶在器型设计、材料使用、图式创意、色彩变化、烧制水平等方面,却远远超过了包括仰韶村、半坡村和大地湾在内的中国大地上发现的任何一处远古人类的彩陶制作水平。

安特森带着马家窑赏赐给他的惊喜与在世界考古界声誉鹊起的惊喜离开后,马家窑也成为中国考古界众目关注的一个焦点地区。20世纪40年代,中国考古研究所所长夏鼐再次来到马家窑后,惊讶于中原彩陶衰落后马家窑的崛起,不仅将中国彩陶文化推向世界彩陶文化登峰造极的巅峰,而且让中国彩陶文化又延续了数百年之久,便将中国大地彩陶制作风格和产生年代与马家窑大抵相同或相近,分布在甘肃中南部和青海东北部,宁夏南部地区泾河、渭水上游,及白龙江、湟水、洮河、庄浪河、清水河流域的这种彩陶文化,命名为马家窑文化。考古人员还从这个地域范围的考古发掘隐约感到,渭河及其支流上游地区,是孕育这种空前绝后彩陶文化的温床。

如果不是两千万年前黄河改道,我们现在居住的渭河流域,就是黄河中游地区。黄河选择他途而去,却将华夏大地最初的文明的光彩留在这里。这也许是因为远古人类早已经发现,如果继续从黄河故道随渭河流水往东,他们可以省去更多路程,抵达据说已经有黄帝举起龙字大旗,过着文明温暖生活的中原。他们还知道,黄帝部族血脉里,也流淌着和自己一样的鲜血。因为那时的马家窑人才从甘青高原游牧而来。他们也是高原上那个古老的牧羊人——古羌人的后代。

洮河源头在青藏高原的青海省河南蒙古族自治县西倾山。最初的马家窑

在临洮县寺洼遗址发现地——衙下集与当年土司后代合影。

人,应该是跟着曾经也从黄河故道经渭河走向中原的古洮河,赶着羊群迁徙到这里的。洮河岸边有牧草可以供他们继续放牧,有粟可以让他们品尝农耕文明的芳香。半农半牧的生活,让他们与文明的距离越来越短,也一点一点地改变着他们的生活习惯和生活方式。以至到后来,受了农耕文明的诱惑,他们中的一部分或追随渭河的脚步去了渭河中下游,或者沿着漫漫黄土延伸的高原向陇东一带泾河流域迁徙,离开了马家窑、寺洼和辛店。也有一部分人留了下来,继续先祖留下的半农半牧的生活。从现在紧邻甘南牧区的寺洼山衙下集一带出土的灰砂粗陶和青铜器可以断定:寺洼、马家窑一线,也许就是当年生活在甘青高原的游牧民族走向农耕地区的一条通道。因为还有考古发现证明,在马家窑文明的辉煌期过去后的公元前1000年前后,又有一群牧羊人来到距马家窑二三十公里的洮河岸边,并且长久地居住了下来。只不过那时候的寺洼山一带,已经笼罩在从渭河中游关中大地传来的青铜光芒之中。与马家窑人一脉相承的寺洼人不仅一边游牧,一边学习耕种,还制造出了只有有着深厚的游牧传统的部族才能制造出的飘散着牧草芳香的青铜器物。

  这些公元前10世纪前后来到渭河上游的氐、羌人是什么时候告别游牧生活的,我们不得而知。几百年后,秦昭王在当时秦国最西部边界修筑的防范游牧部族进犯的长城残迹,在洮河和渭河岸上还依稀可望。后来的《地括志》也说"陇右、岷、洮以西,羌也"。

  这就是说,最起码在唐初《地括志》诞生的年代,渭河上游还是羌人生活的世界。

轩辕之丘

　　战争一开始，黄帝军队便被蚩尤喷吐的大雾包围，风后制作指南车带领黄帝突出重围。接着，黄帝请来同样可以喷云吐雾的应龙，蚩尤请来风伯雨师，连黄帝的女儿旱魃，也赶来对付风伯雨师掀起的狂风暴雨。双方你来我往，将自己的所有秘密武器都拿了出来，在黄河以北的辽阔平原上展开殊死搏斗，直杀得天昏地暗，日月无光。最后，黄帝在玄女的帮助下，终于斩杀了蚩尤。

这是我在几年前出版的《走进大秦岭》里，描述距今四千六百多年前黄帝与蚩尤之间的收官之战——涿鹿之战的一段文字。

　　黄帝进入中原大地的时候，在东起渭河，西到湟水的陕西、甘肃和青海地区，已经历经了够多的风雨历练。关于黄帝的出生地点，也有太多的说法让人扑朔迷离。《国语·晋语》说，"黄帝以姬水成"；《水经注》说，"黄帝生于天水，在上邽城东七十里轩辕谷"；《史记》说，"黄帝居轩辕之丘"。至于说自己那里就是黄帝生活过的"轩辕之丘"或轩辕故里的地方，就更让人眼花缭乱了：天水的齐寿山和清水轩辕谷，陕西武功，河南新郑，都说自己那里要么是轩辕黄帝出生地，要么是黄帝生活过的轩辕之丘。

　　黄帝和炎帝的母亲都是有蟜氏。有蟜氏部族居住在陇右。炎帝部落最初是一个以牧羊为生的游牧部族，这个部族就是来自甘青高原的羌族。既然如此，作为同胞兄弟的黄帝自然也是羌族血统。在黄帝统一中原大地的漫长时期，渭河流域和青海湟水谷地是以羌、氐为主体的西北游牧部落的天下。黄帝后来建立的华夏部族，《史记》上说由远古时期三大部族融合而成。这三大部族分别是公元前4000年居住在河西走廊和黄土高原北部的夏族、居住在晋南和关中一带的华族、居住在淮河以南和汉江流域的蚩尤部落。

还有一种说法，说黄帝母亲叫附宝，黄帝父亲是有熊国国君少典，黄帝姓公孙，名轩辕。和所有上古帝王一样，黄帝的受孕和出生，被后人赋予浓厚的神话色彩：一天晚上，黄帝母亲发现，茫茫夜空，环绕北斗枢星，闪起一道电光。犀利电光闪过之际，大地被照得如同白昼。黄帝母亲心中悸动，感而受孕，怀胎二十四个月后才生下黄帝。黄帝出生的时候，满室紫气再度降临。长大后的黄帝果然不是凡人，不仅身高过九尺，而且长得"河目、隆颡、日角、龙颜"，完全是一副超凡脱俗的巨人形象。

褪去神话云雾，我们可以设想，黄帝母亲看到的那道奇异光环，也许应该是陨石或者流星。至于受孕原因，也许是那道电光让她受惊，突然发现自己已经怀孕了吧。

公元前2700年，生活在渭河上游或者甘青高原的夏族推举黄帝为领袖。这位"生而神灵，弱而能言，幼而徇齐，长而敦敏，成而登天"的天才和智者，二十岁继承了夏族部落一个以熊为族徽的部族王位，并以他独有的人格魅力和领导才能，率领夏族从甘青高原沿渭河东进。黄帝领导的夏族后来与炎帝领导的华族形成联盟，挺进中原，灭掉蚩尤后，形成了最初的华夏族。

如果依照这个众所周知的思路分析，黄帝在渭河流域度过他的童年、少年和积蓄力量、挺进中原的成长期，大概是有历史的真实性的。

在渭河上游天水境内，除了清水被认为是轩辕黄帝故里外，还有人认为，秦州区西南古称崦嵫山的齐寿山和麦积区公元759年大诗人杜甫寓居过的东柯谷，也是轩辕黄帝降生地。这三个地点都属于渭河在天水境内的三条支流——牛头河、藉河和东柯河流域。这就是说，无论怎么争辩，轩辕黄帝降生地似乎与渭河都有着密不可分的联系。而且当黄帝跟随渭河进入关中之后，一个缔造一个伟大民族的远古帝王形象，也就在华夏大地赫然出现了。

渭河穿过秦岭和关山对峙的峡谷进入宝鸡，首先接纳了发源于秦岭大散关附近的清姜河。那里是炎帝神农部族曾经生活的领地。再往东，在接近咸阳的武功县，又有一条从渭北塬上流来的河流加入。这条河流的名字叫漆水河。

漆水河是又一条与泾河和北洛河平行、自北向南从黄土高原流入渭河的河流。漆水河在古时候叫姬水，也叫漆沮水，就是《国语·晋语》中所说"黄帝以姬水成，炎帝以姜水成"的姬水。姬水是渭河众多支流里并不著名、水量也不大的河流。她在渭河北岸陕西麟游境内发源后，汇集另外几条河流流出山塬丘壑，在流经永寿、乾县、扶风的路上，又有不少从黄土沟壑区流出的小溪也加入其中，最后在武功县白石滩注入渭河。

如果黄帝真的在二十岁就做了以氐羌为主要血统的游牧部族夏族首领的话，那么根据"黄帝以姬水成"的记述，黄帝应该是在统一甘青高原和渭河上游西羌诸部族后，越过关山或者沿泾河到达陕西北部，并在麟游一带姬水流域定居下来的。到了渭北台地，黄帝凭借渭北塬上深厚的黄土，以及邻近炎帝农耕部落的优势，大力发展农业，使部族势力不断壮大后，开始向渭北高原的大荔、朝邑一带接近黄河的黄土塬区和漆水河下游的渭河平原扩张。《路史·疏仡纪·黄帝》中说黄帝时代，"岁时熟而亡凶，天地休通，五行期化，故风雨时节，而日月精明，星辰不失其行"。这些对黄帝重视发展农业的记述，应该记录的是他在漆水河流域的经历吧！因为在涿鹿之战前，中原地区平原地带的农业耕作区还在蚩尤统治之下，黄帝大概是不可能在别人的土地上种植养活自己百姓的庄稼吧！

黄帝在漆水河流域实力剧增的时候，有人说炎帝已经带部族进入河南境内。但与炎帝同一血统的黄帝进入关中后，与炎帝部族大抵也会有诸多联系的。后来的涿鹿之战，炎帝是与黄帝联手才打败蚩尤的。在战时能够联手讨伐蚩尤的炎帝与黄帝两个部族，应该是在黄帝渡过黄河之前已经结成了战略联盟——至少，在黄帝渡过黄河之前，这两个本是同根生的部族肯定有了很深的交谊。否则，在炎帝与蚩尤进入剑拔弩张的临战状态时，炎帝才寻求与黄帝的合作，恐怕为时太晚了吧！合理的推论应该是，黄帝在姬水流域崛起的时候，作为外来户的黄帝部落实力还不是很强大。而那时候的炎帝，已经将统治范围从渭河南岸扩展到了河南西部和北部。为了在炎帝统治的渭河流域站住脚，黄帝完全有可能主动向炎帝寻求联盟。那时的黄帝在关中平原的渭河北岸，炎帝统治区域在渭河南岸，双方完全可以井水不犯河水。到了炎帝和黄帝先后一南一北,沿渭河东进对蚩尤形成胁迫之势的时候,虽然黄帝领导的部族尚为后来所称的夏族,炎帝部族被称为华族,分属两个民族,但血缘关系还是让炎黄联盟从形式到内容上的联系越来越紧密,为后来炎黄两大部落联手打败蚩尤,进而组成统一的炎黄部族和华夏民族奠定了精神、情感和文化基础。这样,炎帝在即将与蚩尤展开决战之际向黄帝发出邀请,黄帝毫不犹豫地加入到诛灭蚩尤的阵营,才顺理成章。如果这样,那么从原本意义上来看,炎黄和华夏两个民族概念雏形形成的地方,应该就在渭河流域的关中地区。

黄帝原来姓公孙,到了姬水流域却改姓姬,这中间是否也隐含了黄帝对自己来到姬水流域取得成功的认同呢?

天时、地利、人和决定了涿鹿之战的结局。但共同的敌人消灭后,黄帝和炎帝内部的斗争,也到了非解决不可的地步。涿鹿之战前的炎黄联盟,炎帝神农凭借自己的实力,地位在黄帝之上。但涿鹿之战打破了炎帝和黄帝之间的平衡。战争中,炎帝领导才能的捉襟见肘使他在部族里威望大损,而黄帝却以超群的智慧和卓越的指挥才能,赢得炎黄两个部族众口一词的赞誉。面对黄帝在炎黄联盟中如日中天的声誉,嫉妒让炎帝失去了理智。黄帝也深知,炎帝不会容忍他在联盟中拥有如此地位的,于是黄帝和炎帝都在暗地里着手进行战争的准备。

一场大战在所难免。

这场战争,就是促成黄帝最终统一黄河流域的阪泉之战。阪泉之战胜利后,黄帝赦免了被俘获的炎帝,被黄帝的才能和人格征服了的诸部族推举黄帝为天子,炎帝领导的华族和黄帝领导的夏族合二为一,全面融合,这就形成了中华民族最古老的源头——华夏族。

统一黄河流域后的黄帝,已经不仅仅是一个部落联盟的首领,而是一个由众多部族联合而成的大国的领导者。他领导的华夏诸国,疆域范围已经抵达"东至于海,登丸山,及岱宗。西至于空桐,登鸡头。南至于江,登熊、湘。北逐荤粥,合符釜山,而邑于涿鹿之阿"的广大地区。整章建制,发展生产,安抚异族,管理国家,一大堆事情需要他来做。为了管理好国家,从渭河流域起身东进完成大业的黄帝,这时又将目光投向了他和他的部族或许走过的泾河上游的一座神山——崆峒山。

黄帝和炎帝与蚩尤在桑干河上展开涿鹿之战的时候,有可能就居住在泾河上游的西王母曾经派遣九天玄女送来地图,帮助他打败蚩尤的地方。现在,他要去渭河的最大支流泾河流经的西部仙山——崆峒山,向居住在那里的一位叫广成子的仙人,求修身之道和治国之道。据说,黄帝之所以将国家治理得国力强盛,政治安定,文化进步,还产生了不少改变人类文明进程的重大发明,就是因为得益于仙人广成子的点化。

最初的黄帝,也许是一个有鼻子有眼的人。到了后来,黄帝和曾经生活在渭河流域的伏羲、女娲、西王母、炎帝神农一样,只是一个时代的标志和象征。但无论怎么讲,黄帝或者黄帝部族成长、壮大的每一个日子,都伴随着纵横在陇山之右和关中大地上的渭河干流以及众多支流的滚滚涛声,

崆峒山现在还有据说是黄帝向广成子问道的"黄帝问道处"遗迹。

以至于他在中原完成统一大业,终老之际,仍然将自己的陵寝选择在了北洛河流经的陕北黄陵县的桥山之麓。既然黄帝出生、发展、壮大的过程没有离开过渭河流域,那么黄帝居住过的轩辕之丘,也应该在其早年生活、立业的陕甘交界处的渭河流域。如果要寻找证据,《陕西通志·原始社会卷》中的这段话应该是有说服力的——因为那是许多专家归结历代学者考据得出的结论:"黄帝取名轩辕,是因为他这一氏族曾在叫轩辕的地方生活过,这个地方位于陕甘交界一带的黄土高原上。古人又有以地名为名的习惯。战国时邹衍创立了五德终始之说,以土、木、金、水、火为次,黄帝作为五帝之首,应是土德,而土地色黄,故称黄帝。"接着,何光岳和杨东晨在《中华炎黄时代》也断言说,轩辕之丘"不在天水,就在宝鸡。"也就是说,埋藏在时光烟云里的轩辕之丘,就在陕甘交界处

的渭河流域中的某一个地方。

有资料确切记载了黄帝的生卒时间,说黄帝在世一百一十岁,诞生于公元前27世纪,驾崩于公元前26世纪。黄帝的诞辰是农历三月初三。而在被道教奉为尊神后,道教又认为黄帝没有死,而是得道飞升,进入了仙界。

现在黄陵县桥山的黄帝衣冠冢,就是黄帝飞升成仙之地。

华族和夏族

我们现在所说的华夏民族，在远古时期实际上是两个民族。他们分别为炎帝神农率领的华族和轩辕黄帝统率的夏族。

一位身高七八尺，额头还残留着凸如牛角的痕迹，颜面如龙，体魄强健，身材魁梧，头戴玉饰的汉子手持大木锸，出现在古称姜水的清姜河岸上。他的身后，是依山傍水聚居的村落。村落四周，是长满黍和粟的庄稼地。沿着逶迤秦岭，宝鸡境内渭河南岸的山坡、谷地上，还有一些聚落的远古人类也在种植，或养猪养羊、生产色彩斑斓的陶器。这时候的神农炎帝，已经从伏羲手里接过治理部族的权杖，并且沿渭河来到了关中西府。

宝鸡境内清姜河流域，是炎帝当年的领地。那里还有一座依山而建的炎帝陵。由于炎帝神农已经将谷物从杂草丛里分拣出来，并发明

宝鸡炎帝陵

了诸多用于耕种的工具，他的部族也彻底从游牧状态分离出来，以耕作种植粮食作物为主业。炎帝神农从野生植物中分拣可以耕种食用的作物时，也发现了可以医治蛇伤、兽伤，治疗头疼脑热的草药，部族成员的健康水平大大提高，寿命随之延长。炎帝部落中的各个村落，随处可见白发飘飘的老者安享生活。炎帝神农治理的部族中的人们知礼知节，讲究道德，被外界称为君子之国。清姜河流域这种幸福繁荣的胜景，吸引了越来越多的部族长途跋涉，投奔臣服，关中西部许多地方都归属了炎帝神农部落。除了来自渭河流域其他地方的部落，甚至连秦岭南麓一些部族，也慕名投奔炎帝神农。部落人口的剧增，迫使炎帝神农不得不将自己的部落属地从姜城、福临堡一带向四周不断延伸。后来，他们甚至渡过当时大浪滔天的渭河，在渭河北岸安置一部分自己部落的部属。当然，在炎帝神农部族周围，也零星地分布着其他部族，比如北首岭的土著居民中，就生活着炎帝母亲有蟜氏部族。衣食无忧的和平和安详，让炎帝神农致力于发展部族生活，所以不同部族之间也相安无事。

史书上说，炎帝神农和黄帝母亲都是少典之妻有蟜氏。但从族源关系上看，炎帝神农和黄帝虽属亲缘胞族，但两人之间相差好几代人，黄帝应该是炎帝神农的后裔。只是后来的炎帝部族崛起于清姜河流域，黄帝部族崛起于姬水（今漆水河）流域，所以两个同一血缘的部族——炎帝部族和黄帝部族，才分别将自己的姓氏改为姜姓和姬姓。炎帝俗名叫石年，还叫烈山氏。又因为炎帝在以阴阳五行界定的五德中属火德，伏羲晚年，炎帝神农以火德代伏羲治理部族，获得极高赞誉，被推举为部落首领，所以炎帝神农又被称为赤帝。中国远古神话里的刑天、夸父、祝融、共工，都是炎帝神农族系。

关于中国远古帝王的身世，往往被持各种各样观点和来自不同地域的传说以及不同观念的经典作家描述得众说纷纭，莫衷一是，所以笼罩在炎帝神农身上的神奇迷雾，实在过于迷茫。还有一说，说炎帝神农本来叫神农而不叫炎帝，炎帝神农的母亲也不是有蟜氏，而叫任姒。有一天，任姒游历华山，看到一条神龙在华山飞舞，内心一震，回来后生下炎帝神农。长大后，炎帝神农就以火德治理天下，才有了炎帝的称号。

无论怎么说，炎帝神农部族在其部族首领炎帝神农尝百草、种五谷、制耒耜、设日市之后,已经成为渭河以南辽阔关中大地最为强大的部族,到后来成为河东中原部族也无可匹敌的强大部族。他的部族不仅是当时先进的农耕技术的拥有者,而且开始冶炼青铜,制作不仅仅用于狩猎,还可以用于征服和战争的弓箭。其咄咄逼人之势,让当时的中原部族引颈仰视。于是,又有人根据炎帝神农的出生与华山有关,又因为炎帝发明种植麻桑后,其部族身着麻桑纺织的华丽服饰,擅长种植春华秋实的植物,所以炎帝神农所领导的部族,也被称为华族——华者,花也。

如果不是渭河流入关中后堆积而成的肥沃土地吸引了黄帝,那一定是受了远古神谕指派,当时中国北方两大部族不约而同,一南一北,来到了关中平原渭河两岸。

黄帝部族居住的渭河北岸支流姬水,即现在的漆水河,与炎帝部族居住的清姜河南北相对。

和炎帝神农一样,关于轩辕黄帝的出生地,到现在学界的争论喋喋不休。山东曲阜、河南新郑、甘肃天水、陕西和湖南是争论的焦点。然而即便是再固执的争论者,对炎黄部落兴起于西北黄土高原,似乎没有多少异议。黄帝以土德为王,因为黄帝的统治区域——渭北黄土高原土的颜色是黄色,所以才称之为黄帝。西北高原的陕甘黄土高原,是世界上这种闪闪发光的黄土分布范围最广的地区。渭河在关中的几条大支流泾河、千河、北洛河,都流经这片金黄色的高原,黄帝陵也在黄土高原腹地的陕西黄陵。那么,黄帝在他幼年和造就大业的青年时代,一直不曾离开以渭河为中心的这片黄土高原,应该是可信的。

这是一支仍旧承袭着逐水草而居习俗的游牧部族。他们同样来自陇山以西的陇右游牧部族。何光岳和杨东晨先生为我们勾勒了一幅黄帝带领部族东迁的路线图。在此之前,两位先生首先明确了黄帝生地和出发地点:"我们的学术观点是认为黄帝部族兴起于天水比较妥切。"接下来,何光岳和杨东晨在一本叫《中华炎黄时代》的书中对我们说:

> 陇山西的有蟜氏,与陇山东的有蟜氏是同族,又均为炎帝榆冈部族集团的姻亲氏族,关系密切,因而黄帝氏族得以在其邑城近郊居住、生产和

生活。随着氏族成员的增加，公孙轩辕便又率氏族渡过渭水，向东北的泾水（渭水支流）迁徙，在人口相对较少而地广的"北山"（渭水平原与陕西北部黄土高原过渡地带的诸山，横跨关中平原东西）发展，筑氏族聚落于姬水岸旁（今陕西彬县）。

我们不知道古代姬水的源头是否在彬县，但现在的漆水河上游源头叫杜河，其最初的一滴流水是从现在麟游县招贤镇堡子山纳麦衣沟中流出的。招贤镇已经很偏南，靠近陕西凤翔，而离彬县较远。如果要对两位先生以上观点进行校正的话，那么只要将括号里的"今陕西彬县"改为"今陕西麟游"即可。也就是说，黄帝部族持续不断的迁徙，一直没有离开渭河干流和支流。

来自蒙古高原的黄土年复一年堆积下来，造就了陕北和陇东黄土高原。这片辽阔的高原一路绵延南下，在渭河北岸的彬县、麟游一带，黄土高原转变为黄土丘壑区。纵横交织的沟壑、高隆的山丘和幽深的河谷，替代了陇东高原与陕北高原的辽阔平坦。塬下沟壑之间的季节河和常年在塬下流淌的河流，都朝着渭河及其附近支流泾河、千河流去。可以想见，黄帝部族进入姬水流域的时候，这里植被茂盛，一些沟壑之间还有生活着各种各样鱼类的湖泊，从渭河南岸炎帝神农部族传过来的农耕技术，已经在这里萌生。相对安静的生存环境和良好的自然环境，让黄帝部族人口与日俱增，实力迅速壮大。整个泾河流域和渭河北岸支流，即甘肃泾川、灵台、宁县、正宁和陕西长武、彬县、旬邑、麟游及后来的永寿、乾县、扶风、武功一带，依山傍水的河谷、平坦开阔的塬上，遍布着黄帝部族的聚落。

一棵参天大树在渭河北岸扎下根之后，在黄土养育下健壮成长，发达的根系就会向泾河流域四面八方蔓延。当这些根系孕育的更多大树覆盖了与华族隔渭河相望的古老高原时，炎帝神农的事业已经传至第八代帝王——这又让我们对史书上记载的炎帝神农和黄帝的母亲都是少典之妻有蟜氏的说法，不得不产生怀疑。不过，只要我们稍微将思路再放开一点儿，设想现在已经到达陕西境内姬水流域的黄帝，也不一定就是与炎帝神农前后呱呱落地的同胞兄弟，而有可能和炎帝神农一样，只是一代又一代血脉相传的早先黄帝部族的另一个领导人,也就是说,现在的黄帝也许是原来那个黄帝第几代孙或者第几代继承人,答案也就有了。

黄帝与炎帝神农的亲缘关系,让黄帝在到达姬水流域不久就得到了炎帝神农部族的支持与援助。炎帝部族首先从物质和技术上,为黄帝部族提供了当时最先进的耕作工具和农作物籽种。进入陇山以东之前,黄帝部族也已经开始涉足农耕,只不过受自然条件和耕作经验限制,他们仍旧沿袭着以畜牧业为主,以农耕为辅助的生活方式。现在,有了炎帝神农部落的帮助,黄帝部族很快就适应了耕作生活。广袤的渭北黄土高原生长的粮食养活了更多的族人,黄帝突然看到了部族发展壮大的希望,于是动员族人俯身土地,大力发展农业,他本人则致力于改进和发明生产工具。很快,既可饮用也可灌溉的水井,舂粮食或药物用的杵臼出现了。在炎帝神农的基础上,黍、稷、菽、麦、稻等作物被大量种植。随着人口激增,黄帝沿着渭河北岸的黄土高原和丘陵区继续向东,一步一步,将部族范围推到了渭河另一条支流——北洛河下游大荔、朝邑一带。

蓬勃生长的五谷从姬水向东蔓延的时候,一些因黄河水灾西迁,居住在河南、山西和河北的夏族也渡过黄河,从陕西朝邑进入黄帝部落,为黄帝部族注入最早的夏族基因。至此,在整个渭河流域一南一北,华族和夏族这两个最强大的部族先后沿着渭河奔流的方向,开始了向中原进发的旅程。先于黄帝到达的炎帝神农华族部落,已经在争夺以河南、河北为中心的中原大地统治权的征战中,与南方九黎部族首领蚩尤展开了角逐。但勇武善战的战神蚩尤过于强大,炎帝神农向从渭河入黄河的北部高原推进到山西、河南境内的黄帝夏族集团,发出了求援信号。

很快,一场决定中国历史走向的大战——涿鹿之战,在经渭河一手哺育壮大、有着同一血缘关系的炎帝神农领导的华族和轩辕黄帝带领的夏族组成的炎黄联军与蚩尤之间展开。

涿鹿之战最后的结局,是来自西部高原、渭河流域的炎帝和黄帝集团共同获得了控制北方的统治权。而本来就有中原本土夏族加入的黄帝夏族集团,在诛灭蚩尤战争中的出色表现,让黄帝获得了中原夏族的拥戴并将其彻底融入黄帝部族,成为实力远远胜过炎帝华族集团的政治力量。这种力量对比的迅速变化，又导致了下一场黄帝通过武力，将华族和夏族合二为一的阪泉之战。

阪泉之战后，炎黄两个部族融合为炎黄部族，而华族和夏族也统一成为中华民族最初的民族源头——华夏族。

古老渭河结束漫漫旅程后，在炎黄民族和华夏民族同时诞生的陕西、河南交界处融入滚滚黄河，形成一支更为强大、奔腾不息的力量，向东流去。渭河古老的记忆里，还珍藏着炎帝神农和华族、轩辕黄帝和夏族成长壮大的依稀背影。

第三章　蓬勃的粟粒

炭化的粟粒

金黄的谷穗

后稷的足印

公刘

周原在上

唯有杜康

高隆的谷仓

渠水上的波光

舟楫之利

炭化的粟粒

古老的渭河在甘肃和陕西之间穿行。

伏羲、女娲、西王母、炎帝神农和黄帝，这些半人半神的先祖背影，飘忽在远古神话的茫茫迷雾中，但他们创造与奋斗的足迹，却和被浩荡黄土埋没在地下的原始人村落残迹、至今尚未腐朽的遗骨一起，存留在我们遥远的记忆里。现在，我们要从神话回到现实，回到流淌在群山平原之间、被渭河粼粼波光照耀着的中华大地。

首先出现的场景，仍然是七八千年前中国大地上最繁华，也最伟大的原始村落——天水秦安的大地湾。

考古人员将从那里发现，当时大地湾人已经开始种植并食用的粮食作物种子——黍。它在泥土下已经沉睡了七八千年。当考古人员揭开厚重的泥土，从一座深陷在地下的半地穴式圆顶房灰坑里，采集到这些已经炭化、变得黑而坚硬的植物颗粒时，他高举一双激动得有些颤抖的手告诉人们，这是一个让人惊喜的重大发现。这些炭化的作物颗粒后来经化验证实，是距今七千年左右大地湾人开始种植、作为渔猎生活辅助食物的农作物籽种——黍。这种黍，也就是我们后来所说的糜子。这时人们才惊异地发现：中国北方最早的旱作农业，起源于渭河流域。

这株叫黍的植物原本和其他禾本植物一道，混杂生长在林缘地带向阳的山坡上。或许，它就生长在与大地湾人村落相邻的草滩中央。它生长的地方，距离清水河不远。由于地势的原因，它的根须就扎在较为干旱的黄土中。对于这种作物来说，它不需要太多的水分，只要有肥沃的黄土和相对潮湿的泥土，就可以生根发芽，结出果实。它的耐旱性让它选择了在大地湾任何一处山坡上安身生长,并年复一年地和同样耐旱的野草混杂在一起,自由自在地开花结果。黍对生存环境的包容性,让它有了将来在渭河北岸黄土高原普遍种植的可能性。

最早的时候,黍还被人视为野草。只是在没有猎物可以捕捉的时候,野生的黍才被那些采集野果及众多可以结籽的野生植物果实的人类,将它金黄而细小的颗粒收集起来食用。在人类还没有意识到用火将食物煮熟吃起来更为可口的时代,也许人们一采集到黍的颗粒,就饥不择食地将它们吞食了。直到后来,有人遇到了一大片的黍,成熟的穗子沉甸甸地随风摇曳,芳香诱人。这个已经有了食用黍的经验的远古人类欣喜若狂,将这一大片野生的黍粒就地收割,或者仅仅是将它的果实采集起来,让村里人美餐了一顿。那种当时他们或许还叫不上名字的植物的余香在口中回荡,久久不能散去。没有想到,第二年人们又在同样的地方发现了数量众多、生长良好的黍。在又一次收获了更多黍的果实之后,或许有人突然意识到,这些黍是前一年他们采集黍的果实时洒落在地上的黍的颗粒,重新从泥土里生长出来的。于是,就有人尝试着将一些黍的颗粒埋进村落附近的泥土里。又一年春天到来的时候,埋下黍粒的地方,果然长出了茁壮茂盛的黍苗,并在这一年秋天结出了丰硕的果实。

这大概就是大地湾人最初将野生黍驯化并种植的过程。回想起来,过程并不复杂。但对于距今七千多年前尚处在茹毛饮血,只能以捕猎狼虫虎豹,采集森林里的野果、植物根茎、野生植物果实充饥的人类来说,这种发现的伟大和划时代的意义,绝不亚于电灯、电话和计算机的发明对人类未来生活、命运的改变。

除非能够返回七千多年前的大地湾时代,我们才能够确切地知道,大地湾人在渭河上游清水河岸边的坡地上到底种植了多少黍和油菜。但我们可想而知,一开始,他们从野生黍苗里获取的种子肯定十分有限,而且掌握黍的种植技术与生长过程,也不是一件简单的事情。他们经历过了不知多少次的失败,也有过意想不到的收获。一开始,他们的食物里,那种煮熟后金灿灿芳香诱人的米粒还十分有限,他们的食物一多半还要依靠狩猎、采集和捕鱼。也许,直到后来神话传说中的炎帝神农出现,他们才可能在远离大地湾的渭河中下游广泛种植这种谷物。

当紧跟在大地湾人后面的半坡人在浐灞三角洲也种下这种植物的时候，与黍同科的粟也被人类从野生植物世界分离出来。黍是我们所说的糜子，而粟是至今在渭北黄土高原广泛生长的谷子。

半坡人种植的黍和粟，是不是大地湾人向渭河下游发展、迁徙时带过去的呢？我们不得而知。但那时候的半坡人已经拥有了石磨。他们用石磨干什么呢？最大的可能性是半坡人已经懂得了精细化生活。他们将收获的黍或粟用石磨碾轧脱粒，然后制成熟食，让部族在满村飘散的饭香里开始温暖而甜美的生活。甚至人们从大地湾和半坡村遗留的狗和猪的骨骼发育状况，还发现了大地湾人饲养家畜也以黍和粟为饲料的证据。这说明在大地湾后期和半坡时代，居住在渭河流域的大地湾人和半坡人种植的黍和粟，不仅可以满足人们使用，还有了余粮可以用来饲养牲畜。

渭河流域大地湾人和半坡人吃上小米饭的时候，黍和粟已经从大地湾时代开始，向西部地区和西南的四川等地传播。而在后来成为黄帝部族积蓄力量，蓄势东进的渭河支流泾河、北洛河流域，黍和粟应该是跟着黄帝部落东进的脚步，来到陇东和陕北黄土高原的。

泾河和北洛河中下游深厚的黄土，为这些耐旱作物提供了得天独厚的生长环境。也许在黄帝和后来的周人先祖到达那里前，黄土高原的坡地和塬上也有野生的黍和粟生长，只是处在居无定所的游牧状态的戎狄部族还没有将它们从野生状态驯化。炎帝神农和黄帝到达黄河中下游前，那里已经开始种植发现于南方的水稻，但真正适宜华北和山东旱作区种植的谷物，也只有等待炎帝和黄帝这两位那块广袤大地

黄帝陵黄帝祭祀大厅的黄帝造像

征服者的到来，才会在那里的土地上扎根发芽。

　　从大地湾开始，沿着渭河滚滚东流的身影，那些被掩埋在黄土深处的黍和粟已经炭化成为另一种物质。在渭河流域被人类更多地发现、认识并成为人类赖以生存口粮的五谷种子，则紧随渭河奔向黄河的脚步，在黄河中下游和更广阔的大地上安下了家。

　　一年一枯荣的黍和粟无言生长，它古老的身世也在向我们不断讲述着：一个古老国度农业文明的源头，就在一条河流的两岸。

　　这条河流，就是渭河。

金黄的谷穗

人类现在所吃的五谷杂粮,在六七千年前,甚至更早的时候,与蓬勃生长的野草为伍,随便生长在山林里、河谷间或林木稀少的空地上。它们和许多种子类植物一样,在春天里开花结果,到了秋天,一场大风将压弯枝头的谷穗紧紧包裹的果实吹落在地,更大一点儿的风会将一些饱满的颗粒吹送到别处。一旦落到有水、有阳光和肥沃的泥土里,这些远走他乡的种子,第二年春天,就会在异域他乡生根发芽,结出更多籽种。

很多年来,远古人类也采撷它的果实充饥果腹,却不知道这些混杂在野草丛里的植物,后来会成为取代他们费尽千辛万苦甚至以生命为代价换来的延续生命的食物——狩猎所得的肉类和下河捕获的鱼类,成为养活更多人类的食物。

直到有一天,居住在宝鸡境内渭河支流、来自秦岭高大山岭间的清姜河一带的部族首领炎帝神农氏发现这一秘密,并且冒着生命危险品尝百草,将可以作为食物食用的野生粮食作物和可以治病疗伤的药用植物从其他植物中分离出来后,人类意识里才有了五谷的概念。

这仍然是一个神话与历史真相混杂的时代。

中国古代神话传说中的人物身份和面目太复杂。关于神农和炎帝是否同一个人,至今存有异议。但趋于一致的观点认为,炎帝和神农实为同一部族首领的两种称呼,炎帝是身号,神农是世号。黄帝统一华夏诸部族以前,炎帝神农继承伏羲事业,从新石器时代晚期开始,统治以羌、氐为主体成员的西部氏族集团长达五百多年。这段时间,正是人类从渔猎转身农耕的关键时期。

炎帝是在伏羲之后以火德代替伏羲治理天下的伏羲后裔。传说中的炎帝神农牛首人身,是一个和伏羲、女娲人首蛇身一样的灵异之物。我们现在所看到的古代流传下来的炎帝神农画像,有两幅让人印象极深:一幅是炎帝神农的老年画像,白发皓首,长须飘飘,双目炯炯,头上还有尚未退化的牛角痕迹。在这幅画像上,炎帝神农一手举草品尝,一手捧着一尾鱼——那应该是为了表明,是炎帝神农将人类从渔猎时代带入了农耕时代。另一幅是青壮年时期的炎帝神农尝百草的画面。身体健硕的炎帝神农背负背篓,手携石锄,一手拿着貌似灵芝草一样的植物,跣足穿行于山野之间。

被后世尊为农神的炎帝神农,长得却类人类兽。这是聪明的古人在没有文字记载的情况下,为我们提供的认识炎帝神农的历史信息。

和黄帝一样,炎帝神农是西部牧羊人。他的姜姓和后世将他曾经生活过的发源于大散关附近的那条河流叫作清姜河,都表明炎帝神农的血缘来自于甘青高原古羌人。从甘肃与青海交界处的高原来到渭河中游的宝鸡,炎帝神农部族是在一步步东迁和部族的不断分化融合中走过来的。根据血缘和种族,炎帝神农和黄帝都是伏羲、女娲的后裔。伏羲、女娲在甘肃境内渭河上游的大地湾生活的最初阶段,还处于渔猎时期,后来虽然有了以农耕为特征的种植业和养殖业,但那时候的原始农业生产尚处于萌芽发展的初级阶段。但到了炎帝神农来到渭河中游的清姜河流域的时代,情况就大不一样了。

清姜河背靠秦岭,高山和峡谷让河水不仅充沛,而且清澈见底。她的河岸四周草木茂盛,林海苍茫。炎帝神农部族在那里生活的时候,清姜河流域临河高地上,还有不少其他部族在生活。那些就像后来的村庄一样星散在林莽之间、河谷坡地之上的聚落,有的归炎帝神农领导,有的还属于其他部族。最初的时候,面临河水、背靠山林的人类数量有限,穿行在森林里的野兽数量众多,人类时刻都面临着野兽的威胁,同时也有足够的兽类可以供他们捕猎食用。后来人口数量激增,无节制的猎杀使野兽尽量远离了人类,于是吃饭问题就摆在了炎帝神农和其他部族面前。

从采撷野生植物果实可以果腹得到启示,炎帝神农转身走向了丛林荒野。这一次,他出行的时候带的不是弓箭和石镞、石弹,而是石锄和背篓(也许那时候还没有背篓这种工具出现,但他必须有可以盛放东西的物件)。他要从满世界疯长的野草里寻觅、分拣可以一茬又一茬生长,可以养活人类的植物。

如果从清姜河部落聚居的村落出发,顺着河流流来的方向向南,在那众多高矗的山岭中,炎帝神农最有可能先到达的是天台山。这座到现在都笼罩在神农尝百草神话故事迷雾里的山峰周围,还有其他高山和谷地可以寻访。那时候人类已经有了黍可以耕种,但炎帝神农还要寻找更多的类似于黍一类的谷物籽种,或许那中间就有后来人类开始广泛种植的野生油菜以及蕨类。在林莽深处寻找后来被称为粮食或五谷的旅途中,炎帝神农受了伤、生了病,他用信手捡来的一种野草疗伤,血就止住了,伤口也很快愈合了;而腹泻头疼的时候,他又将另外一些植物的叶子或根茎用随身带的陶罐熬成汤喝了,病也就痊愈了。如此这般,在寻找到可以耕种的稻、黍、麦、稷、菽等五谷和豆类的同时,炎帝神农还发现了可以疗伤治病的中草药。

也许炎帝神农是在不断迁徙中,完成他识别五谷种子、发现中草药医病疗效的尝百草事业的。所以在渭河上游天水市麦积区境内的神农山,秦岭地区河南伊川、陕县,也有炎帝神农的传说和遗迹。如果说伏羲、女娲时代的大地湾创造了渭河流域第一浪文明高峰的话,那么炎帝神农接下管理伏羲部族后裔的权杖,进入宝鸡开创的农耕文明,就是古老渭河献给华夏文明的又一次巅峰式贡献。

渭河农耕文明第一个真正的开拓者炎帝神农,就这样以一个谙熟农耕技术、深知医药之道的形象,出现在华夏大地远古文明的视野里。这个时间段,应该在黄帝从西部高原进入漆水河流域的五千多年前。

种植五谷让生活在清姜河的炎帝神农部族,从西部牧羊人变成了农夫。握惯牧羊鞭的双手,现在必须学会使用他们部落酋长炎帝神农发明,形状像木叉一样,可以翻土耕作的工具——耒耜。人们放一把火,将向阳的坡地或者临河平地上的野草丛林烧掉,然后用刚刚出现的耒耜,和已经使用很久的石锄、石铲等工具将泥土翻开,撒上炎帝神农分发给他们的黍、稷等作物种子(在潮湿温暖的河谷,也许他们还播种过稻米)。那些含有丰富植物腐殖质的泥土是催发种子的温床,埋入土下的种子只要经太阳一照射,就会蓬勃地长出翠绿诱人的秧苗。一片一片扬花吐穗的谷物环绕着一簇一簇的聚落,聚落里还有饲养的

这种劳作是大地的赐予,也是渭河的奖赏。

猪、狗、牛、羊撒欢儿奔跑;临河河岸上还可以撒网捕鱼;如果想吃野味,身后丛林就可以狩猎。到了秋天,远处的渭河水骤然变得浩浩汤汤,清姜河满谷飞流激荡。已经穿上炎帝神农教他们种植的桑麻纺织的麻布衣服的族人,将田里的谷物收获,装进陶制谷仓或陶缸,准备迎接大雪纷飞的冬天。

五谷在炎帝神农推动下,在清姜河两岸大面积推广,到后来种植区域远远超出清姜河流域。因为紧接着到达渭河北岸的黄帝部族,也从炎帝神农那里获得了当时最先进的农耕技术和大量作物种子。渭河流域远古农业的黄金时代的到来,让炎帝神农的部落和相邻部族不仅能够吃饱肚皮,还有了余粮。从牧羊人转变为农民后,为了获得更好的收成,更多的人俯身农耕,没有闲暇生产更多的工具和生活资料,于是在炎帝神农鼓励下,上古时代最早的集市贸易出现了。

这种原始社会最早的集市贸易,或许就出现在现宝鸡市渭滨区益门清姜河流域的姜氏城遗址一带。太阳升起在中天的时候,各个部落的人们带着自己剩余的谷物,或带着自己用麻织成的布和其他生活用具,以物易物,交换买卖。那种热闹、繁荣的生活场景,大概是史前人类最幸福的时刻。

有粮吃、有衣穿的时候,炎帝神农的实力和野心迫使他有了继续沿着渭河向东、进入中原大地的想法。炎帝神农这次东进和过去的迁徙有着本质的区别。以往,他率部族逐水草而居是为了生存;这次,他带着在渭河流域创造的前所未有的农耕文明主动挺进更辽阔的世界,既有推广农业技术的意味,也有扩张和征服的图谋。所以后来炎帝神农与黄帝联手在河北境内展开的诛灭蚩尤的涿鹿之战,其根本目的,其实是两个已经掌握了当时最先进农耕技术的部族联手,为了争夺那里辽阔肥沃,既适宜发展畜牧业,又适宜发展农耕的广袤土地。

在古代,战争是促进人类文明传播和民族融合最直接的方式。涿鹿之战后,炎帝神农部族和他所创造的农耕文化的种子,开始向中国大地的四面八方传播。金黄的谷穗也就追随着拥有炎帝神农血统的部族的脚步,将中国的南方与北方装点得一片金黄。

后稷的足印

从《陕西省地图》上看,咸阳境内一南一北有两处姜嫄墓。北边一处在泾河从甘肃泾川转身东南、进入陕西的第一个县——长武县境内;另一座在漆水河支流漠峪河下游老武功县城所在地——武功镇。武功镇南面,有一条从眉县引渭河水灌溉的渭高干渠——它是后来在三国时期,魏国征集民夫引渭水经扶风、武功、兴平到咸阳北,在灞河与渭河交界处进入渭河的成国渠旧址上兴建的灌溉渠。

一条引入了渭河水的灌溉渠,就可以让万亩良田生产的粮食充实魏国仓廪,养活那些以渭河和秦岭为界,与蜀军作战的数以几十万计的魏国军队。这是魏国在西汉武帝开凿成国渠的基础上再次征集民夫,从宝鸡引渭河支流千

在武功镇南面山坡上,这片茂密的玉米林环抱的巨大土堆据说就是后稷母亲姜嫄的古冢。

河之水灌溉渭北广大地区的初衷。但在黄帝进入中原后,又一个让泾河流域莽莽黄土高原长满庄稼的,是姜嫄的儿子后稷。与三国时期魏国对粮食的渴求目的不同,魏国借助于成国渠发展农业是为了战争,而后稷发展农业是为了族人和百姓吃饱肚皮。

从炎帝神农和黄帝,到了后稷出现的时代,神的影子渐去渐远,更多与人类相差无异的人类先祖形象出现在我们面前。即便这样,我们看到后稷的降生,还是被他的族人和后世崇拜者赋予了浓重的神话色彩。

一位寿眉及耳,长髯及胸,因年迈而身体显得臃肿,但目光深邃的老者,在昏黄的油灯下整理他和弟子们搜集来的歌谣。由于品读得入神,这位老者竟用口音浓重的鲁国方言吟诵出声:

厥初生民,时维姜嫄。生民如何,克禋克祀,以弗无子。履帝武敏歆,攸介攸止。载震载夙,载生载育,时维后稷。诞弥厥月,先生如达。不坼不副,无菑无害。以赫厥灵,上帝不宁。不康禋祀,居然生子。诞寘之隘巷,牛羊腓字之。诞寘之平林,会伐平林。诞寘之寒冰,鸟覆翼之。鸟乃去矣,后稷呱矣。实覃实訏,厥声载路。

这就是《诗经·大雅·生民》中记述后稷出生过程的前半部分。这位吟诵《诗经》的老人,是两千多年前出现在中国大地上的千古一圣——孔子。孔子从民间搜集到这首讲述周人先祖离奇降生故事的歌谣时,距后稷时代相隔一两千年。

这段艰涩难懂的文字告诉我们这样一个故事:后稷的母亲叫姜嫄。那时候周人作为一个部族才刚刚诞生。有一天,姜嫄在野外踩上巨人的脚印后受孕,生下了后稷。没有想到,后稷刚生下来的时候是羊胞胎,也就是我们常说的新生儿胎衣未褪,是一团肉球。姜嫄以为不吉利,就将刚刚生下的后稷丢到巷道里,结果马牛从他旁边过时都有意识躲过,不踩他;姜嫄又将他抛弃到山林里,结果被樵夫发现,又将他捡了回来;第三次,姜嫄将他丢弃到寒冰之上,结果被路过的大鸟发现了,大鸟用巨大的翅膀为他驱寒取暖。大鸟飞走后,后稷这才放声大哭。那哭声很嘹亮,过路的人都能听到。

三次想抛弃都没有成功。姜嫄觉得这孩子有点儿神奇,就又收养了他,所以后稷又有了一个名字:弃。

这样离奇的遭遇和后来后稷的成就,让他也走上了神位。

要还原后稷降生的真实故事,还得揭开笼罩在他身上的神秘面纱。而这故事,还得从姜嫄开始讲述。

炎帝神农部族东迁进入中原的时候,渭河平原上还有他的部族守候的姜姓老家。姜嫄姓姜,自然是炎帝神农的后裔,是生活在宝鸡境内眉县一带的炎帝神农直系血亲有邰氏的女儿。长大成人后,姜嫄成了黄帝曾孙帝喾的原配夫人。

有了帝喾作陪衬,我们可以推论姜嫄生活的年代,大概在尧舜禹时代。那个时候距现在四千年左右。当时原始社会即将解体,新的社会形态尚在孕育之中。原始社会自由、自然、自在的生活方式即将消失,却又余音绕梁。姜嫄踩上巨人脚印受孕,其实是原始社会"只知其母,不知其父"的野合遗风遗存。只不过后来周人为了自己先祖的声誉,才给后稷出生罩上神秘光环,并借助这光环掩盖了姜嫄与其他群落男子野合怀孕的真相。

那时候,氏族部落的婚姻制度虽不如大地湾、半坡村时代那么自由开放,却仍然由女性支配着。当时仍然实行走婚制,但同一血缘直系兄妹不能同居交媾,不过相邻部族旁系血统之间一个部落的成年女性,就是另一部落成年男子天然的配偶对象。当然,那时候也没有家庭概念,男女交媾之后分道扬镳,各奔东西,是很自然的。后稷母亲姜嫄,大抵是在一次外出野游的时候,与另一部族一个男子相遇,双方一见钟情,两位春心萌动的少男少女当即就在和风吹拂的丛林里或者高岗上发生了性关系,孕育并诞生了后稷。

后稷出生的问题解决了,新的问题又出现了:既然有资料说姜嫄是帝喾的原配夫人,那么她怎么又会与别的男人野合呢?这个问题,我们也许只能这样理解:即姜嫄不是一个人,而是一个由姜嫄所领导的姜姓母系氏族部落的称谓。这个部落的首领或酋长叫姜嫄,所以部族后来的女性酋长都叫姜嫄。

被母亲姜嫄重新捡回来的后稷,天生就对植物的种植有着超乎寻常的天赋。刚刚学步的时候,后稷就表现出和别的小孩儿截然不同的爱好。其他孩子也许玩儿的是老鹰捉小鸡之类的游戏,而后稷却喜欢种植作物。这个长得健壮的孩子,甚至比已经耕种多年的老人都懂得如何选择土质、地势和时节种植不同作物。他玩耍时种的豆类、粟类和瓜果不仅生长茁壮,而且颗粒饱满,产量很高。那时候的原始农业,人们将种子撒进土里,就任凭它自由自在生长。但后稷却从作物生长过程发现,地里生长的杂草和根据不同作物种植特性选择种植时间,对农作物生长的影响十分明显。于是,他除了适时耕作,还开始给庄稼锄草。后稷发明的这种耕作方式和田间管理方式,是原始农业向传统农业过渡的一大进步。部落中男女老少都学着后稷的方法种植庄稼,结果连年丰收,整个部族衣食无忧。

后稷声名大振的时候,正是帝尧执政时期。尧将这位农耕天才拜为农师,专门管理天下农耕事务。

那时候,大洪灾过去不久。和后稷一同出现在我们视野里的传说中的上古人物,还有治水英雄大禹。大禹当时受命治水,而后稷则受帝命带领百姓开荒种田,凿井修渠,适时播种,解决粮食问题,并向人们传授耕作之道。身负重任的后稷,这时候已经不是普通的部族成员,他肩负着尧舜二帝的使命,要解决百姓的吃饭问题。因此后稷离开老家武功,东奔西走,一会儿深入田间地头现身说法,为百姓传播选种、耕作、播种、锄草、收割、打碾的技术,一会儿又在类似现在武功镇遗留的教稼台那样的场所,向人们集中传授农业生产技术。有了大禹疏浚河道后恢复的良田,又有了后稷四处奔走传播稼穑之道,大洪灾时期几乎毁灭的华夏大地又恢复了生机。从渭河流域到山西汾河流域,再到中原黄河流域,大片大片田地长满谷子、糜子、大豆、大麻、大麦、小麦、甜瓜一类的作物,举国上下,人民安居,百姓乐业,一片祥和兴旺景象。三千多年后,司马迁在追记后稷出任尧舜时期执管农业之官的成就时,只用了"弃主稷,百谷时茂"短短几个字表彰后稷对创造尧舜盛世的功绩。到了帝尧时期,后稷倡导的农耕文明不仅让普天下人人都能吃饱肚子,农业生产的发展还让帝舜开创了我国远古时代人民安居、百姓乐业的尧舜盛世。为表彰后稷,帝舜不仅将渭河流域邰地——武功西南的地方封给他,还赐给后稷姬姓。于是姬姓后稷,也就成为周人始祖。

帝舜赐后稷姬姓的时候,是不是也有追忆同样在姬水河流域发展壮大起来的后稷血亲——先祖黄帝的意思呢?

炎黄二帝同宗同源,他们都是在渭河流域羽翼丰满后才挺进中原的。后稷出现的时候,尧舜二帝也不在关中,但后稷被帝尧和帝舜相继任用为管理农业的官员后,足迹肯定遍布各地。所以在陕西蒲城县永丰镇北洛河北岸和山西稷山县、闻喜县、万荣县,都有纪念后稷和其母姜嫄的后稷庙、姜嫄墓,唯独全国各地没有埋葬后稷的后稷墓。《山海经·海内西经》说,后稷死后,墓葬周围竟突然出现了山环水绕的奇观,却没有说后稷葬在哪里。《淮南子》则演绎了一出更为离奇的神话故事,说后稷死而复生,转世成一半人形、一半鱼身的人鱼形象。

除了渭河流域,也有人认为紧靠黄河的山西稷山县南的稷王山,是后稷出生之地,陕西武功只是后稷封地。但后稷母亲姓姜,是炎帝部族有邰氏的女

武功镇的后稷教稼台大门紧闭,但一路沿着姜嫄、后稷、公刘留在渭北高原的足迹走到渭河岸边,我能谛听到古老农耕文明的种子在渭河两岸发芽的声音,还在中国大地上回荡。

儿——古代的邰,就是后稷母亲姜嫄生活的陕西武功、眉县一带。我在渭河北岸寻访姜嫄和后稷遗迹时,除了在长武和武功拜访了姜嫄墓,还在扶风与武功交界处、杨凌农科园西渭河北岸的扶风县揉谷乡寻访到了一个姜嫄村。那里不仅有陕西省人民政府和宝鸡市人民政府立的"姜嫄遗址"保护标志,还有农民集资修建的姜嫄祠。交谈中,当地老百姓说,他们那里就是古邰亭所在地,是姜嫄古邰国属地。现在的姜嫄祠,是在姜嫄古祠原址上建起来的。

扶风县揉谷乡姜嫄村也有一座姜嫄圣母庙。村里人指着村道里这几株巨大的皂角树说,他们村子就是姜嫄出生地。

那么,在交通非常困难的四千多年前,一位生活在渭河中游的女性部落酋长,怎么会跑到数百里之外的稷王山生自己的儿子呢?唯一的可能就是,后稷被尧舜拜为农师后,曾经沿渭河北岸传播农耕技术,并在山西运城一带长期生活或驻留过。也可以这样推论,即后稷部族的一支曾经沿渭河北岸从蒲城向东,渡过黄河进入山西境内,并在稷山、闻喜、万荣等地留下了长久居住的印记。同时,史书上所记载的后稷,也许不只是后稷一个人,还应该包括后稷的后裔吧!

后稷之后,沿着后稷行走在渭河流域的足印,蓬蓬勃勃的五谷从关中大地撒播出去,让中国的东方与西方、南方和北方都陶醉在谷物的芳香之中。

公刘

泾河从甘肃泾川西王母宫附近转身向南,朝已经从天水进入关中、等待更多支流加入的渭河而去的路上,必须穿越纵贯从陇山(也叫关山或六盘山)一直绵延到甘肃庆阳和陕北的黄土高原。

数百条大小河流和山涧小溪被西南高东北低的黄土高原挟持着,从各个方向经甘肃泾川和陕西长武、彬县、淳化、泾阳、高陵,追随朝着渭河而去的泾河汇聚。每一条河流和小溪都是蚕食黄土高原的利剑。它们凭借年复一年的耐力和韧性,从高原底部开始,一点一点,一块一块,将堆积在高原上的黄土和沉积在河道下面的泥土冲刷下来,然后借助夏秋之交雨季时奔流而来的山洪将它们运走,送进泾河。因此,深切的沟壑和幽深的河谷,将这片原本完整辽阔的高原切割得支离破碎,形成典型的黄土沟壑地貌。从长武到彬县,被河水常年冲刷,独立而凌乱地矗立在幽谷河流之上的长武塬、巨路塬、枣园塬、北极塬、龙高塬、新民塬、香庙塬等大小不一的塬面,跟随着泾河和她的支流向东南延伸。它们被河水深切、分割的状态让人惊骇,也让人恐惧。行走在遍地麦浪或花红柳绿的塬上,随时都会有一道深及数百米的幽谷突然出现在原本树木葱茏、麦浪翻滚的高原一端。被河水齐刷刷切开的峡谷下面,可能是金黄泥浪翻滚的泾河,也可能是在高原峡谷之间婉转回旋的泾河大小不一的支流。让这一带高原变得支离破碎的,可能是峡谷深处潜流的泾河及其支流黑河、南河、红岩河、水帘河和一些叫不上名字的河流山溪,也可能是滴水全无的沟壑,或者被风雨侵蚀得奇形怪状的黄土石林、土柱、山峁沟梁。有些地方,整条沟壑还会有如烈焰焚烧的那种刺目的赭色出现——那是渭河流域高山峡谷之间很容易看到的丹霞地貌。你如果要从塬上到达落差在四五百米到五六百米不等的沟壑底部,

这种如烈火焚烧过的丹霞地貌在渭河上游随处可见。

虽然举目可及,但忽上忽下的漫漫长途,考验的却是一个人的体力和意志。

就在这样一块被泾河雕琢得千姿百态的塬上,三千多年前却有人从已经十分繁华热闹的渭河平原一路披荆斩棘,沿泾河溯流而上,一直到达从陇东高原流来的泾河支流马莲河源头的甘肃庆阳,在深厚的黄土上留下了开拓这块黄土塬的第一行脚印。

他就是后稷的儿子、公刘的爷爷不窋。

后稷之后,子承父业的不窋继续做农官,管理农业事务。这时已经是夏代,生不逢时的不窋侍奉的是夏王,而不是他父亲所遇到的明主尧舜。夏代到了孔甲帝时代,中国历史上第一个"家天下"的奴隶制国家开始向它的末途走去。这位性情乖戾的夏王沉溺酒色,残暴淫乱,又笃信鬼神,导致朝纲大乱。大抵是不窋试图规劝孔甲帝恢复尧舜之风,冒犯了夏王的缘故吧,不窋不仅丢了官职,而且可能预感到如果在河南安阳一带的夏朝都城再待下去,就有灭族之虞,便带领部族逃到当时被游牧无定的北方夷狄占据的甘肃庆阳,开始了艰难创业、孕育部族实力的生活。

当时,生活在庆阳一带黄土高原的北方夷狄尚处在游牧时代。那里的人们居无定所，吃的是牛羊肉。不窋到了那里，将中原的农耕技术也带到了当时的荒蛮之地——陇东黄土高原。他教当地土著种庄稼和花草，还教人们养猪、养牛、养鹅。当时，渭河流域和中原地带的人们早已告别地穴式生活，而这里的土著还住在地穴里。不窋发现，这里的黄土黏性很好，便发明了依托沟沿山崖掘土为室的窑洞。

不窋的到来，带给马莲河流域的不仅是生活方式的改变和文明程度的提高，一个让当地土著和不窋带来的族人意想不到的未来，也在不窋部族不断发展壮大中悄悄孕育。这未来的创造者，是不窋的孙子公刘。

公刘出生的时候，马莲河流域庆阳一带——这个又被称为北豳的地方，不仅长满了庄稼，周人先祖还在那片黄土高原上建起了自己的都城。待到公刘接替父亲鞠陶成为部族首领后，这位即将对泾河流域和渭河流域社会发展产生重大影响的周人先祖，继续在各戎狄和当地土著之间推广农耕。这位年轻的首领谦卑诚实，宽厚仁慈，兢兢业业，令部族实力不断壮大，控制区域不断扩大。陇东高原宁县、合水、镇原、正宁的沟梁山峁下，长满了公刘和他的父亲、爷爷传授种植的谷子、糜子、高粱、豆类，还有大麻和葵花。面对蓬勃发展的农业和不断激增的人口，公刘发现，对于部族的未来来说，北豳已经显得太小。尤其让公刘感到忧虑的是，北豳之地戎族出没无常，虽然他和他的部族以和蔼友善之心与他们相处，但游牧与农耕两种文化的碰撞不仅在所难免，而且随着公刘部族势力的日渐壮大愈见频繁。从长远出发，寻找部族发展更为广阔的空间迫在眉睫。为了这次事关部族未来的迁徙，公刘身先士卒，发展农业，简约生活，鼓励部族积攒粮食，充实仓廪。

时机成熟了，公刘命令部族将装满仓廪的粮食烙成便于携带的饼子，装满大袋小囊，青壮年全副武装，带着弓箭斧钺，扶老携幼，向他思谋已久的马莲河下游，更接近泾河的长武、彬县一带进发。

带领部族要去的地方，一开始公刘心中虽然还不是很确定，但大方向他已经心中有数——那里必然是土地肥沃、开阔平坦、适宜发展农业的地方。公刘大概是中国历史上最早领悟到农业立国的人吧！虽然他带领族人迁徙的时候才二十多岁，但对部族发展的前景，已胜券在握。所以在前往南豳之地的路上，公刘一路走,一路考察适宜部族安家的地方。进入彬县,公刘发现这里草木茂盛,河流众多,川原地带地势平坦,是发展农业的好地方,便和大家一起商定,举族定居在这片有渭河最大支流泾河及其众多支流流经的塬上,并将一座一天之内阳光都能照到的塬,选定为都城所在地,取名叫京——这也是后来人们将一个国家的国都叫作京城的开始。

那大概是三千五百年前,公刘和他的部族是这块黄土沟壑丘陵区的第一代开拓者。开阔的川原、辽阔的塬上、流水潺潺的河谷地带生长的杜梨、山桃、山楂、山杏、山核桃及草木林莽属于他们,林莽中出没的野猪、黄羊、黄鼬等动物也属于他们。欢声笑语让这块亘古寂静的高原充满了幸福、自豪和激情。大家把酒庆贺在英明的首领公刘带领下,部族选择了一个美丽富饶的新家园。

将部族生活起居安排好后,公刘又登上山岗观察日影走向,查勘山南和山北的物候差异,观察河流流向,为部族发展农业获取第一手资料。接着,他又成立三军,丈量土地,开荒种田,并组织人员来到渭河平原,渡过渭水,从南山采来石料,选定在背风向阳的河谷地带建起坚固的房子。部族人口激增,发源于甘肃正宁的泾河支流皇涧河两岸都住满了人。到后来,这种房子一直延伸到泾河另一条支流汭河河湾地带。

至此,一个由公刘和他的族人艰苦创业创建的国家雏形——豳国,在泾河中下游建立起来了。这个由周人先祖公刘一手缔造的国家,后来一直扩展到以泾河中上游为核心的陕西长武、彬县、旬邑及甘肃灵台、正宁一带。

公刘和后来成为周人的族人在豳地安居乐业之初,一切都得从头开始。建设、生产、生活,是从一张白纸开始的。但有了公刘这样一位开明领袖,豳国很快就成长为夏灭亡后殷商国土上的一方诸侯国。

从姜嫄到后稷,我们看到的中国古代农业的开拓者、周人先祖或多或少都有些类似神人的灵异色彩。到了公刘时代,一个有着喜怒哀乐的农耕文化领袖,带着一路的艰辛与激情朝我们走来。但在后世的民间,还是有人为公刘安排了一场与传说中的西王母很接近于民间生活的会面。

公刘建立豳国的时候,以西北古羌戎为主体的西王母国的势力已经发展到了甘肃平凉、泾川一带的泾河中上游。刚刚诞生的豳国西面是西戎,北面是戎狄。这些游牧部族与公刘领导的农耕部族之间摩擦不断。作为防范和外交策略，公刘在分析西戎和北部戎狄状况后，采取和戎拒狄战略，在豳国北面庆阳境内修筑三城，防御戎狄进犯，同时实行全民皆兵政策，家家男子都配有兵器，这些兵器平时交部落君长保管，戎狄来犯时分发到人，全民参战。

北方狄族可以用刀枪抵御，但西北的戎族却可以修好。这种背景下，公刘和儿子节庆溯泾河而上，带着豳国生产的粮食种子，去西王母国拜访西王母。

据民间传说，西王母在瑶池接见了公刘，并用当地特产梨、桃、杏、枣、核桃等和烧鸡、羊羔肉、马奶饼设宴招待公刘父子。公刘对西王母国的美味赞不绝口。这次会面，双方达成了互不侵犯、互助互利、友好相处的协议。临走时，西王母还向公刘赠送了西王母国产的水果种子和枝条。

国内农业和手工业生产蓬勃发展，北方边境有铜墙铁壁御敌，西北又与西部最大的氏族集团西王母国结成战略同盟，豳国在公刘苦心经营下，朝着国力强势、经济繁荣的未来走去。

　　七月流火，九月授衣。一之日觱发，二之日栗烈。无衣无褐，何以卒岁？三之日于耜，四之日举趾。

这就是《诗经·豳风·七月》所记述的当时豳国人的生活。

这些在公刘带领下一步一个脚印，在泾河中下游高原丘壑之间建立起自己国家的豳国人，一年四季生活得是井井有条，有滋有味：农夫们一年忙到头，男人所干的工作是耕种、打猎、酿酒、凿冰、修缮房屋、准备祭品；女人们则采桑养蚕、纺绩染色、缝制衣服。而那些部落统治者过着夏绸冬裘、酒醉肉饱的奢侈生活。每至岁末年终，部族还要杀猪宰羊，在公堂举行隆重的庆贺酒会，祝贺自己的首领"万寿无疆"。

公刘开创的古豳国的繁荣胜景，一直延续到公刘之后十代子孙，前后持续三百多年。直到古公亶父再次南下，带领族人迁徙到紧邻渭河的岐山，这种悠闲自在如世外桃源的生活才宣告结束。

一路沿着泾河走来的公刘，死后还是选择了葬在泾河岸边。

我们不知道这位古豳国的开创者是什么时候去世的,但他的古陵墓,还静静卧在陕西省彬县东南部龙高乡土陵村的龙高塬与莽莽群山环抱的山谷深处。高高隆起的公刘墓北面,是龙高塬上绵延起伏的高丘和掩映在丘壑之间的村落,东西两面则是高山矗立,重峦叠嶂。隔天蔽日的群山与高大古墓相拥相望,映照生辉的古老泾河在古陵冢南面环绕潆洄。四周茫茫苍苍,雄矗如屏的群山和高原在墓冢前突然收住脚步,一片平坦开阔的山间平地将古木苍然的陵寝抱在怀里。夕阳氤氲,弥漫山谷,大地寂静,万物肃然,山水环绕,蟠龙护佑。拥挤在古豳地的高山峡谷,好像是有意为这位一生呕心沥血的豳国第一代国君留出了这一片安静开阔之地。

民间有一种说法,说公刘死后,两个女儿用衣襟包土,携着酒壶,准备渡过泾河,封土祭奠逝去的父亲——也就是给父亲墓葬堆土起坟。我国古代葬俗,将墓葬上面堆起的土包叫坟,墓葬上面没有坟包叫作葬。只是为了表示帝王与一般人的区别,就将帝王陵上的堆土不叫坟包,而叫封土。不料,姐妹俩刚从土

从彬县龙高镇龙高塬上望到的公刘墓。

陵村来到龙高塬下,泾河水突然暴涨,姐妹俩无法渡河,只好将土就地倾倒,将酒洒在地上,然后长揖拜地,与父亲作别。没有想到,第二天,姐妹俩撒在地上的土竟长成两道围绕墓冢隆起的土垄,而洒祭在地上的酒,则变成一泓碧波荡漾的清泉。

　　根据这个传说,现在龙高塬下、泾河北岸公刘墓上高隆如山的巨大坟包,应该是缅怀这位中国农业开山鼻祖的后人封土祭祀时堆积起来的吧!因为从公刘的女儿准备"封土祭奠"父亲的传说可知,最初的公刘墓应该是只有墓葬,没有坟包的。否则,公刘的女儿怎么会平白无故去"封土祭祀"父亲呢?

周原在上

要寻找后稷和公刘后代从豳国南下岐山后生活立业的周原遗迹,并不是一件容易的事情。

从扶风法门寺往北,在与引渭河北岸另一支流千河为宝鸡、凤翔、岐山、扶风、眉县、永寿、乾县北部塬区提供灌溉的冯家山水库北干渠沟的美水沟西北,扶风与岐山交界的地方可以到达周原遗址。但从法门寺那巨大的舍利塔侧影下绕来绕去,过了齐村,到达一个叫黄堆的村子,在已经可以看到山脚下埋葬着杨国忠父亲的乔山那茂密树林的地方,还是寻找不到去周原遗址的路。那时候,渭河北岸已经斜阳西垂,法门寺一带烟雾迷离,只好无功而返。

第二天进入岐山,淅淅沥沥的秋雨再次张开它巨大的雨幕,将整个渭河北岸的山川大地笼罩在雨和雾编织的大网里。一阵紧似一阵的大雨里,我不断在掩埋在茂密的玉米林里的乡村道路上穿来穿去,一直朝北、向西,再次从岐山朝蒲村、祝家庄,朝扶风方向,寻找周原遗址,驾车穿行也用了将近一天时间。到了京当乡,在玉米林和被雨水浸泡着、被黄土围裹着的村庄之间跑来跑去,才在一个叫凤雏村的地方找到了周原遗址博物馆。然而铁门紧闭,领导不在,任你苦口婆心,负责守门做饭的妇女还是不让进去。

那里应该是西周早期宗庙建筑的发掘现场。那里曾经发现了规模宏大的西周建筑遗址遗迹和大量甲骨文、青铜器。

    古公亶父,来朝走马。
    率西水浒,至于岐下。
    爰及姜女,聿来胥宇。

周原膴膴,堇荼如饴。
爰始爰谋,爰契我龟。
曰止曰时,筑室于兹。

乃慰乃止,乃左乃右。
乃疆乃理,乃宣乃亩。
自西徂东,周爰执事。

乃召司空,乃召司徒,俾立室家。
其绳则直,缩版以载,作庙翼翼。

又是《诗经》为我们留下了公刘后裔、周人先祖从渭河北岸黄土丘壑沿漆水河(古称姬水)向关中平原迁徙的遥远记忆:公刘之后,周先祖在豳国生活了三百多年,尽管那里有他们一砖一瓦建立起来的家园和曾经繁荣幸福的生活,但他们的先祖曾经生活在离渭河很近的地方,而且三百多年以后,中原和渭河

大雨中,我在岐山与扶风交界处的周原徘徊了大半天,还是没能到周原遗址发掘现场一睹两千多年前周人在渭河北岸台地上建造的周邑真容。

平原时局已经大变,迫使先祖不窋远遁戎狄丛生的泾河上游的夏朝早已灭亡,接替夏朝的殷商王朝也已经显现出衰落之势。作为黄帝的血脉,周先祖远离当时中国政治、经济和文化中心的时间太久了!肯定是在对自己部族实力和当时政治经济气候做出充分判断之后,轩辕黄帝第三十五代孙、后稷第二十一代孙、后来被称为周太王的古公亶父,在一个成竹在胸的早晨,和他的妻子赶着马,顺漆水河西岸来到岐山下,率先为自己的部族寻找新的家园。

他们首先到达的地方,应该是在现在的岐山县京当乡和扶风县法门镇、黄堆乡交界处一带,因为那里是周人后来建立周邑、周岐的所在地。到了那里,古公亶父发现这块位于关中平原西部的渭北台地北倚岐山,南临渭河,西有千河,东有漆水河,土地肥沃,风光秀美,遍地生长的堇菜、苦菜等野菜香甜可口。对于一个以农耕见长的部族来说,在这里安家,实在是再合适不过了。古公亶父返回豳国和大家商量,族人一致同意将已经有了国家雏形的部族迁徙到后来被称作周原的扶风、岐山一带。为了确定他们的选择是否与神的主张一致,古公亶父在宗庙里起卦占卜。结果,龟板上的卦辞显示,神也希望他们立即迁徙,在周原盖房安家。

古公亶父带领的两千骑乘作为先头部队来到这里,建起安身之所,并将土地划分好。随后,这个当时还姓姬的部族赶着牛羊、扶老携幼、赶车骑马,举族迁到了周原。然后,大家开始建造更多供族人居住的房屋,整修田地,开挖排洪渠,划分地界。笼罩周原的千古寂静,被突然到来的周人先祖创业立家的热闹场面打破了。他们甚至在一安顿下来后就开始建设城邑,并建起祭祀先祖的宗庙和祭祀土地之神、五谷之神的太社。

重建家园的工作在古公亶父的领导和指挥下进行得井井有条。很快,在渭河北岸后来发展到凤翔、岐山、扶风、武功,东西绵延七十多公里的台塬上,一座座城邑、村落建起来了,大片大片农田开拓出来了。周原生机勃勃的景象,吸引豳地和其他地方的自由民蜂拥而至。围绕周邑,渭河北岸土质肥沃的周原形成一个巨大群落。一个后来将取代当时的殷商王朝、在古老的华夏大地创造出前所未有的青铜时代和礼乐文明的国家即将诞生。

应该还是出于古公亶父的英明和远见,在周原安身后,古公亶父立即着手建立中央机构,设立各级官职,明确不同官职的管理职责,定国号为周。这时的周人既有国家管理机构,又有军队。刚刚开发的岐山沃野和周人愈来愈成熟的耕作经验,使渭北台地的庄稼连年丰收。古公亶父创立的周,俨然已经是一个被渭河养育成熟的西部"方国"。尽管周刚刚建立的时候,国土面积尚局限在岐山、扶风一带,但随着国力日渐强盛,古公亶父使用武力将原来杂居在周原的各种夷狄和戎族赶走。周人的威力,让附近的小邦国隐隐感觉到一种前所未有的威慑和震撼。那时候,商纣王日益腐败的生活和江河日下的政局,已经预示着商纣末日即将到来。既然远在中原的殷商无暇顾及远在渭河流域的一个小邦国的存在,生活在周人周围的部族面对周人咄咄逼人的气势和蓬勃兴旺的发展态势,不得不及早做出明智选择。于是,关中西部众多小邦国纷纷向周人俯首臣服。古公亶父站在周邑城头,面对从周原和南山之间滚滚东流的渭河,一个更加宏伟的理想在心中涌动:东边渭河流入黄河的中原大地,曾经是其先祖从渭河南北出发,创建大业的地方。现在,周人历经数百年披荆斩棘、颠沛流离的岁月,已经再度崛起。周人血管里奔涌的是炎黄二帝的血脉,自己有责任、也有义务挺进中原,剪灭已经向它的末路走去的商纣,建立新的功业。

一个即将改变上古时代中华大地时局的王朝——西周,在渭河之滨的周原上巍然崛起。华夏大地将在古老渭河奔腾不息的巨浪之中,迎来一个新时代。

接下来的日子,周太王古公亶父和他的儿子季历将矛头逼向西部戎族,开拓疆域。商王文丁举起青铜剑将季历斩杀之后,西周与商纣之间的矛盾全面公开。古公亶父的孙子姬昌继承父亲季历成为周文王后,一个宏大的理想在周人心中已经十分明确:剪灭商纣,取而代之。

那个时候,包括渭河上游甘肃天水和泾河流域平凉、庆阳,以及凤翔、岐山、扶风、武功等广大地区,已经是周人的天下。周人的目标是取代商纣,他们感到现在居住的周原已经不适宜舒展更大抱负,必须走向更广阔的天地,寻求更大的发展空间。但周文王也十分清楚,从先祖后稷、不窋,到祖父古公,周的发展壮大从来没有离开渭河左右,周人国都和政治、经济、文化中心,还是要选择在临近渭水及其支流的地方。为了选择新都,周文王肯定进行了反复踏勘和思考，并采取分步走的方式，先将都城从周原向东，迁至咸阳北部渭河与泾河之间的咸阳原——即毕邑。

周文王迁都毕邑，只是出于战略考虑的权宜之计。咸阳原居高临下，从那里横渡渭河也较为便捷。国都东迁毕邑后，周文王马上率兵渡过渭河，将居住在渭河南岸今户县一带的商纣亲信——崇国灭掉，并在公元前1059年将国都再次迁到渭河南岸另一条支流——沣河西岸，即现在西安市长安区马王镇，建立了新都城丰京。

历经十数代人艰苦卓绝的奋斗，从渭河北岸塬上走下来的周人现在不仅有以周原为中心、辽阔而稳定的西北后方，而且占据了渭河平原的核心地带。这里土地肥沃平坦，众多渭河支流汇聚，耕作灌溉，得天独厚，又远离西部和北部戎狄侵扰。尤其是有了渭河，周人如果想向东推进，随时可以顺流而下，直捣商纣都城朝歌。

一个实力强大、势头逼人的诸侯国在渭河流域的崛起，无异于朝纲混乱、朝政腐败的商纣王朝面临的又一场噩梦，但沉迷于酒色和腐败糜烂泥潭的殷纣王已经无力自拔。而渭河另一头，黄河以东一些识时务的邦国统治者却早已看到了商纣即将被西周取而代之的现实，纷纷倒戈，投奔周文王。沿渭河进入中原和秦岭以南的通道掌握在周人手里后，周文王顺势而为，让青铜铸就的戟戈开道，很快就将秦岭以南的巴人、蜀人和湖北西部庸人统治的国土，收入自己囊中。

西周与商纣的情面被彻底撕开。那时候的殷纣王在亡国之路上越走越远，坐拥渭河南岸都城丰京的周文王，已经获得三分天下有其二的战绩。周人从关中杀向朝歌，只是时间问题。

周武王姬发接替父亲文王王位的时候，他的兄长已经为西周王朝的建立付出生命，死于朝歌殷纣王的刀下。出于战略考虑，周武王对殷纣王帝辛发动全面战争之前，再次将都城迁到沣河东岸斗门镇一带，建立了镐京。三千多年前的镐京，西北有古沣水环绕，东有古潏水护卫，南有洨河为沟堑，四面环水，相对密闭，易守难攻，是确保京畿之地万无一失的绝佳之地。

仇恨和取代荒淫无道的殷纣王的愿望，让周武王和西周军队磨刀霍霍。

将国都交付给渭河这几条支流护卫后,周武王在姜尚和叔父周公旦辅佐下,开始了步步为营的灭商战略。

公元前1046年1月,周武王亲自率领战车三百乘、精锐虎贲三千和数万步兵出发,拉开了彻底推翻统治中国六百多年、传位国君三十一代的殷商王朝的最后决战——牧野之战的序幕。到达河南孟津,坚甲利兵的周王朝军队与赶来支援的其他邦国庸、卢、彭、濮、蜀、羌、微、髳诸国军队组成联合大军,势如破竹,逼近朝歌。殷商最后一位君王——荒淫无度的殷纣王帝辛鹿台自焚,依托渭河一步一步强大起来的周王朝,开始了坐踞渭河平原,长达八百多年的统治。

周武王讨伐殷纣王的时候,西周已经拥有了舟船。我们不知道滔滔渭河水是否承载过西周征伐殷商的军队,但周武王牧野之战的誓师仪式,应该是在四面环水的都城镐京举行的。现在,万里河山都归于周人麾下,周武王在让这辽阔的渭河平原和广袤的中国大地长满庄稼的同时,还要生长出更多的繁华与奇迹。

围绕宗周镐京,西周都城四周广袤的关中平原和周人故地周原,正在修建的东都洛邑,以及更多刚刚受封的诸侯国都邑附近的田野,一条条正南正北的道路和水渠修开了,一块块田地被纵横交错的阡陌和水渠分割成"井"字形。为了巩固王朝统治,发展生产,周武王在分封七十二国诸侯后,随即对出现于商朝的土地国有制措施——井田制,进行进一步完善。他将全国各地的土地根据条件优劣、土质肥瘦、距离国都远近分为三等,依照井田制度,按照身份分别分给各诸侯国贵族、住在城里的国人和离城市较远的庶民耕种。而西起岐山南面,东到现在郑州与开封之间黄河南岸的中牟县(西周称圃田),周王室及其先祖曾经转战、居住过的渭河、泾河、黄河、洛河流域,都是周王室的王畿之地。

井田制的计算方式十分复杂。简而言之,就是周王室将田地划分为八百亩或九百亩、一千亩的方块,然后用道路、灌溉渠和排洪渠分成九块,中间一块为公田,属周王室或诸侯所有,其他八块每块为一田,一田约一百亩,由一个劳动力的农夫耕种,一个井田由八个劳动力或八户人耕种。所有土地属周王室所有,这八户人对土地只有耕种权,没有所有权和转让权。这些国人或庶民耕种的田地收入归自己所有,但要承担劳役赋税,替王室或诸侯贵族耕种公田。

这种被有人认为不可能在全国普遍推行的乌托邦式的土地制度,后来随着又一个在渭河流域崛起的强大民族——秦人将西周王朝送终而结束。但在周王室统治中国的八百多年间,阡陌纵横的井田上蓬勃生长的稻、黍、麦、菽、稷,以及桑麻、瓜果、蔬菜,却让农耕文明的光焰燃遍了普天之下每一寸中国的土地。

唯有杜康

粮食不仅可以维持人类的生命,还可以造酒。有了酒这种从五谷杂粮转化而成的液体,不仅可以点燃人类内心贮藏的热情和激情,还可以让人忘记俗世间的烦恼和忧愁。于是曹孟德一句"何以解忧?唯有杜康"的自问自答,让酒拥有了另一个名字:杜康。

"杜康"最初是一个人。他也是渭河流域出生的远古奇人。是杜康发明了酿酒术。

杜康,这位在诗歌尚未出现之前创造出一种能够让人获得诗意和遁入仙境般飘飘欲仙的液体的人,是渭河支流北洛河流域的陕西省白水县人。

这位被古今《白水县志》都收录在册的人物生活的年代是夏代。还有人说,杜康是黄帝时期管理粮食生产的官员。无论如何,我们只能确信杜康生活的年代距离现在已经有五千多年。在没有文字记录史前历史的那段时间,我们也只能确信上古传说的真实性。至少,这传说在某种程度上多少也映现了历史真实的影子。

渭河上游最早出现的粮食作物叫黍———一种小米,是在距现在七千多年的甘肃秦安大地湾遗址发现的。随后,炎帝神农在宝鸡境内渭河南岸清姜河流域品尝百草,半坡人在浐灞三角洲开始种植包括黍在内的多种粮食作物。到了黄帝时代,已经从胞族炎帝神农那里学会并掌握了先进农耕技术的黄帝部族大力发展农耕,有余粮造酒是完全可能的。如果说杜康是夏代人,那么那时候后稷已经在距白水并不遥远的漆水河流域种植出了成片成片的谷子、糜子、大豆、小麦等作物,以粮食为原料酿造供夏桀王和贵族狂饮作乐的酒,更不在话下。

渭河几条大支流中,北洛河几乎所有流域都在黄土台塬和高原区。从蒲城一个叫罕井的镇子往北,地势越升越高。一路上,如巨大漏斗一样敞开、深不见底的沟壑不断出现在公路两侧。平坦的塬上,小麦已经收割,玉米挂满了红红的缨子,更多的田地里则结满了苹果。北洛河和向它汇聚而去的众多支流、山间小溪,被隐匿在一眼望不到底部的沟壑深处。这里是渭北黄土沟壑区与陕北黄土高原的交接地带。跌宕起伏的山塬沟壑,让我的心情也在高低错落中一路向北。

不知道杜康那个年代,渭北高原上的天空是不是如此瓦蓝?白水县杜康镇杜康沟的杜康墓面积并不大,遍地荒草中一块难辨年份的石碑后面,青砖围墙里一座依着另一座并不高大的小山包的坟包,就是这位酒神的墓冢。墓冢上面覆盖着无边无际、瓦蓝瓦蓝的天空。

杜康将粮食变为酒,不是有意为之,而是人类文明的偶尔创举。

黄帝时期,农业生产已经很发达,所以任命杜康为管理农业生产的农官。这一年,粮食生产获得千载难遇的好收成,于是如何贮藏粮食,成为杜康必须考虑的一件大事。苦思冥想之际,一天路过树林,杜康看到一棵大树树干上有一个大洞,里面落满了干枯的树叶。杜康便想,树叶在树洞里没有腐烂,如果把粮食装进去,会不会也不腐烂变质呢?

树叶被掏出来,粮食被放进去了。过一段时间,杜康前来查看,被眼前的景象惊呆了:走进那棵树生长的林间,远远就有一股从没有过的异香飘来。越往那棵树跟前走,奇异诱人的香味就越浓。循着这香味,杜康在树林里寻找这人间从来没有过的香味到底从哪里来。不料,那香味竟将杜康领到了那棵他用来贮藏粮食的树前。杜康定睛一看,树洞里的粮食已经变成半树洞的水,清洌甘醇。弥漫在树林里的异香,就从这里散发出来。

好奇和惊讶让杜康用手指蘸了一点儿,放进口中,一种从来没有品尝过的甘醇香甜瞬间在口中弥漫。接着,他又用手掬起树洞里粮食变成的水,畅饮一口,浓郁的香味愈来愈浓烈,热乎乎的感觉随即渗透全身。那种诱人的异香和火烈的感觉让杜康欲罢不能。很快,华夏大地上诞生的第一滴酒,让第一个品尝到的杜康陷入飘飘欲仙的醉态。

迷醉中醒来，大喜过望的杜康立即将这种由粮食变成的神奇液体带回去，让黄帝品尝，黄帝也被这种神水的甘醇迷醉了，让杜康为这种神奇之水取个名字，杜康沉思片刻说："此水味香而醇，饮而得神，就叫酒吧！"

从此，一种由固态的粮食转化为液态水的物质——酒，就这样在杜康无意为之之际诞生了。杜康也就成了中国历史上第一个用粮食酿酒的人。

还有一种说法，说杜康又叫少康，是夏代第五位君王相的遗腹子。早年，他用老家白水县杜康镇杜康沟的水酿造了中国最早的粮食酒。

我到那里的时候，没有去杜康沟，也不知道杜康沟现在是不是还有流水。如果有，也应该是流入渭河支流北洛河的。因为在杜康镇南不远处，有一条叫白水的河流，也流入北洛河。

如果按照后一种说法，《白水县志》的记载和远古传说之间的矛盾就出现了：一位曾经创造了夏代历史上少有的盛世——少康中兴，而且出生在现在山东德州古鬲国的夏代君王，怎么会千里迢迢跑到陕西白水来酿酒呢？但《白水县志》记载的杜康与夏王少康无关。杜康当年酿酒的地方，在白水县杜康沟。

如果中国最早的粮食酒就是杜康酿造的话，那么无论是他作为黄帝农官无意间创造出了这种至今让人类迷恋不已的美酒，还是杜康用杜康沟杜康泉水酿造出第一滴酒，他所用的粮食，大概也就是在渭河流域诞生的黍或者粟吧！

有了粮食，就可以酿造出美酒；有了酒，人类既可以自我陶醉，也可以酒祭拜天神和先祖。而成天沉湎于酒色的商代最后一位帝王帝辛，却饮酒误国，将持续六百多年的江山拱手送给了周人。周人立国之后，饮酒之风不仅在王公贵族之间蔓延，而且根据西周专门设立管理酿酒的酒正、酒人、郁人、浆人、大酋等官职可以断定，西周都城镐京及其诸侯国国都的酿酒业也异常发达。从《诗经》中不少描述当年周人酿酒、饮酒的作品可以看出，西周的酿酒技术已经远非杜康时代可以比拟。西周时期对酿酒器具、水质、火候都有严格要求。那个时候，不仅可以酿造果酒，还有发酵酒。酿酒原料有果子、粮食和香料。周人还根据不同原料酿造出了稻酒、黍酒、高粱酒和麦酒等。那个时候，渭河流域盛产粮食，人们吃饱肚皮已经不是大问题。有了存粮和余粮，酿造出可以让人情迷神醉的美酒，也是人类文明向前迈进的标志。

> 宾之初筵，温温其恭。
> 其未醉止，威仪反反。
> 曰既醉止，威仪幡幡。
> 舍其坐迁，屡舞仙仙。
> 其未醉止，威仪抑抑。
> 曰既醉止，威仪怭怭。
> 是曰既醉，不知其秩。

这是《诗经·小雅·宾之初筵》描述的周王朝上层贵族的饮酒场面：宴会一开始，受邀参加筵席的各位宾客都显得温文尔雅，大家对对方也表现得极其恭敬。尚未喝醉时，人人仪态庄严，举止谨慎。但待到酒过三巡，每个人的本来面目就显出了。刚入席的庄重和矜持不见了，体内燃烧的酒将每个人压抑已久的激情点燃，大家纷纷离开座位，开始翩翩起舞。用粮食和水做成的酒就是这样神奇，没有喝醉的时候，人人仪态严肃，道貌岸然；一旦喝醉，每个人的言行开始变得轻薄而粗鄙起来。那时候，被酒控制了的谦谦君子在酒的迷醉下，只顾抒发个人情感，全然不理会这种庄重聚会场所的规矩了。

杜康无意之间的这一创举，其实是一种更接近于诗性和神性的创造。有了酒，寒冷可以被体内燃烧的这种叫作酒的火一样的液体驱散；有了酒，孤独的人、痛苦的人、哀愁的人、壮怀不已的人，都可以借助酒的温度和热度获得解脱；有了酒，人类才会从醉酒后那种飘飘欲仙的状态中，感受到人性与神性的沟通和照耀。

杜康之后，就有一种异香从渭河流域弥漫中国大地，让生活在南方与北方的人，都能在一种粮食与水交合产生的酒香里获得精神和灵魂短暂而幸福的解脱。

据《白水县志》记载，杜康死于酉日，所以当地人在酉日从不饮酒会客。每年农历正月二十一日，人们都要扶老携幼，到杜康庙中赛烹祭祀，怀念酒神杜康。

高隆的谷仓

一座城池雄伟、建筑魁梧的古代粮仓，出现在东临黄河、南滨渭河、西有北洛河环绕的黄河西岸老崖上，预示着渭河在接纳最后一条重要支流北洛河之后，即将从陕西大荔和华阴县之间往东，扑入黄河的怀抱。

自北方河套平原滚滚而来的黄河从陕西合阳流下来，在陕西大荔和山西运城之间形成自北向南绵长的河谷滩涂。从陕北一路流来的北洛河和从甘肃鸟鼠山而来的渭河在河水忽大忽小、河床时阔时窄的变幻中，于渭河北岸形成辽阔而平坦的黄、渭、洛三角洲。那里临近渭河平原地带，过去有时候是渭河河道，有时候又被不远处潼关、三门峡一带巨大的黄河与渭河回流冲击回来的河水淹没。因此，尽管大荔和华县、华阴、潼关三县交界处的渭河北岸土地十分肥沃，但喜怒无常的河水还是将人类的安身之处逼到了大荔县背靠黄土丘壑的北部。而那些插一根鞭杆就能发芽的土地，现在是农垦区。平展展的原野，长满一望无际的棉花。

丰图义仓就蹲踞在过去多少年来被黄河、渭河和北洛河反复争夺的大荔县朝邑镇、距黄河水岸大抵一二十公里的一座孤零零突兀隆起的土崖上。

这座土崖，当地人叫黄河老崖。

过去，黄河岸一直延伸到现在还保存着一座巨大古代粮仓的孤崖边。朝邑镇过去是一座古县城——朝邑县所在地。秦始皇时期，这里由于临近山西，所以叫临晋县，西魏改称朝邑县。朝邑最早的城池为活动在陕西大荔的戎族——大荔戎所建。春秋以后，朝邑一直都是一个县级行政机构所在地和沟通南面渭河、东面黄河与渭北之间的水旱码头。1958年，由于修建三门峡水库，朝邑县被撤销，并入大荔县。

丰图义仓,与其说是贮存粮食的粮仓,还不如说是一座可攻可防的城堡更加确切。砖结构、窑群式的仓城矗立在突兀而起的土塬上,三面临险的危崖下,是一望无际的黄渭洛三角洲。高墙围绕、城垛相望的仓城被高高的寨墙紧紧包裹着,寨墙外还有城壕,五十八座贮藏粮食的库房就在壕、寨、城的紧紧包围之中。城垛环绕的仓库顶部,不仅可以晾晒粮食,还可以攻守防卫。城仓相套,固若金汤。

这座可贮藏五千二百多吨粮食的粮仓,大抵是关中平原历朝历代所建粮仓里仅存的一座。它建成于清光绪十一年(公元1885年),是一座民办粮仓。

清光绪三年(公元1877年),关中大旱,饿殍遍野。光绪八年(公元1882年),朝邑籍户部尚书、军机大臣阎敬铭倡议当地士绅出资,百姓出劳,修建义仓,防备灾年,并在三年后建成。光绪二十六年(公元1900年),关中再遭大旱,丰图义仓放粮,救活无数朝邑及附近的百姓。慈禧太后闻知此事,朱批丰图义仓为"天下第一仓"。

对于一个人或一个家庭来说,有了贮满仓库的粮食,就可以不必提防饥馑荒年,悠闲自在地过他一日三餐的日子。对于一个国家来说,有多少座装满粮

丰图义仓俨然是一座攻防兼备的城池。

食的谷仓,则更关系到民心是否稳定,政权是否稳固,对敌人的攻伐与防御能否胜利。

渭河两岸肥沃的土地,不仅肇启了中国大地最早的农业文明,而且开创了至今无人企及的中国古代农业文明。那么在古代,从西府宝鸡到东府渭南的渭河两岸,应该是到处都可以看到高隆的粮仓吧!

2004年5月,一座建筑面积达七千多平方米的西汉粮仓遗址在宝鸡市凤翔县长青镇孙家南头村被发现的时候,我还是渭河和秦岭遥远的观望者。然而几个月后,当我从莽莽秦岭的密林深处来到千河即将与渭河相汇的孙家南头时,挖掘现场已经回填。我没有看到多年前大型漕运仓储的遗迹,但在渭河与千河即将交汇的地方,茂密的玉米林后面有一列火车向北疾驰而去,闪着粼粼波光的千河往南朝着渭河静静流去。

秦始皇时代距我们现在实在太过遥远。从秦人老家甘肃天水境内渭河两岸,一直到秦始皇先祖建过都、打过仗、收获过更多粮食的八百里秦川,秦人到底在渭河流域建起过多少粮仓,我们无从知晓。但秦国的强大,却一直与这个曾经的游牧民族进入关中后,凭借渭河平原得天独厚的优势发展农业,并在战国七雄中最早实施农业立国战略有关。

公元前647年,从天水境内渭河流域来到关中刚过百年的秦国,又赶上一个丰收年景,秦都雍城和其他地方的粮仓装满了粮食。而秦国东面的晋国,却在这一年遭遇饥荒,国内粮仓十有九空。晋惠公只好向晋国的邻国、已经结为秦晋之好的秦国买粮食。

这时候,镇守渭河北岸秦国都城雍城的秦国国君是秦穆公。此前,秦穆公为了与当时国力最强的诸侯国晋国交好,已经娶了晋献公的大女儿为夫人。既为了维护两国关系,也为了拯救在饥饿线上挣扎的百姓,秦穆公决定向晋国输出万斛粮食。

秦国这次向晋国输出粮食,既可显示秦穆公的仁慈,又可显示秦国国力。因此,秦穆公将这次向晋国卖粮活动做得非常到位。据左丘明《左传》记载,秦国向晋国运送粮食,采取水路运输。而且运送粮食的船只,就是从秦都雍城南渭河漕运码头出发的。

斛是古时候的容积单位,一斛为十斗。一万斛粮食也就是十万斗。这么多的粮食,要多少只船运载呢?我们只能凭想象复原当时的情景:应该是在后来发现一个足球场那么大的西汉漕运大粮仓附近的渭河码头,装满粮食的渡船挤满了渭河。粮食装好后,数百只大船首尾相接,浩浩荡荡,白帆相望,沿渭水东进。到了渭河入黄河的黄河岸边,船运的粮食被车载马拉,运送到汾河漕运,再次装船北上,直抵晋国都城绛城。

秦国能够一次向晋国出售一万斛粮食,肯定是在留足了国内口粮、军队所需,以及酿酒等需要后才出口的。那么贮藏这么多粮食的粮仓,也应该遍布秦国全国各地,而且数量极众。

这一年,秦穆公用粮食击败了晋惠公的自信,也收买了晋国百姓的心。但真正让秦国有更多粮食做后盾、开始向黄河以东各诸侯国发难,甚至发动剑拔弩张的诛灭六国的统一之战的,是后来秦孝公任用商鞅变法后,秦国将发展农业提升到与军队打仗一样事关国家存亡的位置之后。

从渭河流域蓬勃生长的五谷中获益的秦国,在商鞅倡导下废除了已经明显限制关中农业发展的井田制,全面推行土地私有化,并将在战场上杀敌立功和在土地上多收获粮食作为晋级封赏,改变一个人甚至一家人命运的唯一条件:要么在田野上播种收获,要么在战场上拼死作战,是摆在秦国所有社会阶层面前的唯一出路。如此严格的农本思想和农本立国战略,在战国时期各诸侯国中绝无仅有。这种重视农业的策略所导致的结果,是越来越多的粮仓在秦国大地上高高隆起。据当时见证过秦国为剪灭六国积攒大量战备粮情景的商鞅和他的后学在《商君书》里记录,当时辽阔的关中平原上"粟如丘山""万石一积"的粮草仓库随处可见,咸阳城的粮仓甚至"十万石一积"。连当初秦孝公因农业生产条件限制而放弃的故都栎阳,也建有"二万石一积"的大粮仓。

公元前230年,深谋远虑的始皇帝掐指一算,保证百万秦军诛灭六国十年战争所需的粮草供给已经装满关中和全国各地仓储,这才登上濒临渭河的咸阳城,举起征讨六国的大旗,向楚、齐、燕、赵、魏、韩开战。

距凤翔长青镇西汉大粮仓遗址不远,是十三岁的秦始皇举行加冕礼的蕲年宫遗址。短命的大秦帝国在秦始皇手里崛起,并在他死后不久被他儿子秦二世断送。秦朝灭亡的时候,秦帝国各地粮仓里还装满了堆积如山的粮食。楚汉战争期间,刘邦和项羽就是用秦国国库积攒的粮食,将秦国送上不归路的。

堆积如山的粮食养育了平地崛起的大秦帝国,也养育了大秦帝国的掘墓人。秦帝国的接替者——西汉帝国的建立者,也从中体会到了粮食为帝国成长带来的无穷力量。

葬送大秦帝国的西汉开国皇帝刘邦,在夺取政权之后最初不打算定都关中,而是想待在洛阳,还是在深谋远虑的娄敬和张良劝说下,才将国都移至咸阳的。

张良分析定都关中的优势时,特别强调渭河平原的农业优势。张良在分析洛阳和关中在战略上的优劣后说,关中既有沃野千里,又有黄河及渭水运输便利,天下财货和贡品供给京师,十分方便。如果诸侯有变,既可沿渭河顺流而下征伐,又可保证军粮供给,那里才是真正的金城千里,天府之国。

又一次,渭河造就并灌溉的关中平原千里沃野,吸引了一个即将崛起的西汉帝国。即将在渭河两岸重新高高隆起的巨大粮仓,将让这个帝国的庞大身影越来越高大,越来越伟岸。

当汉武帝将攻伐的权杖指向让西汉几代皇帝受尽屈辱的匈奴的时候,他的爷爷汉文帝、父亲汉景帝已经为他积攒了大量粮食和钱财。渭河岸上为贮存官粮所建的太仓、细柳仓、嘉仓等仓廪随处可见,囤满粮食。见证过那段时间西汉国库殷实的司马迁说,当时的西汉,"非遇水旱之灾,民则人给家足,都鄙廪庾皆满,而府库余货财。京师之钱累巨万,贯朽而不可校。太仓之粟陈陈相因,充溢露积于外,至腐败不可食。"有了这么多粮食和金钱,汉武帝才有了底气和资本,让他能够连续十七年向匈奴用兵,最终将匈奴人赶到漠北,建立起东抵日本海、黄海、东海暨朝鲜半岛中北部,北逾阴山,西至中亚,西南至高黎贡山、哀牢山,南至越南中部和南海的疆域面积。

从炎黄二帝到周先祖古公亶父、秦始皇、汉武帝刘彻,再到后来大唐帝国相继出现的贞观之治和开元盛世,矗立在世人面前的,是一个又一个让后人引颈仰视的东方帝国,而支撑秦汉盛唐、西周礼乐、炎黄民族崛起的,正是渭河流域一座座高隆的粮仓和漫山遍野颗粒饱满的稻谷麦浪。

渠水上的波光

如果奔流的河水不能用于灌溉和哺育万物,那么一年一度、一起一伏的流水,也就只能给她的下游和两岸带来无尽沉积下来的泥沙与黄土。在淤泥肥沃的地方,就有河柳、荆棘和野草疯长,临近河滩的滩涂,就是水草、芦苇与浮游生物的世界。那时候,河流与人类会变得陌生而遥远。

在遥远的远古时代,渭河以游弋在水里的鱼虾给人类充饥果腹,更有后来渭河与其他支流交汇地带上生长的黍、粟和燕麦等作物成了我们先祖的主要食物。所以人类在开始有意识地改变渭河及其支流流向的时候,这些不舍昼夜的流水,也将改变一个时代和一个民族的命运。

这样的机会来了,而且来得让秦王嬴政有些措手不及。

公元前246年,是秦始皇元年。刚刚即位的秦王嬴政有许多大事要做:这一年,秦始皇已经开始在渭河之滨的骊山脚下为自己修建陵寝;这一年,秦国的疆域面积已经涵盖了包括整个西起渭河源头甘肃临洮,东到函谷关,南北包括巴蜀和北洛河流经的陕北高原的整个渭河流域;这一年,年仅十四岁的秦始皇,还在渭河岸上的咸阳城拜吕不韦为仲父。

上面这一切,都在秦王及其大臣的筹划与设想中。唯独在都城北面开掘一条绵延数百里的引水渠,将渭河支流泾河水与远在关中平原东部的渭河支流北洛河沟通,用以灌溉渭河北岸台塬地带万亩良田的这件事,虽然秦王和大臣早有提议,却偏偏没有在这一年进入秦国决策层计划之列。

是秦国强大的身影,让自己的对手将这个注定使秦国如虎添翼、为后世造福千秋的伟大事业,拱手送到了年轻的秦王嬴政面前。

郑国来秦国之前,秦昭襄王已经为他的曾孙秦始皇展开雄心勃勃的千秋霸业,在四川修建了都江堰,将成都平原变成了旱涝保收的天府之国。但相对于诛灭六国所需要的粮食,仅仅一个都江堰显然不够。诛灭六国最少需要十年时间、百万大军。要养活这十年征战的百万大军,该需要多少粮食啊!秦始皇的曾祖父秦昭襄王在考虑这个问题,秦始皇的爷爷秦孝文王和父亲秦庄襄王在考虑这个问题,少年秦始皇和他的谋臣也在考虑这个问题。而有了都江堰这个成功范例,秦国高层又将目光盯向了渭河。渭河自西向东横穿全境的关中地区,关中平原有用不完的渭河水灌溉,旱涝保收,已经是一个天然大粮仓。但渭河北岸广袤台塬北高南低,虽然土质肥沃,土地辽阔,却远离渭河水源,十年九旱。如果能建起像都江堰一样的水坝,将渭河最大支流泾河的水引向东部,与几百里外的北洛河沟通,浇灌渭北广袤土地,秦国不就又多了一个备战征伐六国的巨大粮仓吗?

就在这种意识还朦朦胧胧的在秦始皇谋臣脑袋若隐若现的时候,郑国来了。

郑国是韩国水利专家,已经在山西南部、河南北部的汾河与黄河之间,为韩国修建了不少水利设施。郑国这次来秦国,受了韩国国君韩惠王派遣,名义上帮秦国兴修水利,其实是充当间谍,意在拖垮秦国。

完全统治了渭河流域的秦国不断强大,已经将战国中后期七国相持抗衡的格局彻底打乱。生活在河东的诸侯隐隐感到,如猛虎般崛起的秦国,将是六国最终的掘墓人。而被这种担忧与恐惧笼罩得最寝食不安的,是秦国东部邻国韩国。

秦国对韩国前后发动的十九次进攻,使韩国大片大片土地被秦国蚕食。为了保全自身,韩国将本来已经是秦国囊中之物的上党献给赵国,引发了秦赵之间的长平之战。韩王在长平之战使出的离间计,以赵国付出六十万军队生命的惨重代价而告终,秦国为此进一步加大了对韩国的打击力度。面临随时都可能被强大秦国吃掉的危局,揣摩透秦国欲在渭北兴修水利心思的韩国当权者利用郑国,使出了这出拙劣的疲秦计。在韩惠王看来,要从泾河凿渠沟通北洛河,是一件劳民伤财、要消耗大量财力和人力的工程。秦国一旦陷入这个浩大工程,将大伤国力,这不仅可以为韩国和其他国家联合起来合纵抗秦争取时间,而且无疑是拖垮强秦的锦囊妙计。

让郑国和韩惠王没有料到的是,那时候秦王嬴政年纪尚幼,身为仲父、替秦王理政的精明商人吕不韦竟立即采纳了郑国的建议。深谋远虑的吕不韦从秦国战略出发,早就思谋在泾河流入渭河的仲山筑坝修渠,将泾河之水引向渭北,与北洛河沟通,为渭河北岸台地万亩良田提供灌溉水源的计划了。只是迫于秦王年纪尚幼,还要连年征战,秦国又缺少水利专家,这计划一直没有机会提上议事日程。所以当自作聪明的韩惠王将早已闻名各诸侯国的水利专家郑国送上门的时候,吕不韦暗自窃喜,不仅接受了郑国的建议,而且当即任命郑国为总指挥,从全国征集大量人力物力,开始实施这一秦国继都江堰后又一大型水利工程。

曾经一度,郑国渠渠首被湮没。1985年,陕西省文物保护中心秦建明,在陕西泾阳县泾河流入关中平原的瓠口湾王桥镇上然村一个叫老虎岭的地方,寻找到了两千多年前郑国渠首的遗址。

一股带着金黄泥浆的巨流从壁立而起的峡谷咆哮着跌落下来,宣告从宁夏泾源县六盘山老龙潭发源的泾河,结束了她在陕甘宁三省高原峡谷之间跌

泾阳县古郑国渠的渠首遗址

跌撞撞的漫漫旅程。进入关中平原、即将扑入渭河怀抱的一瞬间,冲出高耸的群山之间的泾河从悬崖上跌落下来,在遍地怪石的河滩激起飞溅的浪花。由于泥沙俱下,金黄的水流在山谷间跳起又落下,满山谷顿时激起一簇一簇盛开的金光灿灿的浪花。巨大的喧响让泾河在进入关中平原的那一刻显现出无限激情和震撼人心的爆发力。现在泾河冲出峡谷的瓠口,已经从原来郑国渠渠首向西北移了一公里多。借助泾河的巨大落差,那里修建了水电站。顺着当年郑国渠走向,以及在民国时期著名水利专家李仪祉修建的泾惠渠基础上兴建的泾惠新渠,还在继续将被巨大拦河坝收拢住后变得温顺而平和的泾河水,送向咸阳、西安和渭南三市的泾阳、三原、高陵、临潼、阎良、富平等县区的渭北塬上。

郑国当年筑坝拦截泾河的那座山叫仲山。在泾河流经的六盘山区和渭北黄土高原地带,仲山算不上高峻。但到了渭河造就的关中平原,这座携带泾河向八百里秦川走来之际突然收拢住脚步的山岭,就显得有些高大了。

最初,郑国作为韩王派来试图用另外一种方式击败秦国的"间谍",是不是也有借此工程打败强秦的想法,我们不得而知。但作为一名水利专家,一旦进入工程实施阶段,郑国肯定会以自己的良心和良知,尽量把自己的工程做得尽善尽美,让他修建的水利工程受惠于民的。所以郑国在勘察了秦国都城咸阳以北的地理走向后,才选中了从泾阳县西北二十五公里的泾河北岸、泾河从仲山冲出峡谷的豁口——亦即后来人称为瓠口的北山南麓,筑坝引水。

是郑国的经验、知识和慧眼,让他做出了最大限度利用泾河水灌溉更多良田的设计和规划。关中平原北部西北高,东南低,从瓠口筑坝引水,河水可以从渭北二级阶地顺势而下,一路东流,不仅可以毫无阻碍地将泾河水送到泾阳、三原、富平、蒲城等县,最后在蒲城县晋城村南注入洛河,沿途还可以接纳冶峪、清峪、浊峪、沮漆(今石川河)等,为引灌区补充更多水源。

参加修建郑国渠的劳力有十万人之众,郑国工程进展十分顺利。从工程开工到公元前237年,整整九年时间,秦国遭遇了天灾人祸,却并没有影响秦国加速吞并六国的步伐和支持郑国修建郑国渠的进度,韩国也没有从秦国每年以十万之众修建郑国渠而获得多少实惠。郑国渠开工的第二年,秦国还派出大将军蒙骜连克韩国十三城,接着燕太子丹也被秦国作为人质。工程进展期间,秦国还击败了韩、魏、赵、卫、楚五国的联合进攻。

郑国渠工程即将完工的时候,郑国身份暴露了。

那一年,秦王嬴政二十三岁,已经临朝掌权。曾经任用郑国修建郑国渠的吕不韦,因卷入宦官嫪毐与太后私通淫乱事件被免去相邦之职。秦国旧臣抓住郑国阴谋颠覆秦国的把柄,建议秦王驱逐所有在秦国的外国人。当时的宰相李斯是楚国人,也在被驱逐之列。李斯被迫向秦王上疏《谏逐客书》。在这篇著名的《谏逐客书》里,李斯抓住秦王意图统一天下的心理,在陈述了投奔秦国的各国人士对秦国的重大贡献和驱逐外国人对秦国的弊端后指出,纳客就能统一天下,逐客就有亡国危险。李斯说:"臣闻地广者粟多,国大者人众,兵强则士勇。是以泰山不让土壤,故能成其大;河海不择细流,故能就其深;王者不却众庶,故能明其德。是以地无四方,民无异国,四时充美,鬼神降福,此五帝三王之所以无敌也。今乃弃黔首以资敌国,却宾客以业诸侯,使天下之士退而不敢西向,裹足不入秦。此所谓'藉寇兵而赍盗粮'者也。"

作为重点驱逐对象的郑国,也振振有词地对秦王说:"当初,韩国派我来是为了疲乏秦国,杀掉我郑国并没有什么,可惜工程半途而废,这才是秦国真正的损失。"

秦王嬴政是有眼光、有抱负的君王。一方面,他已经认可了郑国的才能,也清楚秦国水利技术远远落后于韩国,没有郑国,眼看要完工,即将为他的统一大业带来大量粮食的水利工程就会功亏一篑;另一方面,李斯的《谏逐客书》句句刺准他最敏感的神经。几经权衡,秦王不仅收回逐客令,留下郑国继续修建郑国渠,李斯也官复原职。

一年后,这条绵延一百五十余公里,连接渭河两大支流的水利工程竣工。在郑国安排下,泾河水从泾阳县西北瓠口转身东流,途经泾阳、三原、富平、蒲城,将渭河北岸秦国四万公顷干旱少雨的旱田,变成了旱涝保收的丰产田。秦国利用韩国精心设计的疲秦计,让秦国在继都江堰之后,又在渭河流域建成了一座确保吞并六国战争所需粮食供应的大粮仓。后来,司马迁和班固在记述郑国渠对于秦统一六国的意义时异口同声地说:"渠就,用注填阏之水,溉舄卤之地四万余顷,收皆亩一钟,于是关中为沃野,无凶年,秦以富强,卒并诸侯,因名曰郑国渠。"

"钟"是计量单位,一钟为六石四斗。

郑国渠修通前,渭北许多地区由于干旱少雨,土地贫瘠。郑国渠竣工后,泾河携带的大量泥沙不仅增加了土地肥力,而且将大量盐碱地改造成了稳产丰产的良田。郑国渠灌溉区域内的粮食单产达到每亩六石四斗,是当时黄河中游亩产一石半的六倍多。

极具戏剧性的是,郑国渠建成六年后,秦国首先灭掉了韩国;十五年后,秦王吞并六国,登上千古一帝的皇帝宝座。更具有戏剧性的是,郑国渠建成后二十四年,渴望长生不老的秦始皇死了;三十九年后,秦帝国灭亡。两千多年来,郑国渠也历经风雨,历朝历代曾经先后在郑国渠原址上兴建过白渠、郑白渠、丰利渠、王御使渠、广惠渠和现在的泾惠渠,但郑国当年修建郑国渠的思路没有变,泾河水沿着郑国的指向浇灌关中北部万亩良田的功能,也从来没有改变。

两千多年后,当我们从泾阳县张家山水库库区郑国渠渠首遗址,跟随渭惠渠向东流去的足迹在渭北黄土台塬行走之际,面对残留塬上的郑国渠渠首遗迹,蜿蜒塬上的泾惠渠潺潺流水,以及在泾惠渠浇灌下春天桃红柳绿,夏天瓜果飘香,秋天五谷成熟、硕果累累的田野时,我们只能惊叹,是一个人改变了关中平原渭北土塬的世界,是一个人和一条灌溉渠泛起的粼粼波光,改变了两千多年前中国大地的政治格局。

舟楫之利

如果我说三四十年前,从天水到潼关的渭河两岸不仅能看见古代船运码头的遗迹,而且许多临河城镇还有往来于渭河两岸的渡船运载行人和货物,人们会以为我在痴人说梦。

恰恰相反。三四十年前的渭河流域,桥梁少而码头多。我有个姑姑,家在天水一个叫潘集寨的村子。她家门口就是渭河,渭河对面是一个叫社棠的小镇。要到近在咫尺的河对岸赶集走亲戚,如果从门口坐上渡船,十来分钟就可以到达对面。我的姑父就是渭河渡口最后一位摆渡人。他开始摆渡一只小船,后来公交车便利了,年轻人宁肯多花钱和时间乘公交车从陇海铁路天水站所在的北道埠绕一圈去社棠镇走亲戚、买土特产,也不愿坐在愈来愈浅的水面上艰难

20世纪70年代,涉水过渭河的马帮。

行驶的渡船,倒是不少骑自行车、骑摩托车或拉架子车贩卖山货的人,为了省时省钱,都喜欢坐他的渡船。于是,他不得不将小船换为平板驳船,并在河两岸牵起牵引钢索,和合伙的另一位艄公边摆边拉,驶向对岸。就这样,到后来河水越来越浅,到了枯水季,驳船被迫泊在沙滩上晒太阳。

我的姑父在渭河摆渡的日子,一直持续到20世纪90年代初期。

"我的渡船呢?我的因独轮车滚过而呻吟着的草桥呢?我的蓝蒙蒙的布满松柏的坟院呢?我的波光闪闪的水渠呢?我的高低错落的永远哼唱着的磨坊呢?"三十年前回到阔别二十多年的故乡新阳镇的雷达在散文《还乡》里,最为让他心绪波动的,还是曾经因临近渭河而在十六国时建有临河城的新阳镇在渭河渐渐枯瘦、故园物是人非的失落与酸楚。然而,得知我在写渭河,雷老师在电话里说,新阳镇你是该写一写的,那里不仅文风鼎盛,过去还有几处渭河古渡,并依靠渭河发展起了天水最早的灌溉农业。

如果把目光投向更远的古代,我们还可以看到周文王与太姒结婚的时候,曾经将众多舟船并拢起来,搭成浮桥,在渭河上迎娶新娘的情景:"大邦有子,伣天之妹。文定厥祥,亲迎于渭。造舟为梁,不显其光。"(《诗经·大雅·大明》)由此可见,那时候的渭河不仅水量大,而且为了顺流东进,周文王已经拥有了众多舟船部队。后来,秦穆公面向晋国的那场以向晋国输出粮食而赢得晋国百姓人心的泛舟之役,更让我们看到了春秋战国时期渭河舟楫交错、水运发达的依稀背影。

公元前205年,彭城大败的刘邦被迫收集残兵败将进驻荥阳,项羽兵临城下,楚汉对峙长达一年之久。项羽大军压境,刘邦的荥阳守军只有彭城残部和刘邦于逃亡路上在安徽砀山收拾的散佚士卒。项羽久困之下,粮草和守军的巨大消耗,成为将汉军逼入绝境的无底深渊。最困难的时候,刘邦甚至不得不挖地道,偷偷到成皋偷运当年秦军粮库的粮食,解决部队断炊问题。这时,驻守关中的萧何成了保障远在荥阳的刘邦军队给养供应的救命稻草。荥阳与关中虽然远在千里,但有了渭河,萧何将关中征集的粮草和兵士装载船运,经渭河进入黄河,运抵荥阳。楚汉战争期间,正是有了萧何开拓的渭河——黄河水运生命线,才让已经成为项羽囊中之物的刘邦有了与楚军长期对峙、并在最后假降逃生的可能。试想一想，如果刘邦被困之初没有渭河直通黄河的水运航道，萧何在关中征集的兵马粮草靠人运马驮，还能不能及时补充给荥阳守军呢？如果萧何的补充供给运送不及时，或者来得再晚一些，楚汉战争的结局还会不会发生逆转呢？

兵戎相见的历史，仅有的机遇也是为善于利用这机遇的人准备的。刘邦是这机遇的受益者。公元前204年，渭河上满载粮食和士卒的船，改变了刘邦和项羽的命运。但改变渭河的水运航道和水运方式，也一直是让建都关中的历代帝王费尽心思的问题。

和北方所有河流一样，渭河航运受季节影响十分明显。再加上受地形影响河道弯曲，水量不稳，关中物产外运，河东及南方地区物资供应京城所需，各地给朝廷的贡品，都受到限制。于是西汉建立之初，疏通渭河连接黄河的漕渠，就成了汉武帝刘彻这位既善于耗费国库钱财，又能办大事情的皇帝必须考虑的问题。

汉武帝即位的时候，他的爷爷文帝和父亲景帝省吃俭用积攒的大量钱粮，在汉武帝征讨匈奴的大战序幕一拉开，很快消耗殆尽。战争还要继续，越来越多的朝廷官宦贵族要供养，长安百姓和作战士兵要吃饭，而当时通过黄河和渭河漕运运送到长安的粮食不过百万石，根本无法满足京城正常生活和国家机构、军队所需的巨大消耗。于是，汉武帝将目光盯向了秦代已经开通的渭河漕渠。他决定开通从长安旁依秦岭通往黄河三百里的漕渠，作为渭河航运的辅助。三年后，一条沟通长安城内昆明池及渭河、浐河、灞河，直通潼关连接黄河的渭河漕渠开通了。这条后来为西汉都城长安带来源源不断的粮食及其他物资的渭河水道，使渭河到达潼关的航程缩短三分之一，航运时间缩短二分之一。由于航道拓宽至十丈，可承载七百斛粮食和物资的货运船能够随意穿行，航运速度也大大提升，快船航程一昼夜可达几百里。渭河漕渠开通当年，通过渭河漕渠从东方和南方向长安输送的粮食一下子从百万石达到六百万石。

有了充足的粮食和物资供应，汉武帝就有足够的底气和实力动辄发兵数十万、上百万，直捣匈奴单于王庭，创建他开疆拓土的宏伟大业了。

开通渭河与黄河之间的水路交通，保障京师粮食和物资供应是汉武帝拓展渭河水路的目的之一,还有一个目的更为迫切——那就是为了统一江南尚处于割据状态的东瓯、南越、西南诸夷,汉武帝要打造一支强大的水师。元狩三年,汉武帝在长安西南,现在的长安区斗门镇修建了面积达三百余顷的昆明池,作为西汉水师训练基地。汉军那时候不仅拥有动辄就能集中两千艘战舰的强大水师,有楼船、戈船等可用于近海作战的大型战舰,还可以制造出比罗马海军战舰高将近一倍的巨型楼船。《史记·平淮书》就有汉军在昆明池制造大型军舰的记载。司马迁说,汉军当时拥有的楼船高十余丈。按照当时的计量单位计算,汉军当时制造的军舰楼船高度可达十五米,而罗马海军当时的战船,最高只有八米。除楼船、戈船外,又被称作楼船水师的汉军水师,还拥有桥船、斗舰、艨冲、突冒、先登、赤马舟、下獭、走舸、斥候、龙舟等二十多种不同型号和功能的战船。这些军用战船,大部分是在长安城昆明池建造的。和当年汉武帝曾七次乘坐楼船出海巡游一样,都城长安制造的大小军舰从长安出关中,渭河水路是唯一通道。所以西汉时期,长安也是中国水路交通中心之一。当时的汉长安城就是一个大码头,东来西往的大小船只进入关中,长安城北门外的渭河码头是豪华游船和满载货物的货运船的聚集之地。

汉武帝不是主宰渭河航运的第一人,也绝非最后一人。

被渭河及其众多支流环绕着的长安城,到了公元七八世纪的盛唐,已经是一座拥有百万之众的国际化大都会。唐太宗、唐玄宗创建他们的贞观之治和开元盛世,不仅需要更多物资、粮食等生活资料通过渭河水运,从东方和东南沿海运送到关中,来自日本、朝鲜的遣唐使和来自印度、大食、波斯的西域使臣、学者、僧侣、商人,也要从长安城多姿多彩的生活情境中体会大唐文明的神韵和魅力。于是,除了隋代开通的渭河漕运和后来开通的浐河西岸长乐坡广运潭漕渡大码头可供停泊商船和运输船外,长安城内外河道纵横,渠道相连,人们出行或者在城内游览,乘船如现在城市坐出租车或公交车一样,是最为便捷的交通工具。盛唐时期八水绕长安的胜景,也确实并非文人空谈。那时候渭河支流洛河、泾河、灞河、浐河、沣河、涝河、黑河都可通航水运。虽然一些渭河支流由于水量制约,大船行驶多有不便,但一般游船和载人、运送适量货物的小船,还是可以随意航行的。

盛唐是中国历史上政治、经济和文化空前繁荣的时代，也是中国历史上一个空前享乐的时代。游船画舫，郊游览胜，是当时居住在长安城文人的生活常态。从卢纶的"青舸锦帆开，浮天接上台。晚莺和玉笛，春浪动金罍。舟楫方朝海，鲸鲵自曝腮。应怜似萍者，空逐榜人回。"(《奉陪浑侍中上巳日泛渭河》)可以看到，从长安城坐上游船出门，在水波茫茫的渭河上泛舟休闲，几乎如现代人乘出租车出游一样简单。而从贾岛为我们创造出千古名句"秋风吹渭水，落叶满长安"的《忆江上吴处士》开首两句"闽国扬帆去，蟾蜍亏复圆"可见，贾岛这位远在福建的朋友离开长安时，也是坐船扬帆而去的。大诗人王维的辋川别业在沪河上游蓝田县秦岭山中，但这位亦官亦禅的半隐诗人往来于隐居地辋川与长安之间，常常是坐着类似于现在私家车或公务用车的游船，进出于长安和蓝田之间。即便是冬季枯水季，王维的游船照样可以在沪河与渭河之间行驶。

我们在进入古代渭河水运历史深处的时候，常常会与一个词相遇，这个词就是"漕运"。起初的漕运，仅仅是一种利用河道和海道从水路调运粮食的一种运输方式，而且漕运的粮食主要是供京师消费、军粮所需和京城民间调剂。汉代到隋唐，渭河漕运的主要路线为溯黄河、渭河而上至长安。大运河开通后，渭河漕运与南方水运也就更加便捷地连为一体。所以，盛唐时期的长安城内的漕运码头，也就成了展示大唐盛世舟楫之便的一个窗口。天宝年间，唐玄宗在长乐坡广运潭漕渡大码头举行的物产博览会，不仅云集了来自东南沿海三百多只船只，还荟萃了来自东南的锦、镜、铜器、海味、绫罗、玳瑁、珍珠、象牙、沉香、瓷器、翡翠等众多物品。博览会上，长安城内商贾云集，游船画舫，来往穿梭，丝竹管乐，不绝于耳，让游客恍如置身于江南水乡。

林立的桅杆和如白云飞渡的白帆远去之后，渭河还在环绕着古都长安向东流去。在她日渐宁静的涛声里，我们依稀还可以看到汉唐盛世时渭河开拓的中国古老水运文明之光，仍然在波光里荡漾。

第四章　一条河流的精神传奇

文化之祖

汉字的魅力

青铜的亮度

礼乐之盛

道德之音

帝国摇篮

千秋霸业

大儒之道

终南仙境

佛陀的脚步

丝绸的光芒

文化之祖

我们又要回到过去,认识一位在遥远的上古时代创造汉字的文化先祖仓颉。如果没有这位生活在黄帝时代的奇人,我们可能至今还不知道文字为何物。我也不可能坐在这里,一边倾听渭河隐约的涛声,一边以文字的方式讲述日日夜夜从身边流过的渭河的传奇故事。

仓颉出现之前,古老渭河的波光已经唤醒了中国文字最初的斑驳光影。

那是在渭河上游的大地湾,时间在距现在六七千年前。那些生活在渭河上游支流清水河岸上的先民,面对莽莽丛林畅想、捕鱼、采集野果或种植黍之际,大概是有什么抑制不住的激情要抒发,或感觉有什么事情必须记录下来,留给后人,于是有人就在烧制盛水或装盛黍粒的陶器内壁,用比制作陶罐的赭色更加深沉的颜色,刻画下让人意味无穷,却又百思不解的朱彩图案。这些图案有十几种,它们的形状有的像流水波纹,有的像生长的植物,还有的是直线与曲线交叉起来的图形。这些神秘而又让人着迷的符号代表着什么呢?是大地湾人对养育了丰富鱼虾,让自己果腹的河流的沉迷冥想?是收获了第一季黍的大地湾人对催生万物的大地之神的感戴?还是暗含了当时已经建造出人类最早的巨型宫殿的原始先民对某种神秘事物的记忆?一切都只能在我们有限的揣摩和想象之中。但对于六七千年前尚处于茹毛饮血状态的原始人类来说,这位(这些)在陶罐上刻画下这种神秘符号的人,显然是超乎寻常的伟大天才或杰出的思想家。在人类才刚刚学习种植养活生命的粮食的时代,他(他们)竟然懂得了记录和思考!这应该是人类向文明世界跨越之际,一次具有划时代意义文化思想意识的觉醒。

大地湾人在陶罐上留下这种神秘的刻画符号一千多年后,在渭河下游西

北洛河流经的仓颉故里——陕西白水县城的仓颉雕像

安半坡村,这种神秘符号再度出世。半坡人在陶器上留下的这些刻画符号,有一些与大地湾人手下创造的神秘图案如出一辙!只不过从大地湾到半坡村,这种刻画符号更加丰富,也更加成熟。半坡村时代,这符号依然被刻画在陶器上,但半坡人刻画这些神秘符号的位置,已经从陶器内壁上升到了陶钵口沿,数量也发展到三十多个。半坡人创造的这些在我看来有些像生产工具,有些如生长的禾苗,还有些似高山日出的符号,几乎就是我们后来看到的象形文字的母体。于是,考古界只能将大地湾和半坡村产生的这些神秘的刻画符号,看作是中国汉字最早的雏形,而美术史研究家面对这些符号的线条和构图,又将其归结为中国绘画之母。

六七千年前的文字过于原始,也过于神秘。不知道在将来,会不会有人解读出大地湾人和半坡人的那些文字符号,到底讲述了些什么呢?

还有一个历时几千年,至今尚无法完全解释清楚,却被人类认为奥妙无穷、含义无限的远古图形,也被认为是中国最早的形意文字的雏形——那就是伏羲八卦。

八卦也诞生在渭河流域。

伏羲创立八卦的时代,是大地湾文明发展到辉煌极致之际。位于渭河上游大地湾和渭河下游半坡村之间的天水三阳川卦台山,据说是伏羲仰观俯察,洞悉自然万象,制作那个被后世认为包含了宇宙万物相生相克、周而复始规律的几何图形——太极八卦图的地方。从古到今,已经有那么多人倾心研究后发现,伏羲八卦每一画都是一个寓意无穷的文字,或者一本意蕴深厚的大书。一个完整的伏羲八卦,其实就是宇宙万象运动变化规律压缩精编版的象形文字记录。

更加让人感到神秘和神奇的是,中国最古老的汉字孕育、生长阶段的母床和萌芽的热土,都在渭河中上游地区。

有史可查的汉字之祖仓颉出现的时候,大地湾人、半坡人和伏羲,都已经是仓颉时代的古人。仓颉和轩辕黄帝同一时代。根据《吕氏春秋通诠·审分览·君守》的说法,仓颉是黄帝时期的史官。

这又是一个由于为人类文明做出太大贡献而被后世膜拜者神化了的人物。所以我们不得不又回到原始神话世界,梳理仓颉身世。

已经有不少资料说,仓颉是陕西白水人。白水在关中渭北地区,那里是黄土高原区。从蒲城北上,台塬越升越高,到了白水,不时出现在路两旁的黄土沟壑让往北的道路变得崎岖坎坷,人们只能在相对平缓的沟壑与沟壑上面平坦而破碎的塬上行走。从白水西面和北面的宜君、洛川、黄龙,可以进入陕北黄土高原腹地。渭河支流北洛河从洛川与宜君的交界处自西北朝东南,从白水县东北斜插而过,经蒲城、大荔向渭河流去。白水县城有一座仓颉塑像,矗立在烈日朗照的街头。那是一位温文尔雅的智者,伫立在莽莽高原沉思、凝望。从白水县城朝东、朝北,跨过潜流在深切的高原深处的北洛河,在已经接近洛川、黄龙的

仓颉庙里的古柏也许见证了仓颉造字的每一个细节。

白水县史官乡,仓颉庙古朴而神秘的建筑,遍布仓颉庙的那些苍老且因为高原劲风千秋吹拂而遒劲有力的松树,以及庙内保存的众多名人碑刻让人觉得,出生在白水的仓颉是人,而不是神。

古人记载说仓颉"龙颜四目,生有睿德"。我国历史上记载有双瞳四目的人物,除了仓颉,还有春秋五霸之一的晋文公重耳、三皇五帝之一的虞舜、西楚霸王项羽、十六国时期后凉国的创建者吕光、北齐显祖文宣皇帝高洋和南唐后主李煜。他们中间,除了虞舜帝因离我们过于遥远而变得身影憧憧外,其他都是活生生的人。那么这双瞳四目,应该是后人让才能出众者区别于凡人的形象标志了。

仓颉本来姓侯冈,名颉,是燧人氏后裔,号史皇氏。创造汉字之后,黄帝赐给他仓姓。黄帝之所以给仓颉赐以仓姓,是取了"仓"字君上有人,一个人字下面只有一个君王的含义。由此可见,黄帝对仓颉抬爱到什么程度了!

仓颉创造汉字的时候,人类在探索记述、记载方式上,已经走过十分漫长的道路,堆石记事、结绳记事,以及大地湾人、半坡人的刻画符号,伏羲八卦虽然诞生了,但这些早期文字实在过于神秘简单,深奥难懂,而且数量有限。黄帝时代,每天发生的事情实在是太多、太复杂了,仓颉创造的文字出现之前,结绳记事还在沿用。一次,由于仓颉结绳记事提供的史实出现差错,致使黄帝在边境谈判中失利。而这次失利,仓颉有不可推卸的责任。作为史官,如何用仅有的文字记录下那么多的事情,是仓颉最头疼的事情。

仓颉所创造的字,叫鸟迹书。

有一天,仓颉正在林间苦思冥想,天空突然飞来一只凤凰,凤凰叼的东西正好掉到他面前。仓颉俯身一看,发现凤凰掉下来的东西上有一个脚印,却不知为何物所留。路过的猎人告诉他,那是貔貅的蹄印。仓颉猛然醒悟:世间万事万物都有各自不同的特征,比如鸟的脚印和兽类的脚印就大不相同,山和水的样子也各不相同,如果按照各种事物的不同特征,将他们画出来,不就可以记录更多的事情了吗?

这一发现让仓颉欣喜若狂。从那一天起,他开始悉心观察日月星辰、山林水泽、鸟兽器物各自的特征,并将最能代表那个事物的特征画下来。如画一个山形代表"山",画几个水波代表"水",画一个圆形代表"太阳",画半个圆代表"月亮",等等。仓颉创造的文字越来越多。黄帝挺进中原,建立炎黄部落的功绩,也被仓颉用他刚刚创造的文字尽可能完整地记录了下来。白水县史官乡建于汉代的仓颉庙中有一块《仓圣鸟迹书碑》,黑色的石头上刻着二十八个古怪符号,据说这些就是仓颉当年所造的象形文字。这些鸟迹书由小图形和画面组成,是世界上最早的象形文字。宋代王著《淳化阁帖》将这二十八个怪字破译为:"戊己甲乙,居首共友,所止列世,式气光名,左互囗家,受赤水尊,戈矛釜芾。"

与北洛河隔秦岭相对的陕西洛南县,有一座山叫阳虚山,据说那里也是仓颉造字之处。有史书记载,说仓颉当年来到阳虚山,"灵龟负书,丹甲青文,仓帝受之遂穷天地之变,仰观魁星圆曲之势,俯察龟文、鸟迹、山川,指掌而创文字"。仓颉造的二十八个字,最初就刻在元扈山石壁上。秦朝丞相李斯到洛河之滨、阳虚山对面的元扈山,也只读懂了其中"上帝垂命,皇辟迭王"八个字。沿着发源于秦岭山区的南洛河从洛南向南、向东,再向北,进入豫西秦岭东部支脉熊耳山深处的河南洛宁,我们还可以在洛宁县兴华乡阳峪河畔,看到又有一处据传是当年仓颉受到龟纹兽迹启示,创造汉字的仓颉造字台。

还有一种说法,说所谓仓颉造字,实际上是仓颉以平生之精力搜集、整理,改进了前人创造的各种文字。如果仓颉是上古时代所创造文字的集大成者,那么他搜集整理文字的足迹,应该遍布全国各地。

从关中沿渭河向东、向南,甚至向北,仓颉极可能搜集到由大地湾人首创、经半坡人丰富发展、刻画在陶器上的原始文字,也可能借鉴了伏羲八卦,同时在沿渭河向东到达河南渑池县仰韶村,他还搜集到了仰韶人留在陶器上的记事符号。大量前人创造的文字和半成品象形会意符号摆放在仓颉面前,根据鸟迹兽踪创造文字的经验,立即点燃了他创造和想象的灵感。于是古人留下的刻画符号被他破译了,更多可以象形表意的后来被称为文字的图形或者符号突然浮现在眼前。仓颉把它们一一记录下来,刻写出来,画了出来。就这样,最早的成形文字,在经历几千年孕育发展之后,被一个叫作仓颉的圣人创造了出来。

仓颉创造出文字后,这个世界就改变了。《淮南子》说:"昔者仓颉作书而天雨粟,鬼夜哭。"古人还说,由于仓颉创造了文字,造物主已经无法隐藏它的秘密,天空竟然下起了飘飘洒洒的谷子雨;多少年来让人类惶恐不安的妖魔鬼怪也害怕从此以后无处藏身,惊恐地在夜晚哭泣。据说二十四节气之一的谷雨,就是因此而来。

这一切描述,都是后人的想象。但有一个事实是不可改变的,即人类有了文字,思想和创造的天空就变得更加辽阔。人世万物之间出现的曾经让人类惊恐不已的神秘现象,从此将被人类用文字记录下来的经验、经历和真实场景所揭秘;隐藏在天地之间的奥秘,也将被一一破解。人类的精神和思想,从此将从混沌、昏暗、蒙昧、盲目的沉沉黑夜走出,向着文明昌盛、文化理性阳光普照的世界走去。也许正是出于这个原因,于右任才为白水仓颉庙题写了"文化之祖"的匾额。

仓颉创造出汉字后,黄帝召集九州部落首领,让仓颉向他们传授汉字,并在华夏推广。黄帝推广仓颉创造的汉字的时候,黄帝部族和仓颉大概已经离开渭河流域,进入天地更为广阔的中原大地。

今天,我坐在这里用仓颉创造的文字写这篇文章,是不是也受到了某种神示呢?因为在结束这篇文章的时候我突然发现,今天正是农历壬辰年三月三十日,谷雨。窗外的渭河两岸,也正飘洒着淅淅沥沥的春雨。

汉字的魅力

让刚刚诞生的文字具备一种让人心动的美感，不是当年居住在渭河流域的大地湾人和半坡人，将他们对世界万物的印象以一种象形图案刻画在陶器上的最初愿望。然而，恰巧是原始人类对文字和世界那种朦朦胧胧的意识，催生出中国汉字朴拙迷人的线条，让人们至今对大地湾人和半坡人留在陶器上的那些刻画符号所呈现的审美情趣沉迷不已。

大体是由于汉字自它们伴随渭河古老涛声诞生的那一刻，就在承担记事功能的同时，已经具备了一种形神兼备的审美趋势的缘故吧。汉字在它发展成熟之后，便立即从单一的记事符号中脱身而出，上升为一种供人欣赏、品读、把玩的艺术。

甲骨文诞生的时候，渭河已经将在自己浇灌下经大地湾人、半坡人和后来仓颉一手哺育的汉字种子，传播到了中原。在那里，这些沾染着黄土芳香的文字被刻写在龟甲或兽骨上，用以记述殷商时期的重大事件。但那些承袭了渭河流域最早诞生汉字的基本形态的记录者，在有更多的文字可以记录更多、更复杂的事物的同时，由于刻写工具和刻写材料状况不同，让大地湾人、半坡人创造的那种似是而非的汉字书写形态，朝着书写艺术的境界大大前行了一步。

当初，那些俯身在零碎龟甲兽骨上刻写后来被称为甲骨文的书写者，还没有意识到发源于渭河中上游的汉字在他们手里完成族群演化之后，即将上升为一种独立的审美艺术。因为那时的甲骨文，仅仅是书法艺术诞生的萌芽时代。它的成熟与发展，还需要更深厚的历史和文化土壤，需要更多的人在不同质地的书写材料上以更加多样的方式进行书写，这样我们才能看到汉字艺术更加真实的艺术魅力。

就这样,当转身朝诞生过中国最早汉字的渭河流域遥望的时候,我看见了周原和渭河平原上甲骨文之后的金文、石刻文所绽放的让人眼花缭乱的艺术光芒。那种文字的光芒下面,更多的文字被书写者内心的激情唤醒。那些俯身文字的书写者,也被他们刻写在青铜器物、石碑、石头上或者后来书写在竹简、纸张上汉字的迷人风采深深陶醉。

公元7世纪到10世纪,渭河和她的其他七条支流环绕着长安城。商业、文化和艺术的高度文明,已经将长安城打造成当时的世界艺术中心。大唐初年,长安城即将诞生像后来的柳公权、颜真卿这样的书法大家。然而一个偶然的机会,当埋藏在宝鸡市凤翔县三畤地下一千多年的十个形状如鼓的古代石刻作品被发现的时候,还是在已经书法名家高手林立的长安城引起极大震动。后来,杜甫、韦应物、韩愈都对一千年前生活在渭河之滨的书写者和石刻工匠联手创造的这十个体势整肃、端庄凝重、笔力稳健的大篆石刻艺术精品赞不绝口。直到这时,人们才惊喜地发现:原来中国书法艺术的根源,在大唐都城附近的渭河两岸!

这十个形状如鼓的石刻作品,就是后来被称为中国石刻之祖的石鼓

宝鸡市渭滨区的石鼓山就是发现曾经对中国书法史产生重大影响的石鼓文的地方。

文。现在,如果沿渭河顺流而下,或者从西安经咸阳溯渭河而上,矗立在宝鸡城区渭河南岸的石鼓博物馆,就是后人为怀恋这十个将中国汉字上升到精美绝伦的书法艺术的石鼓而建造的。博物馆附近的渭河岸上,还有一个叫石鼓镇的地方。

石鼓文诞生的时候,那时叫作陈仓的宝鸡渭河南岸不是一片荒芜,就是淹没在渭河下面的渭河河道。因为那时是距盛唐一千三百多年,距现在二千七百多年的春秋时期。

公元前761年,为从西戎手里收复岐山、沣水一带的土地而阵亡的父亲秦

襄公守了三年孝的秦文公,带领七百士卒,佯装狩猎的样子,从渭河上游天水境内来到渭河中游宝鸡,探听占据在这里的戎族虚实,踏勘迁都地点。从现有史料可以看出,秦文公此行最大的收获,是确定了将秦国都城从天水境内的西垂宫迁移至陈仓。如果没有石鼓文的出现,我们自然不会知道以游猎为名,即将对盘踞在岐沣之地的西戎实施复仇性进攻的秦文公还曾经在这一带游山玩水、赋诗题词,并在不经意间为后世留下了中国最早的石刻艺术作品。

这十个以籀文,即我们所说的大篆记述秦国国君游猎之趣的石刻作品的诞生时代,至今存有争议。其实,石鼓文到底诞生于周宣王、秦襄公时期,还是诞生于秦文公时代并不重要。对于在渭河两岸孕育数千年,已经从甲骨文和金文中脱胎换骨,彻底幻化为一种书法艺术的石鼓文来说,它那从刻画文字符号中涅槃的书写方式和结构形态,诗与字浑然一体,充满古朴雄浑之美的审美情趣表明,渭河的古老神韵,让中国汉字在它的故土获得了艺术上的重生。

如果要从源头梳理汉字上升到书法艺术的过程,我们还必须从诞生于西周、盛行于秦代的石鼓文上出现的籀书——大篆,再往回走,在弥漫在渭河北岸的周人所创造的青铜之光那笔笔入里的青铜铭文里,寻找书法艺术最初的呼吸。

那么多绽放着黝黑凝重幽光的青铜器物摆放在一起的时候,一种神秘和悠远的情绪就会悄然袭来。但当俯身还残留着岁月绿锈残迹的青铜铸造的礼器、祭祀器和生活用器上,端详那铭刻在青铜器内侧、底部的一笔一画,我们所看到的,不仅仅是那些正在成长中的汉字所记述的三千多年前,生活在渭北周原上的西周王室、贵族和庶民百姓多姿多彩的生活场景,还有这些青铜铭文的书写者和镌刻工匠,面对中国汉字所激发的那种让人着迷的激情与创造才华。

我此生见到的最多的青铜器铭文,是在宝鸡青铜器博物馆。

甲骨文在殷商出现的时候,其功用仅仅局限于占卜问卦。后来虽然出现了青铜器,但商代可以从龟甲兽骨上转刻到青铜器上的铭文寥寥无几,书写风格也还笼罩在甲骨文的阴影里。直到生活在渭河北岸台地上的周人,将一度东移中原的中国政治、经济和文化中心再度扭转到渭河流域的关中平原之后,一个全新的时代让甲骨文脱胎换骨。以周原为中心纷纷诞生的青铜器铭文——钟鼎文的出现,预示着中国书法艺术迅速成长时代的来临。

西周时期的金文或曰钟鼎文,是由书写者和青铜器、青铜铭文制作者共同完成的书法艺术。身为王室贵族或者青铜铭文的书写者,将文字用书写工具(应该也可能是毛笔吧!因为在距今五千多年的渭河岸上的陕西临潼姜寨遗址,我们已经发现了人类绘制彩陶纹饰的毛笔痕迹)书写在青铜器软坯上,然后由工匠用只有他们熟悉的特殊工艺,按照书写者的笔法、线条,显示在青铜器上,或以阴文,或以阳文镌刻到泥胎上,最后连同青铜制品一起放到窑窖中高温烧制。一件件青铜器烧制出窑,那些刻写在青铜器上的铭文,也就与一件件青铜器一起出现在了遥远的西周时代。

这种在青铜器底部和壁部镌刻或雄浑典丽,或严谨端庄的金文的过程,我们现在只能凭想象去复原。让我感到震惊的是,三千多年前包括《毛公鼎》《大盂鼎》《散氏盘》在内的钟鼎文书法精品,竟都是在西周王朝雄踞关中渭河之滨的周王朝昌盛期诞生的。

在宝鸡境内琳琅满目的青铜铭文绽放的金石艺术光芒,在中国大地四面八方弥漫的时候,石鼓文出现了。

公元前770年,周王室被迫东迁洛阳后,周天子将管辖渭河流域的权利赏赐给了还生活在渭河上游天水一带的秦人。进入关中之后,秦人的抱负和愿望,已经远远不是统领一条渭河上下的子民,更宏伟的理想在不远的前方呼唤着他们。除了战略上的征伐,秦人还需要文化上的占领。石鼓文匀称的笔画、圆整的笔势、工整的线条都告诉我们,一种比青铜铭文钟鼎文更趋于完整和完美的汉字大篆,已经在秦人的成长过程中诞生并走向成熟。

刻在青铜器上的钟鼎文,在整个青铜时代还将延续。但石鼓文出现后,中国汉字成为一种独立于书写工具之上的艺术的可能性已经凸显,中国书法艺术走向更为广阔天地的大门从此被打开。接下来,秦文公的后裔秦始皇统一六国后,又一次与当年仓颉收集整理文字有异曲同工之妙的文字改革运动,在秦始皇倡导下,将由丞相李斯完成。

秦始皇时代的文字改革运动,就是我们所熟知的"书同文"。

那时候,大篆繁复难认,书写难度大,已经到了非改革不可的地步。李斯在收集整理并甄别六国文字优劣差异时发现,齐国和鲁国使用的蝌蚪文结构简单,笔画俭省,便以当时流行于秦国的大篆为基础,将大篆笔画予以删减,吸取蝌蚪文优点,创造出一种全新的文字——小篆,作为统一通用的规范文字,在全国推广。

秦始皇创建大秦帝国,本身就是一次史无前例的革新和创新。秦朝建立之初,也是中国历史上一个罕有的革故鼎新的时代。所以,李斯改造的又叫秦篆的小篆成为全国通用文字的时候,还有人在琢磨用另一种形态结构的中国汉字。这个人是个囚犯,叫程邈。

程邈是秦朝县衙里的一位抄写吏,不知道犯了什么事,被关进监狱。那时小篆已经推行,作为天天抄写公文的小吏,蹲监狱的日子过于寂寞,于是他便琢磨如何将小篆改造为另外一种更便于书写、又美观大方的文字。就这样,被关在渭河支流泾河流经的陕西淳化县云阳监狱的程邈,用十年工夫,创造出一种书写更为简便、美观大方的文字——隶变,也就是我们现在使用的隶书。

由于创造了隶书,程邈不仅被秦始皇释放,还任命他为御史。这种彻底打破古汉字书写规范的隶书,从笔画结构等方面也为楷书诞生奠定了基础。虽然程邈创造的隶书在一开始只限于劳改犯人和狱卒一类的下层官吏使用,但到了汉代,这种以蚕头雁尾、一波三折、庄重大方见长的书体,已经从渭河流域开始,流传至全国。到现在,我们从中国大地林立的碑石和摩崖石刻上看到的汉魏隶书精品,几乎都在渭河流域。

与岐山相邻的麟游,在渭北黄土丘陵上。境内纵横交织的沟壑间有不少大小不一的河流,它们虽然同属渭河流域,但一条自西南进入麟游的千山山脉支脉页岭山,却让麟游南北的河流分别流入北面的泾河和南面的渭河。不过,无论进入泾河的流水流多远,它们每一滴奔跑的水珠,最终还是要汇入渭河。隋唐时期,麟游是大隋和盛唐的皇家避暑胜地。成天劳于案牍,或烦心于你争我斗的宫廷斗争的皇室成员来到这块清凉的高地,也就有了远绝尘世的逍遥与自在。于是笙歌艳舞之余,赋诗题碑,成了皇室贵胄以及尾随而来的文人雅士消耗悠闲时光的必修功课。在唐高宗李治留下《万年宫铭》之前,欧阳询的《九成宫醴泉铭碑》已经屹立在那里了。

《九成宫醴泉铭碑》出现的时候,大篆、小篆和隶书已经成熟,草书、行书、楷书已经出现,中国书法艺术还在等待一个大家林立、精品迭出的集大成时代。矗立在渭河北岸的天下第一楷书出现后,这个时代也就伴随着大唐盛世的到来翩翩而至。

盛唐的中国大地,是中国历史上文风最为鼎盛的时代。各地为官的官宦、四处漫游的文人雅士、隐居寺庙的修行者,几乎都是盛唐文化之风积极的倡导者和推动者。这种文化之风的源泉,在渭河环绕的都城长安。以我们现有的笔墨,已经无法再现大唐盛世长安城文风蔚然、中国书法艺术登峰造极的壮观景象。但当我们在记忆深处与欧阳询、张旭、颜真卿、柳公权这样的书法大家相遇的时候,我们只能说,盛唐时期流经关中大地的渭河,几乎一半是流水,另外一半则是那些为后世留下众多精美绝伦碑帖的书法大家临池书写之际留下来的醉人墨香。

如果有人要身临其境地理解大唐盛世中国书法艺术的独矗高峰,还有一个方式,那就是从诞生过石鼓文的宝鸡开始,自西向东,沿渭河,顺掩映在山水之间的山间寺庙、古城街坊之间行走寻觅。当然,如果到了西安碑林,你就可以从那里珍藏的众多石碑中,探寻到滔滔渭河让古老的中国汉字充满迷人魅力的所有秘密。

青铜的亮度

2006年,一篇新华社播发的《一锹铲出西周青铜器 六位农民意外发现窖藏文物》消息,成为当年岁末中国文化界最引人注目的新闻。这篇播发于11月10日的新华社消息说:"陕西省扶风县五郡村的六位农民日前在修水渠时偶然发现一窖青铜器,经考古人员发掘后主要出土二十七件(组)共计一百余件西周青铜器。专家认为,部分铸有铭文的青铜器涉及召公等四五个家族,有的铭文长达一百一十多字,对研究西周中晚期的政治、社会等具有重要价值。"截至现在,仅周人当年安身立命、创业发展的宝鸡境内发现的三万多件青铜器中,有一万多件是生活在渭河两岸的农民建房耕地时发现的。

青铜器出现,是人类走向文明的重要标志。以青铜——这种由铜和锡合金铸造的宗教器物和生活用品,夏商时代已经出现。但那时这种贵重器皿,只有王室成员、贵族和掌握祭祀权利的神巫阶层拥有。然而,当这种人类最早的金属制品大量出现在渭河北岸的周原之际,这些一度只作为人神之间沟通工具的祭祀礼器和王室贵族专属用品的青铜器物,在大量酒器、食器、水器出现后,开始躬下高贵的身子,走向西周社会世俗生活。

一群赤裸着膀子的汉子出现在遥远的视野。火烈的骄阳炙烤下,他们每个人的皮肤都和眼前堆放的金光灿灿的黄土陶泥有着同样颜色。这些两三千年前在岐山县凤雏村周人都城岐邑劳作的人,是西周青铜器制作工厂的工人。他们是一群有明确分工,掌握了各种青铜器制作技术的劳动艺术家。这些人按照制范、冶炼等工序分工合作,共同完成一件青铜器具。制范工用眼前这些可以用来烧制陶器的黄土泥巴,按照已经设计好的各种器物图样和纹饰,制作出鼎、壶、簋、尊等器具陶范,并在陶范内壁饰以花草植物、飞禽猛兽、山水云龙之类装饰图案。制作青铜器的陶范,一般有内范和外范,内范与外范相结合,才能组合成一个完整、可供装盛物品的青铜器具模具。青铜器的装饰图案和纹饰,一般在外范上;如果拥有这器物的王公贵族有特殊要求,以当时流行的钟鼎文为表现形式的铭文,也被一次性制作在陶范上,与青铜器一同诞生。

陶范制作好后,熊熊燃烧、温度高达摄氏一千度以上的熔炉里,已经熔化翻滚成液体的铜与锡合金,就被浇注进由内范和外范组合而成的陶范之中。铜水冷却之后,黄泥陶范被击碎,一只造型别致、纹饰生动的青铜器破土而出。刚刚制作的青铜器,是如黄金一般金光灿烂的土黄色,只是埋藏在地下经年之后,日积月累的锈迹改变了它们的本色,所以我们现在从几千年前的地下挖掘出来的青铜器,才是绿锈斑斑、青光幽幽的样子。

用于青铜器的陶范是唯一的,即制作一件青铜器,就要制造一套陶范——也就是我们现在所说的模具。宝鸡境内目前出土的西周和秦朝的各种青铜器,多达三万多件。凭借这个数字,我们完全可以想象在整个西周和秦代,渭河两岸的关中平原,应该遍布着多少制造青铜器的作坊啊!

青铜文明时代,最早出现在五六千年前的西亚两河流域。原始社会末期,中国社会进入青铜时代。中国发现最早的青铜制品,诞生在公元前16世纪商汤立国前后。尽管商代诞生了曾经是当时中国最大的商代青铜鼎——司母戊大方鼎,但殷商时期可以制作的青铜器品种只有鼎、鬲、觚、尊、罍、罍等器物,制造工艺尚属发展阶段,也极少有铭文。这些青铜器的主要用途,是用于祭祀、赏赐和征伐。待到从渭河北岸周原崛起的周人为殷纣王朝送终,在渭河之滨发展改进青铜器制作技术后,中国的青铜冶炼和青铜器制作水平才达到历史上一个空前的高度。

1976年,一座西周时代的窖藏在渭河下游陕西临潼零口乡被发现。在这座被尘土掩埋两千多年的窖藏里,考古人员发现了一尊圆形、侈口、鼓腹、双兽头耳垂珥、作兽首口衔鸟头状、圈足下附带方座的西周盛食器簋,也就是青铜制作的碗。这尊后来被命名为武王征商簋的青铜器,是周武王灭商后一位叫利的部下,为纪念武王灭纣之战,用周武王奖赏的铜铸造了这个簋。

武王征商簋底部有四行三十二个字,记录了周武王直捣朝歌的灭纣之战全过程:"珷征商,唯甲子朝,岁鼎,克昏夙有商,辛未,王在阑师,赐有事利金,用作檀公宝尊彝。"意思是武王伐商,甲子日凌晨岁星正当其位,宜于征伐;战胜商朝八天后的辛未日,武王在军队驻地赏"有司"利以铜,利觉得很荣耀,就用武王奖赏的铜铸造宝器,以纪念这件事。

青铜铭文的出现,不仅让青铜器成为艺术品,而且兼有了记录历史的意义。

汉宣帝是西汉第十位皇帝汉武帝的曾孙。神爵四年(公元前58年),这位内政上文治煌煌、固疆拓土上武功赫赫的皇帝,得到一只当时被称作美阳(即现在扶风县法门镇)的周原故地农民出土的青铜鼎,惊喜万分,以为是祥瑞之兆,欲供奉在宗庙以标榜后世。但这只青铜鼎到底是做什么用的呢?有人辨认青铜鼎铭文后得知,西周时期一位叫尸臣的大臣被派去到旬邑做官,周王给他赏赐了旗子、玉戈和华丽的衣服,于是这位叫尸臣的官员专门制作了这只青铜鼎。

这是历史上中国发现青铜器的最早记录。它的出土地点,就在让中国青铜之光达到顶峰的渭河流域。

得了赏赐要制作青铜器作纪念,祭祀、宴饮、朝聘、丧葬、征伐要制作青铜器。这还不包括鼎、方鼎、鬲、甗、簋、簠一类的食器,觚、爵、觯、角、觥、罍、盉、尊、卣方彝、罍、壶之属的酒器,盘、匜之类的水器,以及陈列器、乐器、兵器等。可见,几乎在整个西周时代,青铜器不仅渗透到了西周人生活的每一个细节,而且器形愈加丰富,用途更加广泛,制作工艺水平更加成熟,艺术和文史价值也更高。

端坐在渭河之滨的宝鸡青铜器博物馆,荟萃了数千件渭河两岸沉睡千年的青铜器精品。展室内那淡淡的灯光,将最明亮的部分照在静静安放的青铜器上。沉默的青铜器无声绽放的淡淡幽光,让人的思绪很容易回到渭河流域被青铜器的光芒照射得一片金黄的周秦时代。

一件叫作何尊的祭祀器上"宅兹中国"的铭文,让人怦然心动。这是"中国"一词第一次出现在汉语书写的文字中。铭刻在何尊上的一百二十二个铭文,是周成王在祭祀大典上对王室小字辈的训诫。

那时候,西周都城已经迁至渭河支流沣水东岸的镐京。周武王在世时认为,商朝已亡,周人要统治天下,还需要占据中原之地,并设想在南洛河和伊水之间的洛阳建立东都成周。计划未及付诸实施,武王去世了。周成王即位后,先派召公到洛阳一带勘察都城位置,随后又和周公实地考察,决定在洛阳兴建东都。何尊铭文记述的是,在周成王决定在洛阳兴建成周的祭祀仪式上,以何尊制造者的先祖忠心耿耿追随文王和武王灭商,周武王当年曾祭告天下,将以洛阳为中心统治天下的历史训诫后代:"余其宅兹中国,自兹乂民。"

后来,"中国"也就成了我们这个国家的称谓。

1946年10月,蒋介石六十寿辰在南京举行。在国民党教育部和文物研究院为庆祝蒋介石六十寿辰举办的抗战期间散失文物回归展示的"文物还都展览"上,清末道光年间岐山县京当乡发现的稀世宝鼎毛公鼎,终于结束了它将近一个世纪颠沛流离的生活,与世人见面。几十年来,让许多与毛公鼎命运相连的各界人士无法释怀的,不仅仅是这尊诞生于周宣王时代的青铜器所具备的文物价值,更有其中四百九十九个铭文所承载的那段历史,以及那些精美铭文所蕴含的艺术价值。

西周时期,渭河北岸的周原和关中境内渭河两岸,是青铜的世界。刚刚铸造的青铜器金灿灿,光芒四处弥漫。岐邑、丰京、镐京和其他一些贵族封地,星罗棋布的青铜器制作作坊火光冲天,热浪滚滚。专供周王室生活起居的生活用器、宗庙使用的祭祀用器、贵族宴饮使用的酒具、作战使用的兵器、王公贵族死后的陪葬用品,一件又一件从这里诞生,随即又随着岁月更迭,被埋藏在地下,或者散落郊野民间。但它们不朽的光芒依然在地下绽放微光,那些刻写在器物上的铭文,还在幽暗的地下无声讲述着这些器物和它的主人的传奇经历。

从公元前1046年周武王建都镐京,到公元前771年周幽王在临潼被犬戎所杀,周王室被迫东迁洛阳,西周到底在渭河两岸制造了多少金光灿灿的青铜器,还有多少青铜器和它所记述的秘密至今掩埋在地下,没有人能够说清。但有一个事实是,从渭河之滨点燃的青铜之光,随着周天子影响力不断扩大,也将那种耀眼如黄金的光芒洒遍了中国大地的南方与北方,东方和西方。直到后来的秦汉时期,青铜器的生命力和光彩仍在延续。

西周走了,秦人来了。

沉睡在渭河岸边地下两千多年的兵马俑。

秦人，这个在渭河上游天水境内生活的时候，已经制造出了以印模打制青铜铭文秦公簋的民族，在从周王室的奴隶变成周王室盟友和西部诸侯国的过程中，很早就学会了制造更加精美的青铜器。只不过秦人在学习青铜器制造技术的同时，更汲取了青铜器器物所包含的那种冷静、尖锐、所向无敌的铁血精神。所以在秦人沿渭河向东的路上，我们除了可以看到他们制造的如西周时期一样丰富多彩的青铜生活、祭祀用具外，已经将青铜铸造技术用于锻造质地精良的青铜剑、青铜铍、铜戈、铜戟、铜矛、弩机、箭镞、铜殳等可以征伐杀戮的青铜兵器。在现代人看来，由于青铜韧性限制，用青铜制造作战使用的剑，最长只能做到六十厘米，但秦国制造的青铜剑，长度竟可以达到一百厘米！

如果走进渭河岸边的秦俑馆，面对兵马俑坑里出土的四万件几乎全由青铜铸成的青铜兵器，我们只能承认这样一个事实：在青铜光芒锻造的那个青铜时代，是青铜器散发的冰冷、坚韧的幽光，照亮并开拓了秦人通往东方第一帝国的梦想之路。

礼乐之盛

从渭河水汇入黄河的潼关再往东,就是辽阔的中原大地。但"陕西"一名,却来自于渭河消失在黄河浪声之后与山西隔河相望的河南陕县。周武王灭商后,以现在陕县的陕原为界,将陕原以东的地方交给周公治理,而陕原以西之地则由召公管理。后来,人们就将现在陕县以西,渭河贯穿全境的地方叫陕西。

渭河融入黄河后继续滚滚东流。武王灭纣后,西周成为中国大地名副其实的统治者。周武王去世的时候,儿子成王才十多岁,辅佐年幼的成王、治理刚刚平定的国家重任,落在周武王的弟弟周公旦肩上。早在辅佐成王平定周武王指派管理原来商人之地的纣王之子武庚禄父和武王之弟蔡叔度、管叔鲜发动的"三监"之乱时,周公就在思考如何用一种区别于商王朝、更文明的方式来管理国家。

周武王死后,葬在渭河北岸咸阳市渭城区渭高干渠北面的高陵镇。周康王的墓,也在他祖父陵园不远处。

东都洛邑建成后,一种以礼乐治国,建立理性社会管理制度的思路,在周公心里考虑成熟。公元前1020年,东都洛邑落成典礼上,周公一边册封各地诸侯,一边颁布各种典章制度,迈开了西周礼乐治国第一步。

回望历史,一生对周王室忠心耿耿的周公发现,西周以前的夏人"遵命,事鬼敬神",殷人"尊神,率民以事神",夏商两代统治者都借助鬼神的权威治理国家,唯独没有把一个国家的主体——人,纳入国家管理中心。于是,他将从远古诞生,一直到殷商的礼乐加以大规模的整理、改造,形成一套系统化的社会典章制度和行为规范。尤其是立嫡立长的继统法通过礼制而得以确立,形成了宗法、封建、等级三位一体的社会政制模式,从根本上解决了政治运行体制的秩序问题。周公所建立的这种政治秩序,是人的理智可以把握和具体操作的,夏商时代由不可捉摸的鬼神把握政权的神秘性因素,被最大限度减弱。这就是西周礼乐制度的根本内容。

还是在周公开始推行将周族里最信任的亲属(而不是部落氏族)分封到各地代为实施王权管理的时候,周公对即将离开镐京,前往殷商故地出任卫君的弟弟康叔说,商朝之所以灭亡,是由于纣王沉溺于酒色,导致朝纲混乱,民心反背。他叮嘱康叔到了卫地首先要拜访贤人长者,向他们讨教商朝兴衰的原因;其次务必要爱民。为了让弟弟践行他思考已久的礼乐治国之道,周公甚至把他谋划中以"敬天保民""明德慎罚"为宗旨的礼乐制度基本精神,写成《康诰》《酒诰》《梓材》三篇文章,送给康叔,让他作为法则遵守执行。

三千多年前,周公自渭河之滨的宗周镐京赶往东都洛邑举行的盛大册封典礼,成为西周从获取政权到走向文化昌盛、社会和谐、经济繁荣的成康之治的里程碑,也是中国古代社会管理制度从原始宗教巫术文化走向理性文明全新社会制度的分水岭。周公"制礼作乐",推行的礼乐制度,其实是中国最早的维护社会秩序的法典。它是以政治准则、道德规范、典章制度等方式,规范社会结构和人们生活方式的行为准绳。礼乐制度内容涉及社会生活方方面面,大到宗法制度、井田制度、刑罚制度、国家重大礼仪制度,小到婚丧嫁娶、宴飨往来,都被以制度的方式加以规范和约束。周公送给弟弟康叔的那三篇告诫文书《康诰》《酒诰》《梓材》,既是周公给弟弟治理卫地遗民的锦囊妙计,也包含了后来他实施的礼乐制度的基本纲领。其中对人的行为的约束,已经具体到了日常生活的方方面面。比如,在《酒诰》中就明确规定,殷地遗民一般情况下不得饮酒,只有在祭祀和庆典仪式上可以适当喝一点儿酒,禁止聚众饮酒。如果有违反禁酒令、聚众群饮酒者,就要逮捕,并斩杀。

周公制定礼乐制度,是在渭河岸上的镐京城里。周成王长大后,这位"一日三吐哺"的周公将王权完好如初地交给武王指定的继任者。那时候,周公费尽心血设立的礼乐制度已经普遍实施,西周国内上上下下,人们一下子变得彬彬有礼;朝政乡野,人们根据礼乐制度所规范的上下尊卑、长幼有别的等级观念,中规中矩地处世行事,维护已经作为国家法令被规范下来的宗法制度、君权、族权、夫权、神权的权威性。一年四季,各种繁杂礼仪不断在朝野举行。举行礼仪的场合,必然有按照周王室所颁布的礼乐规范等级,举行包括编钟、石磬、管乐在内的乐队和舞者伴奏表演。按照周礼,不同身份和等级的人所拥有的乐队、舞者数量有严格区别:"天子八佾,诸公六,诸侯四",这是周礼对礼乐规模盛宴的限制。古代舞队行列八人为一行,叫一佾。这就是说,天子举行庆典,舞队人数必须达到六十四人,公卿大夫的舞队不能超过四十八人,各地诸侯只能有三十二人伴舞,而一般的士级阶层,即便再有钱,也只能享受十六人伴舞的待遇。

为了推行礼乐治国之道,当时的镐京城内还专门设立了世界上最早、规模最大的音乐教育和表演机构——大乐司,选拔诸侯长子、公卿大夫子弟和民间优秀青年培养学习。

由于王室倡导,西周贵族有讲不完的礼仪,如籍礼、冠礼、大搜礼、乡饮酒礼、乡射礼、朝礼、聘礼、祭礼、婚礼、丧礼等等。这些礼仪看起来是一种生活方式,其实本质上是一种建立在等级制度上的社会管理制度。籍礼是用来监督平民在"籍田"上从事无偿集体劳动的办法;冠礼是授予成年贵族种种特权,以维护贵族利益,巩固贵族成员之间关系的方式;大搜礼则是进行军事检阅和军事演习时的礼节;乡饮酒礼在于维护一乡之内贵族的宗法制度和统治秩序;乡射礼是以乡为单位,进行军事训练的礼仪;朝礼所强调的是尊重国君的权力和地位;聘礼维护的是贵族内部的等级和秩序;祭祀天地和祖先,则是为了维护神权和族权;婚礼和丧礼又是维护宗法制度和族权的方式。

礼乐制度是一种社会管理制度,而绝不仅仅是一种文化娱乐活动。礼是规范宗法等级制度级别的方式,乐则是从属于礼、又和同共融礼所确立的等级秩序的方式。西周礼乐对不同等级和身份者的饮食起居,也有明确限定。比如侍奉周王膳食的膳夫和掌管王宫餐饮的人员,就有二千二百九十四人之多。周天子每顿膳食必须具备的粮食、肉类和调料多达二十多种,一顿饭的费用可供五口之家的平民吃一年。至于一般平民,则只能住在半地穴式窝棚里,吃仅能填饱肚子的粗茶淡饭,穿粗麻布衣服。一旦进入贵族阶层,虽然周礼对不同身份的人穿衣服使用的布料、出行使用的车马数量和饮食奢侈程度都有限制,但那种井井有序的社会秩序,还是让他们生活在前所未有的悠闲与安乐之中。这种礼乐制度的结果,是从周成王开始,西周进入前所未有的社会安定、生产发展、国力强盛的巅峰,并将这种鼎盛局面延续了四十多年,成就了历史上著名的成康之治。

全面实施的礼乐制度,让生活在渭河平原的周天子将整个中国统率在股掌之间。既然国家对一切事物都有该做什么、不该做什么的规定,那么即便是一般的庶民遇到困难和问题,也可以根据礼乐制度规范,争取他们应该得到的权利——礼乐之制,让中国人有了最初的维权和诉讼意识。

亻朕匜,是西周时一件供当时贵族洗漱盛水用的青铜水器。它现在与1975年腊月陕西省扶风县董家村出土的几十件西周青铜器一块儿,静静躺在宝鸡青铜器博物馆,接受南来北往的游客惊羡的目光一遍又一遍抚摸。这只器形酷似一只羊的青铜器上一百五十七个铭文,为我们描绘了一幅西周时代渭河两岸礼乐盛行、井井有条的社会风俗画。

这个故事如果不是发生在周成王时代,肯定就在周康王在位时期。一个叫牧牛的人和他的上司亻朕为争五个奴隶打官司,触犯了当时礼乐制度所规定的上下尊卑刑律。判官伯扬父一开始裁决打牧牛一千鞭,并处以墨刑(给脸上刺字)。后来,大概是审判官根据周礼"康民""保民""明德慎罚"原则调整了量刑吧,决定大赦牧牛,只打五百鞭,罚铜三百锊(古代重量单位),伯扬父还令牧牛立誓。亻朕胜诉后,用得来的铜做了这件水器,用以纪念这件事。

这就是被称为中国最早的"青铜法典"——亻朕匜背后的故事。

维护宗法制度和君权、族权、夫权、神权,是西周礼乐制度的基本指导思想。《荀子·礼论篇》说:"礼有三本:天地者,生之本也;先祖者,类(族类)之本也;君师者,治之本也。""上事天,下事地,尊先祖而隆君师,是礼之三本也。"这里所说的"礼之三本",即指天地代表神权,先祖代表族权,君师代表君权。后来,儒家将天、地、君、亲、师作为礼拜对象,就来自周公在镐京创立的周礼。

儒家学说创始人孔子虽然没有赶上西周建都镐京,推行礼乐制度所带来的文化昌兴、社会稳定的礼乐盛世,但孔子从小对礼乐制度耳濡目染,一生对创建礼乐制度的周公和文王、武王充满敬意,并将他们尊为自己最敬仰的古代圣人和儒学奠基人。以至于到了老年,面对从渭河流域迁都洛阳后江河日下的东周王室礼崩乐坏的局面,孔子在《论语》中伤感地感叹说:"甚矣吾衰也!久矣吾不复梦见周公!"

一种全新的社会制度将诞生崛起于渭河流域的周人的思想观念、社会理念和政治制度,波及春秋时期的整个中国,并为后来中国封建社会制度的建立奠定了基础,也将周公宽仁智慧的形象,定格在中国历史文化高地上,供人敬仰膜拜。唐代以前,儒家宗师有周公和孔子两个,历代文庙也以周公为主祀,孔子等先贤

陕西岐山周公庙里的周公像

为陪祀。唐开元年间,李隆基不能容忍周公在武王逝世、成王年幼时期主政,以及西周末年周厉王出奔后的"周召共和",便降旨取消周公在文庙的供奉资格,将原来的周公主祀、孔子陪祀改以供奉孔子为主。

现在,国内有三座周公庙:一座在陕西岐山周原上,那里是周人老家,也在周公辅佐周武王和周成王并孕育出礼乐治国之道的镐京不远处;另一座在他当年颁布礼乐治国典章制度的东都洛阳;还有一座在孔子老家曲阜。

道德之音

从泾河源头宁夏泾源县顺流而下,我没有上甘肃平凉的崆峒山,只是在泾河奔出两岸怪石巉岩后变得开阔舒缓的泾河岸上,遥望了一眼漫天霞光下高矗肃穆的崆峒山山影,便悄悄离去。因为崆峒山的峰峦、危崖、林海、烟云和置身其间恍若仙境的感觉,我已经体验过了。

崆峒山还有别的称谓:"西来第一山"或"道教之源"。前者是因为古老地理学认为,中国内陆所有东西走向的山脉,根系都在遥远的昆仑山。崆峒山是自宁夏南部奔涌而来,将渭河与泾河分开,向着东南倾斜,在宝鸡西北与秦岭遥遥相望,遥望渭河一路穿山越岭从天水奔向关中平原的六盘山上的一座高峰。后者则因为崆峒山是一座被古老传说和道教神仙故事烟云笼罩着的神秘山岭。而在崆峒山与道教渊源中,最让崆峒山充满神秘与神圣的,莫过于黄帝问道广成子的故事。

黄帝远足崆峒山,向居住在崆峒山修行的仙人广成子问道的时候,已经组建了强大的炎黄部族。虽然后来道教将黄帝和广成子都列入道教神仙谱,但那时候黄帝向广成子请教的,并非后来老子创立的道家学说中的道,也不是宗教意义上的道,而是修身治国之道。

泾河从崆峒山脚下向东,从供奉着另一位道教神仙西王母的泾川西王母宫前转身南下。陇东高原和关中北部黄土丘壑,在一道道幽深的沟壑深处为她让出一条道,泾河于是携带着一股股融汇了众多黄土的金黄浪花,急匆匆赶往咸阳与西安交界处与渭河相汇。泾河与渭河交汇前不久,又有一座道教名观出现在渭河南岸的秦岭山脚下,这就是楼观台。

老子出现以前,渭河南岸的终南山上已经有不少人和广成子一样,在山林深处修仙隐居:"终南何有?有纪有堂。君子至止,黻衣绣裳。佩玉将将,寿考不忘。"(《诗经·秦风·终南》)西周时期,与渭河相望的终南山上建有不少的庙宇,经常有穿着华丽衣服,佩戴悦耳玉佩,充满仙骨道风,也弄不清多大年纪的贤人高士云游而来。最终将老子挽留下来,并让老子写下《道德经五千言》的尹喜,是其中一位。

不过那时所说的道,还不是后来道教的道,也不是老子学说所讲的道,而是源于原始社会的自然崇拜和鬼神崇拜,以及通过占卜等方式,试图实现人神沟通的原始宗教。

不知什么原因,对于尹喜这位在中国本土宗教道教发展史上具有承前启后意义的人物,史书上一直语焉不详。有一种说法,说尹喜是天水伯阳人,即现在甘肃省天水市麦积区伯阳镇人。如果尹喜出生于天水伯阳的话,那么他也是古老渭河养育的一位圣贤。

渭河从天水市区流向宝鸡,必须穿越南岸是高耸苍茫的秦岭,北岸有莽莽关山山脉奔涌而下的高山峡谷。就在两岸并峙的高峰再次将曾经舒缓漫流的渭河河水携裹在幽深高峻的峡谷之前,南岸群山拥抱的一座古镇,就是伯阳。如果从伯阳后面莽莽群山中穿越而过,可以到达西周时期高人云集的终南山和终南山下当年尹喜筑基修行的楼观台。

尹喜是东周楚康王(前559年—前545年)时期的大夫。他自幼博览古籍,精通历法,酷爱天文和占星之术。工作之余,尹喜结草为楼,利用闲暇观测天象,悟道修行。周敬王时期,礼崩乐坏,眼见天下将乱,尹喜于是辞去大夫之职,请求出任函谷关令,藏身下僚,寄迹微职,静心修道。如此看来,当时的尹喜应该是在秦国供职。

那时的函谷关,是秦国最东部的边界。尹喜担任的函谷关令,也就相当于边境检查站站长。一天,尹喜登上函谷关关楼观测天象,忽然发现朗朗晴空,一股氤氲之气冲天而起,势如飞虹,自东向西,滚滚而来。尹喜心中一动:紫气东来,必有圣人到来。于是沐浴净身,焚香斋戒,等待圣人入关。

果然,没过多久,一位白髯齐胸、鹤发童颜的老者骑一头青牛,飘然而至。让尹喜意想不到的是,来人竟是当时名震各国的大学者老子李耳。

老子是东周楚国苦县厉乡曲仁里(今河南省鹿邑县太清宫镇)人,字伯阳,谥号聃,还有一个名字叫李耳。在道教神仙故事里,老子是彭祖后裔。一天,老子母亲在河边洗衣服,河里漂来一个李子,老子母亲随手捞起来吃掉,便怀上了老子。没想到,吃了李子而受孕后,老子竟在娘肚子里一待就是八十一年。老子出生的时候,须发和眉毛已经雪白了。

在天水民间还有一种说法,说老子李耳和尹喜同乡,都出生在渭河岸边的天水市麦积区伯阳镇。其理由有二:一是伯阳镇这个地名就是为纪念老子而自古流传至今的。其二是天水乃中国李姓郡望。李广、李陵、李渊、李世民祖籍均在天水。李唐王朝甚至还追认老子李耳是他们先祖。诗仙李白自己也说:"白,本陇西布衣,流落楚汉。"而天水,正是隋唐时的陇西郡。

传奇人物如果没有传奇的生平,似乎就容易被一般人忽视,因此中国文化总要给那些伟人和圣人制造出不同凡响的生平。不过,面对已经被神化了的道教意义上的老子出生,并不妨碍我们从史料上结识一位从小就对祭祀占卜、观星测象、治理国家和礼乐之道充满兴趣的老子。

少年时期,老子拥有的知识和学问,已经在老家找不到能够教他的老师。为了探索礼乐之源、道德宗旨,老子便来到当时东周都城洛阳,进入太学学习天文、地理、人伦之道。很快,老子对《诗》《书》《易》《历》《礼》《乐》无所不知,文物典章样样精通,被推荐到周王室收藏室工作。在那里,汗牛充栋的图书典籍让老子如醉如痴。老子的知识和学识声名很快传遍了东周朝野,以至于让正在为创立儒家学说进行知识贮备的孔子也仰慕不已。从二十八岁开始一直到五十岁,孔子曾多次毕恭毕敬地向老子请教他所讲的道法自然宇宙观和老子所理解的圣人之道、修身之道、治国之道。后来,面对老子高深的学问,孔子曾经向他的弟子感叹说,他所尊敬的老师老子就是那种神秘莫测,可以腾云驾雾自由驰骋的神龙,只能仰望,无法近观。

尹喜与老子函谷关相遇的这一年,大概是在周敬王四年,即公元前516年。得益于周公倡导的礼乐制度而盛极一时的周王室,在国都从渭河之滨的宗周镐京迁移到成周洛阳后衰落之象与日俱增。这一年,周王室发生内乱,周景王妃子的长子朝与周敬王争夺王位失败后,掠走周王室典籍逃亡楚国,老子因失职之责受到牵连。面对日薄西山的东周，老子辞去周王室图书管理员的职务，骑上一头青牛，起程西行，朝函谷关以西渭河流域的秦国而去。

这一年，老子五十六岁。

自国都从渭河之滨迁至洛阳，周王朝就走上了一条朝政腐败、王室衰微、大权旁落、诸侯国之间互相征伐、战争频繁的不归路。面对天子权威不再，诸侯群起争霸的局面，一批有抱负的知识分子开始思考国家的前途和命运问题，并就如何统一天下、治理国家、教化民众各抒己见，创立学派，四处游说，向各国诸侯推销治国理念。中国历史上一个前所未有的思想解放、百花齐放、百家争鸣的新时代初露端倪。后来在社会舞台上各执其词，自成一派的儒家、道家、阴阳家、法家、名家、墨家、杂家纷纷粉墨登场，宣传自己的学说。老子一生虽然述而不著，但他主张的"道可道，非常道；名可名，非常名"的宇宙观和"祸兮，福之所倚；福兮，祸之所伏。物或损之而益，或益之而损"的辩证法，已经使他成为当时人们心目中道家学说的创始人和鼻祖。

现在，尹喜把一代道家宗师挽留在函谷关关楼下，不仅想向他学道，还期望老子能够把他高深莫测的思想体系诉诸文字，留给后世。在尹喜看来，如果不能让老子这样的大学者和大思想家把自己的学问留下来，人类文化将蒙受永远无法弥补的重大损失。尹喜也知道，老子一生只是讲他的观点和理论，从来不著书立说，要让已经产生退隐之心的老子将他的思想写成文字，并非易事。

也许是尹喜的真诚感动了老子，也许面对朝政腐败，民不聊生，杀戮、流血、饥饿和死亡的现实，使老子也对自己所说的"天地不仁，以万物为刍狗；圣人不仁，以百姓为刍狗"——意思即天地因为无心，所以是没有所谓仁义的，但是它宽厚地养育了万物，让万物合乎自己的本性去自生自长。也许对那种社会理想充满了渴望，在尹喜再三恳求下，老子终于坐在函谷关关楼下，面向秦岭雾岚，倾听不远处渭河与黄河相遇之际翻涌的滚滚涛声，写下了《道德经五千言》开首的第一行字："道可道，非常道；名可名，非常名。"

完成《道德经五千言》后，老子还要继续西行。尹喜已经被老子所讲的道深深迷住了，所以再次辞官，追随着老子向西漫游。

老子入关,沿着渭河南岸,傍依着秦岭,很快就进入秦国腹地关中。

自从周幽王被戎人斩杀于骊山,当时还生活在渭河上游天水境内的秦国国君秦襄公护驾周平王东迁洛阳后,曾经是西周王朝京畿之地的关中西部,被周平王赏赐给了秦人。秦襄公的儿子秦文公挺进关中,秦人不断开疆拓土,凭借渭河平原得天独厚的农业生产条件,已经成为雄踞西起甘肃临洮,东到函谷关整个渭河流域的西方大国。

尹喜追随老子来到楼观台,老子被尹喜又一次挽留了下来。这一次,老子就停留在楼观台,是为了向尹喜和他的追随者讲解《道德经五千言》。据说老子当年在楼观台说经台讲道的时候,慕名而来的学者、贤人和追随者数以千计。老子当时所讲的道,是关乎天地万物相克相生,相依相存,和谐相处,互为依存,相互转化的哲学理论和世界观、宇宙观,而并非后来道教所说的仙道。

《道德经五千言》已经完成,渭河南岸楼观台上空也留下了老子"一生二,二生三,三生万物"的智慧阳光,老子还要西行。然而,当老子骑着青牛逆渭河而上的身影隐没在渭河秦岭水色山光之后,人们不知道这位为世界文明史留下犀利夺目光辉的智者到底去了何方。所以司马迁也只能对我们说:"关令尹

楼观台老子像

喜曰：'子将隐矣，强为我著书。'于是老子乃著书上下篇，言道德之意五千余言而去，莫知其所终。"

离开楼观台，老子要继续往西走，只有沿渭河西上。

我这次在渭河流域漫游之际，在甘肃临洮看到当地文博部门的资料说，与渭河源头鸟鼠山一山之隔的临洮县城附近的岳麓山，是当年老子飞升成仙的地方。2010年，临洮县委宣传部、临洮老子文化研究会的一份资料说，老子离开楼观台后，"尹喜弃官为老子作向导，西出散关，翻过陇山进入夷狄地区。先后经过了天水（现有伯阳川老君庙为证）、清水、礼县、秦安、甘谷、陇西、渭源（有老君山、老君祠），翻关山进入狄道（今临洮县）境内。又到过兰州（皋兰）、广河、积石山、永靖、永登、武威、青海门源、张掖、高台、酒泉、敦煌等地。以后又回到陇西邑的临洮。"随后，在临洮岳麓山羽化成仙。

老子之后，战国时期的庄周、列御寇、惠施不仅是老子"道法自然"道家思想的追随者，庄子还将老子哲学引申到现实生活，思考、寻觅通向精神解脱的道路。老子和庄子虽然思想理论上互有差异，但精神实质上都指向无所不容的道，所以老庄也就成为道家学说共同的鼻祖。至于到了东汉末年，张道陵创立道教的时候，之所以将黄帝和老子共同尊为道教之祖，一方面因为自战国以来，黄帝和老子的崇拜者创立的"黄老学派"在秦汉时期已经有了非常大的影响力，另一方面有关黄帝与神仙之间交往故事的流行，以及老子《道德经》中所说的"长生久视"可以变通的观点，人的活动与大自然天地四时的对应联系等，对道教宣传自己长生不老、修炼成仙的神仙理论非常有利，老子也就成了道教神仙中的道教教主。我们现在从道教宫观里看到的那位位列三清、居住在太清圣境的道德天君——太上老君，就是现实中的老子。

道教诞生于渭河南岸的秦岭山中，道家学说诞生于紧紧依偎着秦岭滚滚东流的渭河流域。所以行走在秦岭渭河之间，无论名山宫观，还是在乡间野寺，只要我们静心倾听，总能听到老子和他传播的道德之音，至今在渭河谷地两岸的山川沟峁之间闪现、回荡。

帝国摇篮

公元前350年,秦孝公将秦国都城从远离渭水的今西安市阎良区武屯镇的栎阳,西迁到紧临渭水的关中腹地的时候,将建都地点选择在了现在咸阳市秦都区窑店镇咸阳原上。现在,秦咸阳城遗址只是咸阳原上一块并不显眼的平坦台地,它的西面和东面被众多的汉代帝王墓群环绕着。在这块被渭河和泾河形成夹角的塬北,泾河正向不远处的泾渭分明处靠拢。

秦国都城咸阳城破土的那个年代,渭河水波浩渺,水面一直漫向现在的渭北咸阳原。渭河的波浪应该是紧紧拍打着北岸的咸阳城宫城,向东流去的。因为在窑店镇一带,那些散落在咸阳城遗址下面的鹅卵石告诉我,它们曾经有过的被渭河水冲击的经历。

秦孝公建的咸阳城,是秦人从渭河上游天水顺流而下进入关中的第六个都城。自秦文公进入陈仓,秦人先后在宝鸡境内的汧渭之会、平阳、雍城建过都,后来又将都城迁至泾阳和栎阳。无论怎么迁徙,秦人都舍不得远离渭河。所以秦孝公听从商鞅的意见,将都城迁到濒临渭河的咸阳原之际,秦人雄踞关中、图谋天下的大幕徐徐拉开。

辚辚战车、身穿黑色铠甲的军队,手持青铜制造的矛、剑、戈、戟组成的仪仗从咸阳城出发,这是秦军讨伐六国的大军。他们乘坐从咸阳渡口扬帆起程的楼船和戈船进入渭河,再沿渭河东进,直抵潼关。更多的时候,秦国军队则战车辚辚,战马嘶鸣,排成整齐的方阵,杀气腾腾地沿渭河杀向东方。咸阳城建起之后,这里成为中国历史上第一个封建帝国孕育的温床,也成为东方六国末日和噩梦的发生地。

一百二十九年后,秦国终于在嬴政时代梦圆咸阳城,荡平六国,将大秦帝国猎猎大旗升起在渭河北岸的咸阳城头。

一个由渭河与莽莽秦岭共同孕育的东方帝国诞生了。

秦国的短命,并不能否定秦人坐拥渭河平原、俯瞰天下的战略眼光。秦国虽然自公元前221年秦始皇统一六国,到公元前206年灭亡,仅仅存在了十五年。但秦人从偏居渭河上游天水境内的一个外来民族,历经三十余代五百多年,与西部游牧民族和后来的东方诸国浴血奋战,在世界范围内所产生的巨大影响,以及秦朝立国后极具颠覆意义和创新意识的社会管理体系,对两千多年中国政治、经济和文化的影响,使它成为比罗马帝国早诞生将近二百年的第一帝国而受到世人瞩目。以至于到后来,秦、秦国、秦人,也就成了西方世界对中国和中国人的另一称谓。公元前四五世纪的古波斯赞美弗尔瓦丁神的诗中称中国为"塞尼",古希伯来称中国为"希尼",后来印度史诗《摩诃婆罗多》《罗摩衍那》称中国为"支那",都是西方世界对"秦"的音译。

秦国灭亡后最初的日子,汉高祖刘邦还悠闲自得地徘徊在昔日西周东都洛阳,准备在那里建都。这时,一位即将被发配到渭河上游甘肃陇西守边的戍边士卒娄敬途经洛阳,听说此事,便通过关系找到刘邦,劝刘邦改弦易辙,将大汉都城选择在渭河流域的关中。

沉醉在创建大汉江山喜悦中的刘邦这天心情好,接见了这位普通士卒来访。见了刘邦,娄敬开门见山,单刀直入,问刘邦是不是准备定都洛阳,刘邦如实相告称是。娄敬开始动脑筋设圈套,向刘邦追问:"陛下想定都洛阳,一定是想追随周王朝的兴隆吧?"刘邦点头表示认可。这时候,娄敬话锋一转,一针见血地警告刘邦说,陛下,您这种想法十分危险——一个小小戍边士卒敢于与大汉皇帝这样说话,刘邦很是惊讶,双目圆睁,逼问娄敬这话是什么意思。娄敬这时才亮出底牌,开始劝说刘邦。娄敬说:"陛下获得天下和周人有很大区别。周朝建立前,周人首领后稷被尧封于邰,积聚力量长达十余世,到了周太王、周季王、周文王、周武王时代,周人实力已经十分雄厚,所以能够在殷商朝政腐败之际乘机推翻商朝,诛灭殷纣王。周人打下江山后,一直将国都建在关中镐京,直到成王即位,周公做宰相的时候才有了在洛阳建立东都的动议。这是因为他们考虑到洛阳居天下之中,四面八方诸侯进京纳贡或述职比较方便。然而将国都设在洛阳,得到支持很容易称王,不受支持时也很容易遭遇灭亡。周平王迁都洛阳后,大国争霸,周天子地位一落千丈就是最好的例证。现在陛下在沛起兵反秦,又以蜀汉为基地,平定三秦,和项羽大战于荥阳、成皋,大战七十余次、小战也有四十多场,天下百姓肝脑涂地,一家之中父子同时曝尸骨于原野者不可胜数,哭泣之声不绝于耳。如今百姓的伤疤尚未疗愈,陛下却要模仿周王朝成康盛世的样子定都洛阳,我以为不可。"

娄敬有理有据的分析,让刘邦觉得也有些道理,于是静下心来听娄敬继续阐述他的观点。娄敬直言不讳地提出了定都关中的建议:"关中有峻山险河为屏障,四方关塞稳若磐石。危机时,关中也可以很快集结百万雄兵。秦国当年便因这里独有的地利和先进的生产力,迅速达到了空前强盛。这是因为关中是'天府之国'的原因。陛下如果以关中为都城,即使山东(指函谷关之东)发生叛乱,关中地区仍可保持安定。两人相斗,最好的办法是扼住对方喉咙,压住对方背部,这样对方便无法抵抗。陛下如能定都关中,控制关中,无疑就得到了扼天下之喉、压服天下之背的优势。"

娄敬和刘邦的这段对话,司马迁在《史记·刘敬叔孙通列传》里记述得十分详细。

虽然娄敬的话让刘邦心动,但提到朝会上,却遭到很多部下谋臣反对。原因是许多跟随他起事的部下,都是老家在崤山和函谷关以东的"山东人",由于恋家,大臣们不想去远离山东的关中。最后,还是张良让刘邦下定了定都关中的决心。刘邦征求意见时,张良说:"洛阳虽然也有地利,但其中心腹地不过百里,而且生产力薄弱,四面平原,容易受到包围,不是用武之国。而关中左边有崤谷及函谷关,右边有陇中、蜀中沃野千里,南有物产丰富的巴中、蜀中,北有可以同畜牧的胡人进行贸易的国境。三面均有阻挡,易守难攻,向东一面又居高临下,便于控制东部诸侯。诸侯安定时,可以利用黄河及渭水将天下财货、贡品供给京师。如果万一东方诸侯发生哗变,军队即可迅速顺流而下,又方便军需供应。陛下难道忘记了,我们不正是凭借这些有利条件战胜项羽的吗?这就是所谓的金城千里,天府之国也。所以臣以为娄敬的看法是非常正确的。"

就这样,本来已经习惯了洛阳城皇宫龙椅上舒心温度的刘邦,为了大汉江山的前景和命运,改变了主意,决定定都渭河中游的关中平原。

那时候的秦咸阳城,已经被他和项羽糟蹋得一塌糊涂,再加上为了避讳秦二世短命王国的晦气,刘邦决定在西周都城镐京和秦咸阳城之间另选地方,再建新都,并以长治久安之意取新都城为长安。

刘邦的明智选择,令又一个让世界仰视的东方帝国大汉,在渭河之滨巍然崛起。西汉帝国在征伐匈奴、开疆拓土方面的影响力,也再一次为中国人和中华民族挣来另一个称谓:汉人,汉族。而千百年来,汉族、汉人、汉朝、汉字、汉文化,也成了一个民族精神文化的象征。

然而,与西周迁都洛阳后辉煌一时的西周王朝迅速进入日薄西山、气息奄奄的暮年惊人巧合的是,挺立于渭河秦岭之间的西汉帝国,在公元25年汉世祖光武帝刘秀推翻王莽政权,定都洛阳后,刘汉帝国也无可挽救地走上了穷途末路。

翻开中国版图,自古及今,茫茫中国大地,还没有任何一个地方如古老渭河逶迤流过的关中大地这样,对培植、养育雄伟的中国封建帝国大厦有着如此神秘而奇妙的意义。

大汉帝国的背影从渭河逶迤苍茫的背影消失之后,中国大地很快迎来了长达三百多年的战乱、割据、分裂。在没有帝国的身影诞生长达三四个世纪的群雄争战历史中,也有一个奇特神秘现象不断提示渭河平原腹地对一个大国和强国崛起的意义:在战乱不休的年代,即便是草寇飞贼、窃国大盗,凡是占据渭河流域关中之地,就能够在群雄争霸的中国大地分到一份美羹。这几乎是北方游牧民族建都北京之前,中国历史发展的一种定势。

三国时期的曹魏、十六国时期的前秦、南北朝的北魏,都因为占据了渭河平原腹地而在中国大地烽烟四起的战乱年代,创造了盛极一时的辉煌。甚至连后来的闯王李自成,也是在西安拉起"大顺"王朝的大旗后,才拥有了与大明王朝抗衡的实力。

前秦皇帝苻坚和前秦创建者、苻坚的伯父苻健是生活在渭河上游秦安境内的氐族人。在中国历史上群雄混战、政权林立、时局与政局最为混乱的"五胡乱华"年代,前秦皇帝苻坚借助占据长安之利,不仅使饱受战乱之苦的北方实现了短暂统一,前秦强盛之际,疆域甚至一度囊括了东至大海,西抵葱岭,南控江淮,北极大漠,东南以淮、汉与东晋为界的广大地区,建立了中国历史上第一个统一北方的非汉民族政权。

养育过参天大树的地方,在一棵大树被砍倒之后,必然会有更多根深叶茂的大树破土而出。

大秦帝国走了,西汉帝国走了,一个更为强大、在世界文明史上更有影响力的东方帝国——大唐帝国,在西汉帝国的故土又一次巍然崛起。

对于大唐,这个至今对公元7到10世纪中国古代文明和世界文明具有象征意义的东方帝国,在世界文明史的政治、经济、文化、教育、艺术、建筑、外交等方方面面所取得的文明成就,无论用怎样的语言描述,都不为过。大唐帝国最强盛的时期,中国的疆域东至朝鲜半岛,西达中亚咸海以西的西亚,南到越南顺化一带,北面包括贝加尔湖至北冰洋以下一带,总面积达1251万平方公里。这样计算盛唐国土面积,只是为了表述方便,因为还有很多地方因为过于分散,这里没有计算在内。

对于大唐帝国在人类文明史上的创造与建树,我们只能用一些人物、事件和数据来加以述说。

数据:

数据之一:人口。日本学者日野开三郎认为,大唐帝国人口最高峰时,全国拥有2000万户,1.4亿人。

数据之二:大唐都城长安的居住人口最多时超过100万。唐长安城东西长9721米,南北宽8651米,全城周长36.7公里,面积约84平方公里,是明清时期的北京城的1.4倍,是古代罗马城的7倍。长安城南北主干道朱雀大街宽150多米,而今天中国"第一街"北京长安街最宽地段也不超过120米。连接宫城与皇城之间的承天门横街宽度更是达到441米,堪称人类有史以来最宽的街道。

数据之三:始建于贞观八年(公元634年)的大唐帝国政治中心、位于长安城东北部龙首原的大明宫,是世界史上最宏伟和最大的宫殿建筑群之一。其周长7.6公里,面积3.2平方公里,是明清紫禁城的4.5倍。其中大唐皇帝举行朝会大典及阅兵、献俘等重大仪式的大明宫正殿含元殿殿基高达15.6米,面阔75.9

米,进深41.3米,总面积是现存世界上最大的木结构宫殿——北京故宫太和殿的1.3倍。

数据之四:盛唐时期,来自日本、朝鲜、印度、波斯等国的留学生、遣唐使、学者、商人多达数万人。其中日本先后19次派遣留学生到长安学习,最多一次进入长安的日本留学生达805人。其中选择在长安定居的外国人数量更多。公元787年,唐朝政府检括长安胡客田宅,统计结果共有4000家胡人(外籍人)在长安置有田产。由此有人推测,盛唐时期在长安安家的胡人应在5万人以上,甚至可能超过10万。

数据之五:从唐初到玄宗开元年间,曾向唐朝朝贡,即与唐朝有外交关系的"四蕃之国"近400个。

事件:

事件之一:大唐帝国的文明程度深深吸引了来自欧亚大陆的有识之士,一些外国使臣出使唐朝后便不愿回国,留在了中国。比如,波斯大酋长阿罗撼于唐高宗显庆三年(公元658年)出使中国后,便留在唐朝为官,并以唐朝使者身份出使拂菻(东罗马)等国,后被授予右屯卫将军、上柱国、开国公等尊显爵位,在中国生活到95岁高龄。

事件之二:贞观三年(公元629年)大唐僧人玄奘历经千辛万苦、历时17年到印度取经。回国后,玄奘翻译经书600余卷,并根据沿途所见所闻撰写《大唐西域记》一书。玄奘的取经和经书翻译,使人类文化史上一个崭新的宗教学派——中国佛教羽翼丰满,在印度佛教衰落之后,成为世界上影响范围最广的宗教学派之一。《大唐西域记》是目前研究印度以及中亚古代历史地理的重要资料。

事件之三:鉴真和尚历时11年,历经艰险六次东渡日本,将中国佛教带到日本,成为日本律宗创始人。同时,鉴真作为盛唐文化使臣为日本带去了辉煌灿烂的盛唐文化,对日本的佛教、医药、建筑、文学、艺术、文字、出版印刷等方面产生了深远的影响。鉴真因此被日本人民奉为"建筑之父""律宗之祖"和"日本的文化恩人"。

人物:

人物之一：一个高度文明的时代，必然创造出辉煌灿烂的文化艺术。大唐盛世所创造的文化艺术高峰，不仅在中国历史上前无古人，后无来者，在世界文化史上也绝无仅有。唐诗，是盛唐文学的代表。据清代康熙年间编纂的《全唐诗》统计，唐代诗人、作家人数达2200余人，作品48000余首。王维、孟浩然、李白、杜甫、高适、岑参、白居易、陈子昂、韩愈、李贺、贺知章、卢照邻、王勃、柳宗元、杜牧、李商隐、孟郊、刘禹锡、张九龄、宋之问等，都以创造出名垂千古的佳辞丽句而为世人熟知。唐代的杜甫和玄奘法师还被列为世界文化名人。

人物之二：盛唐书法、音乐、歌舞和绘画，也达到了中国历史上空前绝后的高度。其中柳公权、褚遂良、颜真卿、欧阳询、怀素、张旭的书法，吴道子、韩滉、李思训的绘画，都是中国乃至世界文化史上最为耀人眼目的部分。

对于大唐帝国所孕育的伟大文明，西方著名汉学家李约瑟和英国史学家汤比因，都以矗立于渭河岸边的大唐都城长安为例，有过这样的评价："唐代确是任何外国人在首都都受到欢迎的一个时期。长安和巴格达一样，成为国际间著名人物荟萃之地。"（李约瑟）"长安是旧大陆文明中心所有城市中最具世界意义的城市，在这方面超过了同时代的君士坦丁堡，唐帝国和中国文明不仅为朝鲜，而且为更远的日本所赞赏和效仿，这显示了中国的威望。"（汤比因）

还有，继大秦帝国和西汉帝国让中国和中国人拥有了秦、秦人，汉族、汉人的称呼之后，大唐帝国又为我们这个泱泱大国赢得了"唐人"的称誉。

大秦、大汉、大唐三个盛极一时的东方帝国远去之后，中国与虎踞龙盘的帝国时代渐去渐远。然而，古老渭河在环绕十三朝古都长安城飘忽而过之际，仍然能够清晰地辨认出东方帝国巍然崛起时的伟岸身影。

千秋霸业

渭河经陇西从武山进入天水后，没有多少道路可供选择。在西秦岭高耸群山和依靠关山余脉朝西南倾斜的绵延黄土丘陵逼迫下，渭河只能侧着身子从山岭与山丘缝隙间向东流淌。只有摆脱武山洛门以西的崇山峻岭，渭河才能在进入二千七百年前秦武公设立的秦国第一个县——古冀县之际稍稍放开身子，在一片酷似一个巨大葫芦般的渭河谷地轻松漫流一会儿。如果是夏天，你会看到甘谷、武山一带的渭河北部山上光秃秃寸草不生，平坦的河谷地带却长满了郁郁葱葱的蔬菜和庄稼。那是因为自从秦人进入渭河上游以后，到明清时期持续不断地过度开发和连年战乱导致的恶果。

当渭河真正摆脱弯曲和荒芜，进入到天水市郊的时候，又会在麦积区与清水县交界处与另一个和冀县同时设立的秦代古县邽县相遇。

秦人进入关中后，天水境内渭河流域和西汉水上游西犬丘仍然是秦人宗庙所在地和攻防退守的大后方。但随着秦人在关中沿渭河不断向东发展，被赶跑的西部戎族卷土重来，占领了埋葬秦人先祖的甘谷朱圉山一带和秦先祖封邑秦亭所在的清水一带。那时候，秦武公已经在杀害自己的三个弟弟，即掌控王室大权且变幻无常的小人弗忌、威累、参父，以及讨伐彭戏戎的杀戮中显现出尚武要强的本性。先祖故地被西戎占领，这位争胜好强的秦国国君无法忍受。秦武公十年（公元前688年），秦武公乘势出兵，一鼓作气，将盘踞在甘谷、清水、麦积一带渭河沿线的冀戎和邽戎赶走。

戎人被赶跑了，冀、邽两地与渭河下游的秦国都城之间有关山、秦岭阻隔，路途过于遥远。收复后的秦人故土的管理问题，成为秦武公必须解决的问题。否则，秦军一走，这里又会被西戎占领。

这时，秦武公想起了春秋早期，各国在新征服的边远地区建县的历史，于是在这里建立起秦国最早的两个县级行政管理机构——冀县和邽县。虽然"县"作为行政区划名称，在春秋早期已经存在，但那时候的县并非一级行政管理机构，而是对边疆之地的一种称谓。秦武公建立冀县和邽县的目的，有别于当时流行的分封制。西周分封制是在新征服的土地上封一个诸侯，全权管理当地事务；秦武公在渭河上游天水境内设置冀邽二县，是为了便于中央直接管理地方。所以冀县和邽县一开始就被秦国作为以军事为特征的地方管理机构，直接隶属于中央。冀县和邽县的掌管者由秦武公任命，代理国君实施管理，而不是如分封制那样，将这个地方的所有权利交给一个诸侯。果然，冀县和邽县建立后，和平稳定的阳光便长久地照耀在了渭河两岸。第二年，秦武公又在刚刚收复的今西安市雁塔区曲江和陕西华县城关镇设立杜县和郑县。至此，秦武公以一种崭新的地方管理机构，不仅使秦国占据的整个渭河流域完全置于国家掌控之下，也为后来郡县制的广泛实施蹚开了道路。

公元前408年，一项后来在秦国军事史和世界文明史上留下永恒印记的工程——长城，在战国早期秦国小试改革的秦简公手里开始修建。秦简公最初修筑的长城，就是至今在渭河以南华阴县小张村至华阴庙东城子之间，尚有低矮夯土墙可以辨认的堑洛长城。堑洛长城南端起于陕西华阴县东南华山之下的小张村，逶而向东北，经华阴庙东北，跨过沙渠河，至渭河之滨；渭河以北则沿洛河南岸向西入蒲城境内，再沿洛河西岸向北延伸至白水县黄龙山麓。虽然堑洛长城并未纳入后来万里长城里程之内，但在秦国修筑长城历史上的开创性意义，使它成为世界第八大奇迹诞生的开端。

公元前361年，又一位对秦国和后来中国产生重大影响的国君秦孝公即位。为了扭转秦国抱残守缺、故步自封、停滞不前、自秦穆公以后被人歧视的局面，这位二十一岁登上国君宝座，在登基大典上愤然发出"诸侯卑秦，丑莫大焉"的怒吼，立誓要带领秦国走上强大之路。

当时的中国社会，已经进入百花齐放、百家争鸣的战国时期。人才成为决胜各诸侯国竞争的重要因素。因此，秦孝公的改革是在他从广纳贤才，选准与自己政治理想不谋而合的商鞅后才开始的。

商鞅是卫国人,但他一生的学问和本领,好像是专门为地处渭河流域的秦国而准备的。商鞅是战国诸子百家中法家的代表人物,他的专业是以法治国,大概相当于现在的法律学、政治学或者行政学一类专业。商鞅出现的时候,魏国起用李悝,楚国起用吴起,已经开始革新变法。四处碰壁之后,商鞅来到了秦国,并很快被秦孝公先任命为左庶长,后提升为大良造,启动了秦国远远落后于魏国和楚国的变法运动。

由商鞅一手实施的秦国有史以来最彻底、牵涉面最大、影响最为深远的这次政治、经济和文化体制改革,主要内容包括:"为田开阡陌封疆""废井田""民得买卖"、承认土地私有,以法律形式废除井田制度,鼓励开垦荒地,肯定土地私有制的合法性;废除"世卿世禄"制度,按军功大小授予爵位,打破世袭贵族的特权,确定等级制度,发展和壮大地主的政治势力;废除分封制、建立县制、编制户口、推行"什伍连坐"的户籍改革,实行中央集权;"重农抑商"、奖励耕织,发展经济,壮大地主阶级经济力量;"平斗桶、权衡、丈尺",颁布标准度量衡器;方便税收和交换,加强集权制度;"燔诗书而明法令";等等。

正如历史上所有改革都要付出惨重代价一样,商鞅在秦国的改革,让他本人和秦国统治者内部都付出了血的代价。

虽然有秦孝公鼎力支持,商鞅变法一开始并不顺利。反对者、观望者、阻挠者,比比皆是。首先站出来抵制变法的,是太子驷的老师公子虔和公孙贾。他们唆使年幼太子违反商鞅法令,以打击商鞅变法的决心和自信。已经横下心将秦国领上强大之路的商鞅,予以坚决回击:既然不好处罚太子,就处罚老师。商鞅当即对公孙贾处以脸上刺字的黥刑,后来又割掉公子虔的鼻子。为了推行新政,商鞅甚至一天之

西安市阎良区武屯镇的秦国都城栎阳遗址前的商鞅塑像。商鞅就是从这里开始实施将秦国领向强大,却将自己逼上绝境的改革变法的。

内将七百多名违反法令者集中起来，在咸阳城外渭河边上处死。有人描写处决现场的惨状时说："渭水尽赤，号哭之声动天地。"

对于沿着渭河步步东进的秦人来说，他的先祖每生存一天和每向前走一步的路，都是用鲜血和生命铺就的。这次流进滚滚渭河的鲜血，是秦国走向创建大秦帝国之路必须付出的代价。

为了秦国国家强盛，商鞅把一个即将迅速崛起、独霸天下的秦国留给了未来，却将仇恨和复仇的种子留给了自己。

秦孝公去世后，继位的秦惠文王虽然在后来仍然执行商鞅变法确定的改革路线，将秦国引向了国富民强、国力强大的新天地。但当权之初，为了稳固政权，秦惠文王还是听信与变法为敌的反对者诬告，将商鞅逮捕并处以极刑——车裂之刑。所谓的车裂之刑，就是民间所说的五马分尸。这种刑罚的行刑过程，就是将受刑人的头与四肢分别系于五车之上，然后以五马驾车，同时朝五个方向分驰，将肢体撕裂。由于车裂之刑过于残忍，后来被汉景帝废除，历代刑罚典籍也再无记载。但让人震惊的是，两千多年后，一代农民起义领袖、太平天国创建者洪秀全，却将"五马分尸"作为太平天国正式刑罚，颁布天下！

这也是中国刑罚史上绝无仅有的特例。

不少史料记述，改革者商鞅最后的日子是在如过街老鼠、人人喊打的惶恐中东躲西藏度过的。由于树敌过众，以至于在追捕商鞅时，咸阳百姓"连街倒巷，攘臂想从者，何止数千人"。商鞅被车裂处死后，甚至出现了百姓争抢吃商鞅肉解恨的场面！

一代改革家，最终就是这样与即将成为改革最大受益者的秦国诀别的！

商鞅在秦国一片唾骂声中走了，但商鞅撒下的强大与富强的种子，却催生了大秦帝国迅速崛起。

现在我们无法知道，吞并六国之后的秦始皇站在咸阳城头，瞭望渭河两岸逶迤磅礴的秦国大好河山之际，内心是不是会对连全尸都没有保留下来的商鞅有过一丝歉意或敬意。但接下来，秦始皇所制定的一系列影响中国社会两千多年的封建政体管理体制，却与商鞅改革初衷如出一辙。

七雄争霸已经结束，南方和西南百越诸国被从咸阳城出发、渡过渭水的秦兵轻而易举地收入秦国版图;北方的匈奴也被蒙恬驱赶到刚刚修起的长城以北。渭水环流的咸阳宫城,一道道改革诏令被快马送往全国各地:车同轨、书同文、度同制、行同伦等牵涉到文字书写、车驾制造标准、道路修建标准、统一货币和度量衡、国人共同遵守的伦理道德标准,一一下发到了刚刚灭亡的六国各地。一套相当完整的中央集权制度和政权机构也很快出台:在中央,除皇帝以外,丞相、太尉、御史大夫协助皇帝管理百官、政务和军事。地方上,郡县制普遍实施。郡有郡守、郡尉、郡监(监御史);县由郡管,县设县令、长领导丞、尉及其他属员。县令、长主要管政务,县尉掌握军事,县丞掌管司法。全国郡县官员,一律由中央任免。

一切争霸从此在中国大地宣告结束,一切权力都归结于一个人手中。从渭水滔滔的咸阳城开始,一个延续两千多年的帝制时代来临。中国历史上第一个真正意义上大一统的国家形态从此确立。秦始皇所开创的千秋霸业虽然在他死后转瞬即逝,但他所创建的国家管理、政治经济和思想文化体制,却将从此长久地扎根于中国大地,与古老的渭河流水一样亘古不息。

大儒之道

从岐山往东,不知是什么力量吸引了河水,渭河从眉县县城首善镇向南打过一个弯子,继续向东。在关中平原流淌,渭河显得舒缓而从容。南面是秦岭,北面是土塬,开阔宽敞的八百里平川可以让渭河水恣肆奔流。

现在是初秋,八百里平川是玉米、猕猴桃等瓜果的天下。从首善镇前往宋代关学大儒、北宋理学大师张载的老家横渠,一路有不少与水有关的地名,比如横渠、金渠、河底等等。从这些地名上可以看出,这些现在布满村镇、道路和庄稼地的地方,过去曾经是渭河和附近众多从秦岭流向渭河干流的河道。

2006年9月6日,国务院总理温家宝起程访欧前夕在中南海接受了欧洲五家媒体的联合采访。英国《泰晤士报》用两个整版刊登了该报记者对温家宝的采访。这篇报道,让许多人记住了这样一句名言:"为天地立心,为生民立命,为往圣继绝学,为万世开太平。"最早写下这句话的,是十五岁那年送病故在涪陵知州任上的父亲灵柩回老家开封的路上,因路费和前方战事在陕西眉县横渠住下来、后来成为关学大儒、北宋理学创始人的张载。

横渠镇子不大,但由于有了纪念张载和他的父亲张迪、弟弟张戬的张载祠里翁郁苍劲的古柏,以及从镇子北面不远处流过的渭河,这座安卧在关中平原西部的小镇,便有了一种微微古韵四处弥漫的典雅。

张载年轻的时候,北宋已经臣服西夏。为了保全朝廷颜面,北宋朝廷每年要以"赏赐"的名目,向西夏朝贡大量丝绸、白银和茶叶。二十一岁的张载实在想不通,堂堂大宋何以能够拜倒在西夏帐下?于是,张载带着少年意气,向当时主持西北防务的范仲淹上书《边议九条》,提出自己要组织民团,夺回渭河上游的洮西失地。后来,他和苏轼、苏辙兄弟同科考中进士,并在与程颢、程颐兄弟

在眉县横渠镇张载祠,我的相机被沿途拍摄的照片装满了。

结识后,开始为北宋理学进行奠基性工作。作为一位后来对王夫之产生重大影响的儒学大师,张载晚年甚至在眉县横渠镇崖下村、扶风午井镇、长安子午镇,还进行过试图恢复一千多年前早已废除的井田制的实验。

距张载带领学生在渭河平原进行恢复井田制和西周礼乐制度实验一千多年前,离开渭河、迁居洛阳的周王朝已经是日薄西山、穷途末路。各国诸侯对周天子掌握的镇宫之宝九鼎,垂涎三尺。礼崩乐坏、诸侯混战的社会现实,让儒家掌门人孔子内心无法平静。于是孔子和他的弟子赶着牛车,奔走列国,推销他仁政与礼制并用的治国方略。那时的各国国君都试图以武力征服天下,没有多少人理会他的仁政与礼乐治国之道。直到孔子死后三百多年的汉武帝时代,兴起于鲁国、传播于齐鲁的儒家学说,才在渭河流域的西汉都城长安,迎来了将硕大的根系深深扎进中国大地,茁壮成长的黄金时代。

严冬过后,生长和繁茂的春天一夜之间降临渭河平原。渭河也由于上游西秦岭和关山上的雪水迅速融化而突然之间变得水流湍急。带着解冻后山谷之间酥软浮土流下来的河水有些浑黄,但绝不浑浊。这些饱含了植物腐殖质的泥土,从宝鸡峡流出来后,会随着河水流速减缓,将又一层肥沃的泥土沉积到河道两岸。河水退去后,这些经年累月堆积下来的沃土,就让关中平原生长出更加茁壮的小麦、玉米、高粱,以及稻菽、水果和蔬菜。一朝又一朝,临着渭河在关中立国的帝王,凭借渭河两岸的肥田沃土,过得不仅殷实,而且逍遥自在。

公元前141年3月,长安城外金黄的油菜花即将开败,但一望无际的麦田在纵横交织的河渠浇灌下一片翠绿,正展示出无尽的生命力和渴望早日吐穗扬花的澎湃激情。花红柳绿的长安城未央宫内,西汉第七位皇帝汉武帝的登基大典正在举行。经历了文、景二帝多年的休养生息,西汉国库贮满陈粮,货币甚至因为用不完,连串铜钱的绳子都腐烂了。如此殷实的家底,让这位十六岁的少年天子汉武帝,有足够的财力资源挥霍并实现他充满激情的梦想。

青春和活力让汉武帝一开始就对他的父亲和爷爷清静无为的执政理念产生了抵触情绪。他渴望将秦始皇开创的专制和集权发挥到极致,他还要以强有力的手段彻底击败从高祖白登之围后让大汉饱受欺凌的匈奴人,将帝国版图拓展得更加辽阔。而要实现这一切,清静无为的黄老思想已经远远不能适应汉武帝开疆拓土、文治武功的理想。就在这时,丞相卫绾向汉武帝提出对自战国以来四处蔓延传播的诸子百家进行清理整顿的建议。首先被卫绾列为清除对象的,有韩非的法家学派和苏秦、张仪的纵横家学派,理由是这些学派"乱国政"。

卫绾的建议与汉武帝不谋而合。于是汉武帝和卫绾联手,开始用儒家打压以黄老之学为经典的道家。然而,那时候的汉武帝还没有完全掌握大汉皇室的全部权力,大汉王朝皇室里还在等待一位能够让汉武帝所推崇的儒家大一统观念在全国实施的铁腕改革家出现。

公元前134年,因为专治鸿儒公羊学已经出现在汉武帝视野里的董仲舒,在汉武帝召集各地贤良方正之士、征集治国良方时脱颖而出。

窦太后死后,没有了干扰和杂音,对儒家学说充满兴趣的汉武帝终于可以甩开膀子,整饬政体,实现他建立统一、强大、高度集权帝国的宏伟理想了。在那次未央宫高士云集的征集治国良策会议上,董仲舒《贤良对策》中"天人感应"、"大一统"学说和"罢黜百家,表彰六经"的主张,深得汉武帝赏识。答辩中,汉武帝连问三策,董仲舒以《天人三策》(亦即《贤良对策》)对答,援古论今,比较百家长短,极力推崇儒家之玄奥,有理有据,对答如流。不过,董仲舒向汉武帝所兜售的儒教,已远非当年孔子所倡导的儒教,而是以《公羊春秋》为依据,结合西周以来宗教天道观、阴阳五行学并吸收法家、道家、阴阳家思想,建立的既有黄老之学精华,又有儒家三纲五常的全新儒学思想体系。这中间最让汉武帝感兴趣的,是董仲舒在"天人感应"学说里将天命与皇权融为一体,说皇帝是受上天之命统治天下的皇权至上理论。这种理论认为,天是万物主宰,皇帝是天子,即上天的儿子。天子,也就是皇帝代表天行使统治臣民的权力,所以普天下臣民(包括诸侯)都要服从皇帝统治。这种逻辑关系在社会秩序上表现为"君为臣纲,父为子纲,夫为妻纲",并以仁义礼智信为最基本的做人标准。董仲舒也讲"道",但他讲的道是"天道":"天不变,道亦不变。"而让这种统治秩序实现永恒不变的平衡的"道",就是"三纲五常"和"大一统"。

董仲舒字字珠玑,每句话都说到了汉武帝的心坎上。于是自秦始皇焚书坑儒后一百多年被边缘化,甚至受到排挤的儒家思想,在经过董仲舒发展改造之后浴火重生,成为汉武帝建立强大的中央集权专制国家的思想利器和西汉帝国官方哲学,也就顺理成章。

董仲舒让儒学扬眉吐气,在儒学登上中国封建社会主流文化统治舞台的七十九年前,耗尽孔子一生心血建立的儒家学派遭受灭顶之灾。这一年是秦始皇三十四年(公元前213年),郡县制等一系列立国后的大政方针正在紧锣密鼓地实施。未曾想到,担任太子扶苏老师的齐国儒生淳于越极力反对,要求恢复分封制,引发了秦始皇为维护刚刚统一的国家而向全国儒士大开杀戒的焚书坑儒事件。传播儒家学说的《诗》《书》及除秦国以外的各国史书被没收并烧毁一空,战国以来秦朝都城咸阳和列国都城诸子百家传播学说的民间私学被迫关闭,四百六十多位反对秦始皇沉迷术士、追求长生不老之术的方士和儒生,在咸阳被坑杀。儒家学派在秦始皇的打击下跌入低谷。

西汉帝国建立后,一度被秦始皇压制打击,开始于春秋末期,盛行于战国,中国历史上难得一见的思想自由、百花齐放、百家争鸣的民主气氛又有萌芽重生之势。但七十多年前遭受重创的儒教,一直等到汉武帝和董仲舒在长安相遇后,才重整旗鼓,正式登上主流意识统治的舞台。

汉武帝和董仲舒联手推行的"罢黜百家，独尊儒术"，被解放和拯救的只有儒家，而同样罹遭灭顶之灾的是诸子百家。一夜之间，专门推广传播儒学的皇家教育机构太学在长安城建立起来了，传授儒家经学的学官五经博士，在皇权授意下普及传播儒学思想。而与儒家学派形成对比的是，包括曾经在汉初盛极一时的道家学说和其他与儒家学说相悖或无关的学派，或被禁止传播，或被彻底边缘化，成为两千多年来被排斥和打击的对象。

一场与秦始皇焚书坑儒殊途同归，甚至比秦始皇焚书坑儒更为彻底、更具有文化毁灭意义的思想禁锢运动，从汉武帝和董仲舒开始，让中国思想界思考、革新、创造、改革的火花，从此开始愈来愈沉默，甚至长久被消解、压制和消灭。汉武帝和秦始皇两者所有的区别在于，秦始皇焚书坑儒打击的对象仅仅是儒家，而汉武帝排斥的对象，则是除儒家以外的所有学派！还有一点是，秦始皇曾经让四百六十多位儒士的鲜血流入古老的渭河，却并没有让儒家学说根断命绝；而汉武帝则用一场不流血的革命，让儒学获得了与皇权共荣辱的绝对权威，将其他学派推向没有土壤供其生长、没有寸土让其立足，最终迫使其走向自生自灭，甚至灰飞烟灭的结局。

秦始皇禁绝儒学的时候，渭河环绕的秦咸阳城里，粼光闪烁；汉武帝让儒学大行其道的时候，渭河和萦绕在长安城四周的支流依然奔流不息。不同的是，汉武帝在长安城西南刚刚开掘的昆明池上，已经集结了众多随时准备沿渭河东进南下，将帝国恩威持续不断传遍全国各个角落的楼船水师部队。

因此从中国思想文化史来看，汉武帝、董仲舒和他们所倡导的罢黜百家、独尊儒术，才是将中国人的创造才能与思想自由火花彻底熄灭的最大渊薮。

活着的时候周游遍列国，却鄙视秦国文化落后，一生不肯踏上秦国土地的儒学创始人孔子绝对不曾料想到，自己穷其一生向河东列国兜售却始终没有实现的政治理想和抱负，在他死后三百多年，竟在渭河萦绕的秦国故地，能够获得如此永恒不息的荣耀与光大！

终南仙境

渭河在周至县境内的最大支流,是发源于太白山二爷海、流经周至老县城附近,然后从群峰高叠的秦岭山谷中向北,流向渭河和古都长安的黑河。现在,黑河在即将从群山之间奔流下来,进入渭河之际,被周至县马召镇后面山脊之间突然筑起的一道大坝截断了奔流的去路,黑河之水就在那里的高山之巅形成一座水波浩渺的黑河水库。那里是西安城市用水的水源地。水库旁边,曾经孕育了白居易《长恨歌》的仙游寺法王塔的倒影,荡漾在高山平湖之间。

如果站在法王塔朝东望过去,还可以遥望楼观台的依稀背影。

莽莽秦岭从甘肃甘南临潭县白石山起步东行不久,就与渭河相遇了。穿越甘肃和陕西之际,秦岭与渭河就像一对相依为命的兄妹,一路并肩而行,相互照料。到了接近十三朝古都长安附近的眉县到蓝田一线,渭河进入关中平原腹地,流水变得愈加开阔从容,与渭河结伴而行的秦岭,也骤然间变得愈加高峻挺拔起来。纵横其间的幽谷峰岭,起伏跌宕,神秘莫测。

这一段秦岭,就是终南山。

也不知从什么时候开始,终南山成了中国历史上道教神仙、云游道士和远离俗世的隐士高人聚集的神秘家园。从《诗经》"终南何有?有纪有堂"的记述可以断定,早在西周时期,与西周都城镐京相去不远的终南山,就是先秦时期贤人高士云集的地方。只不过,那时候道教还没有诞生,往来于群山密林深处的那些高人,大抵都是如隐居崆峒山的广成子和在楼观台结草为楼修行的尹喜一样,渴望通过隐居修行,达到如庄子《逍遥游》所描述的"肌肤若冰雪,绰约若处子;不食五谷,吸风饮露;乘云气,御飞龙,而游乎四海之外;其神凝,使物不疵疠而年谷熟"的神仙境界。但到了汉唐以后,渭河凝望的终南山,就从凡尘俗界中逐渐脱离出来,成了神仙和隐士的专有家园。

沿渭河再度进入蓝田和楼观台依靠的终南山崇山峻岭之际,沉寂已久的终南山已经变得热闹非凡了。这大概缘于二十多年前美国人比尔·波特寻访中国当代隐士的那本书——《空谷幽兰》沉默十数年后,一位美国作家在终南山的短暂旅行,让中国文化史上一个被大家遗忘已久的秘密,再度引起关注的缘故吧。

2011年夏秋之交,当我再次进入渭河南岸这片莽莽山岭边缘的时候,面向古城长安的秦岭北坡众多沟峪、高山、密林深处,高耸的经幡伸出林梢,各式各样隐居者居住的石屋、窝棚、洞穴密布在山崖、林间。"当代隐士"张剑锋隐居终南山事件,正被媒体炒得火热。

从草堂寺出来,望着一场大雨后圭峰上缭绕变幻、神秘莫测的云雾,我一直不清楚,现在的终南山是不是真的还有五千隐士在重现历史上隐士云集、风

草堂寺对面终南山主峰之一的圭峰一年四季都笼罩在神秘的云雾之中。

餐露宿的古代生活？不过，在历史上，自从渭河流水让关中成为中国古代文化中心之后，终南山就成了中国神秘文化的一个喻体和归结。

"隐士是中国保存得最好的秘密之一。他们象征着这个国家很多最神秘的东西。"这是比尔·波特20世纪80年代跑遍终南山后得出的结论。2004年行走秦岭和这次追随渭河足迹行走的时候，《空谷幽兰》这本书一直跟随着我。我也曾经在2004年进入终南山密林深处，面对留下过去和当代隐居之士生活气息的古洞石屋长久驻留过。

如果要寻找历史上有名有姓、最早在终南山的隐居者，也许就是在函谷关挽留老子写下《道德经五千言》的尹喜，还有后来隐居在商山的秦朝四位博士东园公唐秉、夏黄公崔广、绮里季吴实、甪里先生周术。到了西汉初年，在刘邦打下大汉江山过程中立下大功的张良，也从原本可以得到令人羡慕的爵位赏赐、广田豪宅、美女金钱的俗世中脱身而出，遁出长安城，回到终南山密林深处，享受他梦寐以求的饮风吸露、云游四海的神仙生活去了。

如果从渭河支流沣河流出的沣峪口进山，高山上、山林间随处可见的被遗弃了的石洞土室，是已经还俗或者云游别处的当代隐士留下的遗迹。而高山之巅旗幡下面隐约可见的建筑，是迷恋于终南山谷幽林密、清流山岚的隐居者，试图达到灵魂与天地自然相通境界的当代隐士的修行之处。

"现在人们所说的'终南山'这个词，既是指西安南面40公里处的那座2600米高的山峰，又是指与之相毗邻的东西各100公里以内的山峦。但是3000年前，'终南山'是指从河南省的黄河三门峡的南岸，向西沿着渭河，直到这条河的源头——位于甘肃省的鸟鼠山——为止的所有山脉，长达800公里。"这是当年美国人比尔·波特概念中的终南山。比尔·波特还这样阐述他终南仙境的印象："这部书关于西部群山的章节，始于三门峡南面的那些山，然后向西沿着终南山和昆仑山一直到达乔戈里峰，并且超过了乔戈里峰。在它们神秘的群峰中，坐落着帝（天神中之最高者）在尘世的都城，那儿还有西王母（月亮女神，长生不死药的施予者）的家。另外还有一些山，萨满们在那里收集配料，自己炼制长生不死药，并飞升上天；在那里，死得早的人也要活上800年。在此期间，他们随心所欲，尽情享受；那里是太阳和月亮睡觉的地方；在那里，一切都是可能的;那里的动物奇形怪状,令人难以置信,无法描述。"

在这里,美国人比尔·波特显然接受了中国古代将秦岭统称为南山、终南山的影响。同时在他的意识里,终南山与渭河显然有着密不可分的关系。

其实,历史上的终南山和往来于云雾缥缈的终南山之间的神人、仙子和修行者与这座神秘山岭的关系,远远要比比尔·波特的描述生动、具体得多。

户县草堂寺西边,从终南山流入渭河的河流叫甘峪河。甘峪河流经的祖庵镇重阳宫,是活着的时候就被元世祖忽必烈封为重阳全真开化真君的道教全真教创始人王重阳,早年修行和死后葬骨之地。

重阳宫大门正对着的山岭,就是终南山上的一座高峰圭峰。

这位死后被列入道教神仙谱的全真教教主,出生和修炼的地方,都在渭河两岸。他的老家在渭河北岸的咸阳,后来出家,来到终南山下的祖庵镇,将自己关在一个叫作活死人洞的洞穴里修行。这位融道家、佛家、儒家思想为一炉的道教宗师生活的时代,是女真族和蒙古人入主中原时期。王重阳并没有参与纷争的政治斗争,但他的弟子、曾经在宝鸡境内渭河南面支流磻溪和千河流经的宝鸡陇县龙门山修炼的丘处机,却赢得了金朝和蒙古人创建的元帝国的统治者的共同敬重。

陕西省西安市户县祖庵镇的重阳宫内的王重阳墓

如果说王重阳生前是一个活生生的人,死后才被终南山扑朔迷离的仙雾推到了神界仙境的话,那么据说老家就在离祖庵镇不远石井镇的钟馗,从出生到后世,就是被比尔·波特叫作月亮山的终南山养育的神仙。

神界的钟馗生得豹头环眼,铁面虬髯,相貌奇异却又才华横溢,满腹经纶,还有正气浩然、刚直不阿、待人正直、肝胆相照的品性。因此,由于有了钟馗掐鬼的故事,钟馗也就成了守护一家安宁的门神。唐代以来,钟馗就与中国百姓亲密无间地生活在一起。

遥望渭河,面向长安的终南山到底有多少河流山溪从仙雾笼罩的终南山流入渭河?要弄清这个问题,只有顺着朝着长安敞开的道道谷峪走进去,才能看清一条条来自神山仙境的河流流向人间的蜿蜒姿态。但即便是走遍终南山所有山岭峡谷,我们还是无法破解那么多神仙遗留在渭河南岸高迈山岭之间的所有秘密。

唐元和十四年(公元819年)岁末,风雪交加的蓝关古道上,一位满脸悲戚与茫然的老者,乘一辆马车,在风雪交加的终南山深处艰难前行。他就是因反对唐宪宗从法门寺迎请佛骨到长安而被贬,赶往潮州刺史路上的一代文学大师韩愈。面对漫天风雪,韩愈立马驻足,遥望远处被茫茫雪雾遮掩的长安,为自己迷茫黯淡的前途与命运,也为一个爱恨交加的王朝,吟诵出了他那被后世千古传诵的著名诗篇《左迁至蓝关示侄孙湘》:

  一封朝奏九重天,夕贬潮阳路八千。
  欲为圣明除弊事,肯将衰朽惜残年!
  云横秦岭家何在?雪拥蓝关马不前。
  知汝远来应有意,好收吾骨瘴江边。

关于韩愈"云横秦岭家何在?雪拥蓝关马不前"的含义,有一种说法是,这两句诗,是八仙之一的韩愈侄孙韩湘子送给爷爷韩愈的暗语。

八仙中的韩湘子和吕洞宾都是终南山中人。他们两个都是在终南山得道成仙的。这个传说还说,韩湘子是韩愈侄孙,后来经吕洞宾点化成仙。韩湘子成仙后，曾劝韩愈放弃尘世生活，度化入道，但既不信佛又不信道的韩愈一直没有答应。为了规劝爷爷，韩湘子先后曾作云降雪，并在韩愈生日宴会上造酒开花。

那时，韩愈还在刑部侍郎任上。高朋满座的生日宴会上，侄孙韩湘子飘然而至。为了显示成仙后造化自然的本领，韩湘子让一空酒樽变出满满一樽美酒，随即又让一堆土转眼间长出一支碧翠鲜花，那朵鲜花花瓣上就有"云横秦岭家何在？雪拥蓝关马不前"的诗句。韩愈讨问这两句诗的含义，韩湘子说："天机不可泄漏，日后自会应验。"几年后，行走在蓝关道上，面对漫天风雪，韩愈突然想起自己今天的命运，多年前早已被韩湘子预言，才写下了这首诗。

蓝田县终南山深处，还有一条河最终将从仙雾弥漫的崇山峻岭流出，汇入渭河。这条河就是灞河。灞河源头附近的辋川，有被称作诗佛的唐代大诗人王维的辋川别业。韩愈途经蓝关的时候，曾经在辋川别业度过大半辈子半隐生活的王维已经去世。但在终南山的沟壑山岭之间，越来越多的神人仙子还将在这里聚集、留恋、往来。如果要将曾经让终南山充满仙气的古代隐士高人、道士神仙一一列举出来的话，他们分别有：门神钟馗、道教天神教祖太上老君（老子）、全真圣祖王重阳、文财神刘海、武财神赵公明、文史真人尹喜、药王孙思邈、八仙之汉钟离和吕洞宾、仙人刘海蟾、华严宗师杜顺、商山四皓、张良、姜子牙、诗佛王维和西域高僧鸠摩罗什、昙摩流支、那崛多。

这些生前是人、死后成为神仙的脱俗之人，沉浸在终南山雾霭仙境中所看到的秘密，我们永远无法破译。

佛陀的脚步

在渭河上游，你能看到的渭河流域第一座佛教石窟寺，是甘肃武山县境内渭河支流榜沙河对岸山岭上的木梯寺。

榜沙河算不上渭河支流里最大的河流，但对于现在从甘肃渭源县发源后流经陇西，水流已经几近干涸的渭河来说，这条从秦岭深处流出的清澈而水量丰沛的河流，却让高山雄矗的峡谷建起了水电站，让渭河在进入天水境内的时候再一次掀起一堆堆飞溅的浪花飞奔向前，并滋润出一百多公里绵延不断的蔬菜种植园。

从木梯寺开始，一座座规模大大小小的石窟，出现在渭河及其支流南北两侧的山崖上。这些可以开凿出供来自西方的佛祖安神的石窟佛龛的山峦，在几十万年或者几百万年前，还浸泡在渭河滚滚波浪下。后来，渭河河水越退越远，越落越低，由积淀在河底的粗粒土堆积而成的砂砾岩就露出水面。它们岩面粗糙，被风和水侵蚀成各式各样的造型，山体呈赭色、红色或者黄色，只要有极少雨水和泥土，这种石质的山体，就有松柏在山顶或者裂开的石缝间扎根生长。一年四季，随着季节不同，不断调整叶子颜色深浅度的松柏与赭色山岩之间，一个个洞窟开掘出来了，一尊尊泥塑佛像就被供奉在既可免遭风雨侵蚀，又高高在上，与凡界俗世保持一定距离的洞窟里，悠然而安静地在那里安家，以一种近乎悲悯的目光，注视着四周风云变幻的人间和跪拜者茫然的神情。

从木梯寺往北进入渭河谷地，往东进入天水境内的渭河沿岸，规模较大的石窟有水帘洞石窟、拉稍寺石窟、千佛洞石窟、大象山石窟、法镜寺石窟、麦积山石窟、仙人崖石窟等，这还不算那些隐匿在偏远山沟里，仅有三五个石窟、一座寺庙的小石窟。如果将那些规模较小，当地志书上不屑记载的石窟都计算

武山水帘洞石窟——在渭河上游,有这样被时间和风雨雕琢成的妙趣天成的石山。

在内,仅天水境内渭河两岸,那种开凿于佛教从西域走向关中、中原路途上的大小石窟寺,不下百座。这些依山开凿的石窟或紧临渭河,或隐匿于渭河南北大小支流深处群山密林之间,形成一条中国大地上蔚为壮观,佛教石窟寺密布的石窟走廊,一直将佛祖的呼吸送到关中大地。

佛祖向东行走的渭河谷地,是古丝绸之路南线。

历史上有文字可查佛教传入中国的记载,是在公元前2年西汉时期。汉哀帝元寿元年,游牧于河西走廊的大月氏使臣伊存出使西汉,来到长安,并向西汉博士弟子景卢口授《浮屠经》。

这是佛教传入中国的最早记录。

伊存传授《浮屠经》的时候,张骞开拓的丝绸之路已经敞开。最初的佛教徒要进入大汉帝国的心脏长安,只有两条路可供行走。一条是从河西经兰州,沿渭河经临洮、渭源、陇西、天水,经宝鸡进入关中的丝绸之路南线,另一条是从兰州往东,翻越六盘山进入陇东,沿渭河支流泾河经平凉、乾县、礼泉,进入咸阳的丝绸之路北线。

这一带,是中国大地佛教石窟寺最集中的地方。

甘谷大象山的这尊巨佛见证了盛唐以来渭河历经沧桑的每一个细节。

  进入渭河流域之前,诞生于印度的佛教已经在河西走廊和西域地区等待了很久。在那里,我们从敦煌莫高窟和武威天梯寺、张掖大佛寺看到的佛像,还是希腊和印度式的佛陀。但进入渭河流域后,弥漫在渭河谷地的人间烟火,毗邻汉唐都城长安的天水本土文化的呼吸,迫使高居人间之上的佛陀不得不俯下身来,接受中国式人间气息的熏染。早年应该是矗立在渭河南岸水波之上的甘谷大象山石窟,一尊高达32.3米的巨佛凌空端坐,俯瞰渭河。让人惊奇的是,这尊大佛竟然长有两簇黑色胡须!

  最初的印度佛教传入中国,在它渐次东进的过程中一步一步地与中国传统宗教、传统文化不断融合,并在渭河放开步子畅流的关中,完成了印度佛教中国化的过程。

  甘肃境内的渭河及其支流两岸众多红色砂砾岩构成的丹霞地貌,石质绵软,是建造石窟的绝佳地方。应该是往来于丝绸之路上的西域商人和僧侣,为了抚慰自己背井离乡之际孤寂的精神,最早将自己心目中神圣的佛祖,安放在了渭河岸边这些悬崖峭壁上,供自己祈祷膜拜。随着佛教信仰之风日渐盛行,深陷苦海的庶民百姓、精神和情感布满伤痕的皇宫贵族、渴望灵魂解脱的达官贵人,为了来世的幸福或消除前世罪孽,纷纷出资出劳,在已经有了石窟佛像的山崖上,一代又一代凿窟塑像。

这大概是漫漫丝绸之路石窟寺兴起的最初原因。

麦积山石窟应该是中国所有石窟寺里最适宜于面向山林、静心参佛的僻静之地。这座仍然由通体透红的砂砾岩构成的形如麦垛的山体上,密布着近二百个洞窟。它的四周是莽莽林海和起伏跌宕,如巨浪般翻滚着奔往关中及渭河入黄河的函谷关附近的秦岭。山脚下众多清流汇聚到一起之后,从丛林群山之间蹚开一条路,将一河清流送入渭河。

有一出新编秦腔剧,说西魏文帝元宝炬被迫与柔然公主结婚,将皇后乙弗氏贬到麦积山削发为尼。乙弗氏死后,在秦州任刺史的儿子将她葬在了麦积山。这就是麦积山石窟第四十四窟造像讲述的麦积山石窟每尊佛像、每个洞窟背后众多人间悲情故事中的一个。

那时候的天水,水路有渭河连接,陆路有翻越关山进入关中的关陇大道相通,是长安近邻。来自西域的珠宝象牙大量涌入关中、走向中原之际,天水境内

渭河上游的砂砾岩地貌让麦积山石窟拥有了如此巧夺天工的造型。

的渭河两岸，是佛教徒和佛祖共同稍事休息，朝拜让他们仰慕已久的汉唐皇帝的安乐梦乡。已经在与汉唐帝国丝绸贸易中赚钱的商人，在与西域贸易中获得巨额利润的官宦，以及渴望从佛经里获得灵魂解脱的士绅，在来自西域的佛教徒鼓动下，让繁华一时的渭河河谷两岸已经有佛祖安家的山崖变得更加热闹而丰富多彩。

从十六国开始，渭河两岸色彩绚丽的砂砾岩堆积的造型别致的山体上，开凿石窟的敲击声和隐身洞窟之间复活他心目中佛祖形象的泥塑工匠，一直没有停息过。在塔利班将阿富汗巴米扬巨佛炸毁之后，渭河北岸武山拉稍寺那尊建造于北魏时期的高达42.3米的摩崖浮雕造像，就成了世界上最大的摩崖佛像了。

这些绵延在渭河干流及支流之间的石窟寺，与沿丝绸之路北线随泾河流域蜿蜒南下的庆阳北石窟寺、泾川南石窟寺、彬县大佛寺，共同承载着佛教徒虔诚的信仰和佛祖的脚步，在渭河涛声的陪伴下，一步一步地走向汉唐都城长安。

让印度佛教在中国土地上生根发芽，并生长出世界上绝无仅有的中国式佛教的，除了渭河沿岸星罗棋布的佛教石窟寺，还有两个人至关重要。他们分别是西域高僧鸠摩罗什和盛唐高僧玄奘法师。

渭河及其支流泾河进入宝鸡和咸阳之后，挣脱了高山峡谷，舒缓而自在地在渭河造就的渭河平原上肆意流淌。这里是帝王立都、生长五谷杂粮的好地方，却没有突兀但并不高峻的砂砾岩构造的山体可供开凿石窟。但跟随着渭河来到关中的佛教，在这里却寻找到了让佛教蓬勃生长成一棵参天大树的肥沃土壤。于是，佛教寺院出现了。

现在，法门寺附近已经没有较大的河流。那里的灌溉水源，是从宝鸡市凤翔县冯家山水库引来的渭河支流千河水。

关中最早的佛教寺院，是位于西安市端履门内柏树林街开通巷的卧龙寺，始建于东汉末年的汉灵帝时期，但现在在国内外影响最大的关中寺院，是扶风法门寺。法门寺最初是为珍藏释迦牟尼佛骨舍利所建造的舍利塔。释迦牟尼佛灭度后，火化后遗骨生成的珠状宝石样生成物，名曰舍利。公元前3世纪，印度

法门寺佛塔

阿育王统一后为弘扬佛法,将佛的舍利分成八万四千份,分送世界各国建塔供奉。当时印度送到中国建塔珍藏的佛骨舍利有十九处,法门寺为第五处。所以法门寺因塔建寺之后,又叫阿育王寺。

历史上,围绕法门寺佛骨发生的故事太多了,但最有影响力的,莫过于唐代发生在唐宪宗和大文豪韩愈之间的迎请佛骨的事件。

迎请佛骨在唐代是举国关注的一件盛事。释迦牟尼佛骨自从供奉在法门寺后,就一直被密藏在阿育王塔下的地宫,一般人不可观瞻。到了唐代,据说将佛骨"三十年一开,则岁丰人和",于是每隔三十年,将佛骨从法门寺迎接到都城长安供奉一段时间,已经是上升到事关国泰民安、风调雨顺的国家大事。每次迎请佛骨,从法门寺到长安二百多里路上旌旗蔽日,鼓乐鼎沸,御林军开道,文武大臣护卫,名僧和尚拥奉,善男信女虔诚膜拜。长安城内,皇帝顶礼拜迎,文武百官、满城百姓争相拜见。其庄严隆重之状,举国关注。唐宪宗本来对佛教沉湎得近乎痴迷,唐元和十四年(公元819年),三十年一遇的迎请佛骨盛典即将临近,迎请佛骨活动在紧锣密鼓地筹备。不识时务的韩愈却偏偏与唐宪宗唱对台戏,上了一份《谏迎佛骨表》,旗帜鲜明、义正词严地反对迎请佛骨。韩愈在这篇著名的驳论文中说，佛法之事，中国古代是没有的，只有在汉明帝以来，才从西域传入。历史上凡是信佛的王朝，寿命都不长，可见佛是不可信的。韩愈的言辞激怒了唐宪宗，韩愈几乎命丧黄泉，最后在众同僚再三求情下，才免一死，被发配潮州。

比唐宪宗更尊崇佛教的，还有前秦皇帝苻坚。这位出生在天水境内渭河之滨，死后葬在泾河流经的彬县水口塬的前秦皇帝，为了争夺西域高僧鸠摩罗什，甚至不惜派大将吕光带兵赶往西域，向龟兹国发动一场战争。虽然苻坚没有能够等到与他所仰慕的西域高僧谋面，就被叛将刺杀，但鸠摩罗什滞留河西十六年到达长安后，后秦皇帝姚兴对他的尊重与仰慕，丝毫不亚于苻坚。姚兴甚至将长安附近临近终南山主峰圭峰下面，供自己和皇室成员休闲享乐的逍遥园划拨出一部分，为鸠摩罗什建立了中国历史上第一个国立经书翻译场院，并派僧侣三千，协助鸠摩罗什工作。后来，又在那里建起了草堂寺。

草堂寺在沣河上游，自古游仙隐士络绎不绝。巍峨的圭峰矗立面前，辽阔的渭河平原风光最为迷人的部分，就集中在这一带。

整整十二年时间，鸠摩罗什沉浸在佛国世界，在濒临沣河的草堂寺先后翻译佛经九十四部四百二十五卷，三百多万字。在鸠摩罗什之前，中国流行的汉译佛教经典，词不达意，艰涩难懂。从龟兹到凉州耽搁的十六年间，鸠摩罗什的汉文修养已经达到极高境界。他翻译的佛经，让晦涩深奥的佛教教义，以通俗易懂的方式和浸润着中国传统文化精神的语言文字，走向了中国社会，接近了普通民众。因此，草堂寺和鸠摩罗什也就成了印度佛教中国化的一个起点和标志。

鸠摩罗什圆寂后，就葬在能够远眺渭河的草堂寺内。

鸠摩罗什之后，又一个沿渭河连接西域的丝绸之路远赴印度，回国后又在日日夜夜都能听到渭水涛声的长安城里，让中国佛教文化大树根深叶茂、雄健挺拔的，是玄奘法师。

玄奘出行的时候，伴随渭河来到关中的佛教，已经将佛陀的身影传送到了大江南北。但具有中国特色的中国佛教，还在孕育之中。

公元645年，满载而归的玄奘法师回到长安的时候，一个吸引了世界目光的大唐帝国已经巍然挺立。渭河环绕的长安城，挤满了来自世界各地的商人、使臣、留学生和慕名而来的学者、僧侣。为了存放玄奘从印度取回的佛经，唐高宗不仅建造了大雁塔，还斥资为玄奘成立国立译经院，由朝廷出资供养，召集全国各地寺庙高僧聚集长安，协助玄奘翻译佛经，并封玄奘为"三藏法师"。从此，玄奘住在大慈恩寺内，带领弟子，夜以继日地翻译他从印度带回的一千三百三十五卷佛教经典。玄奘法师所翻译的佛经，在对印度佛教全面梳理、系统诠释的基础之上，高度融合了中国本土的文化精神，使独树一帜的中国佛学体系脱颖而出。

来源于印度的佛教，终于在渭河之滨的大唐都城长安实现了一次精神上的蜕变。从"一片白云遮不住，满山红叶尽为僧"诗句所描写的盛况可以看出，盛唐时期的长安城，佛教已经普及。紧接着，佛教三论宗、唯识宗、净土宗、律宗、华严宗、密宗祖庭在渭河及其支流流经的关中大地纷纷诞生，一座座受皇家敕封的佛教寺院在秦岭渭河之间建起。一种有别于印度佛教且浸淫着光彩夺目的中国文化精神的崭新宗教——中国佛教破土而出，成为世界宗教史上一枝独一无二的文化奇葩。长安也成为名副其实的世界佛学文化中心，迎来众多来自日本、朝鲜等地的佛学爱好者苦心研习中国佛教。

每一个早晨和黄昏，唐代都城长安响起神圣庄严的诵经声的时候，围绕渭河开凿的石窟寺和众多大小不一的寺院里，供奉佛祖的香火也在信徒们虔诚的跪拜下相继点燃。

丝绸的光芒

从张骞出使西域路线图上看,公元前138年张骞和家奴堂邑父,还有一个归顺的"胡人"及一百多名随从出使西域时,从长安出发第一站到达的是渭河上游的天水。那时候,渭河水流湍急,张骞从长安溯渭河西进,到了宝鸡,只有沿千河北上,从陇县翻越关山,再经张家川、清水,才能到达天水。

从天水往西,张骞也只有从环绕渭河两岸的山岭河谷之间向西行进。也许有些地方有木筏和小渡船可以帮助他在渭河之间行走,但要到达临洮,他还要翻越渭河源头的鸟鼠山。从临洮再往西,就是匈奴人统治的天下了。另一条从

由于渭河过于湍急,在古代,人们更多的时候是从渭河支流千河流经的关山草原往来于渭河中下游和渭河上游的。

长安出关中,进入河西走廊的丝绸之路北线,虽然很长一段路程没有直接经过渭河,却也是沿着渭河支流泾河,从彬县、长武进入平凉,然后翻越六盘山,经兰州,沟通河西。

漫长丝绸之路从长安越帕米尔高原直抵西亚,是世界上最早沟通东西方文明的贸易之路。汉唐时期,这条翻山越岭的商贸通道,最漫长的部分穿行在被西北游牧民族占据的戈壁、大漠和草原之间,只有从兰州进入渭河流域,看见了山谷之间波光闪闪的渭河和金浪翻腾的泾河,那些往来于汉唐都城和西域之间的丝绸商人、僧侣学者,就等于瞭望到了长安城里让他们温暖并激动的灯火。而告别长安的丝绸商人,在渭河和泾河的陪伴下抵达天水或平凉后,也要在这条滋养了关中平原丰收的稻菽、长安城繁花似锦的花草树木的河流那温馨宁静的浪声里,让匆忙疲惫的脚步暂时停息下来,让贮满离情别绪的伤感和充满前路茫茫担忧的心境稍事休息之后,才会回过头来,遥望一眼被莽莽苍山阻隔在渭河另一头的长安城,继续遥遥无期的漫漫旅程。

由于丝绸之路,渭河及其支流沿线便蓬勃生长出一座又一座拥有歌楼酒肆的城镇。这些大小不一的城市和村镇,分布在渭河两岸的山谷之间,是赶着胡马骆驼前往长安淘金的胡人和西出阳关的丝绸商人漫漫旅途上温暖的梦乡,也是崇山峻岭的渭河上游谷地的经济文化中心。中原文明和西域文化在这里相融相生,胡音汉腔在这里交相辉映,成为中西文化交融的驿站码头。甚至到了唐代,大诗人杜甫为逃避安史之乱来到当时被称作秦州的天水时,看到的秦州城还是一派胡汉杂居的景象:"州图领同谷,驿道出流沙。降虏兼千帐,居人有万家。马骄朱汗落,胡舞白题斜。年少临洮子,西来亦自夸。"(《秦州杂诗》)

如果没有渭河,张骞开通的丝绸之路也许就会是另外一种走向。但现在渭河让丝绸之路在从长安出发之后的最初行程,变得短促而且相对平坦。于是来自西域的香料、象牙、珠宝、玉石,在走出流沙与风暴肆虐的大漠戈壁和鸣镝弯刀闪烁的西域之后,就可以被滚滚东流的渭河一路温情舒缓地送往长安。而从长安城出发,讨伐匈奴的车骑,这时也与源源不断走向西域的丝绸并肩而行,一路沿着渭河向西。幽光闪射的刀戈和闪着柔曼温暖迷人光彩的丝绸,将一同

这样的村镇在渭河南岸是最常见的。

被渭河的波光送往河西走廊。到了那里,那些闪射着冰冷寒光的兵器和它的主人,将驻守在遍布戈壁大漠的烽燧里,或者奔赴马革裹尸的战场,而闪光的丝绸却要继续向西,从玉门关进入更遥远的西部世界。

一个是杀人的兵器,一个是给人类以温暖和无尽美丽感觉的丝绸。它们都从长安出发,被渭河送上漫漫丝绸之路。虽然它们各自的走向与让人感受它们存在的方式不一样,但自从有了这条沿渭河蜿蜒西进的丝绸之路,丝绸和守边士卒的刀戈,都是保障地处渭河腹地长安城安宁与繁荣必不可少的一部分。

公元前138年,张骞出使西域,只是外交意义上建立了西汉与西域诸国的联系。一开始,真正能够保证随时畅通的贸易之路和军事交通线,也只有从长安到大汉王朝属地的渭河源头临洮一段。因此,要保障丝绸之路全线畅通,唯有以武力荡平盘踞在漫漫丝绸之路上的游牧民族。

渭河上游,是汉武帝荡平盘踞丝绸之路异族势力的起点。

元狩二年(公元前121年),汉武帝任用霍去病,相继展开的两次歼灭盘踞在河西走廊匈奴的河西之战,都是以临洮为出发地,以拥有渭河沿线畅通的后援供应供给线为前提展开的。两次开始于渭河上游的征伐之战,不仅将河西走廊南北两侧的匈奴和羌族分割开来，使河西完全置于西汉帝国控制之下，而且让张骞开通的丝绸之路畅通无阻，成为为大汉帝国带来无尽珠宝和财富，名副其实的贸易之路。

唐贞观元年（公元627年）八月，继张骞之后又一位伟大的旅行家和佛学大师从长安出发，开始了他长达十七年的西行之路。他就是唐代著名佛学大师玄奘。唐代，从长安到西方的通道不止一条，但玄奘和尚仍然选择了溯渭河而上，经陇县翻越关山到达天水，再沿渭河向西，从河西走廊去印度。

这一次，玄奘为大唐帝国带来的是比无尽珠宝更加珍贵的佛教文化。

我们不知道玄奘当年翻越陇坂之际，到底历经了多少艰辛。但与当时在长安学习《涅槃经》的秦州僧人孝达结伴从莽莽陇山出来，再次看到流向长安的渭河时，玄奘内心肯定也充满了亲切与惊喜。所以到了唐代叫作秦州的天水，玄奘还在那座静静安卧在渭河岸上的古城停宿了一夜。有一部叫《行者玄奘》的小说里说，玄奘在天水滞留期间，还举办过一次秦州法会。

盛唐的强大，使西域和西亚诸国要么向大唐称臣，要么与唐朝交好，所以在盛唐相当长的时期，丝绸之路上商贾往来，畅通无阻。往来于丝绸之路的西域商人和传教士，在将无尽珠宝、滚滚财富带到长安的同时，西方文化也瞅准高度开放的大唐，将胡姬胡舞、龟兹歌舞等西域文化带到了大唐都城长安。那时候，在长安城的歌楼酒肆，欣赏来自西域的歌姬、舞姬、杂耍艺人表演是最受文人雅士和上流社会欢迎的休闲娱乐项目。长安对西域外来文化的追捧之风，蔓延到全国，以至于在南方一些贵胄名门之家，如果不养几位妖冶美艳、能歌善舞的胡姬，就不能彰显他的地位和身份。

与胡姬沿丝绸之路一起传入盛唐时期中国的，还有伊斯兰教。

盛唐时期，长安城里来自西域的商人络绎不绝，其中不少人来自伊斯兰国家。大抵是来自西域的胡商与唐朝女子结婚数量太多的缘故吧，贞观二年（公元628年）六月六日，唐太宗李世民下令，"诸蕃使人"将所娶汉族妇女带回蕃地。紧接着，已经进入新疆等西部边地的穆斯林也沿着丝绸之路，先后从北路越过六盘山，从平凉、泾川、长武、乾县沿泾河或从丝绸之路南线经天水，循渭河进入关中。

这时候的丝绸之路,已经远非当初汉武帝和张骞开通丝绸之路时单纯的通商贸易之路,而成为名副其实的东西方文化交流之路。滚滚渭河则让这条换来汉唐两个东方帝国持续繁荣与文明的丝绸之路,有了更多的选择方式和行走姿态。

唐中期开始,沿渭河西进的丝绸之路为大唐帝国带来无尽的珠宝象牙,另一条早在秦汉时期已经开通的海上丝绸之路上,大唐帝国的商船已经从海路抵达大食、波斯、天竺等国。到了宋代,这条不仅出口丝绸,还将中国生产的瓷器、糖、五金制品从海路运往国外,再将国外的香料、药材、宝石运送回国的"香料之路",成为宋元王朝必不可少的经济依靠,陆上丝绸之路渐渐失去耀眼的光芒。

从长安出发,经渭河抵达西域的陆上丝绸之路衰落后,偏居中原的大宋王朝在沉迷国外进口香料给他们生活带来的芳香的同时,还需要来自西北少数民族饲养的优质战马保障国防。于是,继丝绸之路后维系宋王朝国家安全的通商口岸,又在渭河上游诞生——这就是中原汉族用茶叶换取西北少数民族马匹的茶马互市。

与茶马互市沟通的商道,是茶马古道。

宋代茶马交易的主要区域在陕西和甘肃。为了确保这项事关国家安危的边境贸易顺利进行,宋代在可以控制渭河上游交通的天水设立了茶马司,从四川、陕南翻秦岭运送到秦州的茶叶被集中起来,然后分销至渭河及其支流流经的甘肃通渭、甘谷和宁夏固原等地政府设置的茶马市场,与藏族及其他少数民族以茶易马,保障大宋王朝加强国防所需的战马供应。宋仁宗至和二年(公元1055年),仅朝廷用于从秦州买马的白银,就达十万两。

丝绸的光芒从渭河沿岸的丝绸之路褪去之后,茶叶的清芬和战马的嘶鸣,让渭河中上游的边贸活动持续繁荣到了明清时代。

第五章　铁马秋风

秦人故园

汧渭之会

从长安开始

纸张上的战争

无奈的对峙

铁马秋风

潼关之痛

枕着涛声入眠

秦人故园

公元前1046年2月26日,周武王领导有庸、卢、彭、濮、蜀、羌、微、髳等部族参加的联合军队,与商纣王的军队在牧野正厮杀得不可开交。商朝军队突然倒戈,商王朝宣告灭亡。但周武王去世后,商纣残余势力乘周成王年幼、周公在渭河支流沣河岸上的镐京代周成王管理西周之机发动叛乱。这次叛乱的主要策划者,就是传说中行走如飞的商纣重臣飞廉。商朝灭亡后,飞廉逃到现在山东曲阜一带的奄国,纠集商朝残余势力发动反周复商的叛乱,被周公率部击败,飞廉也被斩杀。奄国灭亡后,飞廉部族及其一部分奄国遗民被强制迁徙到渭河上游甘谷境内的朱圉山一带。他们就是后来沿着渭河东进,依托渭河流域建立起中国历史上第一个真正意义上统一的东方帝国的秦人先祖。

这是近几年,李学勤先生解读清华大学收藏的一批战国竹简《系年》后,为我们讲述的秦人先祖从山东半岛来到渭河流域的最新故事。

朱圉山是渭河上游甘谷西南的一座山岭。《尚书·禹贡》说,朱圉山与青海东南部河南县境内的西倾山、渭河源头的鸟鼠山和陕西境内太华山(华山)相连。也就是说,朱圉山是秦岭的一部分。《尚书·禹贡》还说,当年大禹导流,曾经到过西倾山、鸟鼠山和华山。据此我们可以断定,大禹当年在这一带疏通的河流,就是渭河。

飞廉后代被周王室发配到渭河上游朱圉山的名义,是为西周守卫西部边疆。那时候的渭河上游,还是诸多西戎部族奔走掠杀的天下。这些以游牧为生的马背上的民族来去无常,杀掠无度。他们经常从陇山和渭河北岸的泾河、北洛河流域如疾风骤雨奔袭而来,又迅疾如闪电般绝尘而去,一直是那时已经将国都搬迁到镐京的周人的最大隐患和不安定因素。秦人先祖飞廉虽然在东部反抗周人,逆历史潮流而动,犯了路线性错误,但他毕竟是商纣重臣。如果像对待其他部族反叛者那样,将飞廉的后代斩尽杀绝,或者给脸上刺上字,向世人宣布嬴族战败后沦为奴隶,无论于嬴族还是正实施礼乐治国的西周来说,都不是最佳选择。于是周武王决定,将飞廉部族余部迁徙到陇山以西的渭河上游,给周人充当守边士卒。

从遥远的东部海滨来到这里,秦人先祖首先要考虑的一个问题是如何生存下来。于是让吃惯大米和五谷杂粮的胃习惯牛羊肉的腥膻味,并让握惯种植粮食农具的双手学会挥舞马鞭,是秦先祖到渭河上游后首先面临的问题。

一个具有反抗意识的民族,必然具有忍受苦难和痛苦的非凡耐力。

飞廉判断和行为失误,给这个民族带来的灾难,只有以整个民族的隐忍和坚持加以消解。于是在与大口吃肉、大碗喝酒,只要高兴,就会翻身上马,挥舞弯刀和马鞭在草原上狂奔乱叫的戎族既相互厮杀、又相互交往的过程中,这些血管里流淌着曾经统治中原六百多年商人高贵血统的东方民族,也渐渐习惯了在马背上弯弓射箭,并开始在西秦岭山间和渭河谷地水草茂盛的草地上赶着成群结队的牛群、羊群和马群,和所有的西部戎族一样游牧,迅速成长为比那些土著更善于饲养马群的西部牧马人。

过去的年代,秦人先祖凭借朱圉山一带丰茂的水草和向当地土著学会的牧羊手艺生存了下来。现在的朱圉山古坡一带,还是甘谷境内唯一一块仅存的山间牧场。起伏的山峦绿草如茵,葱茏的林木装点其间。翠绿的山间草甸,一望无际的蓝天白云,让这里有了一种风吹草低见牛羊的韵味。朱圉山古坡草原,还是渭河在甘谷和天水市秦州区境内几条支流的源头。其中由南坡众多山间小溪汇聚而成的流水,最终流入流经天水市区的藉河,汇入渭河。而北坡山下的流水,走不了多远,就可以投进渭河的怀抱。

按照李学勤先生的说法,来到渭河南岸朱圉山一带的飞廉后裔,是秦人最初的先祖。那么这些于戎狄丛生的渭河上游安身的秦人先祖,在解决了生存问题后,便很快有了朝着更加辽阔世界发展的想法。甘谷、秦州、秦安、麦积、清水等渭河沿线和靠近关山的张家川境内,到处留下了秦人先祖早期生活、征战的痕迹。虽然更加强大之后,他们从朱圉山迁往西南不足百公里的西汉水上游大堡子山一带,建立了自己的都邑和军队,但最初的时候,秦先祖游牧、生活的区域,始终没有离开渭河两岸。

　　流淌在西秦岭和关山山脉沟壑之间的渭河支流,还有贯穿天水全境的渭河,让两三千年前的天水境内渭河两岸生长着茂密的丛林和丰茂的牧草。对于越到后来越习惯以与当地游牧民族几乎没有多少差别的生活方式开拓生存空间的秦人先祖来说,在从东方被迫迁徙到渭河上游之际,虽然周王室没有像对待其他部族反叛者那样在脸上刺字,而是将他们拥有的嬴姓和祭祀先祖少昊、颛顼的权利剥夺,但这其实是对他们精神和灵魂世界更为残酷的复仇。没有国家、没有姓氏,身处周人和西戎夹缝之间,刚来的时候甚至连获得一点儿可怜的立足之地,也要付出鲜血与生命,从嗜血成性的戎狄手里争取。愈是在四周到处都是杀掠成性,尚处在茹毛饮血时代的戎狄环境生活久了,他们也就愈加清楚周王室将他们发配到这里的"良苦用心":周人将他们发配到这里,名义上是为周王室保卫西部边疆,其实是将他们置身于死地。秦人先祖要在这种环境中生活,只有两种可能,要么在虎狼丛中生存下去,要么被虎狼吃掉。为了能够生存,秦人先祖就必须每天与这些来去无常的野蛮部族拼死厮杀,这样既可以保证他们没有精力再度起事叛乱,又能拖住西戎,保障陇山之左渭河中游的周王室安宁。如果秦人先祖不能够变得比虎狼更残忍,在与戎狄无休止的厮杀中被西戎吃掉,周王室也没有失掉什么。

　　在虎狼丛中生存,不仅要学会虎狼的残忍,还需要历练比虎狼更加冷静、凶猛的膂力和性格。

　　秦人先祖从山东半岛泰安、曲阜一带来到渭河上游的迁徙之路,不是一次性完成的。李学勤先生说,最早来到渭河上游的秦人先祖是飞廉部族,更多资料说,秦人先祖嬴族的西迁始于飞廉之子恶来的后代女防;还有人根据秦人与商人同属鸟部族的相关神话传说认为,秦人先祖最早从山东半岛到达天水境内渭河上游和西汉水的年代,可以上溯到帝尧时代。这种观点认为,那位与大禹同时代,被帝尧任命为主管西方事务的官员,奔赴西部观测日落情况,为当时的远古农业提供气象资料依据的和仲,是最早到达渭河上游、天水境内西汉水和渭河交汇处崦嵫山的秦人先祖。当然,那个时候,秦人先祖的西行和西周初年的西迁有着本质上的区别:帝尧时代,秦人先祖西迁受了帝尧重托,是身负使命,类似于科学考察的西行,而且人数有限;到了飞廉后裔或者女防时期的西迁,秦人先祖是背井离乡式的被动发配,踏上西行之路的时候,他们就走上了没有回头之机的不归路。

无论哪一种说法,秦人先祖前往西部的路线大体上一致,即从山东向西,渡过黄河,进入关中后,沿渭河溯流而上,并在天水境内的渭河流域寻找到了最初的安身之处。

从山东到天水,秦人迁徙的路上有三个叫犬丘的地方,它们分别是山东曹县犬丘、陕西兴平犬丘(又称废丘)和甘肃礼县西犬丘。这三个地方,都是秦人先祖曾经的家园。只不过曹县犬丘在秦人先祖离开之后,只能算是秦人的故乡,而后来的西犬丘才是秦人真正的家园。至于现在渭河北岸兴平市阜寨乡附近的犬丘,应该是从山东向西迁徙的秦人先祖在那里暂居或者短暂生活过的遗迹。

如果我们能够从朱圉山开始,沿着渭河自西向东漫游,揭开厚重的黄土,追随渭河的脚步一路向东,也许还能从秦人先祖走过的那片土地上发现更多有关秦人先祖西迁、生活、战斗过的秘密。现在,让我们能够确认并触摸到秦先祖生活脉搏的,是一座座沉睡千年的古墓,一件件祭祀过先祖的青铜器,一个个与秦人有关的地名,或者一段段至今流传在民间、讲述秦人先祖在血与火的煎熬中顽强生存的故事。

从当年秦人牧马的古坡草原向北翻过朱圉山,渭河流水直逼眼前。渭河浪花飞溅的甘谷县城西磐安镇渭河南岸二级台地上,一座上起西周早期,下到战国前后,延续七八百年的春秋遗址被发现的时候,现在被作为清华大学一级秘密的竹简《系年》还没有出现。但那里发现的铁镰、玉器、石器、铜器、陶器及房址、墓葬,不仅让考古人员惊讶地发现了秦人早期在渭河上游生活生产的秘密,还让我们瞭望到了秦人在西周初年来到渭河上游更广阔的生活场面。

从朱圉山到磐安毛家坪只有几十公里山路。也许是飞廉后裔的另一分支离开朱圉山后来到渭河南岸,在从事畜牧业的同时,重新开始了他们先祖早已在山东半岛熟悉了的农耕生活;也许是在飞廉后裔之前或者之后,另一支从山东、关中迁徙而来的秦人先祖,也选择在背山临水的渭河岸上建造了自己的家园。接下来,秦人的足迹几乎遍及了所有适宜牧马、耕种或建立家园的天水境内渭河及其支流流域。

秦人先祖刚刚来到渭河上游到后来的秦文公时代的三四百年,甚至更漫长的日子,这些被发配的外来户一直在东到关山及渭河进入宝鸡的天水市麦积区东部,南到秦岭北麓,西至天水市秦州区与礼县接壤的西汉水流域,北到渭河流域甘谷、秦安、清水、麦积、秦州与六盘山丘陵地带相接的张家川境内关山一带,不断游牧、迁徙、扩张、生存。那时候的渭河两岸丛林莽莽,遍地牧草。当然,还有经常让他们生活在巨大惶恐之中的羌戎、邽、绵诸戎等西部戎族出没。为了生存,他们在迫不得已的情况下也拿起青铜兵器与这些残暴的戎人厮杀、争战;为了生活,他们不仅向当地游牧民族学习牧马技术,还与他们做买卖,甚至开始通婚。到后来,这个来自遥远东方的部族,不仅习惯了大口吃肉、大碗喝酒、用大刀杀人,西方游牧民族残酷冷峻的血液,也愈来愈多地渗入了秦人先祖的体内。

到后来,他们赶着马群和羊群在山间河谷放牧,打着骏马在草原上飞驰,抡着刀戈在马背上杀人的样子,不仅与当地土著无异,而且让那些以杀掠为生的戎族闻风丧胆。为此后来人们称秦人先祖为西部牧马人,以至于到现在,一些学者还认为,秦人就是来自西部的野蛮民族——那是因为为了生存,生活逼迫这个来自东方的民族从行为到精神上,变得比嗜血的西戎更加残酷冷峻。

在渭河上游的时候,秦人先祖并没有忘记他们来自于东方农耕民族的耕作手艺,只是生活环境迫使他们在更多的时候只能以畜牧为生。在渭河北岸的张家川、清水和渭河南岸的秦岭山中,至今有不少地方据传是当年秦人牧马之地。那时候的秦人已经变成一个地地道道的游牧民族,他们放牧畜群的地方,可能包括了整个渭河上游可以牧羊、牧马的所有地区。

渭河南岸曾经有甘陕古道穿越而过的麦积山石窟后面的密林深处,一个叫牧马滩的地方,就是其中之一。那里虽然距离渭河干流数十公里,但高山丛林深处流出的众多清澈溪流奔走的方向,还是渭河。在这片寂静幽美的丛林里,两座战国秦墓、四百六十枚秦简和一个木板地图,让不少人猜想这里就是

天水牧马滩战国墓出土的秦简　　天水牧马滩出土的战国时期秦国的木板地图

女防之后、因擅长牧马而博得周王室信任封赏，并为丧失嬴姓数百年之后的秦人先祖赢得秦姓的秦非子牧马之地。

与牧马滩隔渭河相望的清水县，也有一条渭河支流叫牛头河。牛头河古称西江，其上游是自古到今天水通往宝鸡的关陇大道。那里群山高耸，峡谷纵横，是苍茫关山山脉中山岭最集中的地方之一。牛头河上源的秦亭乡，一直被认为是秦非子当年牧马之地。从一个叫作秦子铺的村庄沿峡谷往东北，一伸腿，就可以到达关山脚下。那一带牧马养牛的生活，到现在还在继续。一年前，甘肃省文物考古研究所会同陕西省文物考古研究所、中国国家博物馆、北京大学考古文博学院和西北大学文博学院联合考古队在牛头河畔的清水县城附近，发现了一座春秋城邑遗址，并得出结论，那里就是秦国开国君子秦非子的封邑。

从秦人向西迁徙并在渐渐壮大后沿渭河东进的路线来看，秦非子封邑——秦亭在清水境内牛头河岸上，也许是最为合理的结论。

但这并不妨碍我们确认秦人曾经在牧马滩牧马、生活或者战斗过的历史。在不断拓展地盘的过程中，秦人不仅在甘肃境内渭河两岸不断扩张，甚至秦非子之后还在秦州与礼县的西汉水上游，建立了自己的城邑和宫殿。那座秦文公以前的秦国国君秦襄公、秦庄公和秦仲居住过的西垂宫遗迹，至今还掩埋在浩荡黄土下面，让考古界无从捉摸。但规模浩大的礼县大堡子山秦先祖陵出土的文物告诉我们，于渭河上游历经几代人奋斗发展壮大起来的秦人，在拥有了关山以西、天水境内渭河流域广袤的土地后，采取以退为进的方式，将国都建立在稍稍偏离渭河，却又与渭河紧紧相连的西汉水上游，才开始了从长谋划，挺进关中的战略图谋。

公元前763年,秦文公带领七百兵卒从西垂宫出发,以狩猎为名进入关中进行战略侦察时,天水境内渭河流域已经是秦人畅通无阻的领地。一百四十年后,在渭河中下游站稳脚跟、成为春秋霸主之一的秦国国君秦穆公再度挥戈向西,以迅雷不及掩耳之势活捉占据现在麦积区东部渭河流域的绵诸戎首领绵诸王,消灭从天水到渭河源头临洮一带零星分布的二十多个西戎小国,将国土拓展到了渭河源头。

即便是秦始皇立国之后,整个渭河流域,都是秦人最稳固的后方。

现在又有一种说法,说公元前763年,秦文公东猎从天水进入关中,是沿渭河峡谷顺流而下的。基本路线为:从西垂宫起程,经现在天水市区,沿渭河南岸支流进入麦积山,再从麦积山林区绕道东北,从渭河南岸麦积区吴砦镇向东,经甘陕交界的陕西省宝鸡市所辖凤阁岭、晁峪、甘峪、硖石,最终到达汧水(今千河)和渭河交汇之处——汧渭之会。

秦文公这次从天水出发进入关中,踏勘建立新家园的试探之旅,耗时一年,直到第二年才到达目的地。

汧渭之会

公元前763年,秦文公进入宝鸡境内,肯定在从秦人老家天水一带奔流出来、变得开阔而浩荡的渭河岸边徘徊了很久。

他这次顺流而下、进入关中的名义是狩猎散心,疗养失去父亲的悲伤心情。三年前,秦文公的父亲秦襄公试图收回周平王已经承诺赏赐给秦国的宝鸡境内渭河北岸岐山以西的土地,在带兵讨伐西周都城迁至洛阳后占据岐山、沣水一带的西戎时,战死岐山附近。年轻的秦文公也参加了那次空前惨烈的战斗。父亲牺牲后,他忍住泪水,将父亲遗体运送回西垂宫,在父亲灵柩前守了整整三年孝。

为父亲守孝的时候,秦文公开始筹谋继承父亲的未竟事业,收复本该由秦国拥有的岐沣之地。那里的土地不仅渗透了父亲和秦国将士的鲜血,还是已经跻身西周诸侯之列的秦国进入渭河流域腹地、创建大业必须争取的新起点。

八年前,也就是公元前771年,还居住在渭河干流附近镐京城里的西周最后一个国君周幽王,为博得爱妃褒姒一笑上演的烽火戏诸侯的闹剧,不仅让自己命丧黄泉,也迫使盛极一时的西周王朝不得不放弃周人先祖呕心沥血、苦心经营的渭河流域,将都城搬迁到河南洛阳。烽火戏诸侯的闹剧上演之初,已经习惯了远远观看周幽王在镐京城头点燃只在有大军来犯时才可以点燃的烽火,以赢得美女褒姒莞尔一笑的各国诸侯,看到熊熊燃烧的烽火时和往常一样视而不见,以为天子又在和他的美人取笑调情,只有秦文公的父亲秦襄公带兵赶来。没有想到,这一次周幽王点燃烽火的时候,他的老岳父申侯已经联合犬戎攻入了镐京城。荒淫腐败的周幽王在这场烽火戏诸侯的闹剧中命丧黄泉后,儿子周平王决定迁都,又是秦襄公联合郑国和晋国将周平王护送到了东邑洛阳。作为报答，周平王不仅封秦襄公为诸侯，还将曾经是周人起家之地和王畿之地的岐山以西土地，赏赐给了秦襄公。但西周都城一迁走，西戎便乘虚而入，占领了本该属于秦国的岐沣之地。为了从西戎手里夺回这片土地，秦襄公战死沙场。

起身之前，秦文公对新国都选址，已经有了大体目标。到了宝鸡，他依然显得漫不经心，轻松自在，不仅照常在渭河两岸狩猎，还吟诗作赋，为我们留下了著名的石鼓文。但当他来到渭河北岸渭河与千河（古称汧水）交汇的凤翔县长青镇孙家南头时，这位秦国的年轻国君一路的悠闲一扫而光。秦文公在水草丰茂的两河交汇处盘桓一会儿，命令随行的占卜师起卦占卜。秦文公对随行人员说，从前周天子把这里赐给我们的祖先，并在这里建起了都邑，我们嬴族终于发展壮大起来，跻身诸侯之列。这里应该是上天赏赐给我们的风水宝地。

果然，卦辞也显示，秦国如在这里建都，大吉大利。

于是，秦文公迅速返回西垂宫，组织军队再度向西戎开战，收获岐沣之地，将国都从西犬丘迁到千河与渭河交汇的汧渭之会。

现在千河和渭河交汇的地方，已经在距离当年秦非子牧马的汧渭之会二十多公里的宝鸡市陈仓区虢镇境内。

秦文公时期千河与渭河交汇的凤翔县长青镇孙家南头村一带，现在是长满庄稼的田野。冯家山水库东干渠从这里向南，一直延伸到宝鸡市陈仓区周原镇。千河和宝中铁路并肩从四周长满庄稼和树木的村庄对面穿过。穿过茂密的玉米地，只能看到河水并不丰沛的千河，却不见渭河身影。两千多年后，千河和渭河交汇的地方，已经从孙家南头向南推移，到了距离当年秦非子牧马的汧渭之会二三十公里之遥的宝鸡市陈仓区虢镇。

秦文公首次到达汧渭之会时所说的先祖，就是曾经在孙家南头一带为周王室牧马的秦非子。秦非子最早的牧马之地，应该在渭河上游天水境内。只是在他牧马出名后，才被周王室调到距离西周都城很近的汧渭之会，为西周饲养战马的。

司马迁在记述这件事时说：

> 非子居犬丘，好马及畜，善养息之。犬丘人言之周孝王，孝王召使主马于汧渭之间，马大蕃息。孝王欲以为大骆适嗣。申侯之女为大骆妻，生子成为适。申侯乃言孝王曰："昔我先郦山之女，为戎胥轩妻，生中潏，以亲故归周，保西垂，西垂以其故和睦。今我复与大骆妻，生适子成。申骆重婚，西戎皆服，所以为王。王其图之。"于是孝王曰："昔伯翳为舜主畜，畜多息，故有土，赐姓嬴。今其后世亦为朕息马，朕其分土为附庸。"邑之秦，使复续嬴氏祀，号曰秦嬴。

按照秦人先祖世系排列，非子是女防第四代孙，女防又是飞廉的孙子。女防父亲就是《封神榜》里助纣为虐，最后被周武王斩杀的恶来。从司马迁文字可知，非子的生母应该是大骆小妾一类的另一位妻子。这位戎族女性，是当时居住在陕西与山西交界处申国国君的女儿。申国国君大概是为了寻求政治联姻，才将女儿嫁给了远在西汉水的秦人先祖大骆，或者大骆为了获得申国支持，才娶申国国君的女儿为妻的。这个申国国君后来成了周王室权臣，他还将一个女儿嫁给了后来的周幽王。公元前771年，周幽王烽火戏诸侯，申侯联合犬戎进攻镐京的原因，就是因为周幽王喜欢上褒姒后，将周幽王明媒正娶的王后、申侯之女及太子宜臼给废除了。

　　大骆先祖来到渭河上游的朱圉山时以养马为生,所以养马也就成了大骆一族的祖传家业。非子长大后继承祖业,成为大骆家族里养马技术最精湛的一位。那时候,大骆和他的部族已经从天水境内渭河流域发展到了西汉水上游,并在那里建起了西垂宫。非子还有一个兄长叫成。父亲大骆和兄长成,要留在西垂宫守卫秦先祖根据地的西犬丘,非子便带领一部分族人重新回到先祖游牧、征服过的地方饲养战马。非子最初牧马的地方,也许就在清水境内牛头河流域,也许在后来发现过木板地图的麦积山附近的牧马滩,也可能还会游牧到清水、张家川交界处的关山之麓,或者非子本来就是一年四季,居无定所地在渭河上游四处游牧。哪里有茂盛的牧草,哪里就是非子和马群落脚的地方。

　　原本,大骆善于养马的消息,周王室早有耳闻,现在非子养出的战马更是膘肥体健,奋蹄如飞。除了必要的进贡外,由于征战和王室成员车驾需要,周王室每年都要从已经不再是西周奴隶,而是周王室越来越倚重的秦先祖大骆那里买不少马匹。

　　古代战争,决定交战双方实力的装备是战马和战车。一支军队战斗力强弱,决定性因素是拥有战车的数量。战车是古代战争的主体。交战双方对阵,由四匹马驾驭的战车冲在前面开道。战马嘶鸣,战车驰骋,坐在战车上的甲兵居高临下,开弓张弩,利刃横扫,开出一条血路之后,步卒紧随其后,挥戈进攻。尤其是跟擅长骑射的游牧民族作战,战马的优劣和数量的多寡最为重要。所以直到汉代,汉武帝为了战胜匈奴,千方百计引进西域汗血马,以改良马种。西周时期,周王室最大的边患是生活在关中西北部的游牧民族,马不仅是抵御狄戎的重要装备,而且是主要的交通运输工具和王宫贵族地位和身份的象征。《周礼》中对公、侯、伯、子、男不同等级爵位贵族乘坐的马车,死后陪葬使用的马匹数量,都有明确规定。驾驭马车马匹数量越多,乘车人的身份就越尊贵。每年夏秋两季,周王要亲自主持隆重的"颁马政";春夏秋冬四季,还要举行祭祀马神仪式,祈求马神给王室赐予更多好马匹。

　　周孝王七年冬天,关中、中原出现罕见雨雪冰冻天气。雪灾连绵,冰冻三尺,北方大地冰天雪地,牛马纷纷冻死。而猃狁与周的战争还在继续,前线急需的战马补充不上,周与猃狁的交战陷入困境。

一边有千里良驹待价而沽,一边在闹马荒,战争和自然灾害,令一筹莫展的周孝王求马若渴。上天把嬴族命运转机的机会,托付给了草原上自由驰骋的骏马。

很快,三百里加急诏令快马越过关山,送到了西犬丘:周孝王要接见非子,让他为周王室饲养战马!

就这样,非子告别居住在西犬丘的父亲大骆和兄长成,来到千河与渭河交汇的汧渭之会河谷地带,开始了为周王室牧马的生涯。

> 四牡孔阜,
> 六辔在手。
> 骐馏是中,
> 騧骊是骖。
> 龙盾之合,
> 鋈以觼軜。
> ——《诗经·秦风·小戎》

悠扬的歌声从山谷间牧场飘来,在千河和渭河上空袅袅不散。绿草如茵的渭河北岸,狭长绵延的千河河谷撒满了枣红、雪白、墨青的马匹,如朵朵盛开的花朵,在蓝天白云下摇曳。清澈见底的千河水穿过绿草,穿过丛林,不紧不慢,从遍地开满野花的草滩之间朝不远处的渭河流去。明亮的阳光洒落到水面,仿佛千万颗璀璨的宝石,闪闪烁烁。

汧渭之会鲜嫩丰茂的牧草,再加上长年积累的养马经验,让非子饲养的马匹膘肥体健,毛色光亮,非常出色。面对成群结队在千河和渭河交汇处奔跑的威武健壮的马群,周孝王突然意识到,这个当年犯了路线错误的部族,是西周将来可以依靠的力量。他决定奖赏这位为王室提供大批优良战马的年轻人。

最初,周孝王是想让非子继承父亲大骆的王位。但他的动议遭到大骆岳父、王室权臣申侯的反对之后,周孝王断然决定,从京畿附近划出一块土地,封非子为附庸,并准许非子在秦这个地方建立方圆不超过五十公里的城邑,同时恢复他们被剥夺二百多年祭祀先祖的权利。

因为先祖传下来的牧马祖业,非子让一个遭受歧视和压制二百多年的民族,获得了当朝天子的封赏,并恢复了做人的尊严,这大概是非子和父亲大骆都没有预料到的。

非子作为新崛起的秦嬴力量诞生了。

蒙受二百多年去姓亡家之辱的嬴族,终于在生活于渭河流域子孙的奋斗下,有了一个属于自己的新姓氏:秦嬴。中国历史上一个新的姓氏——秦,从此呱呱落地,辉煌降生。二百多年来以泪洗面、屈辱苟活的日子终于结束了。从现在起,他们不仅再也用不着怀揣寄人篱下的惶恐,凭借借用的赵姓苟且度日,而且可以公开建庙设坛,祭祀先祖少昊帝!

非子在汧渭之会牧马的时候,老家犬丘却遭遇灭顶之灾。父亲大骆、兄长成及族人举族被突然袭来的犬戎诛灭,犬丘被占领,非子只好暂时在渭河中游安身。至于非子最初在关中建的封邑在什么地方,至今尚无定论。但从各种情势判断,这个叫"秦"的地方,应该距离汧渭之会不远。因为周孝王封赏非子的目的,是为了让他继续为周王室牧马,那么汧渭之会的天然牧场是不可放弃的;另外,汧渭之会东北,就是周人先祖最初立业的岐山周原,这里南邻渭河,距离都城镐京也不远,便于运送出栏马匹。

大概是为了抚慰丧失父亲和兄长的忧伤心灵,寻找机会收复失地,重返犬丘,非子在秦待了一段时间后,又起程返回渭河上游的天水。

犬丘还在犬戎手里,刚刚有了秦嬴姓氏的秦人先祖在渭河流域只剩下非子这一支血脉。非子必须承担起延续后代、光复嬴族的重任。非子从周孝王赏赐的封地再度西迁,应该是得到了周孝王允许了的。虽然父亲和其他先祖尸骨还在犬丘,但非子感觉与占据犬丘的犬戎刀子见血的时机还不成熟,于是便在渭河上游清水境内的牛头河一带继续牧马,并在现在清水县城附近的李崖重新建起自己的封邑秦亭。

从渭河上游到渭河下游的汧渭之会,非子完成了秦人脱胎换骨的政治性飞跃。回到天水,非子要积蓄力量,夺回失地犬丘,让自己的部族和秦人的大旗

凤翔县原来雍城遗址一带正在拓建新城。这是以遗址公园形式保留下来的秦雍城城墙遗址。

在春秋大地上扬眉吐气,让秦人挺起腰杆子生活。

一百多年后,秦国第五位君王秦庄公,在周王室的帮助下,终于完成了先祖非子的遗愿,将被嬴族视为神圣宗邑的犬丘收复,并被周宣王封为西垂大夫。但那时候,秦庄公还没有重返汧渭之会、在渭河中游开拓更广阔天地的想法。

公元前763年,秦庄公的孙子秦文公再度来到千河与渭河交汇处,并决定将国都从西汉水上游迁到汧渭之会的时候,一个由牧马人出身的秦人开创新时代的大幕徐徐开启。秦文公迁都汧渭之会不久,一座建都时间长达二百九十四年的秦国国都——雍城,在距长青镇不远的凤翔县城附近崛起。

西面有自北向南流淌的千河,南面有从居高临下的塬下流过的渭河。雍城就端坐在渭河北岸,日复一日孕育着一个民族越来越清晰的梦想。直到公元前383年,秦宪公将国都迁到渭河下游、临近黄河的栎阳。

从长安开始

中国疆域的基本格局是什么时候形成的？

"中国"一词，最早出现在1963年宝鸡市贾村镇出土的西周早期一位何姓贵族制作的青铜祭祀器——何尊上的铭文中。这件青铜器制作的年代，大约在公元前1043年周武王去世之后。何尊铭文所记述的，是武王去世，成王即位后继承先父遗愿，开始在洛阳建立东都，即成周之事。在祭祀周武王的祭祀仪式上，周成王以何尊制造者的先祖忠心耿耿追随文王和武王灭商，周武王当年曾祭告天下，将以洛阳为中心统治天下的历史训诫后代："余其宅兹中国，自兹乂民。"

那时候，周成王所说的"中国"，仅仅指洛阳之地，意思即洛阳是天下中心。西周早期，周天子心目中也还没有太强的疆域意识。虽然《诗经·小雅·北山》说周天子认为"普天之下，莫非王土；率土之滨，莫非王臣"，但分封制实施后，各地诸侯各有自己的邦国，周王室所能拥有的疆域，大约仅有现在包括宗周西安到成周洛阳一带的渭河流域及黄河中游河南中西部一带。但当周秦汉唐从渭河之滨崛起后，开疆拓土，成为各个王朝显示国威的常态。中国疆域最早的格局，也就随着渭河流域崛起的强大帝国，一步一步形成了。

公元前221年，秦始皇诛灭六国后，面对咸阳城外滚滚东流的渭河，一种无名的冲动开始在千古一帝秦始皇心中萌生涌动：六国已经荡平，曾经被纷争的诸侯分割得七零八碎的中国大地，现在都归属于自己的权杖之下。但从先祖创业开始，就不断与秦人为敌的北方匈奴还在肆无忌惮地对大秦帝国的疆土进行侵犯骚扰，本来与北方山水相连的岭南依然小国林立，还不是秦人车马可以任意驰骋的地方。他不仅要复仇，将匈奴赶跑，还要将盛产水稻的岭南百越诸国也归入秦国版图。

北方的匈奴过于强悍,但征服南越诸国,事不宜迟。

公元前218年这一年,张良在博浪沙袭击第三次出巡的秦始皇虽然失败,却名声大振;在西方,罗马联军攻占了西班牙城市萨贡图姆。秦始皇并没有因为张良袭击改变进军南越的计划。

诏令下发之后,大将屠睢和赵佗率领的五十万秦军浩浩荡荡,集结在咸阳城外渭河码头,由当时的战船将秦国组建的强大水兵——楼船水师沿渭河运到黄河,然后从长江以南顺流而下,兵分五路,经广西北部越城岭、湖南南部九嶷山、江西南康和余干等地,向居住在广东、广西地区的越族发起进攻。夺取九嶷要塞的秦军顺北江而下,直抵珠江三角洲地区,占领番禺。面对越人反击,坐在渭河北岸咸阳城的秦始皇命令秦军开凿沟通珠江和漓江的灵渠,以保障前线士卒军需供给。三年后,百越灭亡,广大百越地区数十个风俗各异的民族,成了秦始皇的臣民。

南越兼并战进入尾声的时候,一道早已拟好的诏令再次传到了大将蒙恬手中。

这是公元214年春天。征服南越的战争结束后,秦始皇在广东番禺设立南海郡,管辖刚刚收复的岭南广东地区。蒙恬三十万大军先从渭河支流北洛河发源的陕北榆林越过长城,后从内蒙古渡过黄河,迫使匈奴朝更北的漠北迁徙。匈奴走后,秦始皇在这里移民垦荒,设郡置县,并开始修建西起甘肃岷县,东到辽东半岛的万里长城。至此,坐镇渭河平原腹地的秦始皇以利兵铠甲,基本上建构起了"东至海暨朝鲜,西至临洮、羌中,南至北响户(北回归线以南),北据为塞,并阴山至辽东"的秦国辽阔疆域。

这也是中国第一个真正拥有统一的国土和统一的国家政权的国家。

西汉王朝的创建者是汉高祖刘邦,但让西汉成为国力强盛、疆域辽阔的西汉帝国的缔造者,是他的重孙汉武帝刘彻。

西汉建立之初,疆域范围与秦朝相差无几。汉高祖六年,刘邦试图赶走威胁北方边境安全的匈奴,被匈奴围困在山西大同东北今名马铺山的白登山后,西汉对匈奴心生畏惧,只好以美女财帛向匈奴求和。在"和亲"策略鼓励下,匈奴得寸进尺。到汉文帝时期,匈奴老上单于甚至率兵杀入秦昭襄王时期在渭河支流泾河上游设置的北地郡(固原附近),前锋铁骑已经抵达雍(陕西凤翔)和甘泉(陕西淳化),逼近都城长安。为了向西汉示威,匈奴还烧毁了泾河岸边供奉西王母的回中宫。随后,匈奴三万骑兵又入侵云中(内蒙古托克托旗)、上郡(陕西榆林南鱼河堡附近)两郡,秦始皇留给刘邦的国土面积不仅愈缩愈小,西汉都城长安也在匈奴不断袭来的铁骑弯刀下频频告危。

忍耐和等待预示着巨大爆发力正在积聚。

羽翼丰满后,以崇尚武力、开疆拓土著称的汉武帝,在未央宫终于发出了向匈奴复仇的怒吼。从汉武帝元狩二年(公元前121年)到元狩四年(公元前119年),汉武帝任用卫青、霍去病相继发动针对匈奴的河西之战、漠南之战、漠北之战,使盘踞在北方与河西走廊的匈奴闻风远遁,让西汉帝国的恩威遍及中国北部牧草苍茫的草原和戈壁茫茫、大漠浩瀚、雪峰林立的西北内陆。紧接着,从长安昆明池扬帆起程的西汉楼船水师浩浩荡荡,向东北直抵朝鲜半岛,向南长驱夜郎、南越诸国,将国土范围拓展到南海诸岛和越南境内的西贡(今胡志明市)。至此,东抵日本海、黄海、东海暨朝鲜半岛中北部,北逾阴山,西至中亚,西南至高黎贡山、哀牢山,南至越南中部和南海,总面积超过一千四百万平方公里的辽阔疆域,成了供汉武帝出巡车马任意驰骋的跑马场。

公元701年,大诗人李白在今天吉尔吉斯斯坦托克马克的碎叶城呱呱落地的时候,李隆基虽然才十五岁,却已经拥有了五品官衔,出任奶奶的仪仗车队

茂陵这尊石刻骏马所表达的意象,大概就是赞颂汉武帝"马踏匈奴"的盖世功绩吧。

队长。这位曾经创造了盛唐时期盛极一时的开元盛世的皇帝掌权以后,以武力重新恢复了唐朝对长城以北的管辖权,并使曾经中断一时的丝绸之路再次驼铃不绝,商队络绎。此前,唐太宗李世民四面出击,频繁对东突厥、吐蕃、吐谷浑、高昌、焉耆、西突厥、薛延陀、高句丽、龟兹用兵,为大唐三百年基业奠定了辽阔的疆域基础。唐朝最强盛的时期,疆域面积东至朝鲜半岛,西达中亚咸海以西的西亚一带,南到越南中部顺化,北面包括贝加尔湖至北冰洋以下一带,横跨欧亚大陆,国土面积仅次于后来的元代。最为重要的是,唐朝为实施对边境众多少数民族的有效管理,先后设置的安西、安北、安东、安南、单于、北庭六大都护府,以"抚慰诸藩,辑宁外寇"为职责,对周边民族实施"抚慰、征讨、叙功、罚过事宜",使突厥、回纥、靺鞨、铁勒、室韦、契丹民族不仅归顺大唐,而且成为稳定唐朝边境的重要力量。

  渭河古老涛声和翻卷的浪花催生的东方帝国到了唐代,已经到了应该将秦汉两朝所创造的文明成果好好总结一番的时候了。所以,对于凝聚了自西周秦汉以来中国封建社会文明所有气血成长起来的大唐帝国来说,它所创造的政治、经济和文化文明,仅仅以疆域面积衡量,是远远不够的。只要看一看以长安为中心,辐射全国诞生的如洛阳、广州、福州、洪州(今江西南昌)、扬州、益州(今成都)和西北的沙州、凉州等具有国际影响的商业性大都市的繁华,以及大唐盛世极度开放的对外政策吸引的数以几十万计的世界各国有识之士云集长安的胜景,我们就不得不承认,大唐盛世为我们奠定的文化和精神基础,远比它所开拓的辽阔疆域更为重要,也更能体现一个民族全面强盛的影响力。有一段记述大唐盛世贞观年间安定、和谐、文明的社会胜景的文字:

> 官吏多自清谨。制驭王公、妃主之家,大姓豪猾之伍,皆畏威屏迹,无敢侵欺细人。商旅野次,无复盗贼,囹圄常空,马牛布野,外户不闭。又频致丰稔,米斗三四钱,行旅自京师至于岭表,自山东至于沧海,皆不赍粮,取给于路。入山东村落,行客经过者,必厚加供待,或发时有赠遗。此皆古昔未有也。
>
> ——《贞观政要·论政体》

唐贞观六年（公元632年），全国死刑犯二百九十人。这年岁末，李世民准许死刑犯全部回家办理后事，第二年秋天再回来行刑（古时，为防止尸体腐烂，对死刑犯行刑时间常选择在秋天）。贞观七年九月，被放回家的二百九十个囚犯竟全部自动返回，接受死刑，没有一人逃亡！

生活在这样的国度里，每个人的每一天不仅过得有滋有味，而且每个人必然拥有挥霍不完的激情与梦想。

纸张上的战争

公元105年，宦官蔡伦将自己在前人基础上改进制造的光洁柔软、更适宜书写和保存的纸张献给汉和帝的时候，西方人还在羊皮上书写，古埃及人则以一种叫作纸莎草的水生植物叶子为书写材料。

其实，中国造纸术的出现，远远早于蔡伦。早在公元前2世纪的西汉时代，麻皮纤维或麻类织物制造的纸张已经在中国出现。佐证这一历史真相的证据，仍然来自渭河流域。1957年5月，考古工作者在灞河将要汇入渭河的西安市灞桥出土了古纸，经科学鉴定后得出的结论是西汉麻纸，产生年代在公元前118年之前；1978年，考古人员又在陕西省扶风县中延村出土了三张西汉宣帝时期（公元前73年—公元前49年）的麻纸。这些纸是中国造纸术幼年时期的产物，质地粗糙，不便于书写，实用性和耐用性自然与后来蔡伦发明的"蔡侯纸"无法比拟，但它毕竟是蔡伦改进并创造的基础和前提。

到了唐代，蔡伦发明的造纸术已经传播到日本和朝鲜半岛。但整个阿拉伯世界和欧洲人，还在纸莎草和羊皮上记录他们所创造的文明。虔诚的基督教徒要抄写一部《圣经》，必须杀掉三百多只羊，然后将羊皮剥下来晾干，剪裁整齐，再一笔一画将古老的经文和赞美诗抄写在羊皮上。

公元8世纪，阿拉伯世界大食帝国与大唐帝国之间发生的一场战争，让已经在中国诞生六百多年的造纸技术传入阿拉伯，为阿拉伯世界文明进程插上了腾飞的翅膀。

那是公元751年，由唐玄宗执政的天宝十年。这一年，唐玄宗不仅恩准了安禄山要求兼任河东节度使的请求，还在京师长安为安禄山着手建造极其奢华的豪宅。但在距离大唐都城数千里之遥的中亚重镇怛逻斯（今哈萨克斯坦江布尔），由大唐将军、高丽人高仙芝率领的三万唐朝军队与大食帝国沙利带领的十七万阿拉伯军队的激战正在进行。

这场战争的缘起，名义上是因为位于现在乌兹别克斯坦首都塔什干市一带的大唐藩国石国对大唐无礼失敬，实际上是唐朝为了清除丝绸之路上的阻碍势力。战争爆发前一年（公元750年），在加速大唐对西亚扩张中立下大功的高仙芝血洗石国，俘虏石国王子，并将石国王子献给唐玄宗。被关押期间，石国王子侥幸逃脱，向当时在中东迅速崛起的阿拉伯大食帝国求援。那时的大食帝国已经从阿拉伯半岛扩张成为横跨欧亚非三大洲、实力空前的帝国。在整个西亚世界，除中国和吐蕃之外，大食帝国是可以影响西域世界的另一支力量。尽管当时唐玄宗已经醉倒在杨贵妃的石榴裙下，但对于已经熟稔于用武力开疆拓土的大唐军队来说，这场战争只是他们经历的无数开战即胜的常规战中的一场，人数悬殊根本无关紧要。战争一开始，高仙芝先发制人，深入七百余里，直逼石国都城怛逻斯城，斩杀大食军队七万余人。但在围攻怛逻斯城的时候，沙利指挥阿拉伯军队从背后袭击唐军，唐军招募的西域军队突然哗变，导致唐军损失惨重，两万安西精锐部队几乎全军覆没，到战争结束，只有一千余人返回大唐。

对于大食将军沙利来说，这场战争的全面胜利带给他的所有惊喜，远不如偶然发现被他俘获的唐军俘虏中有熟悉中国造纸工艺的造纸工人更让他喜出望外。那时候，阿拉伯没有斩杀战俘的传统，一般采取流放方式处置俘虏。其他俘虏被流放的时候，有造纸技术的工人被沙利安置到中亚重镇撒马尔罕，让他们向阿拉伯人传授造纸技术，并于公元757年在撒马尔罕建立起阿拉伯世界的第一个造纸工厂。

早期，阿拉伯人在大唐俘虏指导下生产出的阿拉伯世界第一张纸还是麻纸，但这张麻纸的诞生，预示着阿拉伯除了使用武力施加它对世界的影响外，纸张所承载的阿拉伯文明，将加速阿拉伯文化对世界的影响。

阿拉伯人生产出第一批麻纸的时候，远在渭河流域的大唐诗人、画家和书法家，已经在一种更为适宜毛笔书写的纸张上创作出大量让后世引颈仰望的诗歌、书法和绘画作品。而三十六年后的793年，阿拉伯世界最大的造纸厂才在巴格达建成。

从那时开始,阿拉伯帝国开始在一种更为轻便、耐用,也适宜保存的纸制品上书写政府文书和档案。随着阿拉伯大军征伐的脚步挺进欧洲大陆,中国造纸术也被传到叙利亚、埃及、摩洛哥、西班牙、意大利等地。最初,由于欧洲人使用的阿拉伯纸张价格十分昂贵,当时的欧洲世界,使用纸张被视为一种极其奢侈的消费,以至于1221年,那不勒斯和西西里国王菲特烈二世下令禁止使用纸张书写官方文件。直到17世纪,欧洲造纸技术还十分落后,只能达到中国宋代水平。为了解决纸张质量问题,17世纪著名政治家、法国财政大臣杜尔阁,甚至曾经希望利用驻北京的耶稣会教士刺探中国造纸技术的秘密。

对于中国来说,蔡伦时期已经成熟并在后来发展更为迅速的造纸技术,在渭河流域的孕育发展,也经历了漫长的过程。

1985年,在曾经是秦人先祖在渭河流域牧马、生活并战斗过的天水牧马滩秦汉墓出土的一块纤维制品地图,引起专家高度关注。这块西汉初年墓葬里发现的纤维制品上面,绘制的是秦始皇统一中国后牧马滩一带的山川河流。专家从同时出土的竹简记载的信息断定,这墓葬埋葬的是战国时期秦国邽县为秦始皇放马的牧马人。这张纤维制品地图发现后,围绕绘制这张地图的材料是纸张还是丝绸的争论一直没有停止。参与当年牧马滩十三座秦墓和一座汉墓发掘工作的甘肃省文物保护维修研究所所长何双全断定,牧马滩地图是我国最早的纸质地图。2011年,他在接受《国际在线》记者采访时说:"当时挖掘的时候,这张纸混合着泥土,放在墓主人的胸前。当时,从表面上看,好像是一块丝绸。(后来,)干燥了泥土,清理完杂质,在显微镜下一看,只是粗细掺杂在一起的纤维,没有经纬线,排除了是丝绸品的可能。丝绸有经纬线,纸张是植物纤维所造,没有经纬线。这是最大的区别。"所以专家断定,牧马滩纸是迄今所知世界最早的纸质地图实物,也是世界已知最古老的植物纤维纸。

如此看来,蔡伦发明造纸术之前,生活在渭河流域的秦人,已经掌握了在当时极为先进的植物纤维造纸技术。只是在历经三百多年发展之后,蔡伦站在先辈肩上,将造纸术推向了一个成本低廉、书写方便,更适宜规模化生产的新高度。

距今一千九百多年前，蔡伦发明的造纸术让中国结束了在青铜、甲骨、竹木简上记录历史、书写辞赋时代的时候，意大利人还要等待一千一百七十多年后才建起第一座只能生产麻纸的造纸工厂。而整个欧洲造纸技术的改进和发展，还要等到清代乾隆年间，供职于清朝宫廷的法国画师、耶稣会教士蒋友仁将中国造纸技术流程画成图寄回巴黎后，才开始在欧洲大陆广泛传播。

无奈的对峙

十二年春,亮悉大众由斜谷出,以流马运,据武功五丈原,与司马宣王对于渭南。亮每患粮不继,使已志不申,是以分兵屯田,为久驻之基。耕者杂于渭滨居民之间,而百姓安堵,军无私焉。相持百余日。其年八月,亮疾病,卒于军,时年五十四。

这是陈寿《三国志·诸葛亮传》对诸葛亮屯兵五丈原历史的记载。时间在建兴十二年(公元234年),地点在渭河南岸陕西岐山县南、秦岭北麓一块叫五丈原的台地上。

五丈原之战是诸葛亮为报答刘备知遇之恩发动五次北伐的最后一次,也是诸葛亮与曹魏交锋的最后一搏。公元234年春天,诸葛亮率十万大军沿褒斜

五丈原诸葛亮庙

道从大本营汉中翻秦岭北上,进驻五丈原安营扎寨,以渭河为界,与曹魏形成对峙之势。这一次,诸葛亮吸取前四次北伐由于秦岭阻隔,每每到与魏军决定胜负的关键时候后勤保障供给不上的教训,一方面发明了在当时算是最现代化的运输工具——木牛流马,从褒斜道保障军需供应;另一方面,动员当地百姓和军队,按照"军一分,民二分"的屯田政策,利用渭河南岸台地肥沃土地开垦种田,准备与魏军展开持久战。

然而这时候,老天已经非常吝啬给予诸葛亮战胜司马懿的机会了。刚刚到达渭河南岸的时候,魏明帝曹睿原本要司马懿驻守渭水北岸,等待蜀军渡渭河再发起进攻,消灭蜀军。司马懿却指出,关中百姓都聚居在渭水南岸,渭河南岸是兵家必争之地,决定带兵到渭河南岸与诸葛亮对峙。司马懿的这个计划无疑是一步险棋。在五丈原安营扎寨后,诸葛亮在紧临渭河的眉县首善镇葫芦峪村葫芦口展开的围剿司马懿之战,原本完全可以让背水一战的司马懿全军覆没。没有想到公元234年6月,诸葛亮精心策划的火烧葫芦峪,却被口小腹大的葫芦峪特殊地形造成的一场突如其来的气流雨,使诸葛亮的计划化为泡影。

面对葫芦峪赭红色的山谷,两次到滔滔渭河自村北流过的葫芦峪村,看守

三国古战场葫芦峪

葫芦峪口武侯庙的老人都不无遗憾地叹息说："诸葛孔明能掐会算。好端端的六月晴天竟突然下起了大雨,雨把火扑灭,这是天意啊!"

魏蜀吴三国形成鼎立之势后,蜀汉与曹魏之间真正的战略分界线,其实就是秦岭和渭河。从公元228年开始,诸葛亮进行的五次北伐,蜀魏之间的争战都是围绕渭河与秦岭展开的。

开始于公元228年春天的第一次北伐,如果诸葛亮不是任用只会纸上谈兵的马谡,街亭不失守的话,蜀魏之间的战略平衡肯定将彻底被打破。尽管第一次北伐诸葛亮收回了渭河上游的南安、天水和安定三郡,还得到了姜维,但街亭的失守,最终还是让原本初战告捷的首次北伐以失败告终。

这里有一个历史地名问题,很值得史学家重新研究。这就是马谡失街亭的街亭,到底在渭河南岸的现天水市麦积区街亭镇,还是天水市秦安县陇城镇。

现在流行的说法,将秦安县陇城镇认定为是马谡失街亭的街亭。但有一个基本常识被持街亭即秦安陇城观点的专家忽视了,即当时诸葛亮大本营在现在礼县祁山镇祁山堡。祁山堡到秦安陇城之间的距离,以现在天水与秦安之间有沿河谷修建的公路行走,也超过了二百公里。在有渭河、葫芦河、清水河等众多河流阻隔,沿途尽是高山的三国时期,从祁山堡到陇城绕山行进的里程,肯定远远超过了二百公里。而且,从祁山堡到秦安陇城,还要渡过那时候大浪滔天的滚滚渭河和渭河支流耤河、葫芦河及众多山间小河。作为著名军事家,诸葛亮何以会将指挥所放在将近三百公里之遥的西汉水上游,却将马谡打发到已经在渭河北岸的陇城孤军防守呢?且不说这样的战略决策在保障后勤供给上的难度有多大,就是遇上突发事件,两地之间的情报往来、后援部队救援,也远非易事。更何况,从现行的诸葛亮北伐地图看,蜀军五次北伐有四次最远只到达了渭河南岸,诸葛亮在天水境内与曹魏展开的如卤城刈麦、天水关、木门道、空城计等著名战役,都发生在渭河以南,唯独这一次以失败告终的重要战役,蜀军竟轻轻松松渡过了渭河天险!

与秦安陇城相比,从情理上更接近于当时诸葛亮战略图谋的,则是渭河上游天水市麦积区街亭镇。除却在宋代地图上街亭镇就标明为"街子口"不说,这里地处渭河南岸,与祁山堡之间的距离只有数百公里,而且两地之间没有大河阻隔,绵延山岭之间古道交通也比祁山堡去陇城便利得多。这里还是古上邽县治所在地。到现在,从街亭镇向东南可以穿越秦岭古道通往凤县,朝北有东柯河与渭水相通。如果从街亭镇翻越渭河南岸的崇山峻岭往东,还可以沿秦文公当年东猎路线到达宝鸡。这里不仅出土了大量三国时期的兵器,而且唐宋以来一直是甘肃进入关中最便捷古道的必经之地。《三国志·张郃传》记述马谡在街亭的防卫状况时说:"谡依阻南山,不下据城。郃绝其汲道,击,大破之。""南山"是秦岭古称,麦积区街亭古镇恰巧就南依西秦岭,而秦安陇城一带,已经属于陇山山脉了。至少,著名史学家陈寿还不至于把陇山和秦岭混为一谈吧。

所以从一般意义上讲,将马谡失街亭的街亭,确定在渭河南岸,现在天水市麦积区街亭古镇,似乎更接近历史真相。

街亭失守的同年冬天,退回汉中的诸葛亮出兵大散关,进入陈仓。魏明帝派张郃凭借陈仓城坚固的城防和渭河天险迎击蜀军,在粮草供应短缺的情况下,诸葛亮再次无功而返。三年后的公元231年春天,诸葛亮发明了木牛流马作为运输工具,又一次挥师北上,攻取祁山堡,抢收魏军在卤城(现甘肃礼县盐关镇)一带的麦子,并在木门道斩杀张郃。这一次,诸葛亮虽然亲自带兵从祁山堡推进到了上邽附近,但还是被司马懿拒在渭河南岸,没有能够渡过渭河。

也许是四次北伐让诸葛亮意识到了蜿蜒在蜀魏两军阵前的渭河天堑对于交战双方的重要意义,开始于公元前234年春天的第五次北伐,诸葛亮选择了直接挥师渭水,在紧临渭河的五丈原与司马懿对垒。

这次与司马懿对峙,诸葛亮做了充分准备,他甚至试图派军队从武功渡过渭河迂回作战。然而,大抵是诸葛亮气数已尽,每次筹谋好的作战方案,都被天灾人祸搅黄。先是传来牵制曹魏的东吴军队战败的消息,接着又是本来必死无疑的司马懿在葫芦峪侥幸逃生,后来奉诸葛亮指令北渡渭水驻守武功的孟琰又被突然暴涨的渭河河水阻断了与诸葛亮的联系,险些被司马懿吃掉。这样的折腾和对峙,已经持续了一百多天。内忧外患,日夜操劳,诸葛亮身体每况愈下。到最后,狡猾的司马懿在断定诸葛亮已经体力不支,有始无终的对峙必然将蜀军后勤供给消耗殆尽后,做出了长期对峙、与蜀军打消耗战的准备,任诸葛亮百般羞辱挑衅,就是坚守不战。

就这样,坐镇渭河南岸五丈原大本营的诸葛亮,眼看着从三月阳春到八月深秋,渭河河水愈涨愈大,蜀军却不能从渭河南岸向渭河北岸推进一步,自己身体却如一盏熬干的油灯,一日不如一日,内心充满了惆怅和绝望。

是夜,孔明令人扶出,仰观北斗,遥指一星曰:"此吾之将星也。"众视之,见其色昏暗,摇摇欲坠。孔明以剑指之,口中念咒。咒毕急回帐时,不省人事。众将正慌乱间,忽尚书李福又至;见孔明昏绝,口不能言,乃大哭曰:"我误国家之大事也!"须臾,孔明复醒,开目遍视,见李福立于榻前。孔明曰:"吾已知公复来之意。"福谢曰:"福奉天子命,问丞相百年后,谁可任大事者。适因匆遽,失于谘请,故复来耳。"孔明曰:"吾死之后,可任大事者:蒋公琰其宜也。"

这是罗贯中《三国演义》第一百零四回《陨大星汉丞相归天见木像魏都督丧胆》,描述诸葛亮在五丈原归天的文字。作为对一代贤臣诸葛亮竭力扶持刘汉王室、鞠躬尽瘁、死而后已品德的慨叹,罗贯中又加了一句抒情句式:"是夜,天愁地惨,月色无光,孔明奄然归天。"

诸葛亮身死五丈原之后,蜀魏之间以渭河秦岭为界,分疆而治的格局成为定势。观其诸葛亮生命最后时刻实施的知其不可为而为之的五次北伐,最强大的对手不是司马懿,而是高耸在诸葛亮命运高处的莽莽秦岭和古老渭河。

铁马秋风

傍依着渭河南岸一路东进的秦岭，进入关中以后山势突然变得高峻起来。突兀起伏的山岭中，发源于大散关一带秦岭的清姜河流经神农镇汇入渭河。大散关北麓是清姜河源头，而自大散关附近高山之巅飞云瀑和黑龙潭流出的一泓清水穿过丛林，向秦岭南麓流出后，就汇聚成了嘉陵江。所以大散关一线秦岭主脊，也就成了渭河和嘉陵江、黄河与长江的分水岭。

清姜河岸边的这块石刻是著名公路工程专家、原国民政府交通部公路总局副局长赵祖康修筑川陕公路时题写。

关中之意，是取了渭河平原四面西有大散关、东有潼关和函谷关、南有武关、北有萧关和金锁关之意。这几座固守关中的关隘中，除了南面的武关以外，其余都在渭河流域。

现在的大散关，是抗战时期国民政府交通部公路总局副局长、中国现代公路奠基人赵祖康主持修建的川陕公路交通要塞。时过境迁,唯一可以见证抗日战争时期承担西北国际补给运输线的川陕公路西安到汉中段所经历的艰辛与悲壮的,只有从峡谷深处奔流而下的清姜河岸石崖上,当年赵祖康题写的"古大散关"碑刻。碑刻后面山上,还有纪念著名诗人陆游亲临大散关,与王炎并肩抗金,并写下著名的"楼船夜雪瓜洲渡,铁马秋风大散关"诗句的陆游纪念馆。

公元1163年,宋孝宗任用枢密使张浚发动的对金反击战失败,张浚被罢官,遣送回老家天水。本来在枢密院做编修史官的陆游也被以"交结台谏,鼓唱是非,力说张浚用兵"的罪名,罢黜回乡闲居。后来,负责川陕一带军事防务的南宋将领王炎将陆游请到汉中,做他的幕僚。这一年是公元1172年,陆游四十七岁。

此前的公元1138年,宋高宗已经与金人签订了分疆而治的条约。依照法国人勒内·格鲁塞的《草原帝国》描述,秦岭——渭河——淮河一线就是当时宋金分界:"边境线是以淮河,以及黄河(及渭河)流域与汉水上游流域之间的高地为界,黄河流域和渭水流域仍归金,汉水流域归中国人。"

如此看来,陆游随王炎到达的大散关,是宋金之间最前沿和宋军与金兵拼死争夺的战略要冲。从南宋初年开始,为了争夺翻越秦岭进入四川的通道,金兀术在这里和吴玠你争我夺,进行过数十次拉锯战。其中最著名的一次战斗,是公元1131年在大散关附近的和尚原展开的和尚原之战。

如果从大散关最高处关口向嘉陵江源头而去,群山之巅突然出现的一片平坦开阔的山间草甸,就是和尚原。和尚原四周峰岭都被茂密丛林覆盖,唯有这里天蓝草碧,溪水漫流,一群群美丽的梅花鹿装点其间,仿佛人间仙境。然而八百多年前,这里却是吴玠、吴璘兄弟与金太祖完颜阿骨打第四子——也就是民间所说生得人身狗头、与岳飞拼死相搏的金国大元帅金兀术展开生死激战的古战场。

吴玠、吴璘是渭河在甘肃境内另一支流葫芦河流经的庄浪县水洛城人。他父亲吴扆,是北宋末年驻守渭河上游水洛城的指挥使。北宋末年,吴玠参加过抗击西夏和镇压方腊义军的战斗。到了南宋初年,吴玠和弟弟吴璘从甘肃泾川县一直转战到陕西华县,在泾河和渭河流域与金兵作战。和尚原之战开始前一

现在的和尚原不仅美丽,而且宁静。

年,根据当时驻守在渭河上游秦州的张浚部署,吴玠和吴璘率军从甘肃泾川、陕西彬县、长武到凤翔,沿泾河一路向南抗击金兵,屡战屡胜,一度收复被金兵占领的长安。富平之战失败后,吴玠、吴璘又根据张浚部署,率领数千残部,退守渭河南岸大散关,遏制金兵主力入川。

和尚原之战发生在公元1131年10月。从5月开始,金兵将帅从宝鸡、岐山、凤翔、麟游、扶风一线的渭河北岸集结,准备正面进攻和尚原;在大散关南面,金兵将帅乌鲁、折合从陇南阶州和成州挥师北上,试图前后夹击,夺回和尚原和大散关。吴玠、吴璘率领宋军利用有利地形,首先将乌鲁、折合率领的金兵击败。和尚原之战首战失利,踞守渭河北岸,等待与乌鲁、折合会合的金兵主帅金兀术恼羞成怒,发出"谋必取玠"的怒吼,亲自出战,集结十多万兵力,用数百条战船在渭河架设浮桥,跨过渭水,并在宝鸡垒石为城,结成连珠营,准备与吴玠、吴璘率领的宋军决一死战。

然而到了金秋十月,和尚原战斗一打响,金兀术和他的十万金兵却遭遇自金兵灭辽破宋以来从来没有过的惨败。这场战斗中,金兵损兵折将不说,金兀术中箭负伤,仓皇逃走,一蹶不振,宋金之间战局出现转机。

和尚原之战的胜利,渭河天堑也帮了吴玠、吴璘大忙。据史书记载,渭河北岸民众晚上渡过渭河,为吴玠、吴璘兄弟的守军冒死运送粮食。而吴玠利用渭河天堑,派人从两侧断绝金兀术粮草供给线,也是和尚原之战取得胜利的因素之一。

陆游到大散关的时候,和尚原之战已经过去三十多年。陆游的身份是襄赞军务。据说一介书生的陆游在大散关曾经身披铁甲,提刀跃马,横渡渭河,奇袭过金兵。他甚至建议王炎从大散关出兵关中,渡过渭河,克复长安。在陆游看来,要光复中原,首先要收复长安。

陆游写《书愤》的时候,已经离开大散关将近二十年。这位一生空有爱国之心、却报国无门的诗人,在六十二岁高龄写下这首千古流传的著名诗篇的时候,眼前肯定浮现着渭水秋风大散关的悲壮意境:

> 早岁那知世事艰,中原北望气如山。
> 楼船夜雪瓜洲渡,铁马秋风大散关。
> 塞上长城空自许,镜中衰鬓已先斑。
> 出师一表真名世,千载谁堪伯仲间。

陆游时期的渭河流域,已经不是全国的政治和经济中心。但渭河秦岭一线,却是躲避在都城临安、惶惶不可终日的南宋皇帝最要命的军事分界线。一旦渭河秦岭防线失守,西北和北方游牧民族即可长驱南下。所以即便是在富平之战失败,关中地区整个渭河流域已经是金兵铁蹄肆意践踏的情况下,渭河南岸秦岭一线及尚在南宋手中的渭河上游,仍然是南宋抵御金国最重要的军事防线。

行走在渭河两岸,无论是渭河干流流经沿岸的山峁梁顶,还是渭河众多支流流经的高丘塬上,只要有一座高丘或者山包突兀崛起,必然会出现一座据危临险、四面高墙壁立、寨门赫然洞开的古堡蹲踞在那里,让人倏忽间感到有一种肃杀之气扑面而来。早年,这些堡寨里还有人居住,现在这些日渐残败的古堡作为战争年代残留的历史遗迹,已经没有多少人追究它的过去。但在关中地区渭北台塬上行走,你若要打听一个村庄,当地老人还将村子叫作"堡子"。

渭河流域的这些土堡,大多是明清时期附近村庄百姓躲避土匪流寇的防

从这样的古堡经过的时候,你无意识会将生死、战争、匪患与这片贫瘠的土地联系到一起。

渭河岸上,吴玠、吴璘抗金时所筑的吴砦堡。

御工事,也有一些是宋代渭河沿岸军民抗击金兵、驻扎军队乡勇的军事设施。这种堡寨,在北宋年间已经出现。史书上记载,当初的堡和寨建筑规模是有区别的:"寨之大者周九百步,小者五百步;堡之大者二百步,小者百步",但性质相同。

从宝鸡溯渭河西进,进入天水境内,在据说是老子出生之地伯阳镇附近的渭河南岸,三面被渭河水环绕,突兀崛起的山崖上,一座古代堡寨的残迹依稀可见。这座古堡叫吴砦堡,是当年吴玠、吴璘兄弟防守渭河、抗击金兵的城防要塞。八百多年前,吴玠、吴璘兄弟带领南宋军队以渭河为防线,与金兵殊死搏斗的历史,已经掩埋在浩渺烟尘之中。但那座矗立在渭河岸上八百多年的古堡残迹和当地志书、民间传说,依然回荡着后世对一代抗金英雄的怀念与眷恋。

如果溯渭河和泾河继续往西、往北,在天水和泾河流经的彬县、长武、平凉境内,这样的古老堡寨越来越多。它们或高耸在高峻的山巅,或坐落在居高临下、面向河谷的山崖上,威风凛凛,杀气腾腾。走进那些如今空旷而死寂的堡寨,阴森的恐怖之气迎面扑来。用不着多想,一种杀声震天、血肉横飞的历史场面,便会浮现在我们脑海。

渭河上游武山境内,这种堡寨更多。在古代更多时候被称作宁远的县城后面,面临渭河,过去建有五座城堡,叫武城山,所以后来宁远就被改成了武山。武山境内的古城堡,有一些建造年代甚至可以追溯到唐代末年。

安史之乱后,大唐帝国大厦将倾,贞观末年已经在西北地区蠢蠢欲动的吐蕃军队乘势沿渭河和泾河向东,一度兵临关中,迫使唐政府与吐蕃在渭河上游的清水会盟,唐廷以"国家务息边人,外其故也,弃利蹈义"为由,承认吐蕃当时所侵占的唐州县为吐蕃领土,并暂时划定守界,唐廷"泾州西至弹筝峡,陇州西

甘肃泾川县王村镇完颜村的金兀术后裔为先祖完颜家族建的祠堂。

至清水县,凤州西至同谷县,及剑南大渡河东岸为汉界",吐蕃则占有了原属唐朝的兰、渭、原、会诸州。此后,清水以西的渭河流域,一直处于唐和吐蕃连绵不绝的争战之中。直到宋代,洛门以西武山西南部山区,还是吐蕃诸部族纵马游牧的天下。

和尚原之战后,在渭河流域最有影响力的金国将领金兀术,在秦岭南麓的甘肃徽县仙人关再次与吴玠交手失败后退回都城燕京,并从此卸下了一身戎装。但金兀术在泾河和渭河流域与宋军交战时留下的后裔,却至今生活在渭河北岸的陇东高原和渭北塬上。

岐山县蒲村镇洗马庄王上村和王下村,全村人户口本和身份证上都姓王,祖案上供的祖宗牌位却是完颜家族。王下村还有一座完颜家族的祠堂,同治年间(公元1862年—公元1874年)所建。从祠堂碑文看,这一支金人后裔的祖先叫完颜准。村里人都说,他们就是那位岳飞的仇敌——金国大元帅、开国功臣完颜宗弼金兀术的后代。王下村人活着的时候姓王,死后墓碑上却至今刻着完颜姓氏。

完颜村一千多口完颜后代是八百多年前为金兀术长子完颜亨守墓的人的后裔。世代流传的图绘家谱记载着在金国创建时建立过功勋的每一位先祖的名字和相貌。

甘肃泾川县泾河北岸有一个村子叫完颜村,全村六个村民小组二千零七十六口人,有一千多人姓完颜。据光绪年间《泾川乡土志》和完颜氏族祠堂介绍,居住在完颜村和甘肃泾川泾河流域的完颜氏族,是金兀术长子完颜亨的守陵人。完颜亨自幼随父征战,才勇过人,屡建战功,金熙宗时被封芮王,后被金兀术长兄之子完颜亮杀害。公元1161年,为了防止完颜亮斩尽杀绝,完颜亨家属将完颜亨的坟墓迁到当时有众多完颜亨旧部留守的安定,即今平凉泾川。

渭河支流泾河上游绵延的山岭,就这样让一个本来在铁马秋风岁月里极有可能完全消失的族群,存活到了今天。

潼关之痛

渭河流到潼关，终于结束了她在高原、高山、峡谷和平原地带蜿蜒八百多公里的旅程，带着她所经历的沧桑、荣耀与激情，即将与从山西芮城县风陵渡滚滚而来的黄河交汇的时候，一座与这条负载了一个民族数千万年情感的河流共历风雨的古城残迹，出现在渭河与黄河交汇处的渭河南岸。

这座古城就是潼关。

现在的潼关，已经回到了它的原初：有关无城，衰败成潼关县秦东镇一个叫港口的村子。自从潼关县城1960年搬迁到渭河南岸吴村原，潼关就变成了黄河南岸一个到处断垣残壁、遍地瓦砾砖石、只有一座关楼和几截将残败身影倒映在渭河与黄河交汇处潋滟波光里的城墙的废城残骸。

东汉建安元年（公元196年），曹操挟天子以令诸侯的图谋得以实现。掌握东汉实际控制权的曹操在将都城从洛阳迁至许昌的同时，为防止西部兵乱，废除函谷关，在现在潼关县港口镇秦东村设立关隘，名曰潼关。

从那时开始，这个被黄河与渭河流水逼到紧靠秦岭山麓一隅的关隘的兴衰荣辱，便与整个渭河流域的政治风云变幻连在了一起。无论关东还是关西，一有风吹草动，昼夜守卫在关楼上的兵士便迅速点燃滚滚狼烟。紧接着，关楼后面，从禁谷沿秦岭山脉向西传送情报的十二连城上，烽燧一座接一座点燃，将河东有变的消息传送到长安，或将渭河上游游牧部族打马东进的消息传递到中原。这样的日子，弥漫在潼关城头的，是点燃又熄灭的狼烟，而从关楼下经过一道又一道严格检查被准许出关入关的，除了往来于中原与关中之间的朝廷使臣、各色商人，以及各怀心思的杂色人等外，还有出关平叛的军队，或者夺取关楼、出入关中的叛乱者、匪徒和试图推翻皇权、在美女如云的皇宫里做几天皇帝梦的草寇飞贼。

公元759年春天,在石壕村经历惊心动魄的一夜并感慨地写下《石壕吏》的杜甫前往华州途经潼关之时,正是安史叛军攻陷洛阳、筹划进军长安之际。潼关守军剑拔弩张、紧张备战的情景,让杜甫对大唐命运充满担忧。面对此情此景,杜甫回想起三年前唐将哥舒翰统兵二十万镇守潼关,唐玄宗却听信杨国忠谗言,迫使哥舒翰出潼关作战,结果被安禄山打得落花流水,导致安禄山占据潼关西进,唐玄宗仓皇西逃,杨贵妃香消玉殒马嵬坡的悲剧,于是满怀忧患,写下了那首著名的《潼关吏》:

士卒何草草,筑城潼关道。大城铁不如,小城万丈馀。
借问潼关吏,修关还备胡。要我下马行,为我指山隅。
连云列战格,飞鸟不能逾。胡来但自守,岂复忧西都。
丈人视要处,窄狭容单车。艰难奋长戟,万古用一夫。
哀哉桃林战,百万化为鱼。请嘱防关将,慎勿学哥舒。

历史上走过潼关,且为潼关所牵连的国家和王朝命运充满担忧的诗人,远不止杜甫一人。天历二年(公元1329年),原本辞官在家已经七年的元帝国礼部尚书、参议中书省事、唐朝名相张九龄的弟弟张九皋第二十三代孙张养浩风尘仆仆,来到潼关关楼下。

这一年,张养浩年届六十,河北境内真定、河间、大名、广平及陕西关中发生旱灾。从泰定二年(公元1325年)至天历二年(公元1329年)五年间,陕西境内滴雨未降,关中大旱,出现"饥民相食"的惨状。已经老病缠身的张养浩被朝廷召为陕西行台中丞,派往陕西赈济灾民。这时的张养浩对仕途已经一无所求,但接到诏书后不顾高龄体弱,当即变卖所有家产,置换成救灾物资,星夜赶往关中。沿路之上,遍地灾民,四处饿殍,让这位年迈的散曲大家双目含泪,酸楚不已。到了潼关,面对纷纷逃亡的灾民,张养浩写下了那首回望历代兴衰、意绪苍凉的散曲名篇《山坡羊·潼关怀古》:

峰峦如聚,波涛如怒,山河表里潼关路。望西都,意踟蹰。伤心秦汉经行处,宫阙万间都做了土。兴,百姓苦;亡,百姓苦。

　　到了关中,张养浩昼夜奔波操劳,赈济灾民,四个月后,积劳成疾,死在任上。

　　杜甫走了,张养浩走了。还有更多的人在他们之前和之后,也来到了潼关。不过与杜甫和张养浩哀民生之多艰不同,更多以武力开道、用杀戮壮胆的先行者和后来者,占据潼关的目的是为了权利和征服。

　　曹操建立潼关后,第一个攻取潼关城的是马超。但历史上第一个烧毁潼关城的,似乎是唐末农民义军领袖黄巢。唐广明元年(公元880年)十一月,黄巢十万大军兵临潼关城下,守卫潼关的唐军张承范部溃不成军,投降的投降,逃跑的逃跑,黄巢还是命令义军一把火将潼关关楼烧毁,让冲天火光为他和义军挺进关中、直逼长安欢呼庆贺。那时候,大唐帝国已经将隋代在禁谷口建立的潼关城北迁到了渭河和黄河岸上。

　　黄巢纵火烧毁潼关关楼两个月后,曾经威震宇内的大唐帝国大厦便呼啦啦坍塌,大唐帝国从此一蹶不振,气数将尽。

　　接下来,出入潼关的帝王将相和窃国者,来来往往如走马灯,潼关的命运也伴随着关内关外王朝更迭起落浮沉,变幻无常。唐以后,北方游牧部族渐渐成为中原统治者不可小觑的政治力量。到了金代和元代,女真人和自蒙古高原顺北洛河南下的蒙古军队在这里相继展开两次争夺战,固若金汤的潼关最终还是紧握在金人手里。

　　明朝末年,李自成在陕南山中养精蓄锐、重新出山和被吴三桂追逼得走投无路的时候,曾三度攻守潼关。前两次,李自成在潼关遭遇的对手,分别是大明王朝两位兵部尚书洪承畴和李传芳,最后一次是已经改朝换代的清军。李自成与清兵的潼关之战,发生在清顺治二年(公元1645年)正月。这一次潼关失守,预示着李自成创建的大顺王朝彻底终结。李自成也在这一年从人间蒸发,神秘消失。从此以后,太平军、白朗军、靖国军和日本侵略军每一次到来,攻城者和守城者相互厮杀的战火,也为潼关城留下旧伤未愈、新伤又来的累累伤痕。

《潼关县志》上，有一幅拍摄于1956年的潼关城照片。

当时，潼关县城还没有搬迁，威风凛凛的关楼雄踞在黄河岸边。城门外店铺林立，城墙里屋舍弥望。滔滔黄河紧贴着高大坚固的城墙流过。东城门矗立一块"豫秦交界处"的石碑，西门门洞高悬乾隆皇帝御书的"金陡关"门额。紧临渭河与黄河的厚重城墙上，还有不少用于防御的宏大建筑。关城内外，山上山下，建有三十多处庵堂寺庙和牌坊。这些古建筑雕梁画栋，飞檐斗拱，古色古香。据《潼关县志》记述，清代的潼关县城街道四通八达，有育贤街、帅府街、四牌坊街、牌楼南街、牌楼北街、府部街、县门通街、下南门街和西关大街等。五十多条巷道，纵横交织，密如蛛网。

在现在叫做秦东镇的潼关老居民记忆里，最繁华的潼关县城历史开始于陇海铁路通车后。那时候的潼关城常住居民有两万多。来自全国十多个省市的淘金者、生意人聚居在这里，南腔北调、江南软语、关中土腔，交相辉映。县城里茶楼、剧院、妓院随处可见，穿旗袍、登高跟鞋的时髦女郎招摇过市。脚踏三省、地控东西的交通位置，使潼关城出现了极度辉煌的商业文明。

然而，就是这样一座承载着一个民族两千多年情感和精神记忆的古城，在进入20世纪以后，却屡遭灭顶之灾，以至于到现在已经荒芜、破碎得令人心痛！

潼关城20世纪遭遇的第一次劫难，发生在1937年到1943年的抗日战争期间。这七年间，驻扎在山西芮城境内的日本鬼子被黄河阻挡在潼关对面，无法靠近潼关一步，只有采取空袭和炮击方式向潼关进攻。日本鬼子十分清楚，攻不下潼关城，他们沾满中华民族鲜血的刺刀就无法挺进关中和西北大地。据当年出版的《秦风日报》在抗日战争后公布的资料，七年时间，日本鬼子先后在小小的潼关城里投下一千七百多发炮弹，而且使用了毒气瓦斯。在日本鬼子连年不断的狂轰滥炸下，潼关城内文物古迹、民用建筑，十之七八被毁。

虽然潼关城被日本鬼子的炮弹轰炸得满目疮痍，但那块乾隆皇帝御书"金陡关"的关楼依然挺立在黄河岸上。

潼关城最大的一次劫难，开始于1954年苏联专家团将治理黄河第一个项目、黄河第一个水库坝址选择在距离潼关一百三十公里的三门峡。

当年苏联专家组组长、列宁格勒水电设计院副总工程师柯洛略夫在说服中方将坝址确定在三门峡时说："任何其他坝址都不能代替三门峡为下游获得那样大的效益，都不能像三门峡那样能综合地解决防洪、灌溉、发电等各方面的问题。"而1955年，德国水利专家现场勘测后断言："在三门峡筑起大坝，无异是在修建一个祸害关中的死库！"

1957年，三门峡水利工程建设开始筹备。6月10日，在北京召开的三门峡水利枢纽讨论会上，著名水利专家黄万里严肃指出，在黄河流经三门峡这个淤积段上是不能建坝的，否则黄河下游的水患将移至中游关中平原。他认为，河道里的泥沙起上游切割、下游造陆的自然作用。建坝拦沙让黄河变清，是违反自然规律的，也是不现实的，何况清水出库对下游的河床也不利。他指出，此坝修建后将淤没田地，造成城市灾害。此前，黄万里在黄河规划会上更加直接地指出："你们说'圣人出，黄河清'，我说黄河不能清。黄河清，不是功，而是罪。"

然而，德国专家和黄万里并没能阻止住三门峡水库于1960年9月如期建成、下闸蓄水。三门峡水库蓄水当年，潼关以上渭河发生千百年来从来没有过的大水，淹毁良田八十万亩，潼关县城被迫撤离。随着库内水位不断升高，潼关附近的农民被迫一批又一批抛家弃舍，挥泪踏上背井离乡的迁徙之路。以至于到现在，在历史上物阜民丰的关中平原东府陕西渭南市，还有一个内地人十分陌生的常设行政机构——渭南市移民局存在。

从三门峡库区溯流而上，滚滚西进的黄河之水即将到来，中国大地上已经不需要一座历经千年、威风凛凛的潼关城了。关楼被拆除，曾经辉煌一时的潼关城古老寺庙道观、历经千年风雨的古建筑被整座整座拆除。从城楼和古建筑上拆下的厚重砖瓦，能用的被运到了新县城吴村建设新县城，不能用的被丢弃在废墟中。

潼关城消失了。潼关老城居民分流的分流，外迁的外迁，千百年来，华北进入西北的第一门户——潼关一夜之间变成了一座空城，一堆轰然倒下的废墟，静静等待汹涌而来的洪水将它淹没。

三门峡水库建成后，每年到了汛期或三门峡蓄水期，潼关高程居高不下，造成河床淤积抬升，渭河、洛河顶托倒灌。潼关脚下的黄河、渭河、洛河三河汇流区，被堆积起愈来愈高的阻水性"拦门沙坝"，致使渭河河道高差比降减小，冲刷动力减弱,过洪能力萎缩,洪水流速减缓,演进时间拉长,出现大量泥沙不断沉积,潼关高程继续抬升,干支流相互顶托倒灌的恶性循环。

这是三门峡水库带给潼关城和潼关以上渭河流域城镇和乡村无始无终的噩梦。

我两度进入三门峡库区,面对沉落在库底的那一点点库水,很难让人与曾经的"中国第一坝"联系起来。现在的三门峡水库,已经连蓄水发电功能都不具备了,没落之状,令人唏嘘。

已经衰败到开始以旅游观光业补贴日用的三门峡水库日子再清苦,也用不着担惊受怕。但自从三门峡水库大坝建立起来后,每到雨季,潼关、大荔、华阴、华县及渭南市临渭区渭河、北洛河沿岸的百姓,白天晚上过着提心吊胆的日子。从渭河北岸北洛河向南,经大荔县和渭南市临渭区到渭河南岸的华阴、华县一带,辽阔的渭河滩地平坦而肥沃,却没有村镇和居民。那里现在是农垦区,种植着大面积的棉花和玉米。在田里劳作的,是垦区工人。他们虽然躬身在田里劳动,却随时都有洪水一来、赶紧撤离的准备。即便是被高大防洪堤保护起来的临河村庄,路边也不时出现类似部队建制的连级指示牌,还有标明防洪物资存放点,以及逃生路线的标志牌。

显然,2003年渭南大水灾的恐惧和阴影,还徘徊在渭南一带渭河两岸每一个居民的记忆里。

对于四十多年来为了保证三门峡水库蓄水而牺牲在渭河两岸的生命,以及国家和个人付出的财力与物力,我们无须回顾。因为那是痛与苦的标志,也是情感与精神的磨难。如果将愈合的伤疤再度撕开,过于残忍!但只要将脚步再次移到到处是破砖碎瓦,遍地是历史残迹的潼关城,我们就可以从一座古城的兴衰,体会到一条河流的历史记忆。

从禁谷向北望去,黄河与渭河交汇处河水滔滔,蓝天苍茫,高高矗立的山西高原与一座凋敝老城残迹遥相辉映。但观看黄河、渭河和北洛河三河交汇最佳景致的地方,在港口村西头一截残存的古潼关城城墙残迹旁边。从那里望去,在华阴市三河口相汇后浩荡东流的渭河和北洛河,与从风陵渡黄河铁桥滚滚东下的黄河巨流,在秦东镇港口村与黄河北岸山西芮城县风陵渡镇凸起的

从古潼关城附近看到的渭河、北洛河与黄河三河汇流的景象。

黄河岸边残存的潼关城城墙

一场秋雨初歇之际,我在再次凭吊潼关古城时看到的十二连城烽火台的侧影。

高原下交汇到一起,形成蔚为壮观的三流交汇、大河东流的壮丽景观。三河交汇的地带,三股巨流在河滩上画出道道滩涂,滩涂上长满茂盛的水草,形成星罗棋布的河心岛湿地。极目远望,近处紧贴潼关古城的城墙遗迹而来的渭河水面开阔,水流平缓,远处洛河和黄河波光闪闪,水流纵横。泛着金光的河水,一片片葱茏的河间湿地,突兀高隆的山西高原交相辉映,壮丽迷人。发源于甘肃省渭源县豁豁山的古老渭河,就在这里结束了她穿山越岭的八百五十多公里的漫漫旅程,与黄河相拥相抱,继续东流。

潼关城消失了,黄河和渭河依然在这里交汇,奔流。

枕着涛声入眠

陕西境内规模最为宏大的古代帝王陵园有五座，一座是华夏人文始祖黄帝的衣冠冢，一座是千古一帝秦始皇陵，一座是汉武帝刘彻的茂陵，一座是唐太宗李世民的昭陵，还有一座是埋葬一代女皇武则天的乾陵。

它们都在渭河流域。

在渭河流域带领华族顺流而下、统一黄河流域华夏诸部族的轩辕黄帝，据传活了一百一十八岁。最后，黄帝没有像一般人一样去世，而是在流经陕北的渭河支流北洛河附近的桥山，被一条从天而降的黄龙接走。所以现在黄陵县桥山下面埋葬的，是轩辕黄帝升仙之际留在人间的衣冠，而不是他的肉身。

流经黄帝陵附近的，是北洛河支流沮河。最早的黄帝陵建于秦代。跋山涉水、劳顿远足祭祀黄帝，在古代是历代帝王祈求国泰民安、永保皇位的必修课。每年清明祭祀黄帝，即便是当朝皇帝忙于政务或龙体欠安，也要诏令文臣拟一份祭文，派一位钦差，从长安或者后来的北京紫禁城出发，车辇相随，浩浩荡荡，来到黄帝陵前叩个首，焚一炷香。

历代帝王中，祭祀黄帝规模最为壮观的，恐怕要数汉武帝。

元封元年（公元前110年），汉武帝率十八万骑兵北征匈奴，迫使匈奴单于臣服西汉帝国。凯旋途中，汉武帝为夸耀武功，带领十八万汉军在桥山黄帝陵拜祭黄帝，向先祖祭告自己创建的丰功伟绩。当然，还有一个只有汉武帝知道的秘密，也在这次祭拜内容之列。那就是汉武帝还在黄帝面前，祈祷自己能够长寿成仙。汉武帝没有想到的是，在向黄帝祷告后二十三年，他还是死了。只不过汉武帝的陵寝没有选择在北洛河流域，而是葬在了能看到渭河滚滚波涛的咸阳原。

尽管汉武帝拜祭黄帝时祈祷自己长生不老，却在建元二年（公元前139年）

十七岁那年,就开始修建自己的寿陵茂陵。这座汉武帝死后尚有包括宫女、守陵人等工作人员在内五千人祀奉的陵园,是秦咸阳城被项羽烧毁后咸阳原上最宏伟的建筑。汉武帝葬在咸阳原后,生前与汉武帝朝夕相处的李夫人、卫青、霍去病、霍光、金日磾等人,也将他们的墓葬选择在了这位文能治国、武能攻伐的西汉帝国主宰者的周围。围绕茂陵东、西、北三面,包括汉武帝自己在内,西汉十一个皇帝的九个陵寝及其爱臣、皇后、妃子的墓葬绵延几十公里,与南面的渭河遥遥相望,蔚为壮观。渭河波光映照下的咸阳原,几乎就是汉武帝死后与他所钟爱的文臣武将在另一个世界聚会的天堂。

唐太宗李世民本来就是一位襟怀辽阔、俯瞰天下的帝王。矗立在九嵕山昭陵前的这位千古一帝,更拥有了一种前不见古人、后不见来者的伟岸。

也许是流连于生前创建基业的这片土地,也许应验了有人说"秦岭是历代建都关中帝王的龙脉"那句话,关中大地几乎遍地都是自西周以来到盛唐时期历代帝王的陵寝。这些帝王陵寝选择的墓葬形制也大体相似,即关中帝王陵陵寝大多数建在渭河北岸台塬上,而且都是紧临渭河,遥望秦岭。所以在渭河北岸台塬上行走,如果开阔平地上突然出现一座不大不小的山包,你可千万不要以为那就是一座山,那极有可能就是某位生前曾经不可一世的帝王的陵寝。

关中帝王陵中,也有依山建陵,甚至将整座高挺的山岭作为陵墓的。能够建造并配得上安卧在这样气势非凡陵寝中的帝王,必然是横空出世、让万世敬仰的非凡帝王。

享有这样待遇的,是唐太宗李世民。

为寻找昭陵,我曾经在礼泉县西北九嵕山下的茫茫山野上东奔西走,盘桓了很久。虽然不断有路标指示前往昭陵的方向,但面对头顶上突兀高耸、苍茫雄健的九嵕山,我怎么也不能相信一座帝王陵,总不至于将坟包堆积成一座让人望而生畏的莽莽山岭吧!

偏偏唐太宗昭陵,就是这样一座山。

从山下一路攀缘,环绕在越来越高峻的山谷间的公路让人惊心动魄。及至抵达山顶,那种四周群峰伏拜,唯我独尊,高出人世,君临天下的气势让人震撼并慨叹:对于开创了大唐盛世基业的唐太宗李世民来说,也许只有安卧在这样以渭河北岸最高峻苍茫的山岭为陵寝的坟墓里,才足以向世人显示这位中国历史上罕有的伟大帝王的博大襟怀和他所缔造的让世界引颈仰视的大唐文明的盖世光芒吧。

仅仅可以容七尺之躯的唐太宗陵寝,占据在九嵕山顶峰极高处。但通往主峰的通道四周,仍然是唐太宗灵魂涌动的地方。九嵕山不是一座独立的山峰,它的支脉面向渭河,并向东、西和北面继续曼延。朝东和朝西的峰峦被李世民

以气势宏伟、高耸入云的九嵕山为陵寝的唐太宗李世民陵园——昭陵。

安卧的高峰压住之后，就变换着姿势向远处延伸，而在昭陵正门朝北的方向，一片浩大辽阔的高原才刚刚展开——从这里向北，黄土高原就开始了。如果沿着昭陵正门，从被北洛河及其支流切割出无数沟壑的高原继续往北，就可以到达黄帝陵。

据说唐太宗依山为陵，是为了节俭。而这句话，是唐太宗发妻文德皇后临死时向唐太宗交代后事时说的。文德皇后死后，唐太宗在为其撰写的碑文上也说："王者以天下为家，何必物在陵中，乃为己有。今因九嵕山为陵，不藏金玉、人马、器皿，用土木形具而已，庶几好盗息心，存没无累。"这也许是唐太宗受了文德皇后影响而吐露的真实心迹。待到文德皇后和唐太宗葬在那里后，包括长孙无忌、程咬金、魏徵、房玄龄、李靖、尉迟敬德、长乐公主、韦贵妃在内的一百八十余座皇室墓葬，都紧紧围绕在李世民身旁，渭北塬上的九嵕山，也就成了中国大地最为壮观的帝王陵寝。

九嵕山唐代帝王陵中，唯独少了一代女皇武则天和李治。他们夫妇的陵墓在九嵕山西面、渭河北岸乾县北面的梁山上。这也是一座依山为陵的陵墓，只不过乾陵的气势和规模，远远不能与昭陵相提并论。但乾陵的结构形制，也许是所有渭河北岸帝王陵中最富于想象力的一座。有不少勘察过乾陵的人说，整座乾陵看起来就像一个仰卧在渭河北岸的女性。从乾陵东边西望，梁山就像一位新浴之后的少妇披着长发，头北足南，仰面躺在蓝天白云之下，北峰为头，南二峰为胸。

关于乾陵建造年代，有人说始于唐高宗李治，也有人说是在武则天做了女皇之后。为了选择陵寝，武则天这位不拘礼制、情欲旺盛的女皇还请了当朝大堪舆学家为她和李治寻找墓地。这位堪舆学家到了渭北乾县梁山下察看风水后说，梁山山形配以渭水，大利于女主，武则天这才把梁山选为唐高宗和自己百年后的"万年寿域"。

武则天和李治死后不入昭陵，也许更深的原因还在于，唐太宗死后李治和武则天乱了辈分的婚姻吧。虽然大唐盛世两性关系的开放程度，在我们看来远非当代已经极度开放的人可以想象的，但年轻时的武则天毕竟是唐太宗的昭仪，位列皇帝妃嫔之列，也是皇帝的女人。但父亲死后，儿子李治却和武则天结为夫妻。李治死后,武则天更是放荡无忌,把宫廷闹得乌烟瘴气。也许直到人老珠黄,武则天不再有那么大魅力,也不再有那么旺盛激荡的情欲时,这位女皇才明白了自己被那么多辈分不同、身份相异、年龄不等的男人使用过的身体,的确是不适合和大唐皇室先祖葬在一起的吧!

这一切秘密,也许就掩埋在乾陵前面那尊无字碑下面。

我不知道秦始皇时代,渭河在骊山脚下的走向是不是和现在一样。几乎所有关中帝王陵都选择在渭河北岸,唯独秦始皇陵雄踞渭河南岸。

"尼罗河上的古埃及金字塔,是世界上最大的地上王陵;渭河南岸骊山脚下的秦始皇陵,是世界上最大的地下王陵。"

这只是考古界和史学界根据现有勘探、发掘秦始皇陵园周边附属建筑规模得出的结论。这些勘探结论表明,秦始皇陵总面积有七十八个故宫大小,仿照秦国都城咸阳布局建造,大体呈回字形,陵墓周围筑有内外两重城垣。我们现在可以勘探到的,还仅仅是秦始皇陵园突出在地面的部分。真正令人惊讶,让我们无法想象的地宫,还尘封在两千多年前的地下。虽然司马迁在《史记》里为我们描述了秦始皇陵园地宫的情况:"穿三泉,下铜而致椁。宫观百官,奇器异怪徙藏满之。以水银为百川江河大海,机相灌输。上具天文,下具地理,以人鱼膏为烛,度不灭者久之。"但秦始皇走进陵园地宫的时候,那些曾经为他设计、修建过陵园的技工和苦力,已经被斩杀,有谁会知道和千古一帝秦始皇一同埋葬了的,还有多少奇珍异宝和鲜为人知的历史秘密呢?

实际上,秦始皇陵至今让世人猜测不透的规模和地下秘藏,也用不着猜想,只要看看作为秦始皇陵园冰山一角的秦始皇兵马俑陪葬坑,我们就可以想见,这位从刚刚即位的十三岁就开始为自己营造陵园的秦始皇,在穷其一生诛灭六国的同时,肯定将无数一旦公之于世、必然震惊世人的历史秘密和他的尸骨一起,埋葬在了渭河岸边的浩浩黄土下!

第六章 秦风雅颂

采薇之歌

大吕之脊

秋风吹渭水

长安酒香

倾国倾城

渭水香茗

君子如玉

远去的乡土

采薇之歌

一条河流从源头起步，更多河流加入到了她的合唱，这河流于是从源头的一泓清泉或者一条涓涓细流开始的低吟浅唱，拥有了气势磅礴、一泻千里的勇气和力量。如果说过去的渭河源头，是源自于甘肃渭源县鸟鼠山短促而又经常断流的一线细流的话，那么来自渭源县南部秦岭山区的众多水量充沛、流程绵长的河流，才是让渭河歌唱与奔流到现在的源泉。这些流程超过二十公里的河流有清源河、锹峪河、蒲川河和莲峰河。她们来自重峦叠嶂的山区，却将茂密的灌木、丛林和草甸涵养的每一滴流水，通过自己开拓的河道，送进渭河，让它们和更多的水流一起踏上漫漫旅程。

这些河流的源头，是高山和丛林的世界。有飞鸟、野兽和珍稀植物在那里安家，日复一日度过它们无喜无忧的每一天。但在莲峰河源头，有一种野草却从来生长得并不寂寞。它的名字叫薇，或者叫白薇、薇蕨。这种叫作薇的草本植物，是一种山里人常吃的山野菜。由于在三千年前的西周初年，这种野草曾经

渭源县莲峰河源头的首阳山据说是当年伯夷、叔齐的隐居之地。

养活了发誓不食周粟的叔齐和伯夷两位抱节守志的隐士,薇便成了一种具备文化品性的野生植物。

莲峰河发源的莲峰山与首阳山峰峦相连,在古代通称首阳山。那里的山间林地,到处生长着这种薇草。当地人把这种白薇叫作蕨菜,是现代都市人餐桌上钟爱的一种时令山野菜。

偶然吃一次,薇蕨清香可口,是绝好的下酒凉菜。但如果将这种首阳山遍地都有的野菜作为日常充饥的食物,顿顿食用,恐怕是要得营养不良症的。公元前11世纪末期,为了反抗周人灭纣,叔齐和伯夷拒绝吃周人生产的粮食,以吃薇蕨为生,最终饿死在首阳山。临死前,伯夷、叔齐为我们留下了据说是中国历史上最早有作者个人署名的诗歌作品《采薇》:

> 采薇采薇,薇亦作止。曰归曰归,岁亦莫止。
> 靡室靡家,猃狁之故。不遑启居,猃狁之故。

> 采薇采薇,薇亦柔止。曰归曰归,心亦忧止。
> 忧心烈烈,载饥载渴。我戍未定,靡使归聘。

> 采薇采薇,薇亦刚止。曰归曰归,岁亦阳止。
> 王事靡盬,不遑启处。忧心孔疚,我行不来。

> 彼尔维何,维常之华。彼路斯何,君子之车。
> 戎车既驾,四牡业业。岂敢定居,一月三捷。

> 驾彼四牡,四牡骙骙。君子所依,小人所腓。
> 四牡翼翼,象弭鱼服。岂不日戒,猃狁孔棘。

> 昔我往矣,杨柳依依。今我来思,雨雪霏霏。
> 行道迟迟,载渴载饥。我心伤悲,莫知我哀。

叔齐和伯夷，分别是商朝诸侯国孤竹国国君的长子和三子。古孤竹国，在现在河北境内。叔齐和伯夷好像天生就是那种追求尽善尽美生活的精神洁癖症患者。他们的父王临终时，指定由叔齐继承国君，叔齐却要让位于弟弟伯夷，伯夷更不愿做在商纣统治下违心做事、昧着良心欺压百姓的国君。弟兄俩你推我让，谁也不肯登上父亲空出来的宝座。最后，父亲王位由叔齐二弟继任，他俩便跑到东海之滨隐居起来，等待商朝有一位清明之主出现。就在他们渐渐习惯隐遁山林的时候，叔齐和伯夷听说渭河上游周人国君周文王爱贤纳才，政治清明，又跑到周人都邑镐京。那时候的周人，凭借渭河流域肥沃的土地和礼乐治国改革，

渭源县首阳山下伯夷、叔齐古冢庙里的伯夷、叔齐塑像。

已经成为商纣时期成长性最强的诸侯大国。叔齐和伯夷来到镐京的时候，周文王已经去世。尽管周武王很礼貌地让周公旦迎接了他们，并答应给他们兄弟俩可观的俸禄，但叔齐、伯夷待了一段时间后，觉得西周也不是自己理想中的尧舜之世。

那时候，周人指向荒淫无道、朝政腐败的商纣王的兵戈已经磨得锃亮，只等周武王一声令下，周人的兵车战船即可沿渭河顺流而下，直捣朝歌。公元前1046年，周武王抬着父亲周文王的灵柩从镐京出发，准备赶赴牧野，展开推翻商纣王朝的大决战。叔齐、伯夷兄弟却拦住周武王的战马，跪倒在地进谏说："父亲死了不埋葬，却发动起战争，这叫作孝吗？身为商的臣子却要弑杀君主，这叫作仁吗？"

言下之意，你们周人所谓的礼乐治国，全都是骗人的鬼话！

如果没有谋臣姜尚姜子牙制止，这两位不识时务的贤士，当时就死在了对商纣王充满刻骨仇恨的西周百姓和兵士刀戈下。

我们也不知道周武王直捣朝歌的那些日子叔齐和伯夷在做什么，但商纣

王帝辛身死鹿台、西周宣告立国后,叔齐、伯夷这两位原来也对商纣王反感至极的贤士,又感觉到与剪灭商朝的周人一块儿生活是一种羞耻。于是弟兄俩再度出走,到首阳山隐居起来。

叔齐和伯夷,也许是中国历史上最早的隐士之一。但与后来隐士阶层追求弃杂念,绝尘世,不问世俗生活不同,叔齐、伯夷兄弟的出走是为了逃避现实。也不知他们到底与西周结下了什么深仇大恨,逃到首阳山的叔齐、伯夷发誓"不食周粟",也就是不吃西周土地上出产的五谷杂粮,只以首阳山生长的蕨菜为食。

我猜想,叔齐和伯夷在首阳山生活,应该是不仅仅以蕨菜为生吧!饿到极点的时候,其他野菜和野果子,可能也是他们充饥的食物。

这天,叔齐和伯夷拖着已经非常虚弱的身体,照常在山林里采摘薇蕨。一位妇女见这两位相貌不凡的男子天天进山采蕨菜吃,却从来不吃一口粮食,感到很奇怪,问什么缘故。叔齐、伯夷誓死"不食周粟"的缘由,让这位乡下妇女觉得既可笑又无奈,就开玩笑说:"两位先生何必如此较真儿!你们不吃周朝的五谷杂粮,可你们采食的野菜还是生长在周朝土地上呀!"

叔齐、伯夷认为西周和商朝一样腐败才躲到首阳山采薇为生的消息,很快传到了周武王耳朵里。周武王派一位叫王摩子的大夫到首阳山,请他俩下山,并说武王愿意将王位让给他们。叔齐和伯夷又一次拒绝了周武王的邀请。见叔齐、伯夷已经死心塌地地从思想和行为上与西周为敌,王摩子就言辞犀利地质问:"两位义士既然不吃西周的五谷粮食,那你们为什么却又隐居在山里,吃西周土地上长出的薇呢?"

乡野村妇和西周大夫语出同义,叔齐和伯夷恍然醒悟:"普天之下莫非王土。"西周已经主宰天下,无论他们逃到哪里,也逃不出西周的疆土。从此以后,兄弟俩连薇蕨也不吃了。七天后,两位志向高迈的贤达之士,就这样饿死在首阳山中。临死前,他们俩还吟唱着《采薇》之歌。

叔齐、伯夷采薇的首阳山,在全国有六座之多。它们分别在甘肃渭源、陕西周至、山西永济、河南偃师、河北迁安和山东昌乐。三千多年前的古事,纠缠于一山一水归属,也许并没有太大意义。尤其是面对叔齐、伯夷不食周粟的气节与忠诚,让这个为维护信念和人格立场不惜舍弃生命的故事流传千古的原因,其实是叔齐、伯夷身上所体现的民族气节和忠义精神。如果真的要追究首阳山与叔齐、伯夷的渊源,渭河流域的甘肃渭源首阳山和陕西周至首阳山,从地理和情理上讲也许更接近历史真相。

既然叔齐和伯夷已经逃离在河北迁安的孤竹国,对于原本就怀有高迈志向,又格外重视保全人格的叔齐和伯夷来说,重返逃离之地,就是否定了自己最初的选择,那绝对是伯夷、叔齐自己也难以接受的。而且,既然他们在商朝灭亡前就来到了西周,又在西周建立后逃离西周都城镐京,那么伯夷、叔齐再度渡黄河去山西、河南和山东的可能性又有多大呢?再说史书上记载,他们隐居的首阳山连乡野村妇都知道那里是西周土地,而且周武王派的说客又很快到了首阳山,那么叔齐和伯夷隐居的首阳山,必然距离西周都城镐京不怎么遥远。这中间,唯一有可能的地方就在渭河南岸陕西周至首阳山和渭河上游南岸甘肃渭源首阳山之间了。

陕西周至首阳山,在秦岭山脉终南山段区域内。自古及今,终南山就是中国隐士阶层的天堂。西周时期,这里已经庙堂林立,各地游仙隐士往来不绝。同时,这里又遥望西周都城镐京,叔齐和伯夷离开镐京,到这里隐居的可能性极大。渭河南岸另一处首阳山——甘肃渭源首阳山,虽然山势没有周至首阳山那

渭源县莲峰镇首阳村的夷齐古冢——伯夷、叔齐墓。

伯夷、叔齐古冢前,左宗棠所书"有商逸民伯夷叔齐之墓"的墓碑。

么高峻,但西周时期那里尚为西部戎狄占据,地处偏远,也不失为叔齐、伯夷逃避西周的绝佳去处。

甘肃渭源境内渭河另一支流莲峰河发源地莲峰山和首阳山,九峰环峙,状如莲花。山水环绕的首阳山下,还有两座状如山包的坟堆掩映在松柏之中。这就是渭源首阳双冢,也就是叔齐、伯夷古冢。据说这两座古冢前,唐贞观年间就建有供奉叔齐、伯夷的清圣祠。现在,古冢前还有左宗棠题写的"有商逸民伯夷叔齐之墓"墓碑。

对于崇尚高洁人格的叔齐和伯夷来说,也许渭河源头渭源县这座古冢前的一副对联,是最能表露他们心迹的了:"满山白薇,味压珍馐鱼肉;两堆黄土,光高日月星辰。"

大吕之音

中国历史上成名最早的音乐人是两位刺客——荆轲和高渐离。他们一个歌唱得悲壮苍凉,催人落泪;一个击筑本领高超,连秦始皇都沉醉于他摄魂夺魄的演奏中,差点儿丧了身家性命。

荆轲刺秦王的故事,发生在秦统一六国六年前的公元前227年。荆轲、高渐离两位壮士诀别之际,荆轲高歌一曲"风萧萧兮易水寒,壮士一去兮不复还",高渐离也击筑为好友送别。史书上详细记载了两位壮士将一前一后,赶赴渭河北岸咸阳宫实践刺杀秦王使命之际,荆轲的演唱和高渐离的演奏如何由凄婉忧伤,转向高亢激昂的全过程。荆轲即兴演唱的,是我们所熟知的那首《易水歌》。《易水歌》歌词,全文只有"风萧萧兮易水寒,壮士一去兮不复还;探虎穴兮入蛟宫,仰天呼气兮成白虹"几句。但我们不知道,那天高渐离为荆轲击筑送行的曲子,到底叫什么。荆轲为后世留下了一首慷慨悲壮的壮士之曲,高渐离在咸阳宫里曲曲都让秦始皇陶醉痴迷的演奏,让我们至今还能隐约感觉到,两千多年前有一种叫作筑的弦乐竟是那么美妙动人!

史书上对高渐离在咸阳宫空前绝后的演奏的记述,多少让人难以理解:高渐离在咸阳宫击筑博得秦王信任后,为了刺杀秦始皇,在筑的腹腔里装进去二十多公斤的铅块,竟然没有影响筑的演奏效果!这种叫作筑的乐器,后来失传了。虽然前些年考古工作者在长沙河西西汉王后渔阳墓中发现了筑的实物,恐怕已经没有多少人懂得它的演奏技巧了。

但另一种中国最为古老的乐器,不仅在距今六七千年前就已经在渭河流域诞生,而且它的演奏方式从古到今,从来没有被人遗忘。这就是在渭河流域大地湾遗址和半坡遗址都出土过、可以演奏出低沉悠扬天籁之音的原始乐器：埙。

埙,是早年生活在渭河流域、泾河流域的天水、平凉和关中一带的乡村孩子人人都可以用一坨泥巴制作并吹奏的乐器。在古代,最初的埙仅仅用于祭祀祖先和鬼神的仪式,后来渐渐成为原始先民自娱自乐的普及性乐器。随着演奏技巧的发展,这种在渭河流域乡村又叫作"哇呜"的吹奏乐器甚至登上大雅之堂,成为历代宫廷音乐演奏必不可少的乐器。

既然有了可以演奏的乐器,就必然要有可供埙一类乐器演奏的乐曲吧。尽管大地湾、半坡时代文字尚在孕育之中,人类还不曾给我们留下类似乐谱之类记录演奏曲调的工具,但从极有可能就是神话意义上大地湾人和半坡人先祖的伏羲、女娲传说记载中我们可以知道,六七千年前生活在渭河流域的原始先民,不仅有了可以吹奏的埙,伏羲还为我们制造出了最早的弦乐演奏乐器——琴和瑟。

远古音乐歌舞诞生于原始人类驱鬼敬神的祭祀仪式。渭河上游的武山县,在古代曾经是氐、羌、吐蕃、匈奴与汉民族长期纠结的地方。那里流传的一种旋鼓舞,其实就是过去居住在渭河上游的西部牧羊人羌族祭祀神灵时表演的舞蹈。也许是当时羌族的文明程度只能达到这种地步,旋鼓舞使用的唯一一种器乐,就是用羊皮做的状如扇子的羊皮鼓。表演者一边击鼓,一边舞蹈,并随强劲

古宁远武山县城古人祈雨祭天的风雨台

有力的鼓声和脚步,发出"嗨嗨"和"呜呜"的呼喊;也许,这遒劲苍凉的呼喊,就是古代羌人献给天地、神灵先祖的祝词和祈祷。

黄帝制作的集歌、舞、乐于一体的大型乐舞《云门》,也是为祭祀部族图腾而创作。黄帝制作《云门》的时候,图腾还是云,而黄帝从渭河流域抵达黄河中下游的时候,黄帝部族的图腾已经发展成了龙。如此说来,制作《云门》的时候,黄帝统领的部族有可能还生活在渭河流域。

舜帝时期出现的《韶乐》,大概是中国古代最成熟的交响乐吧。要不然,周武王剪灭商纣后在镐京举行宣布西周诞生的开国大典上,怎么会选择演奏《韶乐》为这次空前庄重盛大的仪式壮声呢?后来,在渭河平原立国的秦汉两朝,还将《韶乐》列入庙堂之乐之首,成为中国历史上流传时间最长、传播范围最广的仪式音乐。

发展到春秋时期,《韶乐》已经成为一种集诗、乐、舞为一体的综合性表演艺术,其演奏与表演方式不仅场面宏大,气势恢宏,而且应该是具有震人心魄的艺术魅力的。否则,当年孔子在齐国听了《韶乐》后,怎么会发出"不图为乐之至于斯也"的感叹呢?被《韶乐》征服后,孔子甚至还扎扎实实学习研究过一段时间《韶乐》。司马迁在《史记·孔子世家》里记述孔子学习《韶乐》的专注程度时,用了这样一句话来描写孔子情醉神迷的状态:"学之,三月不知肉味。"

西周,是中国礼乐制度诞生并达到辉煌极致的时代。西周礼乐既是一种等级制度,也是一种统治、教化人的方式。西周礼乐制度十分烦琐,王室出行、祭祀、外交往来,需要演奏相应级别的音乐;庶民百姓婚丧嫁娶,大夫士人社交宴饮,也要演奏与其身份、场合相匹配的音乐。西周王室甚至还专门为后宫嫔妃宴饮时制订了房中乐,供王宫嫔妃在宴席上演唱。

由此可见,公元前10世纪前后,渭河支流沣河岸上的镐京城里王宫街坊,几乎天天都有各种规格的音乐演奏仪式。鼎盛时期的西周王宫,仅随时准备为王室各种仪式演奏音乐的乐师就有一千四百多位。这些乐师不仅演奏,还进行音乐研究,让西周成为中国古代音乐艺术高度发达与普及的时代。当时的音乐研究者和演奏者,已经提出了五声八音理论。五声就是音阶,即宫、商、角、徵、羽;八音也就是演奏用的乐器,它们有埙、笙、鼓、管、弦、磬、钟、柷八种。周王室每年都要举行的天地之祭、山川之祭、先祖之祭，以及内务外交仪式、各种庆典活动，这些乐师便倾巢出动，神情庄严地演奏规定的曲目。这种场合演奏的，一般都是大型乐舞，要么肃穆庄重，要么舒缓清越，而且有多种乐器同时演奏，几乎相当于后来的交响乐。至于西周民间歌舞之风的盛况，我们从西周建立采风制度，组织人员专门从民间搜集流行于各地的民歌，并在后来经孔子整理编成的《诗经》的《风》里就可以略知一二。

西汉时期的长安城，已经初显一座即将对世界文明格局产生重大影响的东方大都市端倪。在西汉政治、经济和文化文明种子破土发芽之际，进一步繁荣并迅速发展的音乐艺术，也成为西汉社会走向全面文明的重要标志。长安城里不仅设有专门负责搜集民歌，然后谱曲演唱的音乐管理机构——乐府，还有专门负责为皇室郊祭及宗庙祭祀活动创作、演奏音乐的太乐。刘邦做了汉高祖后，衣锦还乡，在江苏沛县祭祀他的老祖宗时，还让太乐给他的《大风歌》谱了曲子，在祖庙演唱。

《大风歌》是公元前196年刘邦平定黥布反叛，凯旋时路过老家，在沛县设宴款待早年故交时的即兴之作。那次刘邦演唱《大风歌》时，也是自己击筑而歌。在自己儿时玩伴和亲朋好友面前，已经做了六年皇帝的刘邦被自己意想不到的成功深深陶醉，他要借此机会向曾经看不起自己的故交展示与众不同的情怀，所以几杯酒下肚，刘邦一边击筑，一边不无炫耀地唱道：

大风起兮云飞扬，威加海内兮归故乡，安得猛士兮守四方。

对于起事之前，职务只相当于现在一个乡长的刘邦来说，能写出这样气势豪迈的诗歌，已经很不容易了。想想高朋满座、酒酣耳热之际，一个过去既不好读书，又在经商务农上无一技之长，只管辖十里之地的小小亭长，从老家走出多年后，竟成了万众伏拜的皇帝，世事沉浮，实在让人难以预料啊！在座的亲友故交里，肯定有人也闪过这样的念头：人不可貌相，海水不可斗量！刘邦在众人面前悠然自得、满面微酡、双目微闭、摇头晃脑演唱的样子，也一定很滑稽可笑。

现在到西安的游客,去大唐芙蓉园观看《大唐乐舞》,已经成了当代人梦回唐朝的一种休闲方式。但在盛唐时期,那种融合了周边少数民族音乐、历代汉族音乐、佛教和道教宗教音乐的大唐之乐,是长安城皇亲贵胄、文人雅士、庶民百姓和来自大食、波斯、龟兹等西域使臣,聚集在长安的日本、朝鲜留学生,随便走进街坊里巷都可以享受的娱乐消费。盛唐开放包容的对外政策及其文化的世界性影响,让不少国外知识阶层对大唐趋之若鹜。这些来自西域和亚洲各地的文化人进入大唐后,也将本国音乐和舞蹈带到了大唐。箜篌、琵琶、笙、笛、筚篥、铜钹等西域乐器登上大唐盛世各种场合的演奏舞台。胡人胡姬的拥入,不仅让遍布长安城各个角落的歌楼酒肆响彻着充满异域风情的胡乐胡声,而且长安城里还一度出现了皇亲国戚、庶民百姓、富商名门争相学习胡舞的盛况:"天宝季年时欲变,臣妾人人学圜转,中有太真外禄山,二人最道能胡旋。"(白居易《胡旋女》)来自西域各国的胡旋舞、胡腾舞、柘枝舞、乞寒舞、狮子舞、钵头舞等异族歌舞,流行长安大街小巷。长安城外州府县衙也上行下效,设有专门的音乐管理机构,组织演出民间音乐、散乐和百戏。据统计,当时仅服务于唐代政府音乐机构的乐工就超过了万人。这还不包括豢养在官宦人家的家伎、服务于官署的官伎和流行于民间的各种乐伎。几乎在整个大唐盛世,各种身份的歌伎、舞伎,沉迷歌楼酒肆的文人雅士,歌舞升平的宫廷乐师,以及流浪街头的民间艺人,在以长安为中心的大唐各地,用不同乐器、不同声部、不同语言和唱腔,共同演绎着宣示大唐盛世繁华至极胜景的大唐乐舞。

元和十年,予左迁九江郡司马。明年秋,送客湓浦口,闻舟中夜弹琵琶者。听其音,铮铮然有京都声。问其人,本长安倡女,尝学琵琶于穆、曹二善才。年长色衰,委身为贾人妇。遂命酒,使快弹数曲。曲罢悯然,自叙少小时欢乐事,今漂沦憔悴,转徙于江湖间。予出官二年,恬然自安,感斯人言,是夕始觉有迁谪意。因为长句,歌以赠之,凡六百一十六言。命曰《琵琶行》。

这是白居易为《琵琶行》所写的序言。
在唐代,诗人和歌伎之间几乎形成了无法割舍的唱和情缘。特别是中唐以后,享乐淫逸之风日盛,不仅士大夫阶层养伎狎伎,歌舞享乐,出入歌楼酒肆饮酒吟诗,各种层次的歌楼传唱当红诗人的诗作,几乎是盛唐诗坛和娱乐消费界的一种时尚。诗人与歌伎的交往,不仅丰富了盛唐音乐的演唱内容,也让唐诗成为当时最能代表盛唐繁荣景象的文化景观。

一座文化高峰的崛起,必然与时代当权者的倡导有密切关系。盛唐音乐达到登峰造极的繁荣巅峰,与宗教音乐的盛行也有密切关联。唐太宗不是一位佛学爱好者,却鼎力支持佛教传播。玄奘法师剃度之日,唐太宗为玄奘举行了盛大的剃度仪式。仪式上,由太常卿率太常寺的九部乐,万年县令和长安县令各率"县内音声"分乘一千五百多辆"音声车",随玄奘、各寺院僧侣、文武百官前往大慈恩寺。一路上乐声震天,盛况空前。到了大慈恩寺,还演出了九部乐、大曲《破阵乐》和各种民间杂耍。

正在西安大唐芙蓉园上演的《霓裳羽衣舞》,到底能不能复原大唐盛世辉煌典雅、泱泱大国的景象,我没有看过,便没有发言权。但单凭这支曲子的素材取自唐玄宗梦游月宫,贵妃娘娘杨玉环执刀编舞,就足以看出大唐之音的绮丽迷人。

当然,盛唐名曲里还有张若虚的《春江花月夜》。

那是另一种风格。

秋风吹渭水

贾岛写下"秋风吹渭水,落叶满长安"之句的时候,长安城渭河岸上有两个地方是唐代诗人笔下亲友别离的"断魂桥"和伤心之地。它们一个是长安城东渭河支流灞河上的灞桥,另一个是秦都咸阳城南渭河北岸的咸阳古渡。

要看咸阳古渡,渡口现在已经无处可寻。据说秦都区渭河二号桥西、河道中央裸露出来的那些铁桩,就是咸阳古渡留下的遗迹——那应该是明清时期用来固定连接渭河两岸浮桥舟船的。秦汉乃至唐代,作为沟通咸阳和长安、甘

咸阳古渡遗迹

肃、四川最繁忙的水上交通枢纽,咸阳城舟楫往来,"欸乃之声,彻夜不息"(《秦都区志》)的渭河渡口,也许不止一两处。在杜甫写出"爷娘妻子走相送,尘埃不见咸阳桥"(《兵车行》)前,渭河和咸阳古渡、咸阳桥,已经是唐代诗人营造中国文学史上离愁别绪意象的精神背景。或于秋景肃杀、落英缤纷之际,将亲人好友从长安城送到不得不彼此分别的渭河岸上、咸阳渡口,一番互诉衷肠的话别之后,从这里乘船西行,或经宝鸡大散关南去四川,或经天水去西域守边的戍边将士、远涉西域、经丝绸之路求经拜佛的僧侣和冒险淘金的商人,就此别过亲友后,谁也不知道什么时候才能再度相聚。于是泪水、担忧、期待、人生无常的情绪在人随舟远、离别泪急之际奔涌而来,一首首伤别的诗歌,让滔滔渭河流水与一种感物伤怀、多愁善感的人间情怀融合在一起,成为中国历代文人的普遍情感。

我们不知道王维与那位叫元二的故交交情到底有多深,更不知道元二为什么被从都城长安派到河西走廊深处的安西:是发配?还是犯了什么错误被贬黜?好像研究王维的专家也弄不清楚。但就是那首将本来沐浴了一场潇潇春雨后,花红柳绿、清新宜人的渭城美景写得那么让人断肠的《送元二使安西》,让我们感受到的是曾经为周秦汉唐都城带来无尽繁华的渭河,一旦与个人和时代命运联系到一块儿时所暗含的无限惆怅与不尽忧伤:"渭城朝雨浥轻尘,客舍青青柳色新。劝君更尽一杯酒,西出阳关无故人。"

公元759年7月,官已经做到尽头的杜甫辞去华州司功参军之职溯渭河而上,从宝鸡境内越过陇山,到达渭河上游当时被称作秦州的天水,开始了他一生最后一次漫游和流浪。那时的杜甫,已经走到他一生最艰难的关口。贫病交加,衣食无着,前路茫然,让杜甫身心疲惫,于是对着那时候虽然清澈见底,但已经被杜甫前面的唐代诗人塑造成忧伤、愁苦意象的渭河,这位从理想的云端落到人间的大诗人发出了"旅泊穷清渭,长吟望浊泾。羽书还似急,烽火未全停。师老资残寇,戎生及近坰。忠臣辞愤激,烈士涕飘零"(《秦州见敕目薛三璩授司议郎毕四曜除监察与二子有故远喜迁官兼述索居凡三十韵》)的感叹。同样,一生命运多舛、饱经艰难的温庭筠面对渭河,在讽刺姜子牙隐居垂钓渭水之上其实是沽名钓誉的时候,也忘不了生发出"目极云霄思浩然,风帆一片水连天"的苍茫浩叹。唐代诗人赋予渭河的这种文人情绪,甚至一直传染到了宋元明清:"长天一色渡中流,如雪芦花载满舟。江上太公何处去,烟波依旧汉时秋。"(清·朱集义《渭阳古渡》)

与咸阳古渡相对应的灞桥,是长安城出入渭河的又一处水上交通要冲。

灞水古代叫滋水。公元前623年,秦穆公采用由余的作战方案,沿渭河西进,越过陇山,消灭盘踞在渭河上游天水、清水及其以西的绵诸戎、翟戎、绲戎,又挥戈北上,赶走岐山以北的义渠戎、大荔戎、乌氏戎、朐衍戎,"益国十二,开地千里,遂霸西戎",成为以渭河流域为中心,名副其实的西部霸主。这位雄心勃勃的秦国第一代开疆拓土的国君,为了纪念自己称霸渭河流域的功绩,将滋水改名为灞水,并在这里建起我国最古老的石柱墩桥。汉代,人们又在秦穆公的基础上对原桥进行改造,形成了后来的木梁石柱墩桥。由于灞桥处在出入长安东面和南面要塞的必经之路上,灞桥也就成了渭河上另一处迎来送往、写满离愁别绪的地方。

在西安市区无限膨胀的今天,要寻找灞桥遗迹,并非易事。如果执意要体味一番当年古灞桥烟柳迷离的意境,只有循白鹿原流下来的灞河,朝长安城北渭河流经的方向,在半坡村村东北灞桥街道办事处的附近新建的灞河桥上仔细辨认。虽然过往车辆仍然行走在汉代灞桥遗址上,但原来的七十二桥孔和四百零八根石柱已经无迹可觅。尽管西安城的建设者正在试图恢复灞河两岸烟柳长堤的自然景观,但物是人非,时光流逝,盛唐长安春晓之际渭水新柳、和风曼舞、飞絮如雪的诗情意境,即便再栽上多少随风荡漾的杨柳,恐怕已经难以找回来了。

灞河从灞桥下流过之后要进入渭河,尚有一些路程要走。盛唐时期,长安城还没有延伸到白鹿原和铜人原跟前,长安城北流经的渭河又过于波涛汹涌,所以这座横跨灞水上的灞桥,也就成了从长安向南,经蓝田县的蓝关翻秦岭进入陕南、四川、重庆,向东出潼关和函谷关到达山西、河南的必经之地。秦汉以来,灞桥上走过了太多对中国历史产生重大影响的人物:公元前227年,荆轲和高渐离易水相别后,从这里走进咸阳宫,实施他们蓄谋已久的刺杀嬴政的计划;公元前206年,刘邦经灞桥进入咸阳之际,秦王子婴素车白马,"衔璧迎降于轵道旁",准备向大秦帝国的送终者交还那只象征皇权的玉玺;公元880年岁末,大唐将军张直方带领文武官员到灞桥,将黄巢义军迎请进长安城,为大唐盛世画上了一个凄婉的句号……至于频繁出入长安城的达官显贵、来往于长安与华清池之间的杨贵妃,更是灞桥上的常客。他们或素衣简行,或豪辇仪仗,朝着长安城,或者从长安城朝着通往别处的另一个梦乡匆匆而去。只有更多今夕作别,不知何日相见,命运悬浮如断线风筝的普通人,以及像李白、江淹之辈多愁善感的诗人,在将相依为命的亲人或者心心相印的至交好友送到灞桥,不得不牵衣拱手、挥泪相别的时候,才会发出人生无常、别情伤人的慨叹。

大概是唐朝前往灞桥送别亲友的人太多,堆积在灞桥上的离愁别绪太多的缘故吧,官府还在灞桥上建立了驿站,供那些依依惜别的人们在离开都城长安的最后一站敞开胸怀,把酒话别。

唐代,长安城到灞桥有三十里路程。辞别长安亲友,清晨从长安城出来,一路或乘车或骑马到了灞桥,不得不劝送行的人留住脚步,远行者将从此或孤身一人,或携家带口继续他的旅程了。这时,不忍别离的送行者就会在灞桥驿站温一壶小酒,要两碟小菜,双手相握,泪眼相对,依依惜别,甚至别情难忍地再三挽留亲友"初程莫早发,且宿灞桥头"(岑参)。但送君千里,终有一别,最后的衷肠、最后的劝诫和倾诉,这一刻也就在这感伤别离的酒杯里了。《全唐诗》里写到灞桥和灞陵的诗歌多达一百一十四首之多,其中半数以上是写灞桥送别的别离诗,而最将灞桥离别描写得让人黯然神伤的,还是一生追求潇洒度日月的李白:"箫声咽,秦娥梦断秦楼月。秦楼月,年年柳色,灞陵伤别。乐游原上清秋节,咸阳古道音尘绝。音尘绝,西风残照,汉家陵阙。"(《忆秦娥·箫声咽》)

早年老师讲解《忆秦娥·箫声咽》时说,这首词写的是一位生活在长安的绝色女子思念爱人的痛苦心情。那么这女子是谁呢?这女子与李白又有什么关系呢?如果这位美女与李白没有任何关系,作者何以能够将这种离情写得如此催人泪下呢?

《忆秦娥·箫声咽》除了将灞桥伤别情绪写得如此凄清外,隐含在让人黯然神伤诗句里的男女私情,也许只有李白自己知道。

灞桥飞雪曾经是关中一景。那飞雪其实不是雪花,而是阳春三月灞河两岸飞扬的柳絮。从汉代开始，灞河两岸就栽有不少垂柳。这依依杨柳，似别离者依依惜别的情绪，又似送别者和远行人犹豫不决的脚步下飘忽不定的裙袂。于是将游子、亲友和心爱的人送到灞桥上，最后一杯送别酒也饮了，相拥相抱，执手惜别的泪也流干了，还有一种自古以来就在灞桥上一次又一次上演的送别仪式要在这里举行："杨柳含烟灞岸春，年年攀折为行人。好风若借低枝便，莫遣青丝扫路尘。"(李益《途中寄李二》)灞桥折柳，也就成了灞桥送别的最后一幕：送别者顺手折一枝杨柳枝赠给对方，一方面寄托依依惜别的情意，一方面也希望远行人无论走到天涯海角，都不要忘记在长安度过的美好时光，更不要忘记他们共同洒落在灞桥上的离别泪水！还有如李商隐"为报行人休尽折，半留相送半留归"(《杨柳枝》)的多情者，要将杨柳枝折断，一半送给离人，一半留给自己，期待来日早一点儿相见。

长安城外落英缤纷的渭河秋景，咸阳古渡烟花迷蒙的春水码头，以及灞桥两岸杨柳依依、飞絮如雪的自然景观中包含的断肠人在天涯的离愁别绪，经那么多盛唐诗人不断咏叹、演绎，成为萦绕在中国民间心灵和中国传统文化精神深处剪不断、理还乱的感伤情绪。而对于由渭河这种文化心态所造就的中国传统文化精神意象来说，这种离愁别绪所诉说的游子情、离别泪，其实是中国传统文化对亲情、友情、爱情的确认和依恋：

  城阙辅三秦，风烟望五津。
  与君离别意，同是宦游人。
  海内存知己，天涯若比邻。
  无为在歧路，儿女共沾巾。
  ——王勃《送杜少府之任蜀州》

长安酒香

唐代长安城里因醉酒出名的有两个人,一个是贵妃娘娘杨玉环,还有一个是自称"酒中仙"的大诗人李白。杨贵妃和李白都是大唐盛世独一无二的人物,所以他们不仅醉酒,醉得与众不同,而且一旦酩酊大醉之后的所作所为,也就成了长安城街坊里巷众人皆知的头条新闻。

杨贵妃醉酒缘于唐明皇的失约。杨玉环原本是唐明皇唐玄宗为自己儿子李瑁选的妃子,但经高力士在华清池温泉宫一撮合,被杨玉环美貌和风情倾倒的唐玄宗也就不顾父子伦理,上演了一场父夺子妻的丑剧,将儿媳妇杨玉环纳入自己怀抱,成了后宫最受他宠爱的贵妃娘娘。杨贵妃刚进宫的时候,大概和唐玄宗夜夜如胶似漆,快活得不辨晨昏吧,所以唐玄宗冷落了后宫好多过去和他夜夜狂欢的妃子。这一夜,杨贵妃约好与唐玄宗见面。应该是在前往杨贵妃住处的路上良心突然发现吧,唐玄宗临时改变行程,去了江妃那里过夜。这让已经在百花亭浓妆设宴、苦苦等待的杨贵妃妒火中烧,懊恼不已。为了排遣郁闷,杨贵妃于是借酒浇愁,独自把盏饮了起来。

据说杨贵妃当时喝得并不多,三杯酒下肚就出现了醉态,当着高力士和裴力士的面宽衣解带,卖弄风骚,甚至做出祈求与两位太监交欢的动作——这大概是古代美女酒后失态最为经典的一幕了。

杨贵妃酒醉失态,一方面是醉酒,另一方面恐怕是酒这种燃烧的液体点燃了她本能的情欲吧。杨贵妃刚进宫时才十六岁。虽然唐玄宗为了从儿子手里夺走心爱的美人,让她在太真宫住了些日子,杨贵妃被唐明皇迎进宫的时候也就二十多岁吧。一个黄花闺女的肉体被比她大三十多岁的情爱老手唐明皇开发之际,正是春情荡漾、情欲激荡的年华。所以酒后的杨贵妃做出那样的举动,也合乎人性常理。由于美人醉酒后的媚态与风情,贵妃醉酒不仅后来被梅兰芳演绎成梅派经典剧目,还成为擅长画侍女的历代画家不朽的创作题材。

如果从酒文化角度来看,贵妃醉酒只是美人与美酒相互映照,美酒让杨贵妃率真还本,无所顾忌地袒露真性情和本性,还算不上酒文化的最高境界。也许只有表演过醉写黑蛮书并在生命的最后时刻还留下醉酒捉月典故的酒仙李白,才将中国的酒文化品位推向了巅峰。

中国最早的粮食酒,是老家在渭河支流北洛河流域陕西白水的杜康酿造,时间在夏朝末年。据说杜康当年制造的是一种叫"秫酒"的高粱酒。自从那种粮食与水结合产生的饮之可以让人飘飘欲仙的液体出现后,酒就与中国民间日常礼遇和日常生活密切联系在一起了。夏商周时代,劳碌一年的乡村要举行一年一度的饮酒礼:"九月肃霜,十月涤场,朋酒斯飨,曰杀羔羊,跻彼公堂,称彼兕觥,万寿无疆。"(《诗经·豳风·七月》)这是生活在渭河最大支流泾河下游一带的周人先祖举行饮酒礼的场面:每年十月,庄稼收割结束、禾场清理完毕后,生活在渭河流域的农民也就进入了农闲时节。这时候,辛苦一年的人们屠宰羔羊,聚集乡间学堂,每人准备好两樽酒,请朋友共饮。陶醉在酒香里的人们饮酒时把牛角杯高高举起,相互祝愿万寿无疆,预祝来年丰收大吉,生活富裕。

从渭河上游天水到渭河中下游的关中地区,众多西周和战国出土的青铜酒器也在告诉我们,中国酒文化最初的根须生发在渭河流域。当年发现于现在宝鸡市陈仓区贾村的何尊,那尊铭文上首次出现"中国"一词的周武王时代的青铜器,就是一尊盛酒用的酒器。商纣灭亡后,西周吸取商纣王沉迷酒色、祸国误事的教训,颁布了严格控制饮酒的中国最早禁酒令——《酒诰》,劝诫贵族和国人不要经常饮酒,只有祭祀时才能饮酒。《酒诰》还明确规定,对于那些聚众饮酒的人,要抓起来杀掉。但这并不妨碍西周在推行礼乐之道的时候,仍然把饮酒作为社会风俗礼仪的中心来规范。我们现在生活习俗中流传至今的婚礼酒、丧葬酒、月米酒、生期酒、节日酒、祭祀酒,都是从西周冠、昏(婚)、丧、祭、乡、射、聘、朝八种礼仪中发展而来。西周礼仪规定,男子二十岁要举行成年礼仪,即冠礼。冠礼仪式上还要饮酒,根据与举行冠礼者亲疏远近,"嫡子醮用醴,庶子则用酒"。男女结婚,新婚夫妇要食用祭祀用过的肉食,还要饮新婚酒。

西周这种既强调禁酒,又倡导适时适量,根据不同场合、不同身份饮酒的规定,已经让饮酒成为一种社会管理制度和文化形态,即以酒礼和酒德倡导一种合乎礼仪的社会风尚,将饮酒提升到了一种社会文化层面。西周时期,周人平时饮酒很有节制,但在各种祭祀仪式上,酒则是敬献给先祖的神圣之物。因此渭河流域出土的西周青铜器,不少礼器都是周王及其贵族祭祀先祖时给先祖献酒的酒器,如匜、尊、鼎等。这就形成了中国酒文化史上最早,也最为成熟的西周酒祭文化。与围绕祭祀活动形成的酒祭文化相对应,西周酒礼作为最为严格的一种礼仪,又孕育了西周的酒礼文化。酒礼以礼节方式规范了周代乡村饮酒习俗。参与饮酒者中,以乡大夫为主人,处士贤者为宾客,并根据饮酒者年龄长幼规定饮酒的量:"六十者三豆,七十者四豆,八十者五豆,九十者六豆。"可见,西周时期,饮酒不是一种单纯个体行为,而是一种体现时代精神风貌的文化生活方式。

长袍宽袖的文人雅士围着几案频频举杯,正襟危坐的朝臣官宦分列两侧,席地而坐,在君王或皇帝主持下举盏雅饮,这是我们从影视作品上看到的古代饮酒场面。其实,自从西周吸取了商纣王嗜酒丧国的教训,开始节制饮酒风俗后,秦汉时期坐踞渭河流域的统治者也将饮酒之风与国家政治安危联系在一起。当发现愈来愈流行的饮酒风俗不仅要消耗大量粮食,饮酒过量时还容易引发聚众闹事后,西汉国相萧何在制定西汉律令时附加了一条:"三人以上无故群饮酒,罚金四两。"但这并没有影响酒文化在渭河流域继续发展。2003年6月,考古人员在西安北郊文景路一建筑工地发掘的汉代贵族墓葬里,发现了五十多斤保存完好的西汉美酒。这些醇香浓郁、酒质绵软的美酒装在一个精美的青铜盅里,泛着晶莹绿光,芳香醉人。让中外科学家感到震惊并无法解释的,是这些含有十几种他们从未发现的现代酒类不包含的游离子的有机酸,到底是什么?这些两千多年前绝无杂味、度数也不高的低度粮食酒,到底是如何生产出来的?又是什么办法让它在两千多年后依然保持着醇香诱人品质的呢?

这也许就是渭河流域这块与众不同的土地诞生的另一种奇迹吧。

贞观十四年(公元640年),一场唐朝对新疆吐鲁番高昌古国的大战告捷。指挥这场消灭高昌国大战的大将侯君集班师长安后,有人上告侯君集在高昌之战中私吞战利品,并有告发侯君集试图起兵、反叛朝廷的奏折接二连三送到唐太宗手里。但唐太宗对此事并未深究。一贯赏罚分明的一代明君唐太宗对侯君集网开一面,让好些人百思不得其解:唐太宗不向侯君集问罪,到底是碍于侯君集为大唐帝国征服了高昌的功劳,还是因为侯君集在战争中为大唐朝廷带来了西域特产马奶子葡萄种子和高昌国作为一级国家机密的葡萄酒生产技术呢?

其中就里,至今无人知晓。不过从那时起,侯君集从高昌带来的"葡萄美酒",也就成了大唐盛世酒文化的另一种风情。

大唐是一个充满自信的王朝。对于相信自己的统治坚固得不可动摇,一年四季连监狱都空空荡荡的唐太宗来说,秦汉时期担心饮酒误国的历史已经不复存在。所以盛唐时期的长安城东市、西市和大街小巷,鳞次栉比的酒肆、酒楼、酒家、酒舍、旗亭,不仅是大唐王朝繁荣胜景的象征,也是人人活得潇洒自如、率真自在的大唐精神的标志。饮酒成为大唐盛世生活本身的一部分,也是大唐世俗生活的一种时尚。频频出入于长安城的唐代诗人与酒的关系,则让中国的酒文化达到了一个诗酒茶饭、相映生辉的艺术极境。中国文化史上一个诗酒相融的诗酒时代,也在弥漫长安城的酒香与灿烂炫目的诗歌光芒的辉映下激滟而出。

开元十三年(公元725年),李白二十四岁。这一年,李白离开四川,乘船沿长江开始了穷其一生的漫游生涯。也就是这一年,李白在过荆州到江陵途中,写下了第一次提到酒的诗歌《江行寄远》,诗中有"别时酒犹在,已为异乡客"的表述。据此我们可以推断,李白应该是在这个时候开始饮酒的。原因是李白一生千余篇诗文中,以酒、酌、饮、杯、樽、觞为题入诗的有二百余首,但在《江行寄远》之前,还没有一首写酒的作品出现。也就是这一年,李白在江陵遇上了对他一生思想行为产生重大影响的道士司马承祯。从此诗与酒,成了伴随李白一生的心爱之物。李白一生到底喝了多少酒,谁也不知道。不过,单看他诸如"人生得意须尽欢,莫使金樽空对月""举杯邀明月,对影成三人""金樽清酒斗十千,玉盘珍羞直万钱""五花马,千金裘,呼儿将出换美酒,与尔同销万古愁""抽刀断水水更流,举杯销愁愁更愁"的诗句,我们就可以知道,酒在李白生命和感情深处的意义和地位了。难怪乎同时代的杜甫在《饮中八仙歌》中，不无羡慕地写道："李白斗酒诗百篇，长安市上酒家眠。天子呼来不上船，自称臣是酒中仙。"

除了自称"酒中仙"的李白，宋之问、韦庄、元稹、白居易、刘禹锡、罗隐等我们耳熟能详的唐代大诗人，几乎个个都是或善豪饮，或喜欢小盏雅饮的饮酒好手。高兴的时候饮酒、愁苦的时候饮酒、朋友相聚饮酒、亲友送别饮酒、孤独寂寞时饮酒、逢年过节饮酒、吟诗作画饮酒……只要一有机会，唐代的诗人好像不是在饮酒作诗，就是在骑一头毛驴满天下漫游。李白的"烹羊宰牛且为乐，会须一饮三百杯"是一种境界，白居易的"绿蚁新醅酒，红泥小火炉。晚来天欲雪，能饮一杯无"（《问刘十九》）也是一种境界。一生过得并不顺畅的杜甫，虽不见像李白那么豪饮，但也是大唐诗人里必不可少的嗜酒者之一。公元759年的秋天，流落到渭河上游天水的杜甫已经贫困潦倒到经常赊酒喝的地步。为了防备万一赊不到酒的状况，杜甫每次出门，还要在口袋里预备一文酒钱："囊中空羞涩，留得一钱看。"（《秦州杂诗》）他甚至在为唐代最喜好饮酒的八个文人画像的《酒中八仙歌》中，不无羡慕地称李白、贺知章、李适之、李进、崔宗之、苏晋、张旭、焦遂为"酒中八仙人"。

大唐盛世，饮酒之风盛行，酿酒业也十分发达，酒的品种也非常丰富。当时，仅长安城市面上常见的名酒就有新酒、旧酒、清酒、浊酒、葡萄酒、绿蚁酒、松叶酒等。这些大唐美酒，有些酒到底是如何酿造出来的，现在已经不得而知。但从盛唐诗人的诗歌里，我们依然能品味到它醉人的芳香。那个时候，不仅诗人嗜酒爱酒，几乎所有的文人都与酒结下了不解之缘。柳公权、颜真卿、吴道子好饮，甚至连怀素和尚也酷爱饮酒。怀素因此还拥有一个与酒有关的雅号：醉僧怀素。

难怪乎唐代宰相陆扆面对弥漫在长安城里的浓郁酒香感叹地说："文人不喝酒，只能算半个文人。"

酒香飘起来的时候，大唐盛世正从一个充满诗意的梦境里向我们走来。

倾国倾城

中国古代四大美女除了西施，貂蝉、王昭君、杨贵妃都与渭河有关。如果将周幽王时期一笑倾国的褒姒和东汉才女蔡文姬、前秦才女苏若兰也列入其中，那么渭河流域也就成了中国古代仕女文化的摇篮。

2011年8月，我从渭河源头鸟鼠山到甘肃临洮县的时候，几个月前甘肃省政府新闻办公室宣布，经国家工商总局批准，临洮成功注册了"貂蝉故里"等七十八个类别商标。有关貂蝉出生地，历来就有甘肃临洮、陕西米脂和山西忻州几种说法。对于经罗贯中演义后，身份与去向变得扑朔迷离、又被历代文人高度理想化的美女貂蝉到底生于何地，死于何处，过于计较也没有多大意义。但如果她真的就出生在甘肃临洮或陕北米脂的话，我们也就可以更为真切地看到，盛唐以前的渭河流域，不仅是成就伟岸男人梦想的地方，也是造就美女的沃土——那位曾经让周幽王喜欢得连家国江山都当儿戏的褒姒，生地虽然在汉江流域的褒河，但让她在历史上留下参差名声的地方，却在渭河流域的西周都城镐京城。

褒姒是一个弃婴，被西周时期秦岭以南汉中境内褒河一带褒国的一对做小生意的夫妇收养后，竟长得如花似玉，楚楚动人。周幽王三年（公元前779年），周幽王征伐褒国，褒姒被作为褒国臣服西周的礼物献给周幽王。一方面是褒姒的魅力柔情，一方面因为与周幽王在一起仅一年，褒姒就为周幽王生下了一个大胖小子，周幽王废除王后申氏和太子宜臼，立褒姒为王后，立褒姒还在襁褓中的儿子为太子，最终酿成了烽火戏诸侯、迫使周王室东迁洛阳、西周王朝宣告终结的历史悲剧。

更多的时候，女人被看作是王公贵族生活的点缀和装饰。她们的品性和生活地位,决定了女人是供男人赏玩的玩物。但到了紧急关头,女人那柔情似水的身体、灿烂迷人的微笑,却抵得上千军万马。

西汉开国最初几年,刘邦也曾经试图用武力解决威胁大汉江山的匈奴问题。然而自从白登之战险些命丧黄泉后,他采取的和亲政策中,为匈奴单于送去的礼单中有一个至关重要的礼物,就是美女。从汉高祖到汉景帝,与其说是西汉送去的丝绸美酒换来了汉初多年相对安宁的日子,倒不如说是一个个和亲公主的身体和柔情,让嗜掠成性的匈奴王暂时放下了弯刀。而在西汉的和亲公主中,最出色的一位是王昭君。

与王昭君用自己的美貌和才智换回汉匈之间五十年和睦相处不同,"回眸一笑百媚生,六宫粉黛无颜色"的杨贵妃,虽然在唐玄宗怀抱里享尽了人间快乐和荣耀,却让一个煌煌帝国大厦顷刻之间走向末路,自己也春花早谢,香消玉殒,身死渭河北岸的马嵬坡。

同样的美人,不同的生命取向和结局,除了命运,恐怕还有一个文化修养的问题。公元196年,远嫁塞北,给匈奴左贤王做了十二年妻子的蔡文姬终于被曹操接了回来。那一年,蔡文姬三十五岁,已经是残花败柳了。虽然多舛命运让

路过马嵬坡已是中午,谁也说不准到底有没有一截杨贵妃的遗骨埋在这里的杨贵妃墓中,不过不买门票不让走进,我只好远远拍张照片了事。其实对于渭河和盛唐来说,有没有这样一位绝世美人倒是其次。只是杨贵妃香毁马嵬坡的故事,在过去和现在,都是我们不应该忘记的一种警示。

这位才女身心饱受摧残,但生活还要继续。于是,她和董祀从洛阳溯洛水而上,来到渭河支流、灞河源头的陕西蓝田秦岭深处的悟真谷住了下来,隐居山林,潜心研究历史、文学和音乐,并为后世留下了著名的《胡笳十八拍》。

现在人们都知道,《史记》不仅为我们保留了西汉及西汉以前珍贵的历史,而且为我们树立了一座中国古代文学作品高耸的丰碑,却没有多少人知道,一位出生在渭河流域的女人为司马迁和《史记》所付出的一切。

这个女人,就是司马迁夫人柳倩娘。

渭河在甘肃渭源县鸟鼠山发源后,从陇西、武山、甘谷进入天水市区的时候,又有一条支流加入。这条支流就是发源于六盘山,流经甘肃秦安县的葫芦河。司马迁夫人柳倩娘的老家就在甘肃天水市秦安县。史料显示,柳倩娘是西汉名将"飞将军"李广的外甥女,她父亲是一位读书人,所以柳倩娘从小跟随父亲学习画山水花鸟,到十五岁的时候,已经可以通读《六经》,翻读《庄子》和《离骚》。

柳倩娘还在秦安乡下的时候,舅舅李广是当朝名将,二舅李蔡已经是汉武帝的丞相。十五岁那年,柳倩娘跟随父亲到长安看望舅舅李广,接触到司马迁的文章后萌发了拜司马迁为师的念头。在表兄李陵帮助下,柳倩娘见到了司马迁。当时的司马迁大概也来到长安不久,正值年轻英俊且才华横溢的年龄,柳倩娘对司马迁一见倾心。谁知柳倩娘的美貌也让有了家室的李广利垂涎三尺,想将柳倩娘纳为小妾。为了躲避当时已经红极一时的汉武帝宠姬李夫人和宠臣李延年长兄李广利逼婚,柳倩娘躲到司马迁家里,并与司马迁成婚。

作为司马迁的崇拜者和妻子,在司马迁举足游历,开始为写作《史记》进行准备的时候,柳倩娘跟随夫君先后到过江淮、庐山、九嶷山、长沙等地,帮助司马迁搜集资料、绘图。司马迁第二次获罪入狱,柳倩娘为保护正在写作中的《太史公书》(也就是后来的《史记》),忍痛别夫,隐名改姓,带着司马迁完成的部分《史记》正本,逃到司马迁老家韩城,藏匿于芝秀庵尼姑庵,削发为尼。公元前90年,司马迁神秘死亡,柳倩娘通过女婿和外孙将丈夫遗体运回韩城安葬。按照韩城习俗,受过宫刑的司马迁不能入祖坟,柳倩娘就在韩城芝川镇东南山岗"东临黄河,西枕高岗,凭高俯下"的地方安葬了司马迁,并在那里种下柏树,守候到死。

司马迁和他的夫人柳倩娘的忠贞故事，已经被时光淡忘。但司马迁故乡韩城和其他一些地方的史料，却一直没有忘记这位为我们留下一部伟大著作，忠贞不渝守护一代伟人的伟大女性。

中国古代仕女文化兴起于盛唐。这大概与大唐盛世开明开放，崇尚美艳繁华的社会时尚有关。那些优雅美丽、绛裙拂散的美女，在被盛唐以来的画家描绘到画面上之后，也就成了古代社会女性身份、修养、美貌的象征。这些仕女的身份和情调，永远都与出入歌楼酒肆的歌伎舞伎有着明显界限。她们也可能妖冶妖艳，却绝少熏人的脂粉之气；她们也可能伤春感怀，却表现得优雅婉约。在我们的印象中，前秦才女苏若兰就属于后一种，是一位婉约、钟情，而且智慧的才女。

苏若兰，这位因为与夫君窦滔之间一段微波乍起的爱情故事和一首神奇莫测的回文诗而名扬千古的女子，老家在渭河北岸武功县苏坊镇苏坊村。苏坊镇与乾县和扶风相邻，大概过去的苏坊镇曾经归扶风管辖过的原因吧，所以有些资料称苏若兰为扶风才女，武功和扶风县志上也都说苏若兰是自己乡党。

苏坊村有四个自然村，塬下一个叫苏西村的村子，村头矗立一座村民自己出资修建的纪念苏武的石牌坊。虽然在苏坊村南不远，渭河支流漆水河岸上的武功镇有座新建的规模宏大的苏武墓，但村民说那位汉武帝时期出使匈奴被扣、在贝加尔湖畔以牧羊为生、苦熬十九年守节不降的苏武和前秦才女苏若兰，出生在他们村子。虽然现在苏坊村没有一户苏姓人家，但早在唐代，这里就有纪念苏武的牌坊。明成化二十三年（公元1487年），漆水河发大水，居住在苏坊村的苏姓人家都搬到了对面游凤镇新寨村。村民还说，苏若兰又名苏蕙，是苏武后裔。苏武是汉武帝时期和飞将军李广并肩抗击匈奴的西汉名将、平陵侯苏建的儿子，苏坊镇一带是苏建当年封地。作为苏建和苏武后代，这里除了有不少有关苏若兰的传说，1946年，西北农学院一位教师还在苏坊村田地里发现过一座古墓。据当地志书记述，这块大雨后露出地面的墓碑前，竖一通两米多高的石碑，上有"××苏蕙"字样。由此，人们断定那应该就是苏蕙苏若兰的墓地。

武功县苏坊镇苏西村纪念苏武的苏公故里石牌坊

与褒姒、杨贵妃以美貌迷住一国之君,葬送了西周和大唐江山不同,也与王昭君和蔡文姬身负和亲重任,以女人柔弱的肩膀承担一个时代的命运不同,苏若兰与夫君窦滔之间的爱情故事,似乎显得更加缠绵悱恻,充满人间烟火的味道。

最早记录下苏若兰与窦滔爱情故事的是《晋书·列女传》,而让这个传统爱情故事广泛流传的,则是清代李汝珍的小说《镜花缘》。

《晋书·列女传·窦滔妻苏氏》说,苏若兰是前秦苻坚时期在陈留做县令的武功人苏道质的三女儿。十六岁那年,苏若兰随父亲游览扶风法门寺(那时候叫阿育王塔)的时候与窦滔相遇,两人一见钟情并由双方父母做主,于前秦建元十四年(公元374年)结为夫妻。

出生于渭河上游天水市秦安境内的前秦皇帝苻坚,是中国北方陷入军阀混战的十六国时代很有作为的一位皇帝。生逢前秦盛世、有一身好武艺的窦滔很快建功立业,被擢升为秦州刺史,来到渭河上游的天水(那时候叫秦州)做官。公元380年,窦滔携苏若兰来到天水后不久遭人陷害,被流放到流沙一带(今新疆白龙滩沙漠一带)。离别之际,苏若兰和窦滔发誓海枯石烂,忠贞不渝。

哪里知道,窦滔去流沙不久,结识了一名叫赵阳台的歌伎。两人很快如漆似胶,住在了一起。有了新欢,曾经海誓山盟的窦滔将结发妻苏若兰忘得一干二净。后来,苻坚重新起用窦滔,派他驻守襄阳。窦滔赴襄阳到任之际,准备将已经纳为小妾的赵阳台和苏若兰一起带到襄阳,被苏若兰拒绝。于是,窦滔带新欢赵阳台去了襄阳,将苏若兰一个人留在秦州。窦滔这一去沉迷于风尘女子赵阳台的温柔乡,杳无音讯。独守空房的苏若兰就将自己对窦滔的思念之情、孤独,以及与夫君反目的悔恨,巧妙地织成一幅回文组诗,寄给窦滔。窦滔读到这组织在锦缎上的回文诗后悔恨交加,送走小妾赵阳台,将苏若兰接到了任上,夫妻俩从此恩爱如初。

现在,天水残存的老城区还有半截没有被拆完的古巷道,叫织锦巷。"文革"前,那里有一座二层木楼,楼檐下前后各悬挂一巨型匾额,前门上书有"晋窦滔里",后门上写着"古织锦台"。那应该是一千六百多年前发生在渭河上下中国历史上经典爱情故事的象征和最后见证了。

记录一代才女苏若兰和窦滔爱情故事的回文诗《璇玑图》,也许算得上是中国文化史上最让人品味不够的千古奇文了。织在八寸见方锦缎上的八百四十一个字,纵横各二十九行,每行二十九字,用五色丝线组成不同方阵,成为不同组诗。一代女皇武则天见到《璇玑图》后惊异不已,亲自为其作序。武则天在《璇玑图序》中说:"苏氏悔恨自伤,因织锦为回文:五采相宣,莹心耀目。纵横八寸,题诗二百余首,计八百余言,纵横反复,皆为文章。其文点画无阙。才情之妙,超古迈今。" 武则天从《璇玑图》里读出了二百多首诗,但对于《璇玑图》回文诗的解读,至今还没有一致的结论。明代起宗道人将织锦回文诗分为七图,读出了三千七百五十二首诗作;而弘治十五年(公元1502年)状元、翰林院修撰康海之孙万民,从起宗道人的七图中又分出一图后,竟将区区八百四十一字的《璇玑图》读出了四千二百零六首诗意无穷的诗歌作品,且诗体繁复变幻,奥妙无穷,既有三言、五言、七言,也有四言、六言,还有绝句和律诗。

正是有了渭河水养育的这些才情俱佳、风华绝代的美人,才让一种与女性有关的仕女文化,进入了这个大多数时候被男性主宰的世界的视野。

渭水香茗

渭河流经的地方并不产茶。但是，中国茶文化却是在以长安为中心的渭河流域形成的："蜀茶寄到但惊新，渭水煎来始觉珍。满瓯似乳堪持玩，况是春深酒渴人。"

白居易是唐代诗人中酷爱饮茶的一位。他一生写的有关茶的诗歌多达六十多首。这首《萧员外寄新蜀茶》，是白居易品尝四川一位好友萧员外寄来产于蜀地的新茶后写的。来自蜀中的新茶，配以渭河水煎熬，其清爽诱人之味，让大诗人白居易神清气爽，回味无穷。

作为国饮，饮茶之俗在中国出现也有四五千年的历史了。发现茶的饮用功能和药效的，还是在渭河流域开创了中国最早原始农业的炎帝神农。史书上说："神农尝百草，日遇十二毒，得荼而解之。"这里的"荼"，也就是后来的"茶"字。早年包括《周礼》《仪礼》《礼记》《左传》《公羊传》《谷梁传》《易》《书》《诗》在内的儒家经典《九经》里，没有"茶"字，所以古代就用"荼"代称"茶"字。直到唐代，陆羽写《茶经》的时候，才有人将"荼"字去掉一画，产生了"茶"字。

最早的茶，由于人们发现它有止渴、清神、消食、除瘴、利便功能，被作为药用植物饮用。巴蜀地区将茶煎熬后服用，以除瘴气、解热毒，并成为巴蜀人习以为常的保健饮品，以至于到后来，茶的解渴饮用功能将药用价值湮没，成了中国的日常清饮。到了魏晋南北朝时期，清谈之风和佛、道文化渐浓，疏于饮酒而喜欢品茶高谈阔论的玄学家、强调禅定入静的佛家、追求修炼不老之体的道家，各自从茶饮里发现了自己所需要的东西。于是，在世俗界和宗教界共同努力下，茶也慢慢从一种普通饮料中脱离出来，与文化结缘，朝着中国传统文化中与书法一样，世界上独一无二的东方文化精神象征性喻体境界飘升而去。

大唐帝国是一个将一切有价值、有意义的东西都可以提升发展到极致的时代。已经在中国流行几千年的饮茶之风,终于在这个中国历史上绝无仅有的繁华盛世,形成了彰显中国文化的另一种文化形态——茶文化。

最早将中国茶文化进行梳理总结的人物,是茶圣陆羽。

这位据说生下来相貌奇丑的茶仙是一位弃儿,幼年和童年时代是在寺院里度过。我们不知道陆羽一生是不是曾经到过大唐都城长安,但他以终生之力完成的《茶经》,却是在盛唐茶饮之风空前昌盛的氛围里诞生的。有了这样一部将茶的自然功能和人文属性相提并论,把儒、道、佛三教理论精髓融入饮茶之中,探讨饮茶艺术的作品,中国茶道精神才得以破土发芽。

茶叶产地在南方,但唐代的长安城却是全国最大的茶叶消费市场。宫廷宴饮、民间炊饮、文人雅士聚饮、围绕长安城的众多寺院道观淡饮修行,甚至连聚集在长安城的外国使臣、西域商人和日本留学生,也爱上了品茗饮茶。四通八达的官道和由渭河沟通的水路运输,可以将南方的茶叶很快运到京城。江南各地也将当地所产的上好茶叶作为朝廷贡品,供皇宫贵族饮用。至于民间,茶饮之风已经吹遍长安。和遍布长安城的歌楼酒肆一样蓬勃兴起的茶楼、茶馆,白天夜晚坐满了要一壶清茶,或一人独处,静静品味清茶芬芳,或三两个好友品茗清谈的茶客。而酒酣耳热后,泡一壶清茶,安坐于花前月下,静赏清风明月、香茗清芬者也不乏其人。遍布渭河两岸的寺院道观,那些崇尚清饮的僧侣和道士,于诵经修炼之余品一杯清茶,静坐参禅,或以茶会友,更是体会茶与佛道、茶与人生相融相通的必修功课。至于那些或如白居易一般既钟情于酒场,又酷爱茶饮的诗人才子,于豪饮之余以茶解渴、以茶醒酒,更是盛唐诗人不仅嗜酒,而且酷爱茶饮的流行生活时尚。

李白是酒仙,一生不知饮了多少琼浆美酒,也写过不少饮酒诗。李白在四川长大,饮茶应该是他最为平常的生活习惯吧。但奇怪的是,李白一生竟然只写过一首有关茶的诗。那是唐玄宗天宝十一年(公元752年),李白云游到达金陵栖霞寺。他的一位在湖北当阳玉泉寺做和尚的族侄中孚禅师(俗名李英)闻知后,采数十片玉泉寺出产的"仙人掌"茶,到金陵栖霞寺看望李白。品尝这种非常珍贵的"仙人掌"茶后,李白赞不绝口,破例为这位侄子赠他的好茶写下了

《答族侄僧中孚赠玉泉仙人掌茶(并序)》:"尝闻玉泉山,山洞多乳窟。仙鼠白如鸦,倒悬清溪月。茗生此中石,玉泉流不歇。根柯洒芳津,采服润肌骨。丛老卷绿叶,枝枝相接连。曝成仙人掌,以拍洪崖肩。举世未见之,其名定谁传。宗英乃禅伯,投赠有佳篇。清镜烛无盐,顾惭西子妍。朝坐有余兴,长吟播诸天。"

李白虽然没有同时代诗人李嘉佑那住在寺院里、终日饮茶念经的经历和心境,却对于后来白居易所倡导的茶禅一味的文化至高境界,早已心领神会。

同为唐代大诗人,元稹不仅嗜酒,也酷爱饮茶。他那首在唐代诗歌中堪称最讲究诗歌结构美、别具一格的宝塔诗《一字至七字茶诗》,从茶的本性说到人们对茶的喜爱,再从茶的煎煮谈到饮茶习俗和茶的功用,可谓妙趣横生:

茶。
香叶、嫩芽。
慕诗客、爱僧家。
碾雕白玉、罗织红纱。
铫煎黄蕊色、碗转曲尘花。
夜后邀陪明月、晨前命对朝霞。
洗尽古今人不倦、将至醉后岂堪夸。

早年的白居易嗜酒,也酷爱饮茶。年轻气盛的时候,白居易甚至还写过十四首《劝酒诗》,但白居易对茶却钟爱一生。白居易早年饮茶,大概仅仅出于茶可解酒止渴的缘故吧:"驱想知酒力,破睡见茶功。"但随着生活沧桑,年事渐高,品茶、爱茶已经成为他品味人生的一种方式。元和十一年(公元816年),也就是白居易被贬为江州司马并写下著名的《琵琶行》的第二年,白居易游到庐山香炉峰下,盖起一座草堂,并在香炉峰遗爱寺附近开辟一圃茶园,以茶为伴,过起了"长松树下小溪头,斑鹿胎巾白布裘。药圃茶园为产业,野麋林鹤是交游。云生涧户衣裳润,岚隐山厨火烛幽。最爱一泉新引得,清冷屈曲绕阶流。"(《香炉峰下新卜山居草堂初成偶题东壁》)的生活。也是那个时候,白居易开始接触老庄思想,并与僧人来往,学习佛法,以茶、酒、老琴为伍,体味"禅茶一味"

的禅理:"或吟诗一章,或饮茶一瓯。身心无一系,浩浩如虚舟。富贵亦有苦,苦在心危忧。贫贱亦有乐,乐在身自由。"(《咏意》)

杜甫虽然喜欢饮酒,但相对于李白的潇洒和其他诗人的生活富足来说,一生拮据的生活现状,让他很多时候没有多少钱打酒豪饮,所以以茶代酒也应该是心情闲暇之余的杜甫享受难得生活美景最可行的方式。虽然在杜甫众多诗作中,仅有《重过何氏五首》一首写饮茶的诗,但那种沉醉于香茗山水之间,独享天道与茶道带来的清、静、简、雅的品茶境界,非一般人所能达到。

由于茶与诗、茶与文、茶与佛道的相与融合,盛唐茶饮已经成为一种修为、境界和人生襟怀的标志与象征。于清供雅饮中参禅参佛、顿悟世理、洞悉人生,甚至在手捧香茗之际妙悟诗、书、画及其他艺术的至高境界,不仅成为盛唐生活风尚,而且成为中国文化深奥玄机不可分割的一部分。大唐诗人中,另外一位一生向佛的"诗佛"王维,虽不似白居易那般对茶饮如痴如醉,却是一位一生将茶与佛结缘最深的诗人。王维刚刚进入长安社交圈的时候写的《赠吴官》,就写到了茶饮:"长安客舍热如煮,无个茗縻难御暑。"可见那时候的王维已经习惯了饮茶消暑。四十岁以后,王维隐居灞河源头的蓝田,更是以诗、书、画、茶、佛为伍,过上了一种遁世隐居的生活。《旧唐书》记述王维晚年生活时说,王维"斋中无所有,惟茶铛药臼,经案绳床而已。退朝之后,焚香独坐,以禅颂为事。"

既然饮茶已经成为大唐社会一种风尚,唐朝茶叶贸易必然发展非常迅速。公元782年,国库拮据,唐德宗李适根据户部建议,开始征收茶叶税,其征收标准为:"税天下茶漆竹木,十取一。"而在大唐饮茶习俗影响下,远在西域的吐蕃、回纥茶饮之风也日渐盛行,以茶易马不仅为大唐带来巨大经济利益,也成为传播大唐文化的另一种形式。

就在苦吟诗人贾岛掌着茶杯,徘徊在明亮的月光下吟出"联句逢秋尽,尝茶见月生"(《再投李益常侍》)的诗句时,茫茫月色下,一队队运送茶叶的商队已经从长安和蜀中出发,向西行进。他们将经渭河上游的天水、临洮以及四川雅安,把产自大唐江南的茶叶和形成于都城长安的中国茶文化,传播到遥远的西方世界。

君子如玉

发源于秦岭深处的河流,是选择渭河流向黄河,还是选择嘉陵江或汉江投入长江,只是一念之间的事。所以从甘肃渭源县到陕西华阴之间的秦岭主脊,有许多分水岭。同一座山岭南北两侧流出的水流,虽然距离不过咫尺,却分属长江、黄河两大流域。从公王岭后面玉川山流下来的众多小溪在九间房汇集之后,向东、向南汇入灞河,从白鹿原脚下流过继续向北,就进入了渭河。公王岭、玉川山是终南山核心地带,从这里流出的河流小溪如果稍稍扭身朝南,转过几座高耸的山岭,就可以到达南方的丹江——汉江流域。

玉和水的关系有点儿像血与肉的关系,凡绝世美玉,似乎都是历经流水经年浸泡、冲刷、打磨,才拥有了超凡脱俗的水色和质地。公王岭附近灞河源头的蓝溪河,是唐代盛产蓝田美玉的地方。

最早知道一种美玉叫蓝田玉,是在中学时代老师讲李贺诗歌《老夫采玉歌》的时候。读着"采玉采玉须水碧,琢作步摇徒好色。老夫饥寒龙为愁,蓝溪水气无清白。夜雨冈头食蓁子,杜鹃口血老夫泪。蓝溪之水厌生人,身死千年恨溪水"的句子,听着老师当年充满阶级仇、血泪恨的解读,在不知道蓝田玉到底是什么样子的情况下,年幼无知的我竟对那种被老一辈人传得神乎其神的美玉有了一种原来也是罪恶与剥削象征的印象。直到后来,又读到屈原《九歌·涉江》"登昆仑兮食玉英,与天地兮同寿,与日月兮同光"的句子,才又知道在几千年中国传统文化中,玉是一种纯洁高尚人格的象征。守身如玉、品德高洁如玉的人才配得上"君子"称谓。

渭河流域并不是美玉盛产区。除了灞河上游的蓝田,在天水武山、清水境内渭河支流的山崖河床上,也出产一种制作夜光杯的鸳鸯玉和另一种只能琢磨观赏的庞公玉。较之又叫庞公石的庞公玉，武山鸳鸯玉的水色质地似乎更接近玉。但如果从古人对美玉的要求来看，现在制作出大量夜光杯的鸳鸯玉，也尚处在从一种特殊的石头朝玉石蜕化的过程，还不能算作纯粹的美玉。因此，也许只有出产于灞河上游的蓝田玉，才是渭河流域土生土长的美玉。

渭河流域不是美玉的富产区，却是中国玉文化的肇始地。

从西安市高陵县船张村泾河与渭河相汇的泾渭分明处，溯泾河而上的泾河上游地区，在距今五六千年前，是我国昆仑神话体系中西方女神西王母的统治区域。也许是这位既生得雍容华贵、端庄美丽，又被描述成豹尾虎齿、半兽半人的西王母国首领在昆仑山居住期间，首先发现了昆仑山一带遍地皆是的这种后来被人称作"玉"的奇石的迷人风韵，西王母也成了中国历史上第一次以这种叫玉的石头作为珍贵礼品馈赠给她尊贵客人的中国玉文化创始人。

距今四千六百多年前，黄帝与蚩尤在涿鹿的战争打得难解难分之际，西王母派九天玄女骑着白鹿为黄帝献上地图，让黄帝有了战胜蚩尤的法宝。黄帝统一炎黄部落之后，西王母甚至亲自乘白鹿为黄帝献上玉环。这是我国古代文献上对玉石作为礼品赠予的最初记载。此后，帝舜、帝尧，以及曾经与西王母有过一场很是暧昧的恋情的周穆王，都接受过西王母国首领西王母送来的玉器。其中帝舜接受过西王母拜见时敬献的五块白玉环，帝尧也在帝舜九年收到过前来朝贺的西王母献的白环玉玦。那时候，西王母赠送给华夏远古帝王的玉器，包括我们后来才认识的玉佩、玉玦、玉环、玉琯，质地都为纯洁的白色。到了周穆王时期，已经接受了玉石作为敬献尊贵客人贵重礼品习俗的周穆王，在那次与西王母产生过一段浪漫恋情故事的西行游历过程中，拜见西王母时带给西王母的见面礼物，就包括白玉雕琢的白圭玄璧。

在西王母将玉作为友谊和感情象征之前，生活在渭河流域的远古先民也发现了这种温润如水的奇石与众不同。所以在渭水上游的大地湾遗址和渭河中下游的半坡遗址，我们不仅发现了大地湾人和半坡人用玉石制作的玉凿、玉锛一类的生产工具，还有远古人在发现玉石美丽迷人品质之后所制作的玉坠、玉环、玉笄之类的装饰器和祭祀鬼神、先祖时使用的权杖头、璧等玉制礼器。后来的黄帝时代，玉石甚至还曾经被作为作战用的兵器，为黄帝统一炎黄部落立下过汗马之功。

远古时代,人类虽然已经发现了玉的审美价值,但将这种并不具备多少使用价值的石头上升到文化层面上,还有漫长的道路要走。

最早让玉这种不同一般的石头具备了文化意味的,是远古时代的巫师。由于玉的美丽、坚硬和珍贵,巫师们赋予玉石以沟通神界与人界之间的通灵意义,并在祭祀天地鬼神和先祖的时候敬献给让他们敬谢不敏的神灵,祈求获得与天地鬼神灵魂上的沟通。既然这种石头有如此神圣神秘的力量,人们在祭祀活动中不仅将美玉献给天地鬼神,还将其作为乐器敲打,跟随玉石发出的声音舞蹈,祈求获得天神保佑。后来,又有人将其琢磨成精致的饰品——护身符,佩戴在身上辟鬼驱邪,死后陪葬在墓葬里,作为沟通死者和生者的纽带。

这是远古时代人们对具有灵性的玉石最初的认识,即灵玉时代。

既然玉石天生丽质,洁白无瑕,且贵有灵性,在经历了远古时代人类的自然崇拜、西王母再三赠予上古贤明帝王之后,将玉石的品格与人的精神世界相结合,走向玉的品性和人的品格相互映照的人文之路,势在必然。到了华夏民族创世英雄辈出的炎黄时代,炎帝、黄帝、大禹这些华夏先祖,都被赋予了美玉一样的品质和德行。只不过那时候,人们将自己对这些创世英雄以玉来比拟,更多的是取了美玉神格化和曾经作为图腾崇拜物的神性意义——即那个时候,玉被赋予了神性,是神权的象征。到了夏商周以后,玉的价值和意义虽然从神圣的圣物落到了人间,却更加具有了权威性。

让玉成为王权与等级制度标志的,是壮大于西王母统治过的泾河流域,崛起于渭河中游的周人。在西周礼乐制度中,《周礼》不仅规定以苍、黄、青、赤、白、玄各色玉石制作祭祀天地和东南西北四方神圣的乐器,还对君王和不同级别公侯大臣佩戴玉器的等级,作出明确界定。这种以佩戴玉器饰品标志个人身份与地位的传统,在西周是一种政治等级制度。无论你多么有钱,没有足够的社会地位,是不能超越身份佩戴玉器的。于是,玉也就从一种饰品进入到了社会文化视野。到了春秋时期,玉不仅是王权代表,佩玉之风也日益盛行。所以孔子说:"古之君子必佩玉,右徵角,左宫羽。"这种从神权开始,由王权倡导的佩玉之风发展到战国秦汉,成为一种具有深厚文化意味的社会时尚。一度时间,各国王公贵族为了显示自己的身份，每服必佩玉，有的一件衣服上甚至佩戴数十个各种形状的玉佩。

如果闭上眼睛想一想，两千多年前的中国大地上，出入都城封邑大街小巷的男女老幼华服丽饰，步履轻盈，满身玉佩，随风碰撞，琤琤有声，光华闪烁，那该是多么壮丽的景象啊！

这种景象，应该是出现在孔子说出"君子比德于玉"这句话之后吧。因为到了孔子将他所倡导的君子风范与历代给玉赋予的仁、知、义、礼、乐、忠、信、天、地、德、道等品格结合之后，玉已经成为中国传统文化世界物我相融的精神载体。玉既代表一种理想人格品性，又代表一个人的文化修养，更象征一种神圣不可侵犯的权威和尊严。春秋时期，每个国家都有一件作为镇国之宝的玉石，其中"周有砥厄，宋有结绿，梁有悬愁，楚有和璞"。

历史上发生的与玉有关的故事太多了，但在渭河流域最有影响的故事，大概要算《完璧归赵》了。

《完璧归赵》的故事是《和氏璧》的后续。那位楚国人卞和发现的尚未琢磨的美玉，在有眼无珠的楚厉王、楚武王时代不仅备受冷落，卞和为之还失去了两只脚。后来，这块被称作和氏璧的璞玉虽然被楚文王发现，却又辗转流落到了赵国。

那时候，都城雄踞渭河北岸咸阳原的秦国，已经到了秦昭襄王时代。这位灭了西周，又在长平之战将秦国诛灭六国之路上的劲敌赵国逼上穷途末路的秦王，正在筹划沿渭河东进北扩，准备荡平六国，怎么能够容忍已经是秦国囊中之物的赵国拥有如此珍贵的美玉呢？

在司马迁笔下，虽然蔺相如与秦昭襄王斗智斗勇，保住了和氏璧未落入秦王之手，但公元前279年秦赵在河南渑池会盟五十八年后，秦王嬴政诛灭六国，和氏璧还是为秦国所得，被秦始皇制作成中国封建社会皇权象征的玉玺。这只用和氏璧制作的皇帝玉玺在秦灭亡后被刘邦控制，并在历代的皇帝手中传来传去，成为皇权更迭的象征，一直传到了唐代。

盛唐以后，发源于渭河流域的中国农耕文明辉煌不再。随着战乱频繁，秦始皇当年在咸阳宫用和氏璧制作的皇帝玉玺也不知所终。但发端于渭河流域的玉文化与中国文化之间的联姻,却不仅没有因为和氏璧玉玺的消失而消亡,反而让玉的价值和地位不断攀升,发展成为中国文化传统最具有象征意味的文化元素。

西王母和《山海经》时代,玉与神并行。到了《诗经》时代,玉是高尚纯洁人格的化身,并且开始与纯情男女的爱情结缘:"有女同车,颜如舜华。将翱将翔,佩玉琼琚。彼美孟姜,洵美且都。有女同行,颜如舜英。将翱将翔,佩玉将将。彼美孟姜,德音不忘。"(《诗经·郑风·有女同车》)

将美玉与美满爱情婚姻结合得最完美的故事,也发生在渭河之滨。

秦穆公是秦人从渭河上游来到渭河中下游关中平原后,第一位开疆拓土、霸气十足的秦国国王。他有一个小女儿非常喜欢被父亲征服了的西戎国进贡的一块碧玉,秦穆公便给她取名"弄玉"。弄玉长得非常漂亮,而且聪慧过人,但性情孤僻,成天只喜欢躲在后宫吹笙。秦穆公就让工匠用那块西戎碧玉,为女儿做了一支碧玉笙。玉配佳人,弄玉吹笙的技艺更加突飞猛进,对玉笙也爱不释手。女大十八变,眼看弄玉到了该出嫁成婚的年龄,父亲欲将其许配给邻国太子,弄玉却怎么也不从,并提出非遇上懂音律、善吹箫的男子不嫁。

在为秦国开疆拓土的战争中,秦穆公是用兵戈和鲜血将秦国疆土开拓到包括整个渭河流域的国君,也是死的时候以一百八十四个活人为其殉葬,创中国历史上活人殉葬之最的残忍君王。但对心爱的女儿的要求,这位孤傲的秦国国君还是屈从了。接下来一连几夜,弄玉在月光下吹笙时,都能听到一阵渺如仙乐的箫声从东方传来。为了让女儿找到称心如意的郎君,秦穆公派大将孟明从华山将那位隐居吹箫的青年萧史带到咸阳宫。萧史的箫声让秦穆公和臣子们如痴如醉,征服了弄玉芳心,于是两人结为夫妻。

这对酷爱音乐的夫妻住在咸阳宫里不问世事,一心只是吹箫弄笙,切磋技艺。弄玉吹出的笙声越来越美妙动人,连天上的凤凰都被吸引下来。那时候,秦穆公大概正在忙于称霸西垂的征战,已经十分厌倦宫廷生活的弄玉和萧史,决定回到华山过隐居生活。一日,弄玉吹笙,萧史吹箫,招来一龙一凤,弄玉乘上彩凤,萧史跨上金龙,比翼双飞,腾空而去。

秦穆公之女弄玉吹奏的玉笙袅袅之音,余音绕梁,三日不断,为后人留下了"乘龙快婿"的典故。

这故事出自《魏书·刘昞传》,真实性自然有待考证。但弄玉的美貌和守身如玉的故事,却为后世文学作品演绎出一出又一出如"弄玉吹笙"般纯真理想的爱情故事,打开一条滔滔不绝的源头。

到了这个时候,玉这种凝聚了天地万物之灵气,"质细而坚硬,有光泽,略透明"的石头,已经不仅仅是一种物质,而是中国传统文化世界一切美好、完美事物的代名词和借代体。

我不知道当年李商隐写出"蓝田日暖玉生烟"句子的时候,灞河上游蓝田一带的河谷里还有多少采玉工在清冽的河水中劳碌;我也不知道现在蓝田县城大小商场比比皆是的蓝田玉,是不是当年李贺和李商隐所咏叹过的蓝田玉。但在灞河源头公王岭下面,还有一个叫玉山镇的地方,那应该就是当年蓝田盛产美玉留下的标志吧。在渭河上游的武山境内,那种要进化成真正上乘美玉,也许还要历经数万年渭河水冲洗的鸳鸯玉,现在被制作成王翰《凉州词》里所写的"葡萄美酒夜光杯,欲饮琵琶马上催"的夜光杯,行销海内外。

最为关键的一点是,从发生、发展到隋唐达到高潮的玉文化的迷人光晕,还在从渭河流向中原的华夏大地上弥漫。

远去的乡土

每次见到陈忠实先生，我都会想起我去世的父亲，还有更多先我父亲而去的长辈。我的父亲、爷爷和更上辈的先祖，都是祖祖辈辈在渭河岸上山梁之间春撒一把子、秋收万粒粟的农民。他们依靠渭河飘荡的水波送来的雨水播种、收获；他们一生耕种的，还是炎帝神农从渭河岸边山林里品尝分拣出来的五谷杂粮。先是糜子和谷子之类的粟，后来又有了小麦、大豆、玉米以及其他果蔬。我的先祖依靠这些五谷杂粮，在渭河两岸的山梁沟壑之间安下家，生儿育女，婚丧嫁娶，一代复一代，生活、延续到父亲这一代。然而现在沿着渭河向东，行走在先是柳青，后来又有路遥、陈忠实、贾平凹笔下曾经麦浪起伏、遍地庄稼的关中大地，面对渭河两岸日复一日被分割、吞噬、淹没的泥土、庄稼和村庄，我常常会满怀伤痛，怀抱忧伤地暗暗发问：这是让我童年和少年时代充满幻想、敬畏、热恋的渭河吗？这是梁生宝钟爱的渭河平原吗？这是白嘉轩热恋的关中乡土吗？

1951年春天的渭河平原，一场接一场的春雨让渭河早早就进入了汛期。虽然绵绵不断的春雨和春天到来之后融化的高山雪水，曾经一度让河水变得浑浊，但随着渭河两岸高山之巅积雪融尽，一天天变得从容而舒缓的渭河河水，将随雪水从两岸山谷、坡地带下来的浮尘和枯枝败叶沉淀到河底，或者冲击到岸边，日渐温暖柔和的春风吹过来，满河河水就一日日变得清澈明亮起来。于是，一天天变得苍翠的群山、嫩绿的翠柳、烂漫的山花和即将吐穗扬花的麦子，将它们被春雨一遍又一遍清洗过的身子倒映在河水里。那时候的渭河水流量比现在大得多，水质也比现在清澈。据1951年4月21日的检测报告，当时渭河含沙量仅52.8公斤/立方米，最小含沙量为0。

这年5月,一位温文尔雅、戴副近视镜,两眼却炯炯有神的中年男子踩着潇潇春雨里的遍地泥泞,带着妻子,来到当时的陕西省长安县王曲镇皇甫村。面对笼罩在春雨里烟雨缥缈的秦岭和遍地翠绿的庄稼地之间哗哗流淌的滈河,这位一看显然是位读书人的男子来到村头的中宫庙,将随身带的行李放下,就在这里安下了家,一住就是十四年。去世后,他将自己人生的最后归宿,也选择在了滈河岸边、皇甫村北的神禾塬。

这男子就是柳青。来长安县之前,他是《中国青年报》编委、副刊主编,是已经在全国很知名的作家。那一年,柳青五十岁。

柳青来到陕西的时候,组织上给他安排的职务是长安县委副书记。但为了创作出真正呼吸着泥土气息的作品,他要求到皇甫村做农民。那是新中国刚刚诞生的日子,渭河平原和整个中国大地都沐浴在新春阳光照耀之中,等待更大的变革和惊喜降临五千多年来弥漫着五谷芳香的古老土地。

在遍地庄稼和泥土芳香的皇甫村住下来后,柳青首先开始的不是写作,而是像一位真正的农民一样,脚踏实地地介入梁生宝们的生活。他在皇甫村和梁生宝的原型王家斌一起搞互助组、搞合作社、搞人民公社化,还和他笔下的梁生宝一样风里来、雨里去,在渭河平原上耕地播种,到终南山割竹子扎扫帚,并用自己的稿酬和积蓄为合作社购买日本矮秆粳稻种子进行高产实验。《创业史》第一部出版后,柳青将所得一万六千零六十五元稿酬,捐给当时的王曲公社用于建农机厂、卫生院。据熟悉柳青的皇甫村人回忆说,当时的柳青和所有老一辈关中老农一样,剃着光头,穿着黑色对襟棉袄,留着胡子,连说话走路都和一辈子生活在乡下的老农民一模一样。柳青熟悉关中农民生活的每个环节和细节。他和农民一起到粮食交易市场卖粮食,一身农民装束,一副农民做派,将手缩在袖筒里,和那些形迹诡秘的交易中间人——牙行,捏指头讨价还价。柳青的神情举止,甚至连成天混迹市场的老道牙行,也看不出眼前的柳青是城里人。

在皇甫村,柳青日常所思、行为举止,完全被春播秋收、耕碾打种一类的农村琐事纠缠着,只有到了夜深人静,才伏案写作。直到"文革"开始被迫离开他热恋的皇甫村,村里很多人还不知道柳青是位大作家。

五十年过去了，我们尽可对《创业史》所赞美的那个时代的许多做法和事情有这样那样的评判。但对于一位作家来说，柳青是怀着对巨变中充满热望和梦想的土地的热爱而来，循着弥漫在渭河平原上让他神情迷醉的乡土而来。他所有的热爱与激情，和延续五千多年的中国农耕文明即将迎来最后一次辉煌曙光有关，也和柳青与生俱来的乡土情结有关。由于时光流逝，时代变迁，我们已经无法获知柳青面对巨变中渭河平原刚刚升起的工业化火焰，宁静、淳朴、温暖的乡土开始被工业的硝烟和城镇化溪流冲击时的真实心态。但从《创业史》中梁生宝、梁三老汉、郭世富、姚士杰、郭振山等人物的矛盾纠葛里，我们能够体会的还是一位热恋乡土的作家，对朴素、纯美的中国乡土的痴恋。尽管直到去世，柳青可能从来没有预料到，他曾经热恋并沉迷的中国乡土精神，在他身后将迅速离我们而去；与他生命最后二十多年未曾有过片刻分离的渭河平原那种沐浴在春雨里的麦田禾苗、清澈的渠水两岸恣肆生长的野花绿草，以及一年四季弥漫在渭河两岸的泥土芳香，也将愈来愈成为让我们感叹、怀恋、不可追回的遥远记忆。但有了柳青和他的《创业史》，我们毕竟珍藏了一份20世纪中后期工业化和现代化浪潮到来之前，弥漫中国大地数千年古老乡土的最后记忆。因为到了今天，走遍渭河上下，我们已经很难寻找到一块如柳青给我们呈现的那样芳香迷人、安谧宁静而又充满活力的乡土世界了。

对于从一开始诞生就沉浸在浓郁迷人的乡土精神的中华民族来说，也许没有任何一块土地如渭河所流经的这块山川起伏、山环水绕的大地这样，对春雨、禾苗、乡村和弥漫在河流山川之上的那种交合了草木灰、牛粪马尿、泥土清芬味道的中国乡土气息，理解得更深，体会得更加透彻！

所以，柳青走后，又一位和柳青一样，对因饱受渭河浇灌而丰腴、富饶的乡土充满热爱的作家陈忠实，从繁华舒适的西安城回到灞桥区西蒋村，即他在白鹿原下的老家，开始另一部更加深入中国乡土精神深处文学巨著的创作。

这一年是1988年，陈忠实四十六岁。这之前，陈忠实已经创作出了《信任》《初夏》《渭北高原，关于一个人的记忆》等有全国影响的作品，他本人也已经是陕西省作家协会副主席了。与柳青为创作《创业史》从北京城来到关中农村体验生活不同的是，陈忠实为写作《白鹿原》而回到白鹿原，仅仅是一次形式上的回归。因为从出生到有了创作《白鹿原》的想法,陈忠实原本就没有离开过乡村。此前,他在渭河支流灞河流经的老家西蒋村和其他几个乡村当过老师,还做过公社党委副书记;直到开始创作《白鹿原》之前,他爱人和孩子还是农村户口。每到收获和播种季节,半公半农的陈忠实都要请假回到白鹿原,和妻子、孩子一同撒子耕种,收割打碾。所以对于渭河,对土地、农村和农民,陈忠实再熟悉不过了。他这次回到农村老家,不是为了熟悉农村生活,而是为了将自己的精神和情感沉浸于弥漫在白鹿原上空的中国乡土精神的深处,更为真切、清醒和深刻地瞭望、思考并解剖一个民族乡土梦想破灭的历史。

我深深理解陈忠实对中国农村和农民问题的思考,但为了了解《白鹿原》更深的创作动因,我还是有必要引述他在《寻找属于自己的句子》里的一段话:

　　一天深夜,我一个人骑着自行车从一个村子往驻地赶,早春夜晚的乡野寒气冷飕飕的,我突然想到了我崇拜的柳青,还有记不清读过多少遍的《创业史》,一个太大的惊叹号横在我的心里——我现在在渭河边的乡村里早出晚归所做的事,正好和30年前柳青在终南山下的长安乡村所做的事截然不同。上世纪五十年代初,柳青举家从北京迁回陕西,把家安到长安农村,他以县委副书记的身份,直接参与刚刚兴起的农业合作化运动,走村串户,教育农民放弃单家独户的生产方式,把一家一户的土地挖掉界石和隔梁归垄合并,把独槽单养的耕畜牛、骡牵到集体的大槽上去饲养。而近30年后的1982年春天,我在距他当年所在的长安不过50公里的渭河边上,把生产队集体的大片耕地,按照地质的优劣划分等级,再按人头分给一家一户。看着那些抓阄得手的农民一个跟一个走进饲养室,从大槽的横梁上解下母牛或犍牛的缰绳牵出饲养场大门,我的心头又涌起未出口的慨叹。

　　我在这个清冷的春天的乡村深夜里,想到了柳青和《创业史》,不是偶然兴之所至,而是必然要面对的生活大课题。我心里很清楚这个问题的核心,作为一个农村题材的写作者,你将怎样面对30年前"合作"30年后又分开的中国乡村的历史和现实?在作为一个基层干部的时候,我毫不含糊地执行中共中央一号文件精神;在我转换出写作者的另一重身份的时候,感到了沉重,也感到了自我的软弱和轻。

也许正是这种"沉重"以及"软弱和轻",让陈忠实将更加尖锐的笔端,以更加直接而辽阔的视野,伸向了与每一次中国历史变迁波澜息息相关的农村、农民和贯穿中国历史数千年的中国乡土文化精神深处。与《创业史》对渭河流域弥漫数千年乡土精神面临的变革所怀有的期待与赞美不同,《白鹿原》对中国乡土精神在革故鼎新的大变革年代所面临的窘迫、困境,既充满了怀恋与质询,也充满了无尽惆怅。相对于梁生宝对20世纪50年代中国大地上席卷而来的农业革命变革所拥有的期待与激情而言,白嘉轩则是已经面临瓦解的古老乡土精神的守望者和维护者,也是无可奈何的送终者。就个人而言,白嘉轩失败了,梁生宝却成功了。但对于必然要走到这一天的历史与瞬息万变的时势来说,无论白嘉轩怎样努力,那种曾经安静迷人、淳朴温暖的乡土精神从他所处的那个时代开始,已经无可挽救地走向它的末途。而梁生宝所渴望创造并建设的,也不是千百万农民乃至梁生宝所处的那个时代所能够把握的中国乡土。因

白鹿原上的白鹿书院——这种院落最适合临窗听雨,灯下吟诗。

为早在白嘉轩和梁生宝时代，古老温暖的中国大地弥漫数千年的那一份清贫、宁静和温馨，以及维系它的秩序，已经被打破。无论我们如何饱含深情地挽留、哀叹、维护，失去的必将无可挽救地离我们而去，破灭的也将义无反顾地在我们痛心疾首的关注中化为泡影。

如果站在古老的渭河岸上，将目光投向更远的地方，我们就会发现，中国的乡土时代，其实早在盛唐文明光焰从渭河腹地将中国农耕文明推向极致的时候，已经显现出从辉煌顶端走向衰落衰败的不归之路的迹象。只是被浩荡黄土和滔滔渭河培植的中国乡土精神过于枝繁叶茂，根深蒂固，所以直到汹涌澎湃的后农业时代和工业化浪潮不容分说地朝渭河流域——这块中国大地最古老的乡土精神家园袭来之际，柳青和陈忠实才用他们饱含深情的作品，替一个时代和一个民族向曾经弥漫中国大地的乡土精神，做了最后的告别。

也许是积淀在渭河两岸关中大地上的中国乡土文化精神过于深厚的缘故吧，柳青和陈忠实之间的路遥，以及和陈忠实同一时间起步的贾平凹，在他们或充满个体情感经历，或淋漓着时代精神鳞光片羽的作品里，我们总能从渭河古老的涛声里，谛听到一代又一代人对弥漫在中国大地上渐去渐远的乡土精神的深情依恋与扼腕喟叹。尤其是在现代文明火光四处蔓延，温暖迷人的中国乡土精神气息奄奄的今天，当我们试图从柳青、陈忠实、路遥和贾平凹笔下再度抚摸、品味、回望中国乡土精神与绵亘数千年农耕文明的精神光焰之际，亘古奔流的渭河已经日渐消瘦和浑浊的身影，笼罩渭河上空工业化和城市化的阴霾，以及越来越变得苍茫模糊的村庄与田野的背影，都在明确无误地提示我们：弥漫在渭河流域的古老乡土已经离我们而去，而且不可唤回！

就在即将结束对渭河这条负载着中国农耕文明从萌芽到诞生、发展到达到辉煌巅峰的河流进行最后一次深情回眸的时候，我看到发表于2006年9月20日《陕西日报》系列报道《水患的忧思——渭河备忘录之三》有这样一段文字：

> 从前的渭河中下游没有堤防工程，渭河自由流淌，属于槽河、地下河。如今，渭河中下游暴露出频繁成灾的问题，并不是渭河的水大了，事实是

渭河径流量在减少。1981年的大洪水,华县段流量为5380立方米/秒,没有多少灾情。2003年的大洪水华县段流量为3570立方米/秒,却出现大洪灾。二十年如此巨变,说明地上河的形势越来越严峻。

三门峡水库建成以来,贡献是巨大的。可是多年高水位蓄水运行,加之上游水土流失,造成库区泥沙严重淤积,形成悬河。黄河发大水,向渭洛河及其南山支流倒灌、淤积;渭河发大水泄洪不畅,同样朝支流倒灌、淤积。河床在抬高,河堤在加高,连桥也在加高,渭南的华县、华阴、大荔,以及西安的临潼等低洼易涝地区,均处在决堤即淹的危险境地。

专家介绍,三门峡水库运行以来的40多年里,洛河下游淤积泥沙2.7亿立方米;渭河泥沙淤积已延伸到咸阳市区,总量约13亿立方米,下游河床抬高约5米。

40多个年份里,库区有24个年份河堤决口75处。令人触目惊心的2003年特大洪水8处决口,137.8万亩农田受淹,受灾人口56.25万,迁移撤离人口29.22万,经济损失巨大。

2004年4月27日,我们走进"二华"灾区。洪水退去快一年了,这里却还是一片狼藉。大片的因浸泡而死的果树还在淤泥里竖着;低洼地仍存有不少积水;许多倒塌的房屋,正在翻盖中,有人仍住在救灾的帐篷里,蓝色的救灾帐篷到处可见。

2004年8月,我从秦岭最东缘的伏牛山区转道三门峡,然后溯渭河而上,到一年前刚刚遭遇了一场让当地人至今余悸在心的水灾的渭南一带,看到的情形和这篇文章描述的没有区别。但在分析导致渭河在白嘉轩、梁生宝之后灾难频发的另外一个原因时,这篇文章还有这样一段文字:

现在的渭河已经变成季节性多泥沙河流;现在的渭河,平时南山水清而北山水浊,清浊分明,降雨时,清流则浊,浊流则更浊。渭河水变浑浊之日,就是渭河流域水土流失之时。水文资料显示,解放以来渭河含沙量明显上升。年均含沙量52.8公斤/立方米,最小含沙量为0(1951年4月21

日),最大含沙量905公斤/立方米(1997年8月7日)。年均输沙量4.05亿吨,汛期约占80%。

　　渭河水含沙量增加,主要是水土流失加剧了。渭河流域是黄土高原水土流失严重地区之一,水土流失面积3.6万平方公里,约占总面积的65%。其中甘肃省渭河流域的水土流失面积1.97万平方公里,约占流域水土流失面积54%。有人测算过,仅渭河定西流域段,年平均流失泥沙5044万吨,每年流失的土层泥沙用60吨的火车皮足可以装84万节车皮。每亩耕地年损失氮、磷、钾121公斤,流失量大大超过了当年化肥的施用量。泥沙和养分就这样随水而下,变利为害,年复一年,恶性循环。上游切肤之痛,渐成下游心腹之患。

　　在这里,还没有提及正在让整个中国大地变成工厂和城市的现代文明对古老渭河精神、文化、灵魂的吞噬与威胁。
　　工业化、现代化和信息化的未来,我们不仅无法阻挡,并且心向往之。但无论将来人类生活在多么幸福、自由、自在、完美的世界,我们总还是需要一条负载了一个民族精神文化史的河流,来提示我们曾经有过的过去,需要一种弥漫在这条河流之上的温馨、感人、充满诗意的精神情感,来温暖当代人日渐孤寂、茫然、冷漠空虚的精神和内心吧。

后记

　　这本在我的精神和情感深处存活了六年之久的书,终于画上了最后一个句号。

　　《渭河传》是我孕育时间最长的一本书。完成《走进大秦岭》后,我就有了对渭河进行一次集中而完整的考察的想法。但接下来的日子过得烦琐而忙乱,渭河之行一次又一次被搁置。尽管我出生在渭河边上,这么多年也一直生活在渭河温暖的怀抱里。但自从有了2004年的秦岭之行后,我一直固执地认为,要进入山川河流的精神层面,就必须拥有将自己精神和肉体与高山河流、山川大地合而为一的经历。而要实现这一步,最好的办法就是行走。于是在没有时间开始我期待中的渭河之行的情况下,我完成了计划中的"大秦岭"系列中的另一本书《寻找大秦帝国》。

　　这些年来,我的生活经历了太多的生离死别。先是2010年准备开始渭河之行之际,我精神和感情中最重要的亲人之一、我敬爱的兄长突然去世;紧接着,艰辛一生、母亲去世后鳏居四十多年的父亲卧床不起,我这些年来一直蠢蠢欲动的渭河之行接二连三被搁置。直到去年夏秋之交,父亲病情稍有转机,我才在2011年8月17日,开始了我期待五年之久的渭河之行。

　　写作是一种缘分,也是一种心境。在父亲去世前恰似回光返照一样病情好转的间隙,我之所以抓紧时间开始这次姗姗来迟的渭河之行,是怕如果父亲再度急匆匆离我而去,我会丧失沉浸山川大地之间、享受神秘温暖的大自然所展示的那种让我着迷的美丽与壮阔的心境。

　　由于多年来对渭河的关注与思考,这次渭河之行,我侧重于以一种持续完整的行走与触摸感受古老渭河在我精神和内心所呈现的状态,而不仅仅是俯视与探寻。为了整体呈现渭河古老博大的历史文化精神,我跑遍了甘肃、陕西、宁夏三省区,包括十数条支流流经的渭河广大区域;我也查阅了沿途各县区的志书,走访了还遗留着渭河古老情感经历的村镇古道、历史遗迹,并从多达数百万字计的文史资料里,寻觅渭河留在中国数千上万年历史中的古老回声。

《渭河传》也是我对以秦岭渭河为中心的这块山川起伏、河流纵横、历史古老、文化深厚的土地所蕴含的历史文化精神整体呈现与总结。渭河是一条承载了中华民族古老凝重、深厚迷人历史情感和文化精神的河流。她古老奔流的浪花,见证了中国农耕文明孕育、发展,并在创造周秦汉唐极度辉煌之后走向衰落的全过程。所以在这本书里,我试图将渭河的生态经历和精神文化经历,置身于中华文明与中华民族孕育、萌芽、发展的宏大背景之中,尽可能全方位地揭示并呈现渭河文明与中华文明、渭河文化与中国传统文化之间相互孕育、相互生成、相互发展的相因关系,进而客观而真实地呈现一条河流与一个民族成长壮大经历相互照耀的文化精神情感。

这本书从有了动议和想法到完成,历经了五六年时间。五六年时间,说起来并不漫长,但那种无望的等待和期盼却让我身心备受煎熬。现在,终于有机会完成我试图以一座山、一条河流、一个民族的情感经历,呈现我构建中的秦岭文化、渭河文化与中国传统文化之间相因关系的走访、寻觅、写作,我要感谢这么多年来给我工作、生活、写作予以各种各样帮助的亲人、朋友、同事、领导和那些在我行走、写作中也许只有一面之交,却给我极大帮助与鼓励的人们。没有他们的支持与鼓励,我的行走与写作不仅将变得苍白无力，而且极有可能半途而废。

　　从2004年与秦岭相遇，已经过去了整整八年时光。我构想中的"大秦岭"系列，才完成了两部，我梦想中对一座山岭及其所孕育的山川大地的表达，还在我苦苦的期盼与等待之中。因此接下来的日子，我将寻找机会和机缘，再度返身秦岭，在那种多年来让我沉醉、痴迷的行走中，继续探寻秦岭渭河之间这片苍茫大地的文化精神和历史秘密。因为在经历2004年秦岭之行和去年的渭河之行后，我隐隐感到，中华民族更多的古老情感和历史秘密，尚埋藏在这块古老神秘的大地下面，需要我用更多的时间和精力去探寻和发现。

　　在这里，我还要特别感谢天水市委书记马世忠先生，中共天水市委宣传部和中共天水市委组织部的领导，以及我所供职的《天水日报》社的各位领导和同事们，没有他们的支持与关怀，我不仅不可能在2011年秋天完成期待已久的渭河之行，也不可能在今年春天开始，集中时间完成这部作品。同时，我还要向挂职期间对我的写作和生活给予无微不至关怀照顾的武山县委、县政府领导表示深深的感谢，是他们的理解与支持，让我在挂职的短短两个月时间，集中精力完成了这本书的写作。

　　最后，我还要感谢一贯关注我的读者。是他们的鼓励与鞭策，让我拥有了继续写作与行走的勇气。

2012年6月12日夜于武山

图书在版编目（CIP）数据

渭河传 / 王若冰著. — 西安：太白文艺出版社，2013.10（2014.4重印）
ISBN 978-7-5513-0426-9

Ⅰ.①渭… Ⅱ.①王… Ⅲ.①散文集—中国—当代 Ⅳ.①I267

中国版本图书馆CIP数据核字（2013）第237503号

渭河传

作　　者	王若冰
责任编辑	韩霁虹　彭　雯
封面设计	肖　勇
版式设计	钱克方
出版发行	陕西出版传媒集团 太白文艺出版社 （西安北大街147号　710003）
经　　销	陕西新华发行集团有限责任公司
印　　刷	西安市建明工贸有限责任公司
开　　本	787毫米×1092毫米　1/16
字　　数	340千字
印　　张	22.5
版　　次	2013年12月第1版 2014年4月第2次印刷
书　　号	ISBN 978-7-5513-0426-9
定　　价	38.00元

版权所有　翻印必究
如有印装质量问题，可寄印刷厂质量科调换
邮政编码：710100